王瑶全集

卷 三

中国新文学史稿（上册）

王 瑶 著

河北出版传媒集团

河北教育出版社

编 辑 说 明

本卷收入《中国新文学史稿》（上册）。

《中国新文学史稿》上册于 1951 年 9 月由开明书店出版，下册 1953 年 8 月由上海文艺出版社出版。1982 年著者对此书作了一些修订，于语句间略有增删，但体例框架一仍其旧；并以《"五四"新文学前进的道路》一文作为重版代序，由上海文艺出版社重版。收入本全集的《中国新文学史稿》按 1982 年修订重版本排印，并对照初版本，在一些增删变动比较明显的地方加注说明修订的情况。

《中国新文学史稿》曾由实藤惠秀、千田九一、中岛晋和佐野龙马四人合译成日文，从 1955 年 11 月到 1956 年 4 月分五册由日本河出书房出版。1972 年 6 月香港波文书局也翻印过此书。著者曾为日译本作序，也一并收入本卷。

1990 年 12 月

目　录

"五四"新文学前进的道路
　　——重版代序 ································ 3
初版自序 ··· 30
日译本序 ··· 32
　绪论 ··· 35
　　一　开始 ······································ 35
　　二　性质 ······································ 40
　　三　领导思想 ·································· 45
　　四　分期 ······································ 53

第一编　伟大的开始及发展（1919—1927）

　第一章　从文学革命到革命文学 ···················· 63
　　一　文学革命 ·································· 63
　　二　思想斗争 ·································· 72
　　三　文学社团 ·································· 81
　　四　创作态度 ·································· 92
　　五　革命文学 ·································· 98
　第二章　觉醒了的歌唱 ···························· 104
　　一　正视人生 ·································· 104
　　二　《女神》及其他 ···························· 113

　　三　反抗与憧憬 …………………………………………… 119
　　四　形式的追求 …………………………………………… 123
第三章　成长中的小说 ……………………………………… 134
　　一　《呐喊》和《彷徨》 ………………………………… 134
　　二　人生的探索 …………………………………………… 142
　　三　乡土文学 ……………………………………………… 148
　　四　青年与爱情 …………………………………………… 152
第四章　萌芽期的戏剧 ……………………………………… 160
　　一　社会剧 ………………………………………………… 160
　　二　历史剧 ………………………………………………… 167
　　三　爱美剧 ………………………………………………… 171
第五章　收获丰富的散文 …………………………………… 177
　　一　匕首与投枪 …………………………………………… 177
　　二　写景与抒情 …………………………………………… 185
　　三　叛徒与隐士 …………………………………………… 191

第二编　左联十年（1928—1937）
第六章　鲁迅领导的方向 …………………………………… 201
　　一　在白色恐怖下 ………………………………………… 201
　　二　左联成立以前 ………………………………………… 210
　　三　左联的成立 …………………………………………… 219
　　四　思想斗争 ……………………………………………… 223
　　五　创作方法 ……………………………………………… 235
　　六　大众化问题 …………………………………………… 239
　　七　文艺界团结运动 ……………………………………… 245
　　八　"不灭的光辉" ………………………………………… 252

第七章　前夜的歌 ······ 258
一　暴露与歌颂 ······ 258
二　"新月派"与"现代派" ······ 263
三　中国诗歌会 ······ 268
四　新的开始 ······ 274

第八章　多样的小说 ······ 282
一　热情的憧憬 ······ 282
二　透视现实 ······ 292
三　追求光明 ······ 303
四　城市生活的面影 ······ 309
五　农村破产的影像 ······ 320
六　东北作家群 ······ 334
七　历史小说 ······ 338

第九章　进展中的戏剧 ······ 344
一　剧运和剧本 ······ 344
二　《雷雨》及其他 ······ 358
三　国防戏剧 ······ 365

第十章　杂文·报告·小品 ······ 371
一　杂文 ······ 371
二　报告文学 ······ 380
三　游记 ······ 384
四　散文小品 ······ 390

中国新文学史稿（上册）

"五四"新文学前进的道路

——重版代序

一 "鲁迅的方向"的普遍性意义

由"五四"开始的中国现代文学,人们一向习惯称为"新文学"。这个"新"字的意义是与主要产生于封建社会的"旧文学"相对而言的,说明它"从思想到形式"都与过去的文学有了不同的风貌。这是由五四运动的历史意义和中国人民革命的性质所决定的。尽管中国现代文学与古典文学传统有着密切的联系,它是历史悠久的中国文学史的一个新的发展部分;尽管古典文学中有许多民主性的精华,而旧民主主义革命时代的作品中还有相当多的反帝反封建的因素;但从文学的时代特点和总的风貌来看,只有从"五四"开始的现代文学才可以说是与中国民主革命的任务同呼吸、共脉搏的,才成为"整个革命机器的一个组成部分"。"五四"是由反帝开始的,到这个运动大规模地展开以后,就又成了汹涌澎湃的反封建运动;当时的群众口号"外争国权,内除国贼"[1],就有力地表现了这个运动的性质。由于当时国内外形势的变化,特别是由于十月社会主义革命的胜利和马克思列宁主义思想的传播,使中国的革命先驱者产生了"民族解放的新希望",因而揭开了中国民主革命的新的一页。"五四"不但是一个彻底的反帝反封建的政治运动,而且也是一个彻底的反帝反封建的思想运动，即新文化运动。新文化运动肇始于"五四"前夕，它一方面反映了中国资本主义在第一次世界大战期间有了进一步的发展，要求继续完成辛亥革命所未能完成的任务，一方面也反映了中国人民在十月革命的号召和影响下，开始寻求有效的革命道路和新的思想武器。它为"五四"爱国运动在思想上做了酝酿和准备，并通过"五四"获得了广泛的群众基础，形成了声势浩大的文化新军。"五四"以后各种宣传新思想的白话报刊和群众团体，在全国各地蓬勃地发展起来，马克思主义思想在这种条件下得到了广泛的传播，形成了一个全国规模的思想解放运动，猛烈地冲击着当时还占统治地位的封建文化和社会制度。当时的先驱者由于运用了新的思想武器来观察现实，因而对于推翻帝国主义和封建主义的统治，实现民族独立和民主政治，产生了新的希望和信心；这反过来也就成为寻求革命道理和批判封建文化的强大动力。当时新文化运动的中心口号是"民主"和"科学"，这一方面是为中国民主革命的历史任务所决定的，反映了中国人民对于政治和文化的现代化的迫切要求，一方面它也是进行反封建战斗的有力武器，它与封建性的专制主义和蒙昧主义是直接对立的。以"反对旧文学、提倡新文学"为特征的文学革命，就是"五四"新文化运动的一个重要内容。文学革命是由提倡白话文开始的，但它的意义并不只限于文学的形式和表达工具的革新，而是体现了如何能使文学更有效地为人民革命服务这一时代要求的。当时不仅主张白话文是一种完美的文学语言，比文言文更富有艺术表现力，尤其强调的是白话文能够为一般人所看懂，容易普及，而这就实际上体现了文学要与人民群众保持紧密联系的时代要求。除提倡白话文以外，文学革命的更为重要的内容是对旧文学的封建性内容的批判；开始时主要是针对所谓"桐城谬种、选学妖孽"的，"五四"后就逐渐扩大到所谓国粹派和鸳鸯蝴蝶派。这种批判十分尖锐，充分体现了"五四"开始的彻底的不妥协的斗争精神。陈独秀攻击旧文学说："其形体则陈陈相因，有肉无骨，有形无神，乃装饰品而非实用品；其内容则目光不越帝王权贵，神仙鬼怪，及其个人之穷通利达。所谓宇宙，所谓人生，所谓社会，举非其构思所及。"[2]说明反对旧文学是与要求建设具有现实意义的表现"人生""社会"的新文学密切相联系的。从"五四"文学革命开始，作为中国新民主主义革命的一条重要战线，现代文学就是随着时代的前进和革命的深入而得到发展的。所以"新文学"一词中"新"字的最准确的解释，就在于文学与人民革命的紧密联系。鲁迅说他在《新青年》上的小说"确可以算作那时的'革命文学'"[3]。总的看来，"五四"革命文学传统的最重要的内容，就是对文学如何更好地为人民革命服务这一光荣使命的不断努力和追求。中国古典文学中尽管有许多民主性的精华，历史上大的农民战争也在文学上有不同程度的反映，但就文学运动和创作的主流说，把团结人民和打击敌人作为自己的努力目标，把文学作为改造社会的有力工具，是从"五四"新文学开始的，而且是随着中国革命的步伐而不断前进的。

革命的首要问题是区分敌我，是对革命的对象和动力采取截然不同的立场和态度。就文学创作来说，这正是作家的鲜明的爱憎态度的出发点，是作品的政治倾向性的根本依据。用鲁迅的话说，就是"像热烈地主张着所是一样，热烈地攻击着所非，像热烈地拥抱着所爱一样，更热烈地拥抱着所憎——恰如赫尔库来斯（Hercules）的紧抱了巨人安太乌斯（Antaeus）一样，因为要折断他的肋骨"[4]。正是在这个根本问题上，就现代文学的主流和总的倾向来说，是符合无产阶级所领导的新民主主义革命的总路线的。它与历史上的任何一个时期的文学不同，是作为人民革命的一条战线而存在的。毛泽东同志在做出"鲁迅的方向，就是中华民族新文化的方向"这一科学论断时，正是一方面指出了鲁迅"代表全民族的大多数"，也就是代表全体革命人民，同时又指出了他是"向着敌人冲锋陷阵的最正确、最勇敢、最坚决、最忠实、最热忱的空前的民族英雄"[5]。鲁迅当然是最伟大和最杰出的代表，所以说"一切革命的文艺工作者"都应该学习鲁迅的"横眉冷对千夫指，俯首甘为孺子牛"的革命精神。但"鲁迅的方向"的意义并不仅指鲁迅一个人的方向，而是指从"五四"开始的"文化新军"的整个队伍的，文学就是其中最有成绩的一个部门。这个队伍中的许多人的战绩虽然不能与鲁迅并论，但正如战士与主将的关系一样，从总的倾向说，都是以自己的文学实践向着同一方向作出了贡献的。"五四"时期，鲁迅还不是一个马克思主义者，好些人甚至到新民主主义革命取得全国胜利时也还是民主主义者，但正如毛泽东同志所分析："小资产阶级文艺家在中国是一个重要的力量。他们的思想和作品都有很多缺点，但是他们比较地倾向于革命，比较地接近于劳动人民。"[6]这个论断是可以概括现代文学史上许多作者的情况的，说他们"倾向于革命"，就是说他们有反帝反封建的要求，对革命对象有所憎；说他们"接近于劳动人民"，就是说他们有与劳动人民结合的愿望，对人民有所爱，这样，经过党的教育和马克思主义理论的学习，经过生活实践和创作实践，总的来说，这些人都向着同一的方向取得了不同程度的进步。经不起历史考验的人当然也有，但正如鲁迅所说，"愈到后来，这队伍也就愈成为纯粹，精锐的队伍了"[7]。大家都知道鲁迅思想发展的道路是从革命民主主义到共产主义，其实不仅鲁迅如此，这可以说是一种规律性的现象；许多人尽管经历不同，时间有别，在向着同一方向前进的道路中几乎都有着类似的历程。因为这是为中国革命的性质和知识分子的历史道路所决定的。一个人如果确实有将民主革命进行到底的决心，他就必然会在实践中向革命主流靠拢，并最终走向社会主义。从这个角度看，"鲁迅的方向"就具有普遍性的意义。当然，历史情况十分复杂，从"五四"开始的文学队伍也经历了不断分化和组合的过程，其中有倒向敌人阵营的，也有堕落和淘汰的；但就总体和主流而言，则即使是思想长期停留在民主主义的作家，也仍然在同一方向的指引下为革命和文学事业作出了自己的贡献。这就保证了"五四"新文学所开辟的争取民主革命胜利和通向社会主义的前进的道路。

毛泽东同志指出："五四运动的杰出的历史意义，在于它带着为辛亥革命还不曾有的姿态，这就是彻底地不妥协地反帝国主义和彻底地不妥协地反封建主义。"[8]反帝反封建是由"五四"开始的中国现代文学的基本特征，这里"彻底地""不妥协地"两个形容词非常重要，这是关系到对敌斗争的重大课题。中国封建社会中早已产生过许多含有反封建意义的作品，而旧民主主义革命时期的文学则由社会性质和革命任务所决定，进步文学也是以反帝反封建为内容的，但都谈不上彻底性和不妥协性。以旧民主主义革命时期而论，当然已经有人把西方民主主义的文化思想和进步文学介绍到中国来，但由于中国资产阶级的软弱，这些介绍新思想的知识分子本身仍然与封建文化有着密切的联系，因而他们不敢把新事物和旧事物对立起来，并采取战斗的态度；反而企图在两者之间寻求联系和共同点，寻求调和与妥协的办法。反映在作品上，则虽然对某些社会腐败现象和封建官僚进行了谴责，对"洋人"的跋扈和外来的侵略表现了义愤，但最尖锐的也只是把批判矛头指向了清朝统治者，而且还对帝国主义存有幻想；并没有敢于要求推翻社会制度。"五四"以来的新文学就不同了，鲁迅作品从开始起就是要根本铲除人吃人的制度，要"扫荡这些食人者，掀掉这筵席，毁坏这厨房"，"而创造这中国历史上未曾有过的第三样时代"的。[9]郭沫若的诗歌唱出了彻底叛逆和热望新生的时代的声音，反映了反帝反封建的高昂的革命情绪。巴金用他的小说对旧社会提出了"控诉"，曹禺热切地希望读者能对他所反映的社会悲剧多提出几个"为什么"。[10]作者们面对强大的敌人，敢于采取战斗的态度，要求从根本上推翻帝国主义和封建主义在中国的统治。这种反帝反封建的彻底性和不妥协性充分体现了一种新的时代精神，体现了无产阶级思想的领导作用；如同斯大林所说："十月革命开辟了一个新时代，即世界各被压迫国人民与无产阶级联盟，并在无产阶级领导下进行殖民地革命的时代。"[11]这当然也就决定了现代文学向着社会主义文学的发展方向，尽管在开始时民主主义思想仍然占有主要的地位。

毛泽东同志指出："新民主主义的政治、经济、文化，由于其都是无产阶级领导的缘故，就都具有社会主义的因素，并且不是普通的因素，而是起决定作用的因素。"[12] 这种社会主义因素在文学上的表现当然首先是无产阶级的文艺观以及由作品内容所显示出来的马克思主义世界观对作者创作的指导作用。但这在"五四"初期还只能属于幼芽状态，尽管从方向道路的意义上说它是起决定作用的因素。其次，社会主义因素也表现在文学内容的反帝反封建的彻底性和不妥协性方面；因为这种彻底性不仅是为社会主义扫清道路和准备条件的，而且是只有在无产阶级领导下才能取得的。尽管许多作者当时从思想范畴上说还是民主主义者，还属于无产阶级的同盟军，但如鲁迅所谓"遵命文学"所显示的社会意义那样，他们的文学实践客观上是无产阶级领导的整个文化战线的一个组成部分，而且许多人正是在无产阶级的思想影响下逐渐改变了自己的世界观的。当然，一个民主主义者在他还没有经过思想立场的根本变化之前，他的非无产阶级思想不可能不影响到他的一切社会实践，自然也会给他的文学活动带来局限；但只要他对旧社会采取"毫不可惜它的溃灭"的坚决态度，则不只这本身就符合无产阶级的利益和要求，而且他自己在实践中也是会逐渐改变他的思想认识的。"五四"以来无产阶级对文化战线的领导作用的重要表现之一就是经过团结和批评，推动了许多民主主义者改造成为马克思主义者。因此反帝反封建的彻底性，对革命的对象采取不妥协的战斗态度，这本身就体现了现代文学向着社会主义前进的道路，就体现了"鲁迅的方向"的普遍性意义。因为这是为中国人民革命的性质和对文学的要求，以及文学创作的现实主义和鲁迅所说的"改良这人生"的要求所决定的。

　　文学和人民群众的关系，同样是由"五四"开始的新文学的一个重要的"新"的特点。毛泽东同志把"大众的"与"民族的、科学的"一同规定为新民主主义文化的主要特征，正体现了无产阶级领导的新文化中具有起决定作用的社会主义因素的存在。这也是现代文学与过去不同的一个重要方面。虽然对人民的态度是我们衡量一切文学遗产的标志之一，但封建社会的作者很少有直接反映人民思想情绪的作品，他们不可能认识人民群众的智慧和力量。到了旧民主主义革命时代，晚清曾有过不少"启迪民智"的普及文化的活动，这是为了适应资产阶级领导的民主革命的需要的。梁启超的《论小说与群治之关系》的著名论文，就是由"群治"的角度来提倡新小说的；而白话谴责小说的盛行，也反映了资产阶级的启蒙要求。话剧的形式是清末传入中国的，而春柳社的首先上演《黑奴吁天录》，正反映了同一的倾向。其他如新民体散文、新派诗等，皆在同一时代气氛中产生，而这些都是和"群治""新民"等政治要求相联系的。资产阶级在它还领导革命的时代，它也是企图以全民代表的身份来领导群众进行斗争的。但这种居高临下的引导人民群众的态度既无力使革命取得胜利，也无法根本改变文学的面貌，就连那种很不彻底的文学改良运动也都不久就偃旗息鼓了。"五四"以后就不同了，民主是"五四"高举的旗帜，白话文能为更多的人所接受，因此应为"文学之正宗"。二十年代初"民众文化"的提倡，"到民间去"的主张在作家中的反应，都可以看出新的特点；而且随着时代的前进和革命的深入，三十年代把"大众化"作为革命文艺运动的创作的中心，抗战初期的通俗文艺创作活动和民族形式的讨论等，都是沿着同一方向前进的。直到毛泽东同志《在延安文艺座谈会上的讲话》提出了文学为工农兵服务、为人民大众服务的方向，指出"只有代表群众才能教育群众"的根本原则，都显示了在文学和人民群众的关系上前进的步伐。在创作上这个新的特点就更明显，为什么长达两千余年的中国文学史竟然没有以农民生活为题材的作品，而鲁迅则是把农民作为作品主要人物来描写的第一人？鲁迅不仅认为甚至像阿Q这样落后的农民也蕴有强烈的革命要求，而且确信下一代的农民应该有"为我们所未曾生活过的"新的生活。其他的作者虽然没有达到这样的高度，但在广阔的社会画面中，经受苦难的劳动人民出场了，作者们不仅揭露了上层人物的残暴和卑劣，而且也描绘了处于社会底层的人民的苦难和不幸，以及知识分子的流离和挣扎等，并且作者是鲜明地站在被压迫人民一边的。由于大部分作者自己就处于被压迫的地位，因此虽然在生活体验上还存在着严重的局限，但就总的倾向来看，这些作品是反映了人民群众的愿望和情绪的。当然，"五四"新文学只是寻求正确解决文学和人民群众关系问题的一个起点，但它是个良好的开端，我们的现代文学正是沿着这条道路向前发展的。"五四"以来的三十年间，现代文学对于中国革命确实起到了这样的作用，它"使人民群众惊醒起来，感奋起来，推动人民群众走向团结和斗争，实行改造自己的环境"[13]。这就是"五四"革命文学的优良传统，当然也是"鲁迅的方向"所包含的普遍的和历史的意义。

二 关于"五四"革命现实主义传统

当我们谈到"五四"革命文艺传统的时候，它的一个重要内容就是指由"五四"开始的革命现实主义传统。关于"文学革命"的许多进步的主张和论点，归根到底必须在创作上得到体现，才能发挥它为人民革命服务的社会作用，因此鲁迅把他的《狂人日记》等最初发表的小说，看作是"显示了文学革命的实绩"[14]。其实现代文学史上的一切进步的创作成果都属于"新文学"的实绩，这些作品就其文艺观和创作方法的主流来说，就是由鲁迅所奠定并向着社会主义文学方向发展的革命现实主义传统。社会生活是创作的唯一源泉，由于作者处于人民革命的时代，本身有认识现实和改造现实的强烈愿望，他们渴望将自己所熟悉和理解的一些社会矛盾和生活画面直接描绘出来，诉诸读者的共鸣，以推动社会的革新和进步，因此虽然许多作品今天看来还有这样或那样的缺点，但时代精神是鲜明的，所反映的生活基本上是真实的。鲁迅说他开始写小说是为了"想利用它的力量，来改良社会"，希望能"揭出病苦，引起疗救的注意"[15]。而且由于他曾经"和许多农民相亲近，逐渐知道他们是毕生受着压迫，很多苦痛"[16]，他个人的经历又对知识分子十分熟悉，因此农民和知识分子的生活就成了他写小说的主要题材。"五四"时期的作家，尽管他们在叙述自己的创作经历和发表一些文艺主张中有各不相同的情况，尽管作品的成就高下不一，但由于属于同一的时代，而且阶级地位和对改革的要求又几乎是相近的，因此在描写社会生活和对创作的态度上是有共同倾向的，鲁迅所开始的革命现实主义具有广泛的代表意义。当时的著名作家叶绍钧就说："现在的创作家，人生观在水平线以上的，撰著的作品可以说有一个一致的普遍的倾向，就是对于黑暗势力的反抗，最多见的是写出家庭的惨状,社会的悲剧,兵乱的灾难,而表示反抗的意思。"[17]由于作家生活面的限制,"五四"时期的创作所反映的社会面还是比较狭窄的,描写工农群众的题材不多,作者的思想也不尽一致,但客观主义地描写生活的作品很少,反抗黑暗和渴望光明的精神很普遍,这正反映了无产阶级领导的革命对文学的要求和创作上表现现实生活的要求的结合。既然作家并不满足于单纯地揭露黑暗,而为一种社会理想所引导,要求反抗和变革,因此也并不排斥有些作者运用浪漫主义的方法。只是由于文学的体裁不同,作家的文学修养不同,在创作方法上有所侧重罢了。一个进步作家总是希望他的作品能给人以启示和教育,绝不愿轻易放弃体现自己社会思想和美学理想的可能,即使是批判、暴露的作品,因为表现了反抗和改革的要求,实际上也表现了作者的理想。诗歌由于感情强烈,主观抒情的成分同形象结合得紧密,就比较易于侧重浪漫主义的创作方法,像郭沫若《女神》中的作品就抒发了作者对旧中国黑暗现实的强烈诅咒和对未来新生活的热切追求,发出了高昂的时代的强音。这些感情是由社会现实迸发的,有牢固的生活基础,因此与革命现实主义的精神从根本上说是一致的。

从另一方面也可以说明这一点,"五四"文学革命在创作上以"桐城谬种、选学妖孽"为抨击目标,接着又以鸳鸯蝴蝶派为批判对象,从创作原则来说,就是批判一种反现实主义的不良倾向。文学研究会宣言中说:"将文艺当作高兴时的游戏或失意时的消遣的时候,现在已经过去了。"矛头就是指向鸳鸯蝴蝶派的,茅盾解释他们对这种共同的基本态度的理解是"文学应该反映社会的现象,表现并且讨论一些有关人生一般的问题"[18]。鲁迅所坚决指斥的"瞒和骗的文艺",就是指那些"对于社会现象,向来就多没有正视的勇气"的封建文人,他们掩盖矛盾,粉饰生活,结果就只能产生出"大团圆"式的反现实主义的作品。鲁迅用麻油和芝麻的关系来形象地比喻文艺和现实的关系,他强烈呼吁:"世界日日改变,我们的作家取下假面,真诚地,深入地,大胆地看取人生并且写出他的血和肉来的时候早到了;早就应该有一片崭新的文场,早就应该有几个凶猛的闯将!"[19]鲁迅要求文学必须真实地反映现实生活,必须是"引导国民精神的前途的灯火"。其实这就是由"五四"开始的革命现实主义传统的真正含义;它产生于无产阶级领导的人民革命的时代,概括了许多进步作家的共同倾向,并且是向着社会主义文学的方向前进的。

革命现实主义的产生除了时代的和社会的原因以外,当然有它的历史渊源和外来影响。作为由作品体现出来的作者认识生活和反映生活的方法,作为前人对文艺规律的探索和运用,中国古典作品中的现实主义是有悠久的传统的。人民的生活方式和心理习惯本来就有深厚的民族传统,而"五四"时期的作家绝大多数都受过古典文学的传统教育,这是他们文艺修养的一个重要来源,因此在创作实践中吸收古典作品的有用成分和艺术经验,是很容易理解的。只是由于时代的差别,这些经验必须加以改造,使之现代化,才能符合反映现代生活的要求。"五四"文学革命的重要内容之一就是对中国文学遗产作出了新的评价。它除了反对封建旧文学以外,还把古典文学中一向不受重视的小说、戏曲和民间文学提到了文学正宗的地位。从创作借鉴的角度来看,由于这些作品的时代离我们较近，语言比较接近口语，所反映的生活面比较广阔，又长期以来为人民所喜爱，因此对新文学的建设特别有帮助。鲁迅就说过"在中国，小说是向来不算文学的"；他不仅开始研究"中国小说史"，而且认为"自从十八世纪末的《红楼梦》以后，实在也没有产生什么较伟大的作品"；[20]他高度肯定了《儒林外史》的讽刺艺术，而且认为"非写实决不能成为所谓'讽刺'"[21]。像《红楼梦》《儒林外史》这些古典小说，它们的艺术特色尽管不同，但都是按照生活的样式来描绘环境和人物的，这些艺术经验对于进行创作的作者来说，当然是值得借鉴的。事实上许多作家都从中国古典作品中吸收过营养，只是为了适应时代的需要，加以改造和现代化罢了。三十年代苏雪林在《〈阿Q正传〉及鲁迅创作的艺术》一文中曾说："鲁迅好用旧小说笔法……但他在安排组织方面，运用一点神通，便能给读者以'新'的感觉了。"这些话基本上是对的，它指出了鲁迅创作艺术的历史渊源，又指出了鲁迅作品能够推陈出新和取得现代化特色的创造性。其实不只鲁迅，许多作家都程度不同地有着类似的特点；因为"五四"以来的现代文学本来就是在人民生活的土壤上，创造性地继承了古典文学的现实主义传统，适应着人民革命的需要和人民的美学爱好而发展起来的。

但"五四"新文学之所以"从思想到形式"都和过去的作品有了不同的风貌，在创作上吸收了外国进步文学的现实主义的经验和方法，是一个非常重要的原因。鲁迅分析"文学革命"以来的创作时就指出："一方面是由于社会的要求的，一方面则是受了西洋文学的影响。"[22]这是与民主革命的历史任务相联系的，中国的介绍外国进步文学是与晚清的"向西方找真理"同时开始的，而且从开始起就特别注意作品的思想内容和现实主义的创作方法。1909年鲁迅为《域外小说集》写的《序言》就说："异域文术新宗，自此始入华土。"并且要求读者"籀读其心声，以相度神思之所在"。"五四"时期许多关于文学革命和创作的主张，实际上都是以外国进步文学作为立论根据的。鲁迅自己就说他开始创作时"所仰仗的全在先前看过的百来篇外国作品和一点医学上的知识"，而且把"看外国的短篇小说"作为他的一条创作经验。[23]在文学的各种体裁中，话剧是外来形式，新诗是取法于外国诗歌并作为古体诗的对立物出现的，散文"常常取法于英国的随笔"[24]，小说则从《狂人日记》开始就由于外国文学的影响而取得了"表现的深切和格式的特别"[25]的特色。可见外国文学作品对现代文学创作的影响是不能低估的。因为我们要进行民主革命，要提倡民主和科学的现代思潮，当然也要求文学取得现代化的特点，因此向外国作品借鉴是带有普遍意义的。这是形成"五四"革命现实主义传统的一个重要因素。

现代文学所受的外国文学的影响从时代和国别来说都是多元的，并不是对某一作家的简单模仿；但无论从介绍者的抉择标准或读者的爱好倾向来说，都不能不受到社会需要的制约，因此总的来说，影响最大的是那些适应民主革命需要的近代现实主义文学，特别是俄罗斯文学和十月革命以后的苏联文学。这是因为如毛泽东同志所指出，"中国有许多事情和十月革命以前的俄国相同，或者近似"[26]。而十月革命又为中国革命开辟了道路，因此作品内容就容易受到中国作者和读者的广泛注意。正如鲁迅所说，好的文学译本"不但在输入新的内容，也在输入新的表现法"[27]。这些外国作品的创作经验和表现方法自然就成为"五四"革命现实主义传统的一个来源。当然，我们接受外国作家或作品的影响必须有一个民族化的过程，否则就会成为最没有出息的文学教条主义；但由于任何进步作家都决不能完全无视中国社会的需要和读者的爱好，因此民族化的过程其实是与借鉴同时开始的；而有的作家，如鲁迅，就较早地自觉地"脱离了外国作家的影响"[28]。这种既接受又脱离的过程实际上就是民族化的过程，就是说这种影响已经成为中国现代文学的革命现实主义的有机部分了。

我们不能同意那种由于把欧洲的批判现实主义简单地斥之为资产阶级的、而把它对现代文学的影响不加分析地都看作是消极作用的观点。第一，它的作者的世界观当然属于资产阶级的范畴，但世界观并不等于创作方法；虽然作家的思想对创作内容有很大的影响和制约作用，但不仅现实主义作品所反映的社会生活有它的客观性，不仅作者的思想在创作的当时还有一定的进步意义，而且创作方法本身也体现着艺术实践经验的积累，体现着用形象思维来反映社会生活的艺术规律。第二，批判与歌颂，现实与理想，都并不是绝对地对立的。批判、反对旧的原是为了拥护新的，反对封建专制正是为了人民民主，批判了现实的丑恶就体现了作者的一定的美学理想。由于"五四"以来的革命现实主义是在无产阶级领导的人民革命时代形成的，而对于革命的需要来说，反映现实和表现理想是相辅相成的，因此尽管也有某些外国作品在中国产生过消极影响，但总的来看，近代欧洲现实主义文学对中国现代文学的成长是起了积极作用的。鲁迅认为好的作品应该是"和世界的时代思潮合流，而又并未梏亡中国的民族性"[29]。实际上这就指明了"五四"革命现实主义的现代化和民族化相结合的特点。它既不同于中国古典作品中的现实主义，也不同于欧洲的批判现实主义，而是在特定的历史条件下以中国现实生活为土壤而产生和发展的，因此决不能像周作人那样把它解释为对明朝"公安派"和"竟陵派"的继承[30]，也不能像胡风那样把它解释为西欧资产阶级文学的"一个新拓的支流"[31]。

现代文学随着中国人民革命的发展一同前进，在"五卅"以后反帝的内容大大增加了，接着便是无产阶级革命文学的倡导。鲁迅指出在文学革命"大约十年之后，阶级意识觉醒了起来，前进的作家，就都成了革命文学者"[32]。随着马克思主义文艺理论和列宁斯大林时代苏联作品的介绍，现代文学的革命现实主义也获得了新的发展。恩格斯对于现实主义的经典说明和列宁关于文学的党性原则的思想对进步作家起了巨大的指导作用。当然，理论只能起指导和帮助的作用，并不能代替作家去观察和认识生活，但三十年代的创作之所以取得较大的成就，是同左翼文艺运动的开展和社会主义现实主义创作方法的指导分不开的。1932年斯大林在会晤苏联作家时提出了"社会主义现实主义"的口号，1934年在高尔基主持的第一次全苏作家代表大会上，社会主义现实主义的创作方法被写进了苏联作家协会章程。章程规定：社会主义现实主义"要求艺术家从现实的革命发展中真实地、历史地和具体地去描写现实。同时艺术描写的真实性和历史具体性必须与用社会主义精神从思想上改造和教育劳动人民的任务结合起来"。由于在三十年代的中国,"无产阶级的革命的文艺运动,其实就是惟一的文艺运动"[33]。因此全苏作家代表大会的酝酿、准备和召开的情况,都及时地被介绍到中国,并且还联系创作进行了理论上的探讨。中国进步作家批判了所谓辩证唯物论的创作方法,并以社会主义现实主义为指导,提倡"手触生活""写最熟悉的事情",因而在创作上也有了比较丰硕的收获。以后毛泽东同志《在延安文艺座谈会上的讲话》中科学地解决了一系列与文艺创作有关的根本问题,并且明确指出:"我们是主张社会主义的现实主义的。"应该承认,社会主义现实主义的创作方法在长达二十年的时期里是对中国现代文学发挥了进步作用的,很多作者在它的指导和影响下产生了一些优秀的作品。这个口号当时在苏联也是理解为要与浪漫主义结合的,日丹诺夫就指出"革命的浪漫主义应当作为一个组成部分列入文学的创造里去"[34],高尔基也说过积极的浪漫主义是包括在社会主义现实主义之内的[35],因此它与毛泽东同志后来提出的"革命的现实主义与革命的浪漫主义相结合"的创作方法在精神实质上是基本一致的。由于在1954年召开的第二次全苏作家代表大会上西蒙诺夫等人攻击社会主义现实主义的规定是"粉饰现实"的根源,并在这次会上通过的苏联作家协会章程中公然取消了"用社会主义精神从思想上改造和教育劳动人民"的任务,阉割了这个口号的革命意义,同时也由于毛泽东同志一贯重视革命气概和伟大理想对于一个作家的重要性,1958年毛泽东同志提出了"两结合"的创作方法,使文艺的反映现实生活和推动历史前进的作用互相结合起来,用以指导作家的创作实践。这是毛泽东思想体系的一个组成部分,它与毛泽东同志历来的提法是完全一致的。早在三十年代毛泽东同志就指出："共产党员应是实事求是的模范，又是具有远见卓识的模范。因为只有实事求是，才能完成确定的任务；只有远见卓识，才能不失前进的方向。"[36]正如实事求是是毛泽东思想的精髓一样，现实主义从来就是文艺创作的基础，革命气概或理想必须浸注在现实生活的描绘中，而不能成为脱离生活基础的东西。所以当我们考察"五四"以来现代文学创作的前进道路的时候，应该首先看到它是在无产阶级领导的人民革命的历史发展中来具体地反映现实生活的，是随着革命的步伐一同前进的，这才是"五四"革命现实主义传统的真正含义。

当然，"五四"以来的现代文学并不完全是无产阶级文学，尽管社会主义因素在不断地增长和壮大，但民主主义文学仍然发挥着它的推动历史前进的进步作用。就创作方法说，情况也十分复杂，我们上面只是就主流和方向的意义说的，并不排斥不同的作家根据自己对于生活的认识和体验而采取不同的方法。因为作家的主观思想意识虽然非常重要，但并不就是作品成败的决定性因素；一切正确的理论，过去一切优秀的文艺作品，对作家都只能起指导或借鉴的作用，并不能代替作家自己对于生活的观察和体验。只有从生活实际出发才能写出真实感人的作品，才有可能产生积极的社会作用。社会实践及其效果是检验创作成就的标准，我们正是从现代文学对于人民革命所起的作用来衡量它的成就的。

三　现代文学在斗争中发展

"五四"新文学从开始起就担负着为人民革命服务的历

史使命，它是团结人民、教育人民、打击敌人、消灭敌人的有力武器。"五四运动的成为文化革新运动，不过是中国反帝反封建的资产阶级民主革命的一种表现形式。"[37]由于无产阶级的领导作用和社会主义因素的不断加强，尽管现代文学还不是单一的无产阶级文学，但就世界范围来说，它已经属于全世界无产阶级文学的范畴，同时这也保证了它向着社会主义文学发展的历史方向。

文学战线上无产阶级的领导作用，主要是通过马克思列宁主义的思想影响和党的政策来实现的，总的要求就是要使文学能够很好地为无产阶级领导的人民革命服务。这就不但必须把思想斗争的锋芒针对民主革命的对象——为帝国主义服务的买办文学、封建复古主义文学和为国民党反动派服务的法西斯文学等反共反人民的思想和文学，而且由于参加民主革命的各阶级相互关系的复杂性，还必须坚持对一切非无产阶级思想的批评和斗争；特别对资产阶级文艺思想的斗争，是关系到方向道路问题的必不可少的任务。因此现代文学在发展中充满了革命文学同反动文学、无产阶级文艺思想同资产阶级文艺思想的斗争。现代文学正是在斗争中前进和发展壮大的。

为民主革命服务的文学，首先当然要同代表革命对象利益的封建文学、买办文学和国民党反动派的御用文学进行不调和的斗争。作为"五四"文化革命的旗帜，新文学首先就进行了彻底的反对封建主义文学和文艺思想的斗争。"五四"时期既以"桐城谬种、选学妖孽"为对象，反对封建的"文以载道"的文学，又以鸳鸯蝴蝶派和旧戏为目标，反对小说戏剧是单纯的"消闲"和"游戏"的文艺观点；这都带有鲜明的反对封建文学和文艺思想的性质。以后对《学衡》《甲寅》以及对"读经救国""本位文化"等论调的斗争，都属于反封建性质。虽然由于封建思想本身的腐朽，斗争规模后来逐渐缩小，但它的思想影响是根深蒂固的，所以这种斗争从未完全停止。对于从1921年起就倒向敌人一边、公然为帝国主义侵略辩护的胡适以及"现代评论派""新月派"中的买办文人，革命文艺工作者曾在不同时期多次地进行了斗争；三十年代对于"徘徊华洋之间"的"论语派"和四十年代后期对于在政治上标榜"第三条道路"的所谓自由主义文学的斗争，也都属于这种性质。经过批判和斗争，揭露了这些人为帝国主义服务的本质，从而大大缩小了他们在读者中间的影响。从三十年代开始所进行的同国民党御用文人的斗争，是文化战线上反"围剿"斗争的重要部分。他们打着"民族主义文学"的幌子，实则完全是为反共卖国服务的法西斯文学；后来的所谓"战国策"派、"戡乱文艺"等，都是这类货色。直到中华人民共和国成立为止，这类斗争是从未停止的，进步文艺工作者处于国民党的反动统治之下，坚持斗争，打击了敌人的气焰，扩大了革命文艺的影响，争取和教育了广大的群众。

贯串于整个新民主主义革命时期文艺思想斗争的一个重要方面，是无产阶级文艺思想同资产阶级文艺思想的斗争。民族资产阶级为了给发展资本主义扫除障碍，虽然也有某种反帝反封建的要求，因而在民主革命时期可以在一定程度上参加统一战线，但它不只在政治上有两面性，常常表现出妥协和改良的倾向，而且这个阶级的文化思想却比较它的政治上的东西还要落后，决不能充当文艺运动的指导思想。文艺战线上两种文艺思想的斗争实质上是争取民主革命的领导权的斗争的反映，是文学究竟朝着社会主义方向还是朝着资本主义方向发展的两条道路的斗争，同时当然也是要不要将反帝反封建的精神坚决贯彻到底的斗争。这种斗争不仅相当激烈，而且情况十分复杂。它有时表现为统一战线内部的斗争，这时斗争的焦点实质上是领导权和方向道路的问题；有时由于资产阶级右翼代表人物已转化为封建主义和帝国主义的代言人，斗争的性质也就因之表现为对敌斗争了。有时资产阶级思想是以赤裸裸的形式出现的，如"新月派"；有时则是以运用马克思主义词藻的形态出现的，如胡风的"主观精神"论。这一切都同当时的革命形势和无产阶级思想阵地的扩大与巩固有关。1949年郭沫若同志在第一次全国文代会上曾经回顾过现代文学的这种历程，他说："三十年来，除了代表地主阶级的封建文艺已经在理论上解除武装，代表大资产阶级的国民党法西斯文艺，一直受到全国文艺界和全国人民的唾弃以外，中国文艺界的主要论争是存在于这样两条路线之间：一条是代表软弱的自由资产阶级的所谓为艺术而艺术的路线，一条是代表无产阶级和其他革命人民的为人民而艺术的路线。三十年来斗争的结果，就是在欧美没落资产阶级文艺影响之下的为艺术而艺术的文艺理论已经完全破产了，为艺术而艺术的文艺作品也已经丧失了群众。曾经在这种为艺术而艺术的资产阶级文艺思想影响之下的许多文学家艺术家，也逐渐改变了他们的人生观和艺术观，接受了无产阶级文艺思想的领导。而无产阶级文艺思想领导的为人民服务的文学艺术，队伍日益壮大，方向日益明确，因此就日益受到广大人民群众的欢迎和拥护。这样的历史事实说明了中国资产阶级虽然也想在文艺上争取领导，但因为他们不能和人民结合，也就没有争取到的可能。"[38]郭沫若同志是就三十年总的过程说的，在"五四"初期，则即使提倡为艺术而艺术，也需要进行具体分析，有的仍然有它一定的进步意义。因为封建道学家是主张"文以载道"的，因而主张以艺术本身为目的就有冲破封建藩篱的作用；正如鲁迅后来所说："为艺术的艺术在发生时，是对于一种社会的成规的革命，但待到新兴的战斗的艺术出现之际，还拿着这老招牌来明明暗暗阻碍他的发展，那就成为反动。"[39]我们知道创造社最初就是提倡为艺术而艺术的，但因为他们的精神为"反抗的烈火燃得透明"[40]，矛头主要是指向封建秩序的，因而从社会作用来考察，就不能忽视它在唤醒青年对现实的反抗上所起的积极作用。这也是创造社之所以能够首先倡导革命文学的原因，它同后来那种以艺术为招牌、促使作家脱离社会现实和进入象牙之塔的论调是不能等量齐观的。在"五四"时期曾经流行过的一些思想观点如"人性论""个性解放"等，都应该作具体的分析。毛泽东同志说："没有几万万人民的个性的解放和个性的发展，一句话，没有一个由共产党领导的新式的资产阶级性质的彻底的民主革命，要想在殖民地半殖民地半封建的废墟上建立起社会主义社会来，那只是完全的空想。"[41]又说："我们主张无产阶级的人性，人民大众的人性，而地主阶级资产阶级则主张地主阶级资产阶级的人性。"[42]"为艺术而艺术""人性论""个性解放"等，从思想范畴上说当然是属于资产阶级的东西，而且一直是我们不断进行理论批判的对象，但从内容实质和社会作用来考察，就必须首先分析它在当时的历史条件下究竟拥护什么和反对什么，而对之采取不同的态度。如果它是指斥封建文学不合人性,则它虽然是抽象的超阶级的提法,实质上还是主张人民大众的人性的;如果它是反对马克思主义关于文艺的阶级性的理论,则它所主张的人性就只能是地主资产阶级的。当然,我们主要是针对"五四"时期的复杂现象说的;随着革命的深入和马克思主义的传播,作为理论体系,我们对一切资产阶级文艺思想都是进行了批判和斗争的,这是无产阶级文艺思想实现领导作用的重要方式。以"人性论"为例,当"五四"前夕周作人发表《人的文学》一文时,虽然宣扬的是个人主义和超阶级的文学思想,但文章主旨在指斥封建文学为"非人的文学",在当时仍有一定的进步意义;但到三十年代初胡适把周作人的这篇文章捧为新文学运动中"关于文学内容的革新"方面的"中心理论"[43],就完全成为反对革命文学的反动理论了。此外如"新月派"的主张文学是"基于固定的普遍的人性",胡风所鼓吹的"主观精神"和"人格力量",都是宣扬资产阶级人性论,反对文学的阶级性和文艺为工农兵服务、为人民大众服务的。毛泽东同志《在延安文艺座谈会上的讲话》中对于人性论的深刻批判就鲜明地指出了两种对立的文艺思想的实质。

  文艺斗争和政治斗争是有着密切联系的,有一些论争实际上是在文艺界围绕政治事件所表现的不同政治观点的斗争,如鲁迅对"现代评论派"的斗争。就文艺思想的范围说,三十年间,斗争的重点和主要锋芒由反封建文学到反资产阶级文艺思想,再到反对以运用马克思主义词藻出现的反马克思主义的文艺观点,反映了革命的深入发展和无产阶级领导作用的加强和巩固。就论争问题的焦点说,由白话文学的争论到文学的有无阶级性,再到文学要不要为无产阶级领导的人民革命服务（如对"第三种人"的斗争、对文学"与抗战无关"论的批判等），要不要坚持文学为工农兵服务、为人民大众服务的方向；问题逐步深入，鲜明地反映了现代文学在发展中的前进步伐。

"五四"以来多次重大的斗争，都发生在革命形势和阶级关系出现急剧变化的时候，充分说明了文艺斗争和政治斗争的联系。因此无产阶级在进行思想斗争的时候，必须首先从政治上看这些论点是为谁服务的，它在社会实践中的客观效果如何，而决定不同的态度和方法，而不是单纯从抽象的思想范畴出发的。在新民主主义革命时期，民族资产阶级和小资产阶级是参加了无产阶级所领导的统一战线的，无产阶级在文艺界统一战线中的领导就表现在对他们既有团结又有斗争。"在一个问题上有团结，在另一个问题上就有斗争，有批评。各个问题是彼此分开而又联系着的，因而就在产生团结的问题比如抗日的问题上也同时有斗争，有批评。"[44]在对待统一战线内部的思想斗争问题上，特别是在对待数量很大的小资产阶级文艺家的问题上，无产阶级与"左"右倾机会主义路线是有原则区别的。毛泽东同志在指出"小资产阶级文艺家在中国是一个重要的力量"时就说："帮助他们克服缺点，争取他们到为劳动人民服务的战线上来，是一个特别重要的任务。"[45]通过思想斗争和文艺批评，引导小资产阶级文艺家走与工农相结合的道路，改造世界观，是无产阶级体现领导作用的一个重要问题。但我们在前进的道路上是有过"左"的或右的偏向的。有时过分强调了斗争，有时又过分强调了团结。如在三十年代初不仅笼统地提出过"反资产阶级"的口号，而且还强调要反对小资产阶级的文学。

又如抗战初期"全国文协"强调的所谓"君子作风",就都产生过消极的影响。当然,就主流而言,我们还是坚持了正确的态度的,鲁迅在"左联"成立大会上的发言就既指出了扩大战线和造出大群的新的战士的重要意义,又强调了明确为工农大众的目的和同实际社会斗争接触的必要性,并没有什么片面的东西。

就文艺思想和世界观来说,小资产阶级文艺家基本上都属于资产阶级的范畴。但由于他们比较倾向革命和比较接近劳动人民,因此在社会实践中的客观效果就可以与资产阶级很不相同。例如从进化论的思想出发,有人可以摘取渐变说来反对革命,为帝国主义侵略作辩护,也有人可以从中得出我们民族和人民必须向前发展的结论;又如从"为人生的文学"出发,有人只歌颂"超人"和人类之爱,有人则主张"同情于被损害者与被侮辱者"。同样是在"五四"时期流行的个性解放的思想,有人从此出发把矛头指向束缚中国人民个性发展的民族压迫和封建压迫,有人则提倡什么"真正纯粹的个人主义"和光荣的"孤立";它们的影响和效果是很不相同的。当然,即使社会作用是倾向于革命和进步的一些主张也不可能完全消除资产阶级思想体系所带给它们的消极的和不彻底的缺点,这就需要无产阶级思想给以帮助和引导,而不是在斗争的态度和方法上把它和反动思想一例看待。事实上我们针对资产阶级右翼代表人物和其他敌对思想的斗争对小资产阶级文艺家说来就是一种很好的教育。这说明在思想斗争上首先必须从政治上看问题,从客观效果和社会影响上作具体的阶级分析,才能真正分清敌友,才能更好地为无产阶级利益服务。"五四"以来我们在文艺思想斗争方面的经验十分丰富,现代文学正是在斗争中发展过来的。

毛泽东同志指出:"在'五四'以来的文化战线上,文学和艺术是一个重要的有成绩的部门。"[46]尽管现代文学在前进的道路上也产生过许多缺点,但就主流和总的倾向来说,它是无愧于"对于革命的伟大贡献"这一科学评价的。中国革命的道路是"只有经过民主主义,才能到达社会主义,这是马克思主义的天经地义"[47]。现代文学在它发展的三十年间,密切配合人民革命,培育了一批坚定的革命文艺工作者,扩大了无产阶级的思想阵地,产生了许多经得起时间考验的优秀作品,积累了丰富的艺术经验;这一切都不仅是作为历史功绩存在的,而且也为中华人民共和国成立以后社会主义文学的发展奠定了坚实的基础。所以当我们回顾由"五四"开始的新文学的前进道路的时候,对"新"字的含义感受很深,它不仅是这一段历史的概括性说明,而且积久弥新,它的经验对今天仍然具有很大的现实意义。

1979年2月4日为"五四"六十周年作

*　　*　　*

〔1〕《北京学生致各界书》。

〔2〕陈独秀:《文学革命论》。

〔3〕鲁迅:《南腔北调集·〈自选集〉自序》。

〔4〕鲁迅:《且介亭杂文二集·再论文人相轻》。

〔5〕〔8〕〔12〕毛泽东:《新民主主义论》。

〔6〕〔13〕〔42〕〔44〕〔45〕〔46〕毛泽东:《在延安文艺座谈会上的讲话》。

〔7〕鲁迅:《二心集·非革命的急进革命论者》。

〔9〕鲁迅:《坟·灯下漫笔》。
〔10〕曹禺:《〈日出〉跋》。
〔11〕斯大林:《十月革命的国际性质》。
〔14〕〔25〕〔28〕鲁迅:《且介亭杂文二集·〈中国新文学大系〉小说二集序》。
〔15〕〔23〕鲁迅:《南腔北调集·我怎么做起小说来》。
〔16〕鲁迅:《集外集拾遗·英译本〈短篇小说选集〉自序》。
〔17〕叶绍钧:《创作的要素》。
〔18〕茅盾:《中国新文学大系·小说一集导言》。
〔19〕鲁迅:《坟·论睁了眼看》。
〔20〕〔22〕〔32〕鲁迅:《且介亭杂文·〈草鞋脚〉小引》。
〔21〕鲁迅:《且介亭杂文二集·论讽刺》。
〔24〕鲁迅:《南腔北调集·小品文的危机》。
〔26〕毛泽东:《论人民民主专政》。
〔27〕鲁迅:《二心集·关于翻译的通信》。
〔29〕鲁迅:《而已集·当陶元庆君的绘画展览时》。
〔30〕周作人:《中国新文学的源流》。
〔31〕胡风:《论民族形式问题》。
〔33〕鲁迅:《二心集·黑暗中国的文艺界的现状》。
〔34〕日丹诺夫:《在第一次苏联作家代表大会上的讲演》。
〔35〕高尔基:《我怎样学习写作》。
〔36〕毛泽东:《中国共产党在民族战争中的地位》。
〔37〕毛泽东:《五四运动》。
〔38〕郭沫若:《为建设新中国的人民文艺而奋斗》。
〔39〕鲁迅:《南腔北调集·又论"第三种人"》。
〔40〕郭沫若:《我们的文学新运动》。
〔41〕〔47〕毛泽东:《论联合政府》。
〔43〕胡适:《中国新文学大系·建设理论集导言》。

初 版 自 序

　　本书是著者在清华大学讲授"中国新文学史"一课程的讲稿。1948年北京解放时，著者正在清华讲授"中国文学史分期研究（汉魏六朝）"一课，同学就要求将课程内容改为"五四"至现在一段，次年校中添设"中国新文学史"一课，遂由著者担任。两年以来，随教随写，粗成现在规模。1950年5月教育部召集的全国高等教育会议通过了《高等学校文法两学院各系课程草案》，其中规定"中国新文学史"是各大学中国语文系的主要课程之一，并且说明其内容如下：

　　　　运用新观点，新方法，讲述自"五四"时代到现在的中国新文学的发展史，着重在各阶段的文艺思想斗争和其发展状况，以及散文，诗歌，戏剧，小说等著名作家和作品的评述。

　　这也正是著者编著教材时的依据和方向。因为现在坊间还没有这种性质的书，教这门功课的人都感到很吃力，清华添设此课略早，到"高教会议"以后，著者即不断接到各大学友人的来函，索取讲义或讲授大纲之类，但清华没有印刷讲义设备，著者只自存原稿一份，因此不仅对索取者无法应命，而且写成后也无法送请各方指正，再加修改。这种草创成的东西自然难免疏陋，这就接触到两种最易犯的毛病，"疏"

则评述失当,"陋"则挂一漏万;著者自己自然是尽力向好处做的,但能力有限,纰漏之处一定很多,希望读者予以教正。去年著者曾接臧克家先生来信说:"教新文学史颇麻烦,因系创举,无规可循,编讲义,查原始材料,读原著,出己见,真不是一件轻易的工作。"著者编写此书,也并非自己觉得很胜任,只是因为工作分配关系,必须把它来当作任务完成的。而且自己藏书太少,许多以前出版的书籍简直无法找到,所依赖的只有清华图书馆所存的书籍,但清华图书馆所收的新文学书籍并不很多,特别是抗战期间一段的书籍作品,简直等于空白,这些限制就更增加了著者的疏陋。但现在正是努力进行课程改革的时候,为了便于同学们的学习和爱好新文学的人们的参考,这书虽然还只能说是一部草稿,著者仍然愿意把它印出来,希望能由此听取到各方面的批评意见,给自己一个改进的机会。在编写过程中,清华中文系同事李广田、吕叔湘、吴组缃、余冠英诸先生曾给予了不少的鼓励和帮助,其中数章又蒙《进步青年》先行发表,著者敬在此一并致谢。

1951年元旦于北京清华园寓所

日译本序

　　1949年中华人民共和国成立以后，中国各大学的教学计划中就增添了"中国新文学史"的课程，规定讲述自"五四"时期到现在的中国新文学的发展历史，着重在各阶段的文艺思想斗争及现实主义的发展路线，并有重点地评述各时期的主要作家和作品。本书就是著者为了适应教学工作的需要，先后在清华大学及北京大学讲授"中国新文学史"这一课程的讲稿。在旧中国，大学里中国文学史的讲授是偏重在古代的，而且把大部分时间都花费在繁琐的考据方面；新文学是从来不曾在课程表中占有什么位置的。这也很容易理解，作为中国人民革命的有力的一翼的中国新文学，它本身的彻底的反帝反封建的性质就是和旧日的教育体系不相容的；因而，只有在中国彻底解放以后，中国新文学的成就和功绩才有机会得到广大人民的充分爱护，并在我们的文学教育中占有了非常重要的位置。在三十年的革命斗争中，中国新文学已经成长和壮大起来了，而且产生了一些为中国人民所欢迎的杰出的作家和作品；其中如现实主义在中国的奠基者鲁迅，坚强的文艺战士郭沫若和茅盾，他们的作品在人民群众中流传得极其广泛，成了我国现代文学的重要财富。而自1942年毛泽东的《在延安文艺座谈会上的讲话》发表以后，更成为中国新文学向前发展的指导文献，引起了文学面貌的巨大变革。在这以后所出现的像赵树理、丁玲、周立波等作家的作品，在内容和形式上都标志着中国新文学的重大发展，而这正是反映了中国人民革命的向前发展并日进于胜利的。

我们可以毫不夸张地说，要了解今天中国人民所得到的胜利及其在建设道路上所表现的巨大力量，由"五四"以来的中国新文学作品中是可以得到一些解答的。由于中国人民革命的要求与文学上的现实主义的要求相结合，从"五四"开始的中国新文学就是为中国人民的革命事业服务的，并坚实地向着社会主义的方向发展的。它是在中国现实生活的土壤上，创造性地继承了中国文学的民族优良传统，并批判地接受了外国文学的优良成分，特别是接受了俄罗斯文学和苏联文学的影响，而适应着中国人民革命的需要发展起来的。从"五四"开始，它就是在无产阶级思想的领导之下，以后也一直是在中国共产党对文学事业的重大关怀下发展起来的；因此几乎在所有的著名作品中，我们都可以看到中国人民在革命过程中的曲折经历和坚强的战斗意志，它是表现出了中国人民在长期革命斗争中的精神面貌的。这些作品无疑地会给人以鼓舞，使人增加战斗的力量和胜利的确信。因此，从文学作品中来理解中国人民今天所已经得到的胜利和正在从事的伟大建设事业，是很容易理解其正义性及胜利的必然性的。那些作品将真实地、形象地告诉人们：中国人民蕴有无限的伟大的战斗精神和创造力量。

对于这三十年的中国新文学发展历史，自然应该有一部著作来系统地、概括地加以叙述和介绍，而且这也正是我国目前读者和文学教育工作所迫切需要的。但正如前面所说，中国新文学是在革命斗争中成长起来的，而在科学研究及文学教育中占有重要的位置还只是新中国成立以后的事情，因此对于中国新文学发展的深入细微的研究，对于某些作品的具体的艺术的分析，以及有关史料的搜求和整理，这一切都还做得很不够，可以说现在才刚刚开始，因此目前我们还没有一部为大家所满意的中国新文学史的著作。当然，我们相信这样的著作以后一定会出现的，但这需要比较长的时间，不是一下就可以写得好的。

至于我的这部书，那只是为了教学用的一份草稿，里面的缺点很多，出版后也曾引起过一些批评；就是著者自己也很不满意于目前这样的质量，只是限于能力，尚无法写得更好而已。著者之所以愿意把它来出版，也只是为了教学工作的方便，希望在目前阶段它能发生一点"填空白"的作用，在搜集材料上供给学习者和同道者以参考，并由此引出正确完善著作的早日出现。像这样不成熟的草稿，现在竟承国外友人的盛意，花了许多时间来把它介绍于日本的读者之前，我在感激之余，是不能不有些歉疚的。我想，这主要是因为中国新文学本身的价值，更重要的是因为新文学的历史发展所努力追求的中国人民革命胜利的伟大意义才吸引了国外友人的重视的；至于我的书本身，那缺点是非常之多的。因此，我希望读者把它仅只当作一种媒介，像书目介绍之类的东西看；如果它能够使人对中国的现代文学发生兴味，并愿意寻找原作品来阅读，那么，像过去年代的中国读者一样，能得到例如从鲁迅作品中所能汲取到的那种伟大的反对帝国主义与封建主义的力量，那么对著者就是十分欣慰的了。

1954 年 6 月 15 日于北京大学寓所

绪 论

一 开 始

　　中国新文学的历史，是从"五四"的文学革命开始的。它是中国新民主主义革命三十年来在文学领域中的斗争和表现，用艺术的武器来展开了反帝反封建的斗争，教育了广大的人民；因此它必然是中国新民主主义革命史的一部分，是和政治斗争密切结合着的。新文学的提倡虽然在"五四"前一两年，但实际上是通过了"五四"，它的社会影响才扩大和深入，才成了新民主主义革命的有力的一翼的。

　　五四运动是发源于反帝的；1914年到1918年的第一次世界大战期间，各帝国主义国家都忙于军火生产和战争投资，暂时放松了对中国的经济侵略，中国市场上商品缺乏，又因银贵金贱，购买机器进口费价不大，于是中国的民族工业获得了相当发展的机会。纱厂、面粉厂、水泥厂、卷烟厂、丝厂等都迅速地增加着，当然主要是轻工业；进出口商行、银行等也在创设和扩充，虽然还受着日本帝国主义和封建军阀的压力，但中国的民族资本主义这时开始有了繁荣的气象。1919年4月巴黎和会中各帝国主义承认了战后日本承继德国在山东的各项权利，这是激发五四运动的导火线；"五四"是以反帝开始的，到这个运动展开以后，就又成了广泛而澎湃的反封建运动，而且这运动是如此地坚定和不妥协，终于成了中国新民主主义革命的开始。

中国民族资本主义的发展，使中国社会的阶级关系和阶级要求明显和变化起来，首先是中国无产阶级队伍的壮大。中国最早的工业本来是先由帝国主义创办起来的，因此我们可以说中国无产阶级的历史比民族资产阶级的还要早几十年；到"五四"时期，由于民族工业的发展，产业工人的数目也很快地增多了，据估计那时全国的数目已近两百万。他们受到帝国主义、封建主义和资产阶级的三重压迫，因此要求民族解放与民主革命也最彻底。而中国的民族资产阶级，为了本身的利益，也已感到帝国主义的经济侵略与封建军阀的长期混战是他们发展途中的主要障碍，因此也要求着某种程度的民族独立与民主改革。这时1917年的俄国十月社会主义革命爆发而且胜利了，无产阶级领导劳动人民建立了苏维埃政权。苏维埃政府向中国发表宣言，声明"凡以前俄罗斯帝国政府时代所取得特权，都交还给中国，不受何种报酬"。这大大地感召与提高了中国无产阶级的阶级觉悟，同时给中国人民也指出了只有向无产阶级领导的革命求出路，才有光明的前途。毛泽东同志分析中国新民主主义革命的历史特点说：

> 很清楚的，中国现时社会的性质，既然是殖民地、半殖民地、半封建的性质，它就决定了中国革命必须分为两个步骤。第一步，改变这个殖民地、半殖民地、半封建的社会形态，使之变成一个独立的民主主义的社会。第二步，使革命向前发展，建立一个社会主义的社会。中国现时的革命，是在走第一步。
>
> 这个第一步的准备阶段，还是自从一八四〇年鸦片

战争以来,即中国社会开始由封建社会改变为半殖民地半封建社会以来,就开始了的。中经太平天国运动、中法战争、中日战争、戊戌政变、辛亥革命、五四运动、北伐战争、土地革命战争、直到今天的抗日战争,这样许多个别的阶段,费去了整整一百年工夫,从某一点上说来,都是实行这第一步,都是中国人民在不同的时间中和不同的程度上实行这第一步,实行反对帝国主义和封建势力,为了建立一个独立的民主主义的社会而斗争,为了完成第一个革命而斗争。而辛亥革命,则是在比较更完全的意义上开始了这个革命。这个革命,按其社会性质说来,是资产阶级民主主义的革命,不是无产阶级社会主义的革命。……

然而中国资产阶级民主主义革命,自从一九一四年爆发第一次帝国主义世界大战和一九一七年俄国十月革命在地球六分之一的土地上建立了社会主义国家以来,起了一个变化。

在这以前,中国资产阶级民主主义革命,是属于旧的世界资产阶级民主主义革命的范畴之内的,是属于旧的世界资产阶级民主主义革命的一部分。

在这以后,中国资产阶级民主主义革命,却改变为属于新的资产阶级民主主义革命的范畴,而在革命的阵线上说来,则属于世界无产阶级社会主义革命的一部分了。

为什么呢?因为第一次帝国主义世界大战和第一次胜利的社会主义十月革命,改变了整个世界历史的方向,划分了整个世界历史的时代。[1]

而"五四",就是中国新民主主义革命开始的主要标志;它以前所未有的彻底的反帝反封建的战斗,开始了中国人民的伟大的革命事业。毛泽东同志说:

> 五四运动是反帝国主义的运动,又是反封建的运动。五四运动的杰出的历史意义,在于它带着为辛亥革命还不曾有的姿态,这就是彻底地不妥协地反帝国主义和彻底地不妥协地反封建主义。五四运动所以具有这种性质,是在当时中国的资本主义经济已有进一步的发展,当时中国的革命知识分子眼见得俄、德、奥三大帝国主义国家已经瓦解,英、法两大帝国主义国家已经受伤,而俄国无产阶级已经建立了社会主义国家,德、奥(匈牙利)、意三国无产阶级在革命中,因而发生了中国民族解放的新希望。五四运动是在当时世界革命号召之下,是在俄国革命号召之下,是在列宁号召之下发生的。五四运动是当时无产阶级世界革命的一部分。五四运动时期虽然还没有中国共产党,但是已经有了大批的赞成俄国革命的具有初步共产主义思想的知识分子。五四运动,在其开始,是共产主义的知识分子、革命的小资产阶级知识分子和资产阶级知识分子(他们是当时运动中的右翼)三部分人的统一战线的革命运动。它的弱点,就在只限于知识分子,没有工人农民参加。但发展到六三运动时,就不但是知识分子,而且有广大的无产阶级、小资产阶级和资产阶级参加,成了全国范围的革命运动了。五四运动所进行的文化革命则是彻底地反对封建文化的运动,自有中国历史以来,还没有过这样

伟大而彻底的文化革命。当时以反对旧道德提倡新道德、反对旧文学提倡新文学为文化革命的两大旗帜,立下了伟大的功劳。这个文化运动,当时还没有可能普及到工农群众中去。它提出了"平民文学"口号,但是当时的所谓"平民",实际上还只能限于城市小资产阶级和资产阶级的知识分子,即所谓市民阶级的知识分子。五四运动是在思想上和干部上准备了一九二一年中国共产党的成立,又准备了五卅运动和北伐战争。[2]

新文学是"五四"开始的新文化革命的主要旗帜,而且是建立了"伟大的功劳"的。而新文化,"则是在观念形态上反映新政治和新经济的东西,是替新政治新经济服务的"[3]。因此新文化是在新的物质力量的基础上,标志着中国人民的新的觉醒;是思想领域的革命。"五四"以后,新文化获得了群众基础,飞跃地发展起来;有人估计,1919年一年之中,至少出了四百种白话报。同时青年的文学团体和小型的文艺定期刊物也在全国各地蓬勃滋生起来了,据茅盾先生的统计,1922年到1925年之间先后出现的文学团体及刊物,不下一百多;但他还说:"未尝有意地去搜集,因此实际上从民国十一年到十五年这时期内全国各地新生的文学团体和刊物也许还要多上一倍。"[4]这种狂猛的文学大活动是随着民主革命的高潮而来的,并且在全国范围内都有了踪迹;不但在当时尽了文学的战斗的任务,并且培养出了大群的有希望的作家,为中国新文学以后的发展打下了基础。

二 性 质

　　中国新文学史既是中国新民主主义革命史的一部分，新文学的基本性质就不能不由它所担负的社会任务来规定；一切企图用资本主义社会文艺思潮的移植，或严格的无产阶级的社会主义文学内容来作概括说明的，都必然会犯错误。什么是新民主主义的革命呢？像毛泽东同志屡次所告诉我们的，是由无产阶级领导的、以工农联盟为基础的、人民大众的、反对帝国主义和封建主义（以及1927年以后形成的以四大家族为首的官僚资本主义）的革命。这种新民主主义革命的性质和路线也就规定了中国新文学的基本性质和发展方向。从开始起，中国新文学就是一贯地反帝反封建的，它自然不是帝国主义文学和封建文学，但它也决不是一般的资产阶级文学；虽然在新文学的构成部分中，也包含着一部分具有民族独立思想和反封建内容的资产阶级文艺思想，但其比重和地位却是随着时代而日益减低的。在"五四"以前，中国也曾有过代表初期资产阶级思想的文学改良运动，谭嗣同、夏曾佑的诗界革命，黄遵宪的"我手写我口"的作诗主张，梁启超的"笔锋常带情感"的"新民体"散文，和他提倡的与"群治"有关的新小说；吴趼人、李伯元的白话谴责小说，梁启超《新罗马传奇》式的戏剧，这些都和过去中国文学史上的作品性质不相同，都在一定程度上反映了民主革命的历史要求；但这些运动也正像中国资产阶级领导的民主革命一样，都夭折了，它的历史意义似乎就在说明了"此路不通"。这些，我们看作是"五四"以后新文学的前导也可以，正像旧民主主义革命之为新民主主义革命的前导一样；但不只形式，内容与性质也是绝不相同的。郭沫若曾说："五四运动以后的新文艺已经不是过时的旧民主主义的文艺，而是无产阶级领导的人民大众反帝反封建的新民主主义的文艺。这就是'五四'以来的新文艺的新的地方。这就是'五四'以来的新文艺和以前的文艺在性质上的区别。"[5] "五四"以前的文学改良运动，是资产阶级的文学思想与封建文学的斗争，所以桐城派称梁启超是野狐狸，这种文学是替中国资产阶级的民主革命服务的。可是因为中国资产阶级的软弱与世界已经进到帝国主义时代，这种文艺思想正像晚清的一般"新学"一样，终于被帝国主义的奴化思想和封建主义的复古思想打退了。毛泽东同志说：

> 在"五四"以前，中国的新文化，是旧民主主义性质的文化，属于世界资产阶级的资本主义的文化革命的一部分。在"五四"以后，中国的新文化，却是新民主主义性质的文化，属于世界无产阶级的社会主义的文化革命的一部分。
>
> 在"五四"以前，中国的新文化运动，中国的文化革命，是资产阶级领导的，他们还有领导作用。在"五四"以后，这个阶级的文化思想却比较它政治上的东西还要落后，就绝无领导作用，至多在革命时期在一定程度上充当一个盟员，至于盟长资格，就不得不落在无产阶级文化思想的肩上。这是铁一般的事实，谁也否认不了的。[6]

因此虽然我们不能说新文学中完全没有代表资产阶级的文学，

但那不只不是主要的，而且是愈来愈少的，比重与地位都是很轻微的，绝对不能说是新文学的基本性质。郭沫若曾说：

> 三十年来，除了代表地主阶级的封建文艺已经在理论上解除武装，代表大资产阶级的国民党法西斯文艺，一直受到全国文艺界和全国人民的唾弃以外，中国文艺界的主要论争是存在于这样两条路线之间：一条是代表软弱的自由资产阶级的所谓为艺术而艺术的路线，一条是代表无产阶级和其他革命人民的为人民而艺术的路线。三十年来斗争的结果，就是在欧美没落资产阶级文艺影响之下的为艺术而艺术的文艺理论已经完全破产了，为艺术而艺术的文艺作品也已经丧失了群众。曾经在这种为艺术而艺术的资产阶级文艺思想影响之下的许多文学家艺术家，也逐渐改变了他们的人生观和艺术观，接受了无产阶级文艺思想的领导。而无产阶级文艺思想领导的为人民服务的文学艺术，队伍日益壮大，方向日益明确，因此就日益受到广大人民群众的欢迎和拥护。这样的历史事实说明了中国资产阶级虽然也想在文艺上争取领导，但因为他们不能和人民结合，也就没有争取到的可能。这样的历史事实说明了任何文艺工作者如果不接受无产阶级的领导，他的努力就毫无结果。这正是深刻地说明了三十年来中国的文艺运动的新民主主义的性质。[7]

因此，从文学内容的性质说，我们的新文学是反映了中国人民新民主主义革命的历史要求和政治斗争的，它的基本性质是新民主主义的。但无产阶级所领导的新民主主义革命的主要内容固然是团结并领导各民主阶级进行彻底的反帝反封建的民主革命,但这也是为社会主义扫清道路的必需工作,因此也正是无产阶级的历史任务。所以从世界历史的发展和新文学的领导阶级的历史任务说,我们的新文学已是世界无产阶级革命文学的一部分,因为它是为无产阶级所领导,而且是有利于无产阶级的解放的。但这并非说我们的新文学已经都是无产阶级的阶级文学,虽然无产阶级思想一贯是新文学的领导思想,而苏联作品又给了中国新文学的发展以极其巨大的影响,但中国新文学还不可能为社会主义的政治经济服务,而且文学作品中所反映的立场观点也不只是无产阶级的。因此我们只能说新文学在文学史的时代划分上应该属于无产阶级革命时代的范围,而不能说新文学内容的性质就是无产阶级的阶级文学。毛泽东同志说:"民族的科学的大众的文化,就是人民大众反帝反封建的文化,就是新民主主义的文化,就是中华民族的新文化。"[8]这里也就清楚地说明了中国新文学的基本性质:它是为新民主主义的政治经济服务的,又是新民主主义革命的一部分,因此它必然是由无产阶级思想领导的、人民大众的、反帝反封建的民主主义的文学。它的性质和方向是由新民主主义革命的任务和方向来决定的。但正因为新文学是由无产阶级思想领导,并属于世界无产阶级革命文学的一部分,因此随着中国人民革命的发展,经过了无产阶级对其他各民主阶级领导的加强(团结和斗争),新文学在发展中经过了一次一次的思想斗争和改造,从"五四"开始即是逐渐向着无产阶级文学发展的。左联时期已提出了建设无产阶级革命文学的任务,而且也有像鲁迅后期杂文那样的具体作品的表现；特别是到延安文艺座谈会以后，无产阶级思想已在新的人民文艺作品中占着压倒的优势，这说明虽然新文学内容的性质基本上仍是新民主主义的，但我们的无产阶级文学已在成长并壮大起来了。随着新文学发展中的思想斗争和改造，很多作家也都经历了思想上和阶级立场上的变化，由急进的民主主义转向马列主义，由小资产阶级知识分子而和工农结合，因此常常有同一作家而前后作风迥殊的现象；而这也正是表现了我们新文学的发展面貌的。

我们说新文学内容的性质是新民主主义的，只是就它的历史性质和所反映的社会关系而说的；并不是指有一种特殊范畴的文艺观点和创作方法，那当然是讲不通的。本书各编中皆包有讲述关于创作趋向的一节，目的即在说明现实主义的主潮在新文学历史发展中的一般情况。现在我们再摘引一节冯雪峰的文章，作为新文学史中现实主义发展的一个概括的说明：

  现实主义作为艺术观或作为创作方法，都和"五四"时代文学所担负的革命任务相吻合的。这样，"五四"新文学吸收了中国文学中古典现实主义的基本精神和优点，并加以发扬，加以现代化，这是"五四"新文学中现实主义的本国的来源；"五四"新文学又吸收了外国进步文学中现实主义的经验与方法，而加以应用和民族化，这是"五四"新文学中现实主义的世界的来源。"五四"新文学，就是在这两种来源的基础之上，在从"五四"以来的人民革命的时代中，体现着我们民族的创造力，独立地创造出了以鲁迅为代表的辉煌的革命现实主义。……"五四"时的新文学的现实主义虽然还不是无产阶级现实主义，而是像鲁迅当时所奠定的那种我们惯称为革命的现实主义……。[9]

我们通常称"五四"时期的现实主义为革命现实主义，那意思就是指它比资产阶级现实主义更前进了一步，并为中国人民革命服务的特质而言的；但那显然还不能说是无产阶级现实主义，就因为那时作者的立场和宇宙观一般还不属于无产阶级的缘故。从"五四"时期的现实主义向无产阶级现实主义的发展是一个过程，这个过程正是贯串在我们新文学史的发展中的。这和我们前面所说的无产阶级文学的成长是一回事，都是就阶级思想的性质说的。而当我们就新文学内容的历史性质说时，那就仍然应该说它的性质是新民主主义的；因为我们的新文学本来是为新民主主义革命以及新民主主义社会的建设服务的。

三　领　导　思　想

从理论上讲，新文学既是新民主主义革命的一部分，它的领导思想当然是无产阶级的马列主义思想。毛泽东同志分析得很清楚：

> 在"五四"以后，中国产生了完全崭新的文化生力军，这就是中国共产党人所领导的共产主义的文化思想，即共产主义的宇宙观和社会革命论。五四运动是在

一九一九年，中国共产党的成立和劳动运动的真正开始是在一九二一年，均在第一次世界大战和十月革命之后，即在民族问题和殖民地革命运动在世界上改变了过去面貌之时，在这里中国革命和世界革命的联系，是非常之显然的。由于中国政治生力军即中国无产阶级和中国共产党登上了中国的政治舞台，这个文化生力军，就以新的装束和新的武器，联合一切可能的同盟军，摆开了自己的阵势，向着帝国主义文化和封建文化展开了英勇的进攻。这支生力军在社会科学领域和文学艺术领域中，不论在哲学方面，在经济学方面，在政治学方面，在军事学方面，在历史学方面，在文学方面，在艺术方面（又不论是戏剧，是电影，是音乐，是雕刻，是绘画），都有了极大的发展。二十年来，这个文化新军的锋芒所向，从思想到形式（文字等），无不起了极大的革命。其声势之浩大，威力之猛烈，简直是所向无敌的。其动员之广大，超过中国任何历史时代。而鲁迅，就是这个文化新军的最伟大和最英勇的旗手。鲁迅是中国文化革命的主将，他不但是伟大的文学家，而且是伟大的思想家和伟大的革命家。鲁迅的骨头是最硬的，他没有丝毫的奴颜和媚骨，这是殖民地半殖民地人民最可宝贵的性格。鲁迅是在文化战线上，代表全民族的大多数，向着敌人冲锋陷阵的最正确、最勇敢、最坚决、最忠实、最热忱的空前的民族英雄。鲁迅的方向，就是中华民族新文化的方向。[10]

文化战线上的这种特征和成就，在文学领域中尤其显著。就新文学发展的历史说，无产阶级思想的领导，党的领导，是一个时期比一个时期更加突出、巩固、扩大，并逐渐走向健全和完备地步的。"五卅"以后、左联时期、抗战时期，特别是延安文艺座谈会讲话以后，党的领导作用都是非常明显而有力的，用不着有什么说明。在"五四"当时，由于党还没有正式成立，又因为许多年来胡适等人的反动宣传，就使我们有必要不仅从理论上，而且从具体的史实上，说明新文学自始即是为共产主义思想所领导的。这也是新民主主义革命史的问题，就是说五四运动本身就是以李大钊、陈独秀等为代表的具有初步共产主义思想的知识分子所领导的。在《新青年》上，一向由陈独秀负主要编辑责任，李大钊、陈独秀、鲁迅等都发表过许多文字。二卷一期（1916年9月）上李大钊即有《青春》一文，号召青年"冲决过去历史之网罗，破坏陈腐学说之囹圄，勿令僵尸枯骨，束缚现在活泼泼地之我，进而纵现在青春之我扑杀过去青春之我，促今日青春之我，禅让明日青春之我……进前而勿顾后，背黑暗而向光明"。这里已经表示出中国无产阶级先驱者为民主革命献身的勇敢精神。三卷二期（1917年4月）有《青年与老人》，四卷四期（1918年4月）有《今》，这些文字都是革命史上的丰碑，表现了初期的辩证唯物主义的思想。五卷五期（1918年10月）开首，登载有关于欧战的演说三篇，第一篇即李大钊的《庶民的胜利》，三篇后接着又是李大钊的《Bolshevism主义的胜利》，这两篇文章影响极大，当时的反动统治者曾因之下令逮捕编辑人陈独秀；李大钊在《庶民的胜利》中指出"民主主义战胜，就是庶民的胜利"，"劳工主义的战胜，也是庶民的胜利"。所谓"庶民"即民主群众的意思。在《Bolshevism 主义的胜利》一文中说得更透彻，他指出第一次世界大战的胜利"是社会主义的胜利，是 Bolshevism 主义的胜利，是赤旗的胜利，是世界劳工阶级的胜利，是二十世纪新潮流的胜利"。在此文末段他更说："俄国的革命，不过是使天下惊秋的一片桐叶罢了，Bolshevism 这个字，虽为俄人所创造，但是他的精神，可是二十世纪全世界人类人人心中共同觉悟的精神。所以 Bolshevism 的胜利，就是二十世纪世界人类人人心中共同觉悟的新精神的胜利！"这可以说是作为中国新民主主义革命开端的五四运动前夜，具有最显明的政治指导性的文献。中国由旧民主主义的革命变为无产阶级世界革命一部分的新民主主义革命的特质，我们可以在这些文献里找到说明。1919 年 5 月《新青年》出《马克思研究号》（六卷五号），李大钊写了《我的马克思主义观》，初步系统地介绍了马克思主义，接着《共产党宣言》的中译本也出版了，逐渐在思想上准备了中国共产党的成立。因此五四运动虽然是由爱国的知识分子进而扩展到社会各阶层的统一战线的运动，但从开始起，就是以初步共产主义的知识分子为领导骨干的；这连胡适当时也承认，他说：

> 1917 年（民国六年）7 月，我回国时……打定二十年不谈政治的决心，要想在思想文艺上替中国政治建筑一个革新的基础。1918 年 12 月，我的朋友陈独秀、李守常等发起《每周评论》，那是一个谈政治的报，但我在《每周评论》做的文字，总不过是小说文艺一类，不曾谈过政治。[11]

《每周评论》是当时的政治指导刊物，李大钊等人都有文章，而作为右翼资产阶级知识分子的代表胡适，对于当时的革命运动却只站在"歧路"上，连参加都不敢，更谈不上领导了。在上引文章后，他接着说："直到1919年6月中独秀被捕，我接办《每周评论》，方才有不能不谈政治的感觉。"但他却不满当时"国内一般新分子，天天高谈基尔特社会主义与马克思社会主义，高谈阶级战争与赢余价值"，于是他在《每周评论》上写了一篇《多研究些问题少谈些主义》的文章（1919年7月），讥讽谈主义是"阿猫阿狗都能做的事"。而要谈的问题是"从人力车夫的生计问题，到大总统的权限问题；从卖淫问题到卖官卖国问题；从解散安福部问题到加入国际联盟问题；从女子解放问题到男子解放问题"等。这种"头痛医头，脚痛医脚"的观点，正是说明了脆弱无力的资产阶级，只能要求一点一滴的改良主义。在同年8月《每周评论》第三十五期上，登载了李大钊《寄胡适之的一封公开信》，他指出"一个社会问题的解决，必须靠着社会上多数人共同的运动，才有解决的希望"。"所以我们的社会运动，一方面要研究实际问题，一方面要宣传理想的主义，这是交相为用的。""必须有一个根本的解决，才有把一个一个具体问题都解决了的希望。"这就是李大钊等共产主义的知识分子能够深入工农群众的思想基础，而五四运动的彻底性也就因为它是在这种思想领导下进行的。

　　文学革命也一样，最彻底和最持久地反对封建文化、打倒孔家店和提倡文学革命的，也是具有初步共产主义思想的知识分子。曹聚仁说：

> 他（胡适）说：文学革命的主张，起初只是几个私人的讨论。到民国六年（1917）一月，方才正式在杂志上发表。第一篇胡适的《文学改良刍议》，还是很和平的讨论。胡适对于文学的态度，始终只是一个历史进化的态度。……后来他的《历史的文学观念论》说得更详细。……胡适自己常说他的历史癖太深，故不配做革命的事业。文学革命的进行，最重要的急先锋是陈独秀。陈独秀接着《文学改良刍议》之后，发表了一篇《文学革命论》，（六年二月）正式举起文学革命的旗子。……当日若没有陈独秀"必不容反对者有讨论的余地"的精神，文学革命的运动决不能引起那样大的注意。反对即是注意的表示。[12]

陈独秀当时是《新青年》的编辑，后又被聘为北京大学文科学长，事实上是当时文学革命的领导者；而他的态度和胡适不同处，也正像《文学革命论》和《文学改良刍议》两篇文章题目所表示的差异一样。

始终参加并且由他的努力来显示了文学革命的实绩的，是鲁迅。他说："我做小说，是开手于1918年，《新青年》上提倡文学革命的时候的，这一种运动，现在固然已成为文学史上的陈迹了，但在那时，却无疑地是一个革命的运动。我的作品在《新青年》上，步调是和大家大概一致的，所以我想，这些确可以算作那时的'革命文学'。"[13]又说："这里我必得记念陈独秀先生，他是催促我做小说最着力的一个。"[14]又对他自己的小说说："这些也可以说，是'遵命文学'。不过我所遵奉的，是那时革命的前驱者的命令，也是我自己愿意遵奉的命令，决不是皇上的圣旨，也不是金元和真的指挥刀。"[15]他也不只写写小说和杂文，而且参与《新青年》的编辑计划，他曾说："我最初看见守常先生（李大钊）的时候，是在独秀先生邀去商量怎样进行《新青年》的集会上，这样就算认识了。"[16]又说："《新青年》每出一期，就开一次编辑会，商定下一期的稿件。其时最惹我注意的是陈独秀和胡适之。"[17]所以从文学革命的开始起，鲁迅就是积极参加了这一战斗的，并且是那样彻底地不妥协地反对封建文化与买办文化。像当时的许多先驱者一样，他猛烈地反对迷信，提倡科学；反对旧礼教旧文学，提倡新道德新文艺；他更写出了封建社会里地主与农民的根本矛盾（如《阿Q正传》），将封建社会的历史总结为人吃人的历史（如《狂人日记》），他的战斗是勇敢而坚韧的。这终于促使他背叛了自己的阶级，找到了人民力量与革命的主流，成为无产阶级的革命家和思想家，全心全意地为人民解放而战斗。他的许多同辈都在长期的革命过程中妥协了，后退了，但他却在艰苦的岁月中，一贯地站在革命的文化战线的前边，领导和推动了中国新文学的战斗和成长。他主办《语丝》《莽原》，提倡文明批评与社会批评；编《未名丛刊》，介绍苏联文学的理论和作品。1927年以后，他更介绍了许多马克思主义文学理论的书籍，而且更重要的，领导了左翼作家联盟的近十年的战斗，给我们留下了一册册的典范的著作，所以毛泽东同志说"鲁迅的方向就是中华民族新文化的方向"。

无产阶级思想对文学的领导作用，首先就表现在"五四"文学革命以及新文学的反帝反封建精神的彻底性上面。通过无产阶级的领导，广泛地团结一切民主革命的文学势力，同时在这种领导与团结中也给以共产主义思想的教育，这就使我们的新文学从开始起就是彻底地不妥协地反帝反封建的。因此虽然有些作家原来在思想体系上还不是共产主义者，但因为我们的新文学运动是在十月革命的号召和共产主义思想的领导之下进行的，因此一切的斗争和工作都是在以共产主义思想为领导的革命统一战线之内进行的，因而那反帝反封建的精神是非常彻底的；这正是体现了无产阶级的革命精神，是和资产阶级领导的旧民主主义革命完全不同的。即如鲁迅，他在前期还不是一个共产主义者。如他自己所说，他是相信进化论的；但由于他的一切战斗都是坚决的，都是新民主主义革命所要求的，因此他就成为中国文化革命的急先锋了。这当然也就说明了他的反帝反封建的战斗是在无产阶级思想的领导之下进行的，而且这也正是使他的后期发展成为无产阶级战士的原因。其次，更重要的，无产阶级思想对文学的领导自然也表现在共产主义宇宙观和社会革命论的思想对文学内容的支配性的逐渐加强上面；这是新文化运动的中心思想，当然也是文学理论和创作的指导思想，我们的新文学就是以这种思想的领导而向前发展的。譬如左联时期的文学运动，就是直接在党的领导之下进行的。冯雪峰说：

> 左联，自然是我们党直接领导和支持的革命文学的团体，而作为一条革命文化的战线，在这战线上进行着文学的、文化的和政治的旗帜鲜明而空前剧烈的斗争，这没有以马克思列宁主义武装起来的我们强大的党的领导和支持是不可能的；但在战线的展开上，在斗争

的实际进行上，我们主要的还是依靠鲁迅先生的战斗与领导，依靠他带领着一批年轻的战士在冲锋陷阵的斗争的。说鲁迅是左联的首脑和当时革命文化战线的主帅或主将，并非说说的话，而是根据事实的评定。[18]

总之，鲁迅先生领导着左联的那几年，他自己是完全明白的：我们党在支持他，而他在我们党的旗帜之下战斗。[19]

我们说"鲁迅的方向"，就是因为鲁迅先生通过左联，与党发生了经常而密切的联系，党给了他支持和力量，同时当然也因为他自己的积极和主动的战斗业绩，遂使他成为我们文化战线上的一面伟大的旗帜了。抗战以后，由于人民力量的壮大，由于政治军事上统一战线的形成，党的文化政策是更容易传达给每个作家了；1939至1940年的关于民族形式的论争，实际上就是对于毛泽东同志《论新阶段》[20]的深入学习和领会。而自1942年延安文艺座谈会以后，毛泽东同志更亲自对文艺运动和创作实践给予关怀，因而使新文学的面貌为之一新。所以我们可以说，党对文学战线的领导作用，是一个时期比一个时期更其加强和巩固了的，而中国新文学的历史，就是在无产阶级思想的领导、党的领导下成长和发展起来的。

四 分 期

中国新文学发展到现在，可以分做四个时期。第一时期是1919年到1927年，相当于毛泽东同志在《新民主主义论》

里所分的第一、第二两时期。"五四"初期，还没有纯粹文艺性质的社团和期刊，许多主张都发表在《新青年》上，然而从全体看来，《新青年》到底是一个综合性的文化批判的刊物，它也注重文学，但主要是为了反封建而攻击旧文艺，这正和为了反封建而攻击旧礼教一样；因此不可能有更多的力量和篇幅来照顾到文学，尤其是创作。所以在1919年到1921年的两年中，就文学史说，就值不得分为一个独立的时期。1921年在政治领域里的大事是中国共产党的成立，这标志着中国新民主主义革命运动的第一次分化，激进的革命知识分子更激进了，而温和改良一派的则趋于和封建势力及帝国主义势力妥协。中国共产党的成立可以说是承继和发展了《新青年》（"五四"期）的政治性质的斗争的。当北洋军阀横暴地压迫《新青年》的作者和读者的时候，后期《新青年》由共产党人直接主持，第一篇发表的就是瞿秋白所译的《国际歌》，而性质也全是政治的了。同样在文学领域，承继和发扬了《新青年》的反对旧文学与建设新文学的传统的，是也成立于1921年的文学研究会。这时对新文学的意义更明确了，强调时代与环境对于作家的影响，强调文学之为人生及改造人生的意义。1922年《创造季刊》的出版，基本性质也是暴露与反抗现实人生的。以后经过了五卅、大革命到1927年革命阵营的分化，在文学领域里也有同样的表现；因此我们可以说从1919年到1927年是第一个时期。从政治情势上或文学理论上固然可以说明是如此，从作家与作品的表现和主要倾向上看也是如此。

第二时期是1927年到1937年的十年，相当于《新民主主义论》的第三时期。毛泽东同志说："因为在前一时期的末期，革命营垒中发生了变化，中国大资产阶级转到了帝国主义和封建势力的反革命营垒，民族资产阶级也附和了大资产阶级，革命营垒中原有的四个阶级，这时剩下了三个，剩下了无产阶级、农民阶级和其他小资产阶级（包括革命知识分子），所以这时候，中国革命就不得不进入一个新的时期，而由中国共产党单独地领导群众进行这个革命。这一时期，是一方面反革命的'围剿'，又一方面革命深入的时期。这时有两种反革命的'围剿'：军事'围剿'和文化'围剿'。也有两种革命深入：农村革命深入和文化革命深入。……其中最奇怪的，是共产党在国民党统治区域内的一切文化机关中处于毫无抵抗力的地位，为什么文化'围剿'也一败涂地了？这还不可以深长思之吗？而共产主义者的鲁迅，却正在这一'围剿'中成了中国文化革命的伟人。"[21]针对着这样的客观情势，在文学领域，经过了1928年至1929年的关于革命文学的论争，1930年3月左翼作家联盟成立了。在左联的工作下，已提出了建设无产阶级革命文学的新任务，马列主义的文艺思想已在文学界占有绝对优势的领导地位。虽然在今天看来，当时的工作内容有不够或值得批判的地方，但那时确是在文化围剿之中战斗过来并发生了广泛影响的。到了末期，因为新形势的到来，"抗日民族统一战线"的提出，又对宗派主义与关门主义作了清算，1936年春自动将左联组织解散了，努力团结一切有爱国意识与民族思想的作家为民族解放斗争服务。左联的组织形式虽然从成立到解散只有六年，但这十年期间整个可以说是由左联来领导的；无论从文学理论或创作来说，都是如此，其中最杰出的领导者便是鲁迅。

第三时期是1937年到1942年的五年。即从抗战开始到《在延安文艺座谈会上的讲话》的发表，抗战期间前五年的文学。从1936年的西安事变起，在全国广大人民的抗日要求的压力下，这时停止了内战，取得了一般的国内和平；1937年起便开始了全国性的抗日战争。抗日民族统一战线在相当程度上形成了，国共两党又有了某种形式的合作，而在文学领域，团结的工作也有了一定的成就，组织成了以进步作家为骨干的，包括所有赞成抗日的作家的中华全国文艺界抗敌协会。由文协的组织发动了广泛的文艺力量来为民族解放战争服务，发动"文章下乡，文章入伍"，使过去一些比较落后的作家也开始接触了现实，受到进步文学思想的领导；一些在大都市住惯的作者也开始和农民兵士有了初步的接近。但就文学的中心领导思想说，则较之左联时期比较退守了；批评的工作在强调团结的影响下没有很好地展开，作品中的思想性一般也不是很高。1940年关于民族形式讨论情形的混乱，1942年毛泽东同志《在延安文艺座谈会上的讲话》中所针对指出的一些错误思想，都可以说明这情形。但作家们为抗日服务的激越情绪是有的，也有了一些通俗形式的作品；一般的是以歌颂抗战促成团结为作品主要内容的。这时期作家们的情绪很高，而且活动普遍到各个地方区域，文艺运动是相当发展的。

第四时期是1942年到1949年的七年。即自《在延安文艺座谈会上的讲话》的发表到中华全国文学艺术工作者代表大会的召开的时期。我们不以抗战八年为一期，而以《在延安文艺座谈会上的讲话》为分期的界线，就因为这讲话实在太重要了；解决了新文学运动以来的许多问题，使文学运动和作家的实践都有了一个明确的方向。而且历史证明了这讲话的正确性，我们已有了好多优秀的善于为工农兵服务的作家和作品。这是新文学发展的方向问题，也是由左联提倡大众化以来，进步作家们努力企图解决而没有得到彻底解决的问题。这是新文学建设上的关键，只有为什么人服务的问题得到解决，新文学才有可能走上健全发展的大道。但在毛泽东文艺思想的领导下，在抗日根据地已经建立了人民民主政权的条件下，这问题不只在思想上弄明确了，而且立刻使作家们开始了实践；从工作实践与创作实践中具体地体验了毛泽东文艺思想的正确，使文艺工作者与文艺的面貌较之过去有了根本的改变。到1949年全国解放战争基本结束时召开的全国规模的文学艺术工作者代表大会时为止，仅收到《人民文艺丛书》中的优秀作品就有一百七十七种，这些都是实践了毛泽东文艺思想以后的作品，都是用新的语言形式写出的新的主题和新的人物；这些作品充分证明了"文学的工农兵方向"的正确。

不只解放区的作品自然地以1942年划分界线最合适，国统区的作品也是如此。这首先要由政治情势来说明：1941年的皖南事变是抗战的一个转捩点，国民党反动集团勾结日本帝国主义及汉奸汪精卫等布置了歼灭人民抗日武装新四军的阴谋，企图投降日寇，以中日联合剿共来结束抗战局面；这次全国性的反共高潮虽为党的英明领导和全国人民的愤怒呼吁打退了，但国民党反动派的面目在其统治区也已完全暴露无遗，为全体人民所共弃了。在这以后，一切有民族意识和希望抗战胜利的作家都对国民党感到了失望与痛恨，不再寄托任何的希望，因此表现在作品中的题材和主题的基本倾向也与抗战初期大不相同了。歌颂抗战进步的作品减少了，多的是暴露国统区黑暗统治和争取民主自由的作品；一些比较落后的作家苦闷了，而大多数的进步作家则自然把他们的目光投向了人民的武装和人民的政权。毛泽东同志的著作经常秘密而又普遍地流传于国统区，新的文艺方向大大鼓舞了作家们追求进步与光明的意向，因而也出现了许多思想性很强的作品。党的领导自来是有全国意义和全国影响的，绝不仅局限于已解放的地区。虽然国统区的作家们遭受着统治者的压迫，没有直接与工农结合的方便和条件，但群众的民主运动也经常地用文艺作品和文艺的形式作为武器，作家们并不是没有战斗的任务和岗位的。这种情况在抗战胜利后的解放战争期间，基本上也还是没有大的改变；在反美、反饥饿、反内战、反迫害各种运动中，文艺工作者都贡献了很大的力量。因此这七年中基本上是新文学获得了毛泽东文艺思想直接领导的时期，"一切危害人民群众的黑暗势力必须暴露之，一切人民群众的革命斗争必须歌颂之，这就是革命文艺家的基本任务"[22]。这一时期文学的活动方向是遵循着这一原则的。

1949年7月召开的中华全国文学艺术工作者代表大会，是在中国革命已经取得基本胜利的时候在人民的首都北京举行的。这样空前的大会表示着人民对于文艺的重视和需要，表示着全国文艺工作者的团结和会师，也表示着此后将又是一个新的开始。这次大会不只产生了中华全国文学艺术界联合会的组织，而且分别部门成立了文学、戏剧、电影等工作者的协会；以后各地方也陆续召开了文代大会，产生了地方组织。全国的文艺工作者从此有组织地团结起来了，而且自中央人民政府成立后，政务院中也设立了领导全国文艺工作的文化部,文学的方向与活动都明确而有计划性了,作家们又自觉努力地学习马列主义和毛泽东思想,对于新中国建设中的文艺工作,文艺工作者一定会有辉煌的贡献。朱德总司令在文代大会讲话时说:"文学艺术工作者在将来的新时代中,要担负比过去更重大的责任,这主要的就是用文学艺术的武器鼓舞全国的人民,首先是劳动人民,团结一致,克服困难,改正缺点,来努力建设我们的独立、自由、民主、统一、富强的新国家。我们的国家,在经历重重困难以后,将要达到一个光明的兴旺的时代。我相信我们的文学艺术,在经历困难时期并且克服自己的缺点以后,一定也要达到一个光明的兴旺的时代。人民是要兴旺起来的,真正和人民站在一起的文学艺术也一定是要兴旺起来的。希望全国的文学艺术工作者团结起来,加强工作,迎接这个新时代。"[23]大会闭幕后各方面的实践,取得了丰富的收获;无论就群众文艺的展开、旧艺人的改造、普及工作或创作的成绩说,都说明了文艺工作者是努力担负人民赋予他们的任务的。中国的新文学史由"五四"到文代大会恰好三十年,随着中华人民共和国的成立,以后将另起一个新的时期,将会有更其灿烂丰硕的果实的。

* * *

〔1〕〔2〕〔3〕〔6〕〔8〕〔10〕〔21〕毛泽东:《新民主主义论》。

〔4〕茅盾:《中国新文学大系·小说一集导言》。

〔5〕〔7〕郭沫若:《为建设新中国的人民文艺而奋斗》。

〔9〕冯雪峰:《中国文学中从古典现实主义到无产阶级现实主义的发展的一个轮廓》。

〔11〕胡适:《我的歧路》。
〔12〕曹聚仁:《文坛五十年》。
〔13〕〔14〕鲁迅:《南腔北调集·〈自选集〉自序》。
〔15〕鲁迅:《南腔北调集·我怎么做起小说来》。
〔16〕鲁迅:《南腔北调集·〈守常全集〉题记》。
〔17〕鲁迅:《且介亭杂文·忆刘半农君》。
〔18〕冯雪峰:《鲁迅先生对左联的态度》。
〔19〕冯雪峰:《党给鲁迅以力量》。
〔20〕即毛泽东《中国共产党在民族战争中的地位》,1938年11月25日以《论新阶段》为题,发表于《解放》周刊第57期。——编者注。
〔22〕毛泽东:《在延安文艺座谈会上的讲话》。
〔23〕见《中华全国文学艺术工作者代表大会纪念文集》。

第 一 编

伟大的开始及发展

(1919—1927)

第一章 从文学革命到革命文学

一 文 学 革 命

《新青年》于 1915 年 9 月创刊，由陈独秀主编，原名《青年杂志》，创刊号开首是陈独秀的《敬告青年》一文，对青年特陈六义：（一）自主的而非奴隶的，（二）进步的而非退守的，（三）进取的而非退隐的，（四）世界的而非锁国的，（五）实利的而非虚文的，（六）科学的而非想象的。自二卷起改名《新青年》（1916 年 9 月），遂成了反封建和鼓吹民主革命的中心刊物。1919 年 1 月陈独秀在《新青年罪案之答辩书》（六卷一期）中说：

> 他们所非难本志的，无非是破坏孔教，破坏礼法，破坏国粹，破坏贞节，破坏旧伦理（忠孝节），破坏旧艺术（中国戏），破坏旧宗教（鬼神），破坏旧文学，破坏旧政治（特权人治），这几条罪案。这几条罪案，本社同人当然直认不讳。但是追本溯源，本志同人本来无罪，只因为拥护那德莫克拉西（Democracy）和赛因斯（Science）两位先生，才犯了这几条滔天大罪。要拥护那德先生，便不得不反对那孔教，礼法，贞节，旧伦理，旧政治。要拥护那赛先生，便不得不反对那旧艺术，旧宗教。要拥护德先生，又要拥护赛先生，便不得不反对国粹和旧文学。

1919年12月的《新青年宣言》(七卷一期)又说:

> 我们相信,世界各国政治上道德上经济上因袭的旧观念中,有许多阻碍进化而不合情理的部分。我们想求社会进化,不得不打破"天经地义""自古如斯"的成见,决计一面抛弃此等旧观念,一面综合前代贤哲当代贤哲和我们自己所想的,创造政治上道德上经济上的新观念,树立新时代的精神,适应新社会的环境。
>
> 我们理想的新时代,新社会,是诚实的,进步的,积极的,自由的,平等的,创造的,美的,善的,和平的,相爱互助的,劳动而愉快的,全社会幸福的。希望那虚伪的,保守的,消极的,束缚的,阶级的,因袭的,丑的,恶的,战争的,轧轹不安的,懒惰而烦闷的,少数幸福的现象,渐渐减少,至于消灭。

这可以说明《新青年》在当时的态度和主要论点,而反对旧文学自然也是反对封建文化中的主要工作,鲁迅说:

> 凡是关心现代中国文学的人,谁都知道《新青年》是提倡"文学改良",后来更进一步而号召"文学革命"的发难者。但当1915年9月中在上海开始出版的时候,却全部是文言的。苏曼殊的创作小说,陈嘏和刘半农的翻译小说,都是文言。到第二年,胡适的《文学改良刍议》发表了,作品也只有胡适的诗文和小说是白话。后来白话作者逐渐多了起来,但又因为《新青年》其实是一个论议的刊物,所以创作并不怎样著重。[1]

1917年1月胡适发表《文学改良刍议》一文，主张文学改良，须从八事入手：

> 一曰，须言之有物。　二曰，不摹仿古人。
> 三曰，须讲求文法。　四曰，不作无病之呻吟。
> 五曰，务去烂调套语。　六曰，不用典。
> 七曰，不讲对仗。　八曰，不避俗字俗语。

结论说："上述八事，乃吾年来研思此一大问题之结果。远在异国，既无读书之暇晷，又不得就国中先生长者质疑问难，其所主张容有矫枉过正之处。然此八事皆文学上根本问题，一一有研究之价值。故草成此论，以为海内外留心此问题者作一草案。谓之刍议，犹云未定草也。伏惟国人同志有以匡纠是正之。"胡适的文学改良主张，反映了白话文代替文言文的历史发展趋势，在当时有一定的进步意义；但是他的这些主张是很不彻底的。这篇文章不只本身仍是用文言写的，态度也"和平"之至；名为"改良""刍议"，还自说"容有矫枉过正之处"，内容也有很大的妥协性和软弱性；如解释第六条"不用典"，先分典为广狭二义，广义之典就有五种，说是"可用可不用"，而"狭义之典亦有工拙之别，其工者偶一用之，未为不可，其拙者则当痛绝之已"。这岂不变成主张用典须精工了吗？当时钱玄同就说："惟于'狭义之典'，胡君虽然主张不用，顾又谓'工者偶一用之，未为不可'，则似犹未免依违于俗论。弟以为凡用典者，无论工拙，皆为行文之疵病。"[2]胡氏这篇文章。的中心思想只说明了一个文学是随时代变迁的进化观念，在接着发表的《历史的文学观念论》里，也仍是说明"一时代有一时代之文学";但何以在某一时代就会有某一种文学,我们在十二厚册的《胡适文存》里是找不到答案的。如果说他也曾有过解答的话,那就是"眼光""识力"一类的名词;所以他认为白话文学是自古以来即"一线相承,至今不绝"的,并不理解当时文学革命的真实要求。1918年《新青年》文章完全改用白话,四月,他在《建设的文学革命论》里,把"八不"概括成了"四条":"一,要有话说,方才说话。""二,有什么话,说什么话;话怎么说,就怎么说。""三,要说我自己的话,别说别人的话。""四,是什么时代的人,说什么时代的话。"他的"文学改良"的主张,不过如此。而且说建设新文学的唯一宗旨只有十个大字,"国语的文学,文学的国语"。这说明了他所注意的只是"白话"的形式。在《〈尝试集〉自序》中(1919年8月)他自己也说:"我们认定文字是文学的基础,故文学革命的第一步就是文字问题的解决。我们认定死文字定不能产生活文学,故我们主张若要造一种活的文学,必须用白话来做文学的工具。我们也知道单有白话未必就能造出新文学;我们也知道新文学必须要有新思想做里子。但是我们认定文学革命须有先后的程序:先要做到文字体裁的大解放,方才可以用来做新思想新精神的运输品。我们认定白话实在有文学的可能,实在是新文学的唯一利器。"又在《谈新诗》(同年10月)中说:"文学革命的运动,不论古今中外,大概都是从文的形式一方面下手,大概都是先要求语言文字文体等的大解放。……这一次中国的文学革命运动,也是先要求语言文字和文体的解放。"这说明了他所努力的只是一个文字工具的革新;他了解形式与内容是有密切关系的,但认为一切文学革命都从形式方面下手,显然是"形式决定内容"的形式主义的态度,而且就连这形式的改革主张也还是很不彻底的,他说:"我们可尽量采用《水浒》《西游》《儒林外史》《红楼梦》的白话;有不合今日的用的,便不用他;有不够用的,便用今日的白话来补助;有不得不用文言的,便用文言来补助。"[3]这说明在他意想中"口语"的地位只和文言一样,对于"白话"只是补助的地位,可见这论点的软弱和不彻底了。

在他发表《文学改良刍议》的《新青年》下一期(1917年2月),陈独秀就发表了《文学革命论》,正式举起了文学革命的旗子。他说:

> 余甘冒全国学究之故,高张"文学革命军"大旗,以为吾友之声援。旗上大书吾革命军三大主义:
> 曰推倒雕琢的阿谀的贵族文学,建设平易的抒情的国民文学;
> 曰推倒陈腐的铺张的古典文学,建设新鲜的立诚的写实文学;
> 曰推倒迂晦的艰涩的山林文学,建设明了的通俗的社会文学。

虽然所谓"国民文学"或"平民文学"(周作人有《平民文学》一文),还只如毛泽东同志所说,"实际上还只能限于城市小资产阶级和资产阶级的知识分子,即所谓市民阶级的知识分子"[4],"当时还没有可能普及到工农群众中去"[5],但这文学革命的大旗至少已经宣示了反封建与民主革命的本质,接触到了文学革命的主要内容。而且那战斗精神也是比胡适要坚定得多的。1917年4月胡适给陈独秀的信说：

> 此事之是非，非一朝一夕所能定，亦非一二人所能定。甚愿国中人士能平心静气与吾辈同力研究此问题。讨论既熟，是非自明。吾辈已张革命之旗，虽不容退缩，然亦决不敢以吾辈所主张为必是，而不容他人之匡正也。

但陈独秀的回信却说：

> 鄙意容纳异议，自由讨论，固为学术发达之原则，独至改良中国文学当以白话为正宗之说，其是非甚明，必不容反对者有讨论之余地；必以吾辈所主张者为绝对之是，而不容他人之匡正也。其故何哉？盖以吾国文化，倘已至文言一致地步，则以国语为文，达意状物，岂非天经地义，尚有何种疑义必待讨论乎？其必欲摈弃国语文学，而悍然以古文为文学正宗者，犹之清初历家排斥西法，乾嘉时人非难地球绕日之说，吾辈实无余闲与之作此无谓之讨论也。

钱玄同也响应说：

> 此等论调虽若过悍，然对于迂谬不化之选学妖孽与桐城谬种，实不能不以如此严厉面目加之。因此辈对于文学之见解，正如反对开学堂，反对剪辫子，说"洋鬼子脚直跌倒爬不起"者其见解相同；知识如此幼稚，尚有何种商量文学之话可说乎！[6]

这里很明显地可以看出陈独秀等的战斗精神是要比胡适蓬勃得多的。这年《新青年》中有许多关于文学革命的通信,钱玄同刘半农等都有文章,而且那立论都比胡适要彻底得多。如刘半农说:"胡君仅谓古人之文不当摹仿,余则谓非将古人作文之死格式推翻,新文学决不能脱离老文学之窠臼。"[7] 钱玄同各文主要的贡献在于由语言文字的学理来证明新文学建立的必要与可能,但也有很多战斗的文字,如说"旧文章的内容,不到半页,必有发昏做梦的话,青年子弟,读了这种旧文章,觉其句调铿锵,娓娓可诵,不知不觉,便为文中之荒谬道理所征服"[8]。在《〈尝试集〉序》(1918年1月)里,他更正面说出了对文学的主张:

> 现在我们认定白话是文学的正宗:正是要用质朴的文章,去铲除阶级制度里的野蛮款式;正是要用老实的文章,去表明文章是人人会做的,做文章是直写自己脑筋里的思想,或直叙外面的事物,并没有什么一定的格式。对于那些腐臭的旧文学,应该极端驱除,淘汰净尽,才能使新基础稳固。

这些人的态度都比胡适坚定,战斗性很强,不像胡适的改良的形式主义。1918年《新青年》全用白话,由陈独秀、李大钊、钱玄同、沈尹默、刘半农、胡适六人轮流编辑,里面有白话诗的试作,也介绍了一些东欧和北欧的文学。用当时王敬轩致书《新青年》编者的话说:"惟贵报又大倡文学革命之论。权舆于二卷之末。三卷中乃大放厥词。几于无册无之。四卷一号更以白话行文。且用种种奇形怪状之钩挑以代圈点。"就在这年5月，鲁迅发表了小说《狂人日记》，"算是显示了文学革命的实绩"，而且陆续写了许多《新青年》的《随感录》中的战斗杂文，初步地奠定了文学革命的基础。同年冬天，李大钊、陈独秀等创办了政治指导刊物《每周评论》；同时北京大学学生罗家伦等筹办月刊《新潮》（英文名 The Renaissance，意即文艺复兴），陈独秀立即答应由北大校方担负经济，李大钊又拨给了北大图书馆的一个房间给新潮社用，[9]在他们的支持下，1919年1月《新潮》出版了。这些杂志虽然都不是纯文学的，但不只文字全用白话，而且内容是以反封建为主的，与《新青年》立场相一致，对于文学革命自然是鼓吹与支持的；《新潮》上且发表了不少的创作。1918年12月（《新青年》五卷六期）周作人发表了《人的文学》，说"我们现在应该提倡的新文学，简单地说一句，是'人的文学'，应该排斥的，便是反对的，非人的文学"。"我所说的人道主义，并非世间所谓'悲天悯人'或'博施济众'的慈善主义，乃是一种个人主义的人间本位主义。……用这人道主义为本，对于人生诸问题，加以记录研究的文字，便谓之人的文学。"这里虽然说得很笼统模糊，但算是当时的正面意见，以封建文学为非人的文学，要建设的是"人的文学"，文学是被安置在现实的人生社会上面了。

但文学革命是通过了五四运动，才当作新民主主义革命的有力的一翼而扩大影响与力量的。当时全国学生团体中出版了许多小型的白话报纸和期刊，如《湘江评论》、《少年中国》、《星期评论》、《解放与改造》（后名《改造》）、《建设》等，都提倡新文化和新文学；而且通过群众运动，使影响也普遍到全国范围。北京的《晨报副刊》、上海《民国日报》的《觉悟》、《时事新报》的《学灯》,是当时著名的提倡新文化的副刊,发生的影响很大。1920年以后,《东方杂志》《小说月报》等大杂志也改变内容和采用白话了,文学革命算有了初步的收获。

"五四"初期对于文学革命的一般要求是以反对旧文学为主,所谓"旧"主要是指封建性的内容,其次是文言的形式。陈独秀攻击旧文学说:"其形体则陈陈相因,有肉无骨,有形无神,乃装饰品而非实用品。其内容则目光不越帝王权贵,神仙鬼怪,及其个人之穷通利达。所谓宇宙,所谓人生,所谓社会,举非其构思所及。"[10]这说明了他是要求以"人生""社会"为内容的新文学的。当时的前驱者们对于文学的看法彼此并不十分一致,这是统一战线的运动;但对于反对旧文学和主张介绍现代思想的欧洲文学却是一致的。陈独秀的社会思想虽然在当时还很朦胧,但是较之胡适的单纯的进化观念,而且将中国文学史割裂为"白话文学史"与"文言文学史"对立的形式主义的看法,就进步多了。当时对于新文学的一般观念,是要求建设一种用现代人的话来表现现代人思想的文学;因此主张民主主义与反对封建主义就成了文学革命的主要内容。反对死文字与旧思想(封建文化)都是反封建的战斗表现,为的是要使民主主义文学取得中国文学的正宗地位。在这种战斗中,自始即表现了坚韧精神的,是鲁迅;这不只由于他最早写了作品,在《新青年》的《随感录》中,那战斗的锋芒也是很锐利的。如1919年写的杂文,攻击反对白话的人为"现在的屠杀者",说他们"做了人类想成仙;生在地上要上天;明明是现代人,吸着现在的空气,却偏要勒派朽腐的名教,僵死的语言,侮蔑尽现在，这都是'现在的屠杀者'。杀了'现在'，也便杀了'将来'。——将来是子孙的时代"[11]。这说得多么透彻与沉痛！我们的"文学革命"就是这样和这些"现在的屠杀者"不断战斗过来的。当然，这个运动因受着历史的限制，也不是完全没有缺点的。毛泽东同志说：

> 五四运动时期，一班新人物反对文言文，提倡白话文，反对旧教条，提倡科学和民主，这些都是很对的。在那时，这个运动是生动活泼的，前进的，革命的。……但五四运动本身也是有缺点的。那时的许多领导人物，还没有马克思主义的批判精神，他们使用的方法，一般地还是资产阶级的方法，即形式主义的方法。他们反对旧八股、旧教条，主张科学和民主，是很对的。但是他们对于现状，对于历史，对于外国事物，没有历史唯物主义的批判精神，所谓坏就是绝对的坏，一切皆坏；所谓好就是绝对的好，一切皆好。这种形式主义地看问题的方法，就影响了后来这个运动的发展。[12]

这种世界观和方法论的限制，即在一般先驱者们，也还是存在着的。

二 思想斗争

"文学革命"的旗子竖起以后，一时并没有人出来反对，旧文人好像"漠然无睹"或"不屑与辩"的样子，这使提倡者不免有寂寞之感。鲁迅先生说："凡有一人的主张，得了赞和,是促其前进的,得了反对,是促其奋斗的,独有叫喊于生人中,而生人并无反应,既非赞同,也无反对,如置身毫无边际的荒原,无可措手的了,这是怎样的悲哀呵!我于是以我所感到者为寂寞。"又说:"他们正办《新青年》,然而那时仿佛不特没有人来赞同,并且也还没有人来反对,我想,他们许是感到寂寞了。"而鲁迅的开始写小说,就是为了"呐喊几声,聊以慰藉那在寂寞中奔驰的猛士,使他不惮于前驱"[13]的。为了集中力量打击敌人,《新青年》四卷三号(1918年3月)上便刊出了王敬轩《给新青年编者的一封信》和刘半农的《复王敬轩书》;王敬轩本无其人,那信是钱玄同的手笔,将旧文人反对新文学的许多看法罗织在一起,预备给以致命的一击的。在刘半农的复信里,的确也痛快淋漓,战斗的气氛是很浓的。鲁迅说:"古之青年,心目中有了刘半农三个字,原因并不在他擅长音韵学,或是常做打油诗,是在他跳出鸳鸯派,骂倒王敬轩,为一个'文学革命'阵中的战斗者。"[14]到1919年,响应《新青年》主张的人渐渐多了,于是反对的声音也猛烈了。北京大学校内也出了反对新文化运动的刊物——刘师培、黄侃等办的《国故》,校外也盛传安福部军阀将驱逐陈独秀诸人,陈独秀有《关于北京大学的谣言》一文,就是引各种报纸舆论来说明"政府不当干涉言论思想的自由",结尾说:"《新青年》所讨论的,不过是文学,孔教,戏剧,守节,扶乩,这几个很平常问题,并不算什么新奇的议论,以后世界新思想的潮流,将要涌到中国来的很多。我盼望大家只可据理争辩,不用那'依靠权势''暗地造谣'两种武器才好。""依靠权势"是反对者的主要凭借,因为执政的人就是封建军阀。当时古文家林纾（琴南）在《新申报》作小说，影射痛骂陈独秀、胡适诸人，如《荆生》一篇，写田其美（陈）、金心异（钱）、狄莫（胡）三人聚谈于陶然亭，田生大骂孔子，狄生主张白话；忽然隔壁一个伟丈夫（荆生）过来，痛击田、狄，并教训一顿金生而去。这并不只是自我陶醉，荆生是实有所指的；星云堂影印刘半农藏的《初期白话诗稿》编者序引云："黄侃先生还只空口闹闹而已，卫道的林纾先生却要于作文反对之外借助于实力——就是他的荆生将军，而我们称为小徐的徐树铮。这样文字之狱的黑影，就渐渐地向我们头上压迫而来，我们就无时无日不在栗栗危惧中过活。"当时这些反对者又曾运动安福部的国会出来弹劾教育总长和北京大学校长，虽然皆未成功，但也可知前驱者们战斗的艰辛了。林纾自己写了一篇《论古文白话之相消长》，举历史事实，说明"即谓古文者白话之根柢，无古文安有白话。……吾辈已老，不能为正其非，悠悠百年，自有能辩之者。请诸君拭目俟之"。但他自己并没有等到百年的耐心，1919年3月，他写信给北大校长蔡元培，蔡为书答之，这就是当时有名的《致蔡鹤卿太史书》和《复林琴南书》；是新文学建设中的重要文献。林书云：

> 且天下惟有真学术真道德始足独树一帜，使人景从。若尽废古书，行用土语为文字，则都下引车卖浆之徒所操之语，按之皆有文法，不类闽广人无文法之啁啾。据此，则凡京津之稗贩，均可用为教授矣。若《水浒》《红楼》皆白话之圣，并足为教科之书。不知《水浒》中辞吻多采岳珂之《金陀萃编》，《红楼》亦不止

为一人手笔。作者均博极群书之人。总之，非读破万卷不能为古文，亦并不能为白话。若化古子之言为白话演说，亦未尝不是。按《说文》，演，长流也，亦有延之广之之义。法当以短演长，不能以古子之长，演为白话之短。……大凡为士林表率，须圆通广大，据中而立，方能率由无弊。若凭位分势力，而施趋怪走奇之教育，则惟穆罕默德左执刀而右传教，始可如其愿望。今全国父老，以子弟托公，愿公留意，以守常为是。

蔡元培复信驳之，辞正义严，说明若大学教授于学校之外自由发表意见，则仿世界各大学通例，悉听其自由发展。蔡元培的这种教育方针，对"五四"期新思想的介绍和传播，发生过很好的影响。他自己也赞成新文化运动，他说"我想将来白话派一定占优胜的"[15]。这很鼓励了提倡者和青年们的勇气。王敬轩的信中曾说："某意今日之真能倡新文学者，实推严几道林琴南两先生。"林严二人是旧派在当时最推崇的人物。严几道当时没有发表意见，后来才说："北京大学陈胡诸教员主张文言合一，在京久已闻之，……须知此事全属天演，革命时代学说万千，然而施之人间，优者自存，劣者自败，虽千陈独秀，万胡适钱玄同，岂能劫持其柄，则亦如春鸟秋虫，听其自鸣自止可耳。林琴南辈与之较论，亦可笑也。"[16]于是事实上林严等皆偃旗息鼓了。紧接着就是震动全国的五四运动，通过"五四"，新文学获得了群众的积极支持，广泛地扩大了它的影响；而且在"五四"浪潮的冲击下，封建文化的代言人也暂时不敢出头露脸了。

1921年以后，是所谓"五四"落潮期，毛泽东同志说：

"当时的资产阶级知识分子,是五四运动的右翼,到了第二个时期,他们中间的大部分就和敌人妥协,站在反动方面了。"[17]针对着新文化战线内部的分化,反对者的声浪也起来了。1922年1月南京出了一种《学衡》杂志,以胡先骕、梅光迪、吴宓等为主,写了很多攻击新文化与文学革命的文章。他们在《〈学衡〉杂志简章》中标榜"昌明国粹,融化新知;以中正之眼光,行批评之职事"。打着复古主义和折衷主义的旗号,向新文化运动进攻。这些人都是留学生出身,是标准的封建文化与买办文化相结合的代表,很能援引西方典籍来"护圣卫道",直接地主张文章应该由摹仿而脱胎,不应创造。胡先骕的《中国文学改良论》本来是"五四"前就发表在南京《高等师范日刊》的,当时罗家伦曾在1919年5月,《新潮》一卷五期上为文驳之,这时又卷土重来了。他们主张"大家应作韩欧以还八大家及桐城派的文章,此而不得,则亦当作《新民丛报》一派的文章,但是决不可以作白话"[18]。鲁迅在《估〈学衡〉》一文中说:

夫所谓"学衡"者,据我看来,实不过聚在"聚宝之门"左近的几个假古董所放的假毫光;虽然自称为"衡",而本身的称星尚且未曾钉好,更何论于他所衡的轻重的是非。所以,决用不着较准,只要估一估就明白了。……

《中国提倡社会主义之商榷》中说:"凡理想学说之发生。皆有其历史上之背影。决非悬空虚构。造乌托之邦。作无病之呻也。"查"英吉之利"的摩耳,并未做 Pia of Uto,虽曰之乎者也,欲罢不能,但别寻古典,也非难事,又何必当中加楦呢。于古未闻"睹史之陀",在今不去"宁古之塔",奇句如此,真可谓"有病之呻"了。……

以上不过随手拾来的事,毛举起来,更要费笔费墨费时费力,犯不上,中止了。因此诸公的说理,便没有指正的必要,文且未亨,理将安托,穷乡僻壤的中学生的成绩,恐怕也不至于此的了。

总之,诸公掊击新文化而张皇旧学问,倘不自相矛盾,倒也不失其为一种主张。可惜的是于旧学并无门径,并主张也还不配。倘使字句未通的人也算是国粹的知己,则国粹更要惭惶煞人!"衡"了一顿,仅仅衡出了自己的铢两来,于新文化无伤,于国粹也差得远。

我所佩服诸公的只有一点,是这种东西也居然会有发表的勇气。

这就是鲁迅对所谓《学衡》派的估价。鲁迅先生是惯用这种"当头一击"的战斗方式的。

右翼知识分子向封建文化妥协的标志,是胡适等人提倡的整理国故运动。《努力周报》附刊的《读书杂志》创刊于1922年5月,《国学季刊》创刊于1923年1月,当时这些人拟了许多国学必读书目,一时提倡国学的声音布于全国,在鲁迅的《热风》里我们可以读到许多反对所谓国学家的文字。当时如成仿吾就说:"他们这种运动的神髓可惜只不过是要在死灰中寻出火烬来满足他们那'美好的昔日'的情绪,他们是想利用盲目的爱国的心理实行他们倒行逆施的狂妄。"[19]郭沫若也说:"国学研究家就其性近力能而研究国学,这是他自己的分内事;但他如不问第三者的性情如何,能力如何,向着中学生也要讲演整理国故,向着留洋学生也要宣传研究国学，好像研究国学是人生中唯一的要事，那他是超越了自己的本分，侵犯了他人的良心了。"[20]这时正是政治上极端高压的时候，玄珠（茅盾）于1924年有《四面八方的反对白话声》一文，记各地统治当局的压制行动；北京也于这年查禁《独秀文存》等书籍，禁演易卜生的《娜拉》，[21]整理国故运动就是在这种情形下发生的。因此在1925年2月《京报副刊》征求学者们开"青年必读书"的时候，很多所谓名人都开了许多的中国古书，而鲁迅先生却说："我以为要少——或者竟不——看中国书，多看外国书。"这是针对这些提倡青年人应读古书的人们说的。

1923年国内还有过一次所谓"科学与人生观"的论战，参加的人很多，丁文江、唐钺等对梁启超、张君劢等作了科学与玄学的论争，后来收集起来的文字达二十五万字；但其实并没有得到很好的收获。陈独秀说：

> 只可惜一班攻击张君劢梁启超的人们，表面上好像是得了胜利，其实并未攻破敌人的大本营，不过打散了几个支队，有的还是表面上在那里开战，暗中却已投降了（如范寿康先天的形式说，及任叔永人生观的科学是不可能说）。就是主将丁文江大攻击张君劢唯心的见解，其实他自己也是以五十步笑百步，这是因为有一种可以攻破敌人大本营的武器，他们素来不相信，因此不肯用。……
>
> 我们相信只有客观的物质原因可以变动社会，可以解释历史，可以支配人生观，这便是"唯物的历史观"。我们现在要请问丁在君先生和胡适之先生：相信"唯物

的历史观"为完全真理呢,还是相信唯物以外像张君劢等类人所主张的唯心观也能够超科学而存在?[22]

这虽然好像与文学没有多大关系,但"科学"的口号是"五四"的领导思想之一,深入的讨论也可以看出这些人的思想根源,而这些思想当然也会影响到文学的。这时"唯物的历史观"已可以相当地批判这些思想,而领导着全国的思想斗争了。

1925年章士钊办《甲寅周刊》,又集中力量反对新文学,他那时是段祺瑞执政下的司法总长兼教育总长,正是封建势力在文化上的代表。在鲁迅的《华盖集》和《华盖集续编》里的许多文字,主要就是对这一势力战斗的。《甲寅周刊》注明"文字须求雅驯,白话恕不刊布"。所持理论也和《学衡》派差不多,不过更"悻悻然"一些罢了。如说:

> 计自白话文体盛行而后,髦士以俚语为自足,小生求不学而名家;文事之鄙陋干枯,迥出寻常拟议之外。黄茅白苇,一往无余,海盗海淫,无所不至;此诚国命之大创,而学术之深忧![23]

当时《国语周刊》的白涤州等曾写了很多文章,要"打倒这只拦路虎",唐钺也写了《文言文的优胜》《告恐怖白话文的人们》和《现代人的现代文》(均收于《中国史的新页》一书)等文章,但这时形式的文言白话之争的时期实际上已经过去了,白话的地位已经确立,而胡适等也已经和章士钊携手了;虽然他也写了一篇《老章又反叛了》,但那只是为了保持个人的历史光荣，文章是没有力量的。鲁迅《答 KS 君》一文说：

> 你这样注意于《甲寅周刊》，也使我莫名其妙。《甲寅》第一次出版时，我想，大约章士钊还不过熟读了几十篇唐宋八大家文，所以摹仿吞剥，看去还近于清通。至于这一回，却大大地退步了，关于内容的事且不说，即以文章论，就比先前不通得多。连成语也用不清楚，如"每下愈况"之类。尤其害事的是他似乎后来又念了几篇骈文，没有融化，而急于捋撷，所以弄得文字庞杂，有如泥浆混着沙砾一样。即如他那《停办北京女子师范大学呈文》中有云，"钊念儿女乃家家所有良用痛心为政而人人悦之亦无是理"，旁加密圈，想是得意之笔了。但比起何棫《齐姜醉遣晋公子赋》的"公子固翩翩绝世未免有情少年而碌碌因人安能成事"来，就显得字句和声调都怎样陋弱可哂。何棫比他高明得多，尚且不能入作者之林，章士钊的文章更于何处讨生活呢？况且，前载公文，接着就是通信，精神虽然是自己广告性的半官报，形式却成了公报尺牍合璧了，我中国自有文字以来，实在没有过这样滑稽体式的著作。这种东西，用处只有一种，就是可以藉此看看社会的暗角落里，有着怎样灰色的人们，以为现在是攀附显现的时候了，也都吞吞吐吐的来开口。至于别的用处，我委实至今还想不出来。倘说这是复古运动的代表，那可是只见得复古派的可怜，不过以此当作讣闻，公布文言文的气绝罢了。所以，即使真如你所说，将有文言白话之争，我以

> 为也该是争的终结,而非争的开头,因为《甲寅》不足称为敌手,也无所谓战斗。倘要开头,他们还得有一个更通古学,更长古文的人,才能胜对垒之任,单是现在似的每周印一回公牍和游谈的堆积,纸张虽白,圈点虽多,是毫无用处的。[24]

正如鲁迅所说,这次只是文言白话之争的终结;但这争论不只是形式的,是有思想内容的。鲁迅在1925、1926两年领导《语丝》对《现代评论》派的战斗,正是对这些官场学者的揭发。瞿秋白说:

> 鲁迅当时反对这些欧化绅士的战斗,虽然隐蔽在个别的甚至私人的问题之下,然而这种战斗的原则上的意义,越到后来就越发明显了。统治者不能够完全只靠大炮机关枪,一定需要某种"意识代表"。这些代表们的虚伪和戏法是无穷的。暴露这些"做戏的虚无主义者"(看《华盖集续编·马上支日记》),也就必须有持久的韧性的斗争。[25]

这时在上海爆发了"五卅"以后的反帝运动,接着是1925至1927年的大革命高潮,很多人参加革命实践去了,而在文学上也就有了反映这种要求的"革命文学"的口号。

三 文学社团

文学上的组织和一切的社会结社一样,它必然带着民主斗争的政治性质；虽然它并不就等于政治组织，但仍有它一定的政治意义。在新文学的历史上，承继着《新青年》文学革命的第一个文学团体是1921年1月成立的文学研究会。它是由沈雁冰、叶绍钧、郑振铎、许地山、王统照、周作人、朱希祖、耿济之、瞿世英、蒋百里、郭绍虞、孙伏园十二人发起的。在该会的宣言中说：

> 将文艺当作高兴时的游戏，或失意时的消遣的时候，现在已经过去了。我们相信文学也是一种工作，而且又是于人很切要的一种工作。治文学的人，也当以这事为他一生的事业，正同劳农一样。所以我们发起本会，希望不但成为普通的一个文学会，还是著作同业的联合的基本，谋文学工作的发达与巩固。

从这里可以看出他们反封建和反对艺术至上主义的态度。这篇由上述十二人署名的宣言发表在《小说月报》的十二卷一期上。《小说月报》是一个已经有了十一年历史的刊物，从第十二卷起，由沈雁冰（茅盾）编辑；在文学研究会的支持下，全部革新了。在《小说月报》改革宣言中，说明要在"译述西洋名家小说而外，兼介绍世界文学界潮流之趋向，讨论中国文学革进之方法"，并且提倡"写实主义的文学"，认为"写实主义在今日尚有切实介绍之必要"；又特设创作一栏，"以俟佳篇"。《小说月报》是新文学运动以来第一个纯文学的杂志，一直出版到1932年"一·二八"事件后停刊，在中国新文学史上发生过很大的影响。同年5月，由沈雁冰、郑振铎、叶绍钧等在上海成立分会，并在《时事新报》上附刊《文学旬刊》,由郑振铎主编,自八十一期起改为旬刊,共出到四百多期。郑振铎说:"这两个刊物都是鼓吹着为人生的艺术,标示着写实主义的文学的;他们反抗无病呻吟的旧文学;反对以文学为游戏的鸳鸯蝴蝶派的'海派'文人们。他们是比新青年派更进一步地揭起了写实主义的文学革命的旗帜的。"[26]文学研究会在各地设有分会,也出版了一些刊物;此外还陆续出有"文学研究会丛书"多种。在现代文学史上,属于这个社团和由他们培养出来的作家,数量很多,它是"五四"以后影响很大的文学团体。

在成立之初,文学研究会的作家们并没有自觉地和明确地提出自己完整的文学主张和纲领来,只是在作品和言论中表现了一种比较一致的和明显的倾向。这可以由发起人之一沈雁冰(茅盾)后来对这一文学团体的评论中得到说明。他说:

"五四"时代初期的反封建的色彩,是明明白白的;但是"反"了以后应当建设怎样一种新的文化呢?这问题在当时并没有确定的回答。不是没有人试作回答,而是没有人的提案能得普遍一致的拥护。那时候,参加"反封建"运动的人们并不是属于同一的社会阶层,因而到了问题是"将来如何"的时候,意见就很分歧了。然而也不是没有比较最有势力的一种意见,这就是所谓"只问病源,不开药方"。这是对于"将来如何"一问题的一种态度,——或者也可以说是躲避正面答复的一种态度。这不是答案。然而这样的态度的产生有它社会的根据。这是代表了最大多数的比上不足比下有余的知识者的意识的。同时这种意识当然也会反映到文艺的领域。文学研究会宣言中所表示的对于文学的态度就是当时普遍现象的一角。[27]

就我所知，文学研究会是一个非常散漫的文学集团。文学研究会发起诸人，什么"企图"，什么"野心"，都没有的；对于文艺的意见，大家也不一致——并且未尝求其一致！如果有所谓"一致"的话，那亦无非是"将文艺当作高兴时的游戏或失意时的消遣的时候，现在已经过去了"这一基本的态度。现在想起来，这一基本的态度，虽则好像平淡无奇，而在当时，却是文学研究会所以能成立的主要原因。……假使我们说文学研究会是应了"要校正那游戏的消遣的文学观"之客观的必要而产生的，光景也没有什么错误吧？[28]

这一句话，不妨说是文学研究会集团名下有关系的人们的共同的基本的态度。这一个态度，在当时是被理解作"文学应该反映社会的现象，表现并且讨论一些有关人生一般的问题"。这个态度，在冰心、庐隐、王统照、叶绍钧、落华生以及其他许多被目为文学研究会派的作家的作品里，很明显地可以看出来。[29]

这就是所谓提倡"为人生的艺术"的文学研究会的态度。这种态度是符合当时革命的要求的。"五四"是中国新民主主义革命的开始，反映在文学领域自然也是以反帝反封建的民主精神为主要内容的统一战线的运动；这种社会性质在那简单的"要校正那游戏的消遣的文学观",和主张"文学应该反映社会的现象,表现并且讨论一些有关人生一般的问题"的几句话里已经明显地表示出来了。

文学研究会当时除提倡创作外,还有几件显著的工作可说:第一是对封建文化的战斗,郑振铎在《文学旬刊百期纪念号题辞》中说:

> 本刊的出版,正当《礼拜六》复活之时,本刊以孤军与他们奋斗,自最初至现在,未曾一刻自懈。……后来南京的《学衡》派(?)出来,宣传复古的言论,我们又曾与他们辩论过许多次;在许多次的辩论中,又有许多的读者给我们以不少的帮助与鼓励。

其次是对于文学批评的注重,在这方面,沈雁冰的贡献最多。《小说月报改革宣言》中说:"西洋文艺之兴盖与文学上之批评主义相辅而进。……我国素无所谓批评主义,月旦既无不易之标准,故好恶多成于一人之私见;'必先有批评家,然后有真文学家',此亦为同人坚信之一端;同人不敏,将先介绍西洋之批评主义以为之导。"在《小说月报》中,批评的文字很多。沈雁冰在《文学与人生》一文中,主要即根据泰纳的学说,说明文学与"人种,环境,时代"的关系,很多批评文字的论点,也是由此出发的。再其次是关于翻译工作的努力,"他们翻译俄国法国及北欧的名著,他们介绍托尔斯泰,屠格涅夫,高尔基,安特列夫,易卜生以及莫泊桑等人的作品"[30]。曾在《小说月报》上出过《俄国文学研究》和《被压迫民族文学专号》。在这方面,耿济之、王鲁彦、李青崖等人出力最多。沈雁冰说:"介绍西洋文学的目的,一半果是欲介绍他们的文学艺术来,一半也为的是欲介绍世界的现代思想——而且这应是更注意些的目的。"[31]文学研究会对于新文学运动初期所遗留下来的问题,主要是文学和时代社会的关系,在文学是"为人生",而且要"改造这人生"的口号下,得到了进一步的解决;因此要求作家注视社会病苦和新旧势力的斗争,暴露社会黑暗,同情被压迫的人物。"他们提倡血与泪的文学,主张文人们必须和时代的呼号相应答,必须敏感着苦难的社会而为之写作。文人们不是住在象牙塔里面的,他们乃是人世间的'人物',更较一般人深切地感到国家社会的苦痛与灾难的。"[32]

郑伯奇说:"在五四运动以后,浪漫主义的风潮的确有点风靡全国青年的形势。'狂风暴雨'差不多成了一般青年常习的口号。当时簇生的文学团体多少都带有这种倾向。其中,这倾向发挥得最强烈的,要算创造社了。"[33]

1921年夏天,由留日学生郭沫若、郁达夫、成仿吾、张资平、郑伯奇等所组织的创造社,先在泰东书局出了《创造社丛书》,收郭沫若《女神》、郁达夫《沉沦》、郭沫若译《少年维特之烦恼》及郑伯奇译《鲁森堡之一夜》四书。1922年5月1日,《创造季刊》出版(1922年5月至1924年1月)。在《创造季刊》的二卷一期之后,出了《创造周报》(1923年5月至1924年5月),1923年7月又在《中华日报》上出《创造日》,共出百期。这些作品在青年中得到了很多的读者。后来于1929年2月,创造社为国民党当局查封,才停止活动。郑伯奇说:

创造社也自称"没有划一的主义",并且说:"我们是由几个朋友随意合拢来的。我们的主义,我们的思想,并不相同,也并不必强求相同。"但是接着就表明:"我们所同的,只是本着我们内心的要求,从事于文艺的活动罢了。"这"内心的要求"一语,固然不必强作穿凿的解释;不过,我们也不应该完全忽视。这淡淡的一句话中,多少透露了这一群作家对于创作的态度。……

创造社的作家倾向到浪漫主义和这一系统的思想并不是没有原故的。第一,他们都是在外国住得很久,对于外国的(资本主义的)缺点,和中国的(次殖民地的)病痛都看得比较清楚;他们感受到两重失望,两重痛苦。对于现社会发生厌倦憎恶。而国内外所加给他们的重重压迫只坚强了他们反抗的心情。第二,因为他们在外国住得很久,对于祖国便常生起一种怀乡病;而回国以后的种种失望,更使他们感到空虚。未回国以前,他们是悲哀怀念;既回国以后,他们又变成悲愤激越;便是这个道理。第三,因为他们在外国住得长久,当时外国流行的思想自然会影响到他们。哲学上,理知主义的破产;文学上,自然主义的失败,这也使他们走上了反理知主义的浪漫主义的道路上去。[34]

后来郭沫若在《文学革命之回顾》一文中也说:"他们是在新兴资本主义的国家,日本,所陶养出来的人,他们的意识仍不外是资产阶级的意识。他们主张个性,要有内在的要求,自由的组织,无形之间便是他们的两个标语。"这些说明了当初他们这种思想的形成,和对于文学的态度。因此他们主张尊重艺术，表现自我，如成仿吾说：

> 不是对于艺术有兴趣的人，决不能理解为什么一个画家肯在酷热严寒里工作，为什么一个诗人肯废寝忘餐去冥想。我们对于艺术派不能理解，也许与一般对于艺术没有兴趣的人不能理解艺术家同是一辙。至少我觉得除去一切功利的打算，专求文学的"全"与"美"，有值得我们终身从事的价值之可能性。[35]

但事实上在中国的现实社会里，像他们这样如瞿秋白所说的"小资产阶级的流浪人的智识青年"[36]，是会感到没有所谓艺术的象牙之塔的。"他们依然是在社会的桎梏之下呻吟着的时代儿"[37]，因此便自然地会要求反抗。郭沫若在《我们的文学新运动》一文中说：

> 中国的政治生涯几乎到了破产的地位。野兽般的武人之专横，没廉耻的政客之蠢动，贪婪的外来资本家之压迫，把我们中华民族的血泪排抑成黄河扬子江一样的赤流。
>
> 我们暴露于战乱的惨祸之下，我们受着资本主义这条毒龙的巨爪的蹂弄。我们渴望着和平，我们景慕着理想，我们喘求着生命之泉。
>
> 光明之前有浑沌，创造之前有破坏。新的酒不能盛容于旧的革囊。凤凰要再生，要先把尸骸火葬。我们的事业，在目下浑沌之中，要先从破坏做起。我们的精神为反抗的烈火燃得透明。[38]

所以创造社的文学活动也还是表现了中国的现实人生,并反抗这现实人生的。其中代表了由"五四"期的个性解放思想而向个人主义发扬的,是郁达夫的小说;代表了"五四"期的科学观而发展成为泛神论的世界观的,是郭沫若的诗;这可以说是初期创造社的代表思想,那表现于当时的社会意义和影响的,就是反封建与反抗现实人生的破坏精神。当时正是"五四"落潮后一般青年没有能和革命主流相结合、沉于彷徨苦闷的时候,创造社的呼吁和作品给了他们情感上以很大的共鸣,因为这些作者也正是在苦闷中的人物。"五卅"以后,当群众的革命高潮掀起的时候,他们首先被激动起来。如瞿秋白所说,"时代的电流使创造社起了化学的定性分析",因此首先唱出"革命文学"的要求的,也是创造社的人们。1925年8月,又出《洪水》半月刊,由周全平等主编,是文艺和政治的综合刊物。1926年3月,《创造月刊》又复刊了,这时已在转变中了。

由鲁迅所领导和支持过的刊物与团体有《语丝》《莽原》及未名社等。下面是吴文祺《新文学概要》中的一节,是根据鲁迅《我和语丝的始终》(见《三闲集》)写成的:

> 语丝社的组织,在"五卅"的前一年;出版《语丝周刊》,由孙伏园主编。领袖人物是鲁迅及周作人。孙本来主编《晨报副刊》,鲁迅也常在上面撰稿。有一次,鲁迅作了三段打油诗,题为《我的失恋》,据说是因为看见当时"阿呀阿唷,我要死了!"之类的失恋诗盛行,故意做一首用"由她去吧"收场的东西,开开玩笑的(这诗后来又添了一段,登在《语丝》上。后来收在《野草》

中)。不料晨报社中的某君,认为不能登载,将稿抽去了。伏园因此愤而辞职。过了几天,他提议自办一个周刊,这就是《语丝》。他去邀了十六人负责撰稿,除周氏兄弟外,尚有钱玄同、刘半农、俞平伯、冯文炳、孙福熙、顾颉刚等。定名《语丝》,据说是有几个人,任意取一本书,任意翻开,用指头点下去,那被点到的,便是名字。他们虽然倾向于自由主义与趣味主义,但实际上作者的意见与态度是各不相同的;有的谈风月,有的谈考古,也有的谈国家大事。而且他们要"催促新的产生,对于有害于新的旧物,则竭力加以排击"(鲁迅作《我和语丝的始终》)。其非逃避现实可知。到了"五卅"以后,便起了分化;受了时代的浪潮冲激而迎头赶上去的是鲁迅,受不住时代的浪潮冲激而躲避的是周作人。

《语丝》是以杂文为中心的,与陈西滢等的《现代评论》常常笔战,瞿秋白说:"鲁迅当时的《语丝》,革命的小资产阶级的文艺思想和批评,正是针对着这些未来的官场学者的。"[39]鲁迅原来只是写稿,1927年起才在上海负责编辑(四卷一期起),半年后交由柔石代编,又半年后也辞去。《莽原》是1925年4月由鲁迅领导文艺青年韦素园、韦丛芜、李霁野、台静农、高长虹、尚钺等办的,注重"文明批评"和"社会批评",原附《北京京报》发行,1926年1月由周刊改为半月刊,由未名社印行。1926年夏鲁迅离京后,由韦素园接编,1927年底停刊。其中高长虹等在上海又组织狂飙社,倡狂飙运动,以超人自居,攻击鲁迅,宣传尼采思想;但不久即无声息了。未名社是由《未名丛刊》起始的,1924年鲁迅为北新书局编两种丛书，《乌合丛书》专收创作，《未名丛刊》专收翻译。那时翻译书籍销路冷落，遂由韦素园等接洽自办，这就是未名社。鲁迅说："未名社的同人，实在并没有什么雄心和大志，但是，愿意切切实实的，点点滴滴的做下去的意志，却是大家一致的。"[40]其中主要的负责人是韦素园，其余翻译最努力的还有曹靖华、韦丛芜、李霁野等人，出版过《苏俄文艺论战》（任国桢译）、《文学与革命》（托洛斯基作，韦素园、李霁野合译）、《烟袋》（苏联短篇小说集，曹靖华译）和《第四十一》（苏联拉夫列涅夫作两篇中篇小说，曹靖华译）等书。在鲁迅的领导下，这个团体特别重视俄国文学及当时苏联文学的情况。后来鲁迅于1934年曾说："未名社现在是几乎消灭了，那存在期，也并非长久。然而自素园经营以来，绍介了果戈理（N. Gogol），陀思妥也夫斯基（F. Dostoevsky），安特列夫（L. Andreev），绍介了望·蔼覃（F.Van Eeden），绍介了爱伦堡（I. Ehrenburg）的《烟袋》和拉夫列涅夫（B. Lavrenev）的《四十一》。还印行了《未名新集》，其中有丛芜的《君山》，静农的《地之子》和《建塔者》，我的《朝华夕拾》，在那时候，也都还算是相当可看的作品。事实不为轻薄阴险小儿留情，曾几何年，他们就都已烟消火灭，然而未名社的译作，在文苑里却至今没有枯死的。"[41]

1923年3月上海有弥洒社，由胡山源、陈德徵等出版《弥洒》，标明是"无目的无艺术观不讨论不批评而只发表顺灵感所创造的文艺作品的月刊"。只出六期。1924年上海有浅草社，共出四期《浅草季刊》，也是为艺术而艺术的团体。主要人物有陈翔鹤、陈炜谟、冯至等。1925年10月沉钟社编的

《沉钟周刊》在北京出版,作者仍多是浅草社的人们,共出十期。1926年又出过《沉钟半月刊》十二期,对介绍德国文学,出力最多。并出过《沉钟文艺丛书》四本,一、冯至《昨日之歌》,二、陈炜谟《炉边》,三、杨晦译《悲多汶传》,四、陈翔鹤《不安定的灵魂》。鲁迅说:"但在事实上,沉钟社却确是中国的最坚韧,最诚实,挣扎得最久的团体。"[42]直到1932年以后,还又出过二十二期的《沉钟》呢!

茅盾说从1922年到1925年当中先后成立的文学团体及刊物就不下一百余[43],现在所述的只能是发生过较大影响的一些社团的历史。

四 创 作 态 度

无论各种文艺社团的宣言中说得有如何的不同,但社会背景和他们的阶级地位又都差不多是同一的;当作一般的文艺思想和创作方法,只要是尊重"五四"文学革命的民主主义传统,愿为人民革命服务的作家,那就只能是革命的现实主义和革命的浪漫主义。当然,在这一时期的现实主义还是属于旧现实主义的范畴的要素居多,但为了战斗实践的要求,已开始着民族化的和扬弃的过程了。首先,比"五四"期更进一步的,是确定了时代和作家的关系,并肯定了文学是为人生,而且要改造这人生的。沈雁冰说:

尤其在我们这时代,我们希望文学能够担当唤醒民众而给他们力量的重大责任,我们希望国内的文艺的青年,再不要闭了眼睛冥想他们梦中的七宝楼台,而忘记了自身实在是住在猪圈里，我们尤其决然反对青年们闭了眼睛忘记自己身上带着镣锁，而又肆意讥笑别的努力想脱除镣锁的人们，阿Q式的"精神上胜利"的方法是可耻的。

巴比塞说："和现实人生脱离关系的悬空的文学，现在已经成为死的东西；现代的活文学一定是附着于现实人生的，以促进眼前的人生为目的了。"国内文艺的青年呀，我请你们再三地忖量巴比塞这句话！我希望从此以后就是国内文坛的大转变时期。[44]

因为只有这样的文学才是对于中国的革命实践有用的。当时恽代英在《中国青年》第八期上《八股》一文中说：

我以为现在的新文学若是能激发国民的精神，使他们从事于民族独立与民主革命的运动，自然应当受一般人的尊敬；倘若这种文学终不过如八股一样无用，或者还要生些更坏的影响，我们正不必问他有什么文学上的价值，我应当像反对八股一样地反对他。

因此在写作方向和创作方法上，就要求"新文学描写社会黑暗，用分析的方法来解决问题；诗中多抒个人情感，其效用使人读后得社会的同情、安慰和烦闷"[45]。就是说要作家注视社会黑暗，用现实主义的方法来创作。沈雁冰说：

现在热心于新文学的，自然多半是青年，新思想要求他们注意社会问题，同情于"被损害者与被侮辱者"，

> 他们要把这种精神灌到创作中了，然而他们对于这些人的生活状况素不熟悉；勉强描写素不熟悉的人生，随你手段怎样高强，总是不对的，总要露出不真实的马脚来。最容易招起不真切之感的便是对话。大凡一阶级人和别阶级人相异之点最显见的，一是容貌举止，二是说话的腔调。容貌举止还容易些，要口吻逼肖却是极难。现在的青年作者大都是犯了对话不逼肖的毛病。[46]

这里除了"注视社会问题"的实践要求外，已初步接触到新文学作者的阶级出身和需要与工农相结合的根本问题；这原是和革命斗争息息相关的，也是革命知识分子必然要接触到的问题。他又说："国内创作小说的人大都是念书研究学问的人，未曾在第四阶级社会内有过经验，像高尔基之做过饼师，陀思妥也夫斯基之流过西伯利亚。印象既然不深，描写如何能真？所以反映痛苦的社会背景的小说不能出现了。"[47]这里指出了创作上的缺陷的社会根源；但这也并不表示他一个人的突出见解，是可以当作一般的领导思想看的。叶绍钧说：

> 现在的创作家，人生观在水平线以上的，撰著的作品可以说有一个一致的普遍的倾向，就是对于黑暗势力的反抗，最多见的是写出家庭的惨状，社会的悲剧，和兵乱的灾难，而表示反抗的意思。[48]

郑振铎在《光明运动的开始》一文中也说："无论自己编或是译取别国的著作，他的精神必须是平民的。并且必须是带有社会问题的色彩与革命的精神的。"这种精神是一般地贯彻在被目为文学研究会派的各作家的态度和作品中的。当然就现在的眼光看,这些理论还是嫌笼统的;广泛地说"为人生"也并没有明确地指出了文学的阶级性质。但这是时代的限制,随着革命斗争的发展,我们革命的现实主义的创作方向也在发展着,这时不已经比"五四"初期明确多了吗?

这可以说是这一时期文学态度和创作方向的主流。即作为革命的浪漫主义的创造社,他们的作品一般地也是可以这样理解的。这主要因为他们是生活在一样的"现代中国",他们"同样是中国封建宗法社会崩溃的结果,同样是帝国主义以及军阀官僚的牺牲品,同样是被中国畸形的资本主义关系的发展过程所挤出轨道的孤儿"。[49]因此他们不能没有革命的要求,因此那浪漫主义的情绪就必然会表现为对现实的反抗和对理想的憧憬,而那"理想"又一定是和中国人民的革命斗争一致的。成仿吾在《创造周报停刊宣言》中说:

> 全国的人民在渴望平和的生活,凡帮助人民得到平和的生活即是,妨碍的即非。同样,新文学的使命在给新醒的民族以精神的粮食,使成为伟大。以伟大的心情从事的即是,以卑鄙的利欲从事的即非。没有比这个更显然易见的。

1923年他写的《新文学之使命》中也说:"我们的时代已经被虚伪,罪孽与丑恶充斥了!生命已经在浊气之中窒息了!打破这现状是新文学家的天职!"在《写实主义与庸俗主义》一文中,他更为推崇现实主义了:

> 从前的浪漫的（romantic）文学，在取材与表现上，都以由我们的生活与经验远离为它的妙诀，所以它的取材多是非现实的，而它的表现则极端利用我们的幻想。……自入近代以来，为的反抗这种浪漫的文学，为的与人生合为一体，才有了一种脱离梦想之王宫的写实文学。这是"人的"文学；这是赤裸裸的人生。这种文学虽无浪漫主义的光彩陆离，然而它的取材是我们的生活，它所表现的是我们的经验，所以它最能唤起我们的热烈的同情。

郭沫若的《我们的文学新运动》和郁达夫的《文学上的阶级斗争》都发表在 1923 年 5 月，这正是"二七"罢工斗争后，中国革命不断向前推进的时候，现实情势的发展给了他们很大的力量，郭沫若文已见前引，文中最后且说："我们的运动要在文学之中爆发出无产阶级的精神，精赤裸裸的人性。我们的目的要以生命的炸弹来打破这毒龙的魔宫。"郁达夫在文章中也说：

> 我知道现在的我们正和革命前的俄国青年一样，是刚在受难的时候，但这时候我们非要一直地走往前去不可，我们即使失败了，死了，我们的遗志是可以永久生存下去的。所以最后我想学了马克思和恩格斯的态度，大声疾呼地说：
> 世界上受苦的无产阶级者，
> 在文学上社会上被压迫的同志，
> 凡对有权有产阶级的走狗对敌的文人，

我们大家不可不团结起来,

结成一个世界共和的阶级,百屈不挠地来实现我们的理想!

我确信"未来是我们的所有"。

这些都说明了他们原来所要表现的"自我",实在是苦难现实里"被侮辱与损害的"自我,因此那创作方向就不能不是从现实出发,充满了反抗精神的。而且正因为主观理想与现实的矛盾交织在一起,从他们"尊重主观"的态度出发,尤其感到愤怒与难忍;这就是他们在五卅革命高潮下首先提倡革命文学的原因。

因此,当作文学态度和创作方法的主流,从新文学的开始起,就是革命的现实主义以及革命的浪漫主义。批判的现实主义和积极的浪漫主义的文学思潮都是很早就介绍到中国来的,鲁迅在辛亥革命前就在《域外小说集》中介绍过安特列夫的作品,在《摩罗诗力说》里也介绍过拜伦等浪漫诗人;而且在他的手里,用了这种进步的创作方法来为民主革命服务,就自然逐渐地取得了我们的民族特色,成为战斗的现实主义了。文学研究会的作家们想从现实人生的认识里寻求改革,创造社的作家们想用他们的热情来叫出改革的愿望,这两种精神,在革命的现实主义者鲁迅的身上得到了统一。在《阿Q正传》里,他不只写出了农民阿Q的生活,而且也写出了阿Q要革命;在鲁迅的作品里,理想与现实并不是对立的。从文学活动的开始起,他的思想就远远走在当时的前面了。冯雪峰说:

在二十年之间以一身体验了新文艺的创造和运动发展的全过程的鲁迅先生,他也不仅体验了将先进民族的进步的思想和文学植根到自己民族中来的民族化的战斗过程,同时也体验着从旧现实主义向新现实主义的发展过程。其中,他本人也体验着将反抗的革命的浪漫主义统一到革命现实主义中来的过程。[50]

五 革命文学

五卅运动掀起了中国的革命高潮,成了 1925 年至 1927 年的大革命的前奏。特别是上海群众的激昂行动,充分表现了在反帝反封建斗争中各革命阶级的团结精神。这种革命要求很快就反映到文学领域里来。各文学社团的主要人物如茅盾、郭沫若、成仿吾、郁达夫和鲁迅等,都到广州去了。并且除了作家的创作活动和群众活动的实践外,理论上也有了"革命文学"口号的提出。郭沫若的《革命与文学》发表在 1926 年,是被视为创造社转向的宣言的。文中说:

> 所以我们的国民的或者民族的要求,归根是和他们资本主义国度下的无产阶级的要求完全一致。我们要要求从经济的压迫之下解放,我们要要求人类的生存权,我们要要求分配的均等,所以我们对于个人主义的自由主义要根本铲除,我们对于浪漫主义的文艺也要取一种彻底反抗的态度。
>
> 青年!青年!……你们要把自己的生活坚实起来,你们要把文艺的主潮认定!应该到兵间去,民间去,工

厂间去，革命的漩涡中去，你们要晓得我们所要求的文学是表同情于无产阶级的社会主义的写实主义的文学，我们的要求已经和世界的要求是一致，他们昭告着我们，我们努力着向前猛进！

郁达夫在 1926 年 2 月的《创造月刊发刊词》上也说：

> 我们的志不在大，消极的就想以我们无力的同情，来安慰那些正直的惨败的人生的战士，积极的就想以我们的微弱的呼声，来促进改革这不合理的目下的社会的组成。

这里的"我们"是代表创造社全体的。成仿吾在 1926 年写了《革命文学与它的永远性》，次年又以《从文学革命到革命文学》为题，作了创造社的自我检讨的说明：

> 据我的考察，创造社是代表着小资产阶级的革命的"印贴利更追亚"（知识分子），浪漫主义与感伤主义都是小资产阶级特有的根性，但是在对于资产阶级的意义上，这种根性仍不失为革命的。
>
> 我们如果还要挑起革命的"印贴利更追亚"的责任起来，我们还得再把自己否定一遍（否定的否定），我们要努力获得阶级意识，我们要使我们的媒质接近农工大众的用语，我们要以农工大众为我们的对象。换一句话，我们今后的文学运动应该为一步的前进，前进一步，从文学革命到革命文学。

这些文字虽然还只是一些热情而笼统的口号式的说明，也没有在创作实践上有更深的表现，而且文中仍时时意在表现创造社的历史功绩，但这显示着在大革命浪潮中，为工农群众的威力所摇撼觉醒了的知识分子的呼声，是有它的时代意义的。瞿秋白分析创造社这期的活动说：

> 他们的都市化和摩登化更深刻了，他们和农村的联系更稀薄了，他们没有前一辈的黎明期的清醒的现实主义，——也可以说是老实的农民的实事求是的精神——反而传染了欧洲的世纪末的气质。这种新起的知识分子，因为他们的"热度"关系，往往首先卷进革命的怒潮，但是，也会首先"落荒"或者"颓废"，甚至"叛变"，——如果不坚定地克服自己的浪漫谛克主义。"这种典型最会轻蔑地肿着鼻子说：'我不是那种唱些有机的工作，实际主义和渐进主义的赞美歌的人。'这种典型的社会根源是小资产者，他受着战争的恐怖，突然的破产，空前的饥荒和破坏的打击而发疯了，他歇斯底里地乱撞，寻找着出路和挽救，一方面信仰无产阶级而赞助他，别方面又绝望地狂跳，在这两方面之间动摇着。"（乌梁诺夫。）[51]

这分析自然是正确的；历史证明他们当中的许多人是在革命实践中克服了他们的"浪漫谛克主义"，逐渐锻炼成为人民的战士。但在这时，他们对革命主流还是像"新大陆"似的发现了的时候，力图一下与旧的脱离，转个方向，自然难免有些狂热；所以这期发表的许多关于"革命文学"的论文，都是急进而笼统的；以对"革命的赞颂"来代替了细密的说明。但这还只是序幕，大革命失败后的1928年，这种倾向有了更大的发展。这就要到第二时期再叙述了。

蒋光慈也是提倡革命文学很早的一个人，在后期《新青年》上，他写过《无产阶级革命与文化》；在1925年《觉悟》新年号上，写过《现代中国社会与革命文学》；1926年在《创造月刊》二期上又有《十月革命与俄罗斯文学》(即《死去了的情绪》)，而且还有诗集《新梦》，小说《少年飘泊者》和《鸭绿江上》等创作。他是从十月革命后的苏联回来的，自然觉醒得更早一些。但不只早期那些文章的影响不太大，他对"革命文学"的理论和态度，也是可以和创造社诸人同样去理解的；例如他在《死去了的情绪》一文中说：

> 革命这件东西，倘若你欢迎它，你就有创作的活力；否则，你是一定要被它送到坟墓中去的。在现在的时代，有什么东西能比革命还活泼、光彩些？有什么东西能比革命还有趣些，还罗曼谛克些？倘若文学家的心灵不与革命混合起来，而且与革命处于相反的地位，这结果，他取不出来艺术的创造力，干枯了自己的诗的源流，当然是要灭亡的。

文中仍然有的是浪漫谛克的情绪，它所代表的时代意义也是可以和创造社并论的。

一般说，"革命文学"并不表示什么新的意义，因为从"五四"以来，新文学就表现革命文学的传统，或者说是新民主主义革命的文学，或革命的现实主义和浪漫主义文学的传统。因为从开始起，新文学的基本思想就是反帝反封建的民主主义的革命思想。虽然随着革命形势的发展，对于民主主义的理解是日益清楚而彻底了；但即在开始，那战斗的精神也是鲜明而坚强的。凡是在当时起过一定作用而且能稍稍经得起时间考验的文字，无论创作或论文，都是思想性和斗争性很强的作品。鲁迅和郭沫若等人的作品便充分地证明了这一点。这一时期文学活动的成绩也在思想上和创作基础上奠定了以后的发展；随着1927年政治上统一战线的破裂，大资产阶级的背叛人民，开始了以后十年国内革命战争的局面，在思想和文艺战线上便不能不由进步的作家们担负起更艰苦的任务来。而真正承继和发扬了"五四"革命文学的传统的，也正是以鲁迅为首的为中国人民和中国革命热忱服务的作家们。

*　　*　　*

〔1〕〔42〕鲁迅：《〈中国新文学大系〉小说二集序》。

〔2〕〔8〕钱玄同：《寄陈独秀》。

〔3〕胡适：《建设的文学革命论》。

〔4〕〔5〕〔17〕毛泽东：《新民主主义论》。

〔6〕钱玄同：《寄胡适之》。

〔7〕刘半农：《我之文学改良观》。

〔9〕傅斯年：《〈新潮〉之回顾与前瞻》。

〔10〕陈独秀：《文学革命论》。

〔11〕鲁迅：《热风·现在的屠杀者》。

〔12〕毛泽东：《反对党八股》。

〔13〕鲁迅：《呐喊·自序》。

〔14〕鲁迅：《花边文学·趋时和复古》。

〔15〕蔡元培:《国文之将来》。
〔16〕《严几道书札》六十四。
〔18〕罗家伦:《驳胡先骕君的中国文学改良论》。
〔19〕成仿吾:《国学运动的我见》。
〔20〕郭沫若:《整理国故的评价》。
〔21〕阮无名:《新文学初期的禁书》。
〔22〕陈独秀:《〈科学与人生观〉序》。
〔23〕章士钊:《创办国立编译馆呈文》。
〔24〕鲁迅:《华盖集·答KS君》。
〔25〕〔36〕〔39〕〔49〕〔51〕瞿秋白:《鲁迅杂感选集·序言》。
〔26〕〔30〕〔32〕郑振铎:《中国新文学大系·文学论争集导言》。
〔27〕〔29〕〔43〕茅盾:《中国新文学大系·小说一集导言》。
〔28〕茅盾:《关于文学研究会》。
〔31〕沈雁冰:《新文学研究者的责任与努力》。
〔33〕〔34〕〔37〕郑伯奇:《中国新文学大系·小说三集导言》。
〔35〕成仿吾:《新文学之使命》。
〔38〕郭沫若:《我们的文学新运动》。
〔40〕〔41〕鲁迅:《且介亭杂文·忆韦素园君》。
〔44〕沈雁冰:《大转变时期何时来呢》。
〔45〕沈雁冰:《什么是文学》。
〔46〕沈雁冰:《自然主义与中国现代小说》。
〔47〕郎损(沈雁冰):《社会背景与创作》。
〔48〕叶绍钧:《创作的要素》。
〔50〕冯雪峰:《论民主革命的文艺运动》。

第二章　觉醒了的歌唱

一　正视人生

胡适的《尝试集》出版在 1920 年，是中国的第一部新诗集。据序中说，胡氏最早写诗的时间是 1916 年 7 月，《新青年》开始登载新诗始于四卷一号（1918 年 1 月），新诗算是最早结有创作果实的部门。这原是含有一点战斗意义的；因为小说还有《水浒》《红楼梦》可以借镜，而韵文又是旧文学自以为瑰宝的，文学革命一定要在诗的国土攫有权力，那才算是成功，才不只是"通俗教育"的玩艺儿。这样，"诗"就做了新文学的先锋，因而所受到的攻击也就最多。现在若肯翻看一下郎损的《驳反对白话诗者》和俞平伯的《社会上对于新诗的各种心理观》两篇文字，也就扼要地知道新诗是如何披荆斩棘地奋斗过来的了。从 1918 年到 1919 年，鲁迅也在《新青年》上发表了六首新诗，后来收在《集外集》里。他说："我其实是不喜欢做新诗的——但也不喜欢做古诗，——只因为那时诗坛寂寞，所以打打边鼓，凑些热闹；待到称为诗人的一出现，就洗手不作了。"[1] 当时作新诗的人多少都有点这种心境，是为了向旧文学示威，来巩固新文学的地位的。譬如李大钊，在《新青年》上也写过两首诗：《山中即景》（五卷三期）和《欢迎独秀出狱》（六卷六期）。下面是后一诗的第一段：

你今出狱了，
我们很欢喜，
他们的强权和威力，
终竟战不胜真理，
什么监狱什么死，
却不能屈膝了你；
因为你拥护真理，
所以真理拥护你。

陈独秀也在《新青年》里写过《丁巳除夕歌》和《答半农的D——诗》，下面是前一首中的一节：

除夕歌，歌除夕；
几人嬉笑几人泣；
富人乐洋洋，
吃肉穿绸不费力。
穷人昼夜忙，
屋漏被破无衣食。
长夜孤灯愁断肠，
团圆恩爱甜如蜜。
满地干戈血肉飞，
孤儿寡妇无人恤。

和鲁迅一样，他们作诗也都是为了建设文学革命的事业，诗意是极现实的。不只他们，初期的诗，除了形式是白话的自由诗以外，就内容说，因为这原是思想革命，因此都表现着鲜明的新的倾向。即以四卷一号的《新青年》为例，共载诗九首，胡适四首，沈尹默三首，刘半农二首；下面是刘半农的《相隔一层纸》：

> 屋子里摆着炉火，
> 老爷吩咐买水果，
> 说"天气不冷火太热，
> 别任他烤坏了我！"
>
> 屋子外躺着一个叫化子，
> 咬紧着牙齿，对着北风呼"要死！"
> 可怜屋外与屋里，
> 相隔只有一层薄纸！

虽然只是朦胧的、人道主义的社会意识，但那阶级生活不同的对比是很强烈的；而这正是我们今天现实主义诗歌的萌芽。刘半农的《学徒苦》《卖萝卜人》《饿》，对下层人民贫苦的生活作了冷静深刻的描绘。《铁匠》和《一个小农家的暮》，可以看出他对工人和农民力量和品质的由衷赞美之情。1920年他在《新青年》上发表了一首长诗《敲冰》，用象征的手法歌颂了革命者冲破重重障碍走向胜利的路程。他的作品朴素而坚实，具有明显的现实主义的特色。读他的《扬鞭集》和《瓦釜集》，看他运用北京和江阴方言的成就，可看出他在开始便努力于诗和口语的连接；他觉得中国的"黄钟"实在太多了，因此要把"数千年来受尽侮辱与蔑视，打在地狱底里而没有呻吟的机会"的"瓦釜"的声音写出来。

他自己又说"在诗的体裁上是最会翻新鲜花样的"[2]，由此也可看出他对建设新诗格律和形式的努力。但重要还不在此，鲁迅先生说他"是《新青年》里的一个战士，他活泼，勇敢，很打了几次大仗"[3]。在"五四"初期的诗人中，他是很勇敢的。

"五四"是一个新时代的开始，那时的诗人很少作无病呻吟的诗，很少有个人寂寞悲苦的申诉。虽然也没有过分超越了人道主义和劳工神圣这些概念，但那股乐观的气氛，那种反对旧礼教的决心，是给了初期新诗以健康的血液的。尽管胡适同情"人力车夫"的办法只是"点头上车"[4]，但那点同情在后来也许就根本不会发生的。这些社会意识就标示了初期新诗的特质。那时的胡适为俄国二月革命喊过"新俄万岁"[5]，赞美过为辛亥革命牺牲的人物，说："他们的武器：炸弹！炸弹！""他们的精神：干！干！干！"[6]他在另一首诗《死者》里甚至说：

> 我们后死的人，
> 尽可以革命而死！
> 尽可以力战而死！
> 但我们希望将来
> 永没有第二人请愿而死！

就"诗"来看，虽然也只是些概念化的句子，却是颇可看出他曾经有过一点"尝试"的进步思想的。在《尝试集》四版自序里，他自己说："我现在回头看我这五年来的诗，很像一个缠过脚后来放大了的妇人，回头看她一年一年地放脚鞋样，虽然一年放大一年，年年的鞋样上总带着缠脚时代的腥气。"就《尝试集》形式上染有浓厚的旧诗词味道说，这话是对的。他当时有《谈新诗》一文，讲音节全靠：（一）语气的自然节奏，（二）每句内部所用字的自然和谐，平仄是不重要的。用韵要有三种自由：（一）用现代的韵，（二）平仄互押，（三）有韵固然好，没有韵也不妨。方法要用具体的做法。这些主张在当时的影响很大，好多人都是如此地作诗。康白情的《草儿在前集》、俞平伯的《冬夜》《西还》，都以自然风物的描写擅胜，但并不是"出世"的。俞氏更善于抒情和说理，但受旧诗词的影响较康氏深。他们都喜欢写游记诗，康氏的感情较强烈，但颇多无味之作，俞氏的则清新一些，内容也比较丰实。俞氏曾提倡过诗的平民化，"要恢复诗的共和国"，康氏和周作人都说诗是贵族的。康氏虽曾写过《女工之歌》一类诗，但对于劳动的理解也只是"劳工神圣"式的概念的赞颂。比较能写出封建势力所支配的农村的，用歌谣体来写农民痛苦的，是星期评论社的刘大白。在他的诗集《旧梦》付印自记里，他说他"用笔太重，爱说尽，少含蓄"。这正是他的诗的特色。文学研究会的诗人徐玉诺，写过《农村之歌》，喊出了军阀混战下农民的痛苦，《水灾》喊出了"没有恐怖——没有哭声"的一切的毁灭；《歌者》是写军阀混战的，农夫喊出了"那一回不是杀我们的兄弟，那一回不是我们兄弟自杀的"。在他的诗集《将来之花园》里，不难看到他的愤慨和呼喊。在少年中国协会出版的《少年中国》杂志里，邓仲瀣（中夏）写过《游工人之窟》，田汉发表过《一个日本劳动家》，意识都是比较进步的。1922年《诗》月刊出版，是"五四"以来最初出现的诗刊。共出七期，为文学研究会定期刊物之一。朱自清说："这是刘延陵、俞平伯、圣陶和我几个人办的。"[7]作者除他们外，还有王统照、郑振铎、徐玉诺等。朱自清是这些人中成就最大的诗人。他1919年末开始创作新诗。在他的作品里，反映了五四运动高潮到退潮这一革命转折时期，一部分知识青年思想变化的"踪迹"。他的《送韩伯画往俄国》和《赠A.S.》两首诗，对十月革命的歌颂之情和反抗现实的精神，表现得是很鲜明而动人的。他的长诗《毁灭》写在1922年，是"五四"以来无论在意境上和技巧上都超过当时水平的力作，写出了"五四"落潮后的青年怎样摆脱了"诱惑的纠缠"，"还原了一个平平常常的我"！从此"要一步步踏在泥土上，打上深深的脚印"。对当时的知识青年说，内容也是健康的。他的诗除了文学研究会诸人的诗合集《雪朝》里的一部分以外，后来都收在1924年出版的诗与散文合集《踪迹》中了。郑振铎先生说："朱自清的《踪迹》是远远地超过《尝试集》里的任何最好的一首。功力的深厚，已绝不是'尝试'之作，而是用了全力来写着的。——周作人的《小河》却终于不易超越！"[8]这话是极有见地的。郑氏自己也是一个诗人，下面是他追悼黄爱、庞人铨，纪念二七惨案的诗《死者》的最后一段：

> 谁杀了我们的兄弟呢？
> "以眼还眼，以牙还牙。"
> 血——亲爱的兄弟呀！
> 不要目睊睊的。
> 多着呢，多着呢，

我们的血——

他是用诗来喊出了生者的愤怒的。他的诗不多，但反抗的热情是强烈的。到五卅惨案过后，他又写下了：

> 沉睡者，起来，起来！
> 无辜者的血，如红霞似的
> 挂在大雷雨后的天空；
> 被践踏者的泪，如雨后的残水，
> 还在檐角树间点点地滴着。
> 复仇的女神在翱翔，在拍翼，
> 听呀，她正在凄厉地号叫着呢，
> 你们难道还忍在安睡？

在文学研究会的一些诗人中，他的反抗意识是最鲜明的。

王统照的诗集《童心》于1925年出版，包括了六年间的诗作九十首诗，内容差不多完全盘旋在对人生问题的探索上，因为追求不到答案，便把人生看得非常玄秘。他说："你真是痴子！何苦来咬过这玄秘的智果！"因此他讴歌大自然，以"悲哀"为诗的最高贵的情绪。但他虽然在思想上富有怀疑和感伤，对人生感到悲哀，却并不消极，他相信会有一个光明的前途。在《夜行》一诗里，他说："前路定有明光，阴影终将退去。"而达到这"明光"还需要"苦斗"，可知他追求的态度仍然是积极的，向上的。因此他虽然赞美自然，赞美田园，但不能算是隐逸的田园诗人，只是说明了他思想上还有矛盾和疑问而已。他的诗句很长，读起来略有晦涩之感。旧的词藻也相当多。

1922年出了青年诗人潘漠华、冯雪峰、应修人、汪静之的诗合集《湖畔》（西湖之畔），次年又出了冯、潘、应三人的合集《春的歌集》，汪静之另出了《蕙的风》，后来还出过一本《寂寞的国》。朱自清说："中国缺少情诗，有的只是'忆内''寄内'，或曲喻隐指之作；坦率的告白恋爱者绝少，为爱情而歌咏爱情的更是没有。……真正专心致志做情诗的，是《湖畔》的四个年轻人。他们那时候差不多可以说生活在诗里。潘漠华氏最是凄苦，不胜掩抑之致；冯雪峰氏明快多了，笑中可也有泪；汪静之氏一味天真的稚气；应修人却嫌味儿淡些。"[9]以健康的爱情为诗的题材，在当时就含有反封建的意义；这些青年为"五四"的浪潮所唤醒了，正过着甜美的生活和做着浪漫谛克的梦，用热情的彩笔把这些生活和梦涂下来的，就是他们的诗集。朱自清氏对于他们作风的扼要的评语，是极精到的。除情诗外，他们也写过一些当时流行的小诗。

1921年周作人翻译了日本的短歌和俳句，又有《论小诗》一文，说："如果我们怀着爱惜这在忙碌的生活之中浮到心头又随即消失的刹那的感觉之心，想将他表现出来，那么数行的小诗便是最好的工具了。"郑振铎又译出了印度泰戈尔的《飞鸟集》，于是表现零碎思想的小诗就很流行了。其中影响较大的是以诗集《繁星》（1922）和《春水》（1923）著称的冰心。在《繁星》序里，她承认是因为读了泰戈尔的《飞鸟集》而仿用他的形式来"收集"自己"零碎的思想"的。这说明在那三百五十余首小诗的体裁和艺术构思上，受到了泰戈尔的启发，然而在冰心手里，这种诗体倒完全是东方风的。这些小诗的基本内容，是表达一个生活在半殖民地半封建社会里的知识青年所感到的无法排遣的苦闷和忧伤。《繁星》第二十九说：

> 我的朋友，
> 对不住你；
> 我所能付与的慰安，
> 只是严冷的微笑。

这是她全部小诗的内容的告白。《繁星》第三十一说："文学家是最不情的——人们的泪珠，便是他的收成。"她知道苦难的现实里只有泪珠，但她不愿做这样不情的文学家；她要讴歌理想——超现实的，于是就逃避和沉醉到她所常写的那些概念中了。歌唱大海、自然的美和母亲的爱，这就是冰心小诗的主要内容。"大海呵！那一颗星没有光？那一朵花没有香？那一次我的思潮里，没有你波涛的清响？""母亲呵！天上的风雨来了，鸟儿躲到他的巢里；心中的风雨来了，我只躲到你的怀里。"这些抒情小诗一般都写得单纯和清新，有些片断也确有一些实际生活的感受，包含了隽永的哲理思想，以优美的艺术想象表现出作者点滴的感兴，容易引起读者的共鸣和联想。这种小诗在当时确曾产生过较大的影响，但由于形式本身的局限和一些作者的粗制滥造，小诗的流弊逐渐引起了人们的不满。1923年末宗白华出了《流云》小诗，哲理味很浓，泛神论的色彩也很浓。《流云》出后，小诗就淡下去了。

二 《女神》及其他[10]

在"五四"新诗发展中间，郭沫若的诗歌创作有如异军突起。他在1921年8月出版了诗集《女神》。这是"五四"以来第一部具有独立特色、影响极为深广的新诗集，在中国现代诗歌创作中，《女神》从形式到内容都具有开创性的彻底的革新精神，为以后诗的发展奠定了良好的基础。

《女神》是"五四"革命高潮的时代精神所激发的产物。郭沫若早在1916年就开始写诗了，但是只有到了五四运动以后，革命的烈火才点燃了他的创作激情，形成了他"创作的爆发时期"。诗人自己曾经说过，他曾经先后受过泰戈尔、歌德、海涅、惠特曼的影响。"当我接近惠特曼的《草叶集》的时候，正是五四运动发动的那一年，个人的郁积，民族的郁积，在这时找出了喷火口，也找出了喷火的方式，我在那时差不多是狂了。民七民八之交，将近三四个月的时间差不多每天都有诗兴来猛袭，我抓着也就把它们写在纸上。"[11] "惠特曼的那种把一切的旧套摆脱干净了的诗风，和'五四'时代的暴飙突进的精神十分合拍，我是彻底地为他那雄浑的豪放的宏朗的调子所动荡了。"[12]这些话，不仅可以说明他艺术风格的来源，更重要的是说明《女神》的内容和精神对于"五四"时期处于半封建半殖民地社会的中国青年来说，具有极广泛的代表性；这些诗把他们的希望和意愿用一种高昂的激情和雄壮的旋律充沛地表现出来了。这种英雄的基调，正是与"五四"反帝反封建运动极为合拍的对祖国的热爱，以及歌颂叛逆反抗和自由创造的精神。

《女神》所表现的这种革命的情绪和特色是很鲜明的。在长诗《凤凰涅槃》中,他诅咒着整个"冷酷如铁,黑暗如漆,腥秽如血"的宇宙,他渴望着整个旧世界不仅是"身外的一切"而且是"身内的一切"都在熊熊的火光中彻底毁灭,在烈火中产生出一个充满"热诚、挚爱、欢乐、和谐、生动、自由、雄浑、悠久"的新生的中国和新生的民族。这首长诗极其雄浑地洋溢着迎接革命风暴的信心和气魄。此外他在《棠棣之花》《湘累》《胜利之死》等诗篇中所塑造的聂政姊弟、屈原、马克司威尼等人物,都是对旧势力毫不妥协、为创造合理的新生活而不惜献出生命的叛逆者的形象。至于向一切"革命匪徒"三呼万岁的《匪徒颂》,就更其是对一切反抗现实而为统治者所深恶痛绝的"匪徒"们的颂歌,其中也包括了被视为"亘古的大盗,实行布尔什维克"的列宁。在中国古典诗歌和"五四"当时的诗歌创作中,对旧势力旧制度作这样深刻彻底挑战的,可以说是绝无仅有的。

  《女神》中对祖国的爱恋的感情表现得很深厚,这种爱国的感情又是同反抗和创造的精神密切结合的。他有《晨安》《炉中煤》那样对祖国的热烈欢呼的颂赞;也有像《黄浦江上》那样对祖国的恬静的怀念;但他敏锐地感觉到当时的祖国并不是天堂,像在《女神之再生》《棠棣之花》《湘累》《上海印象》等诗篇中所表现的,祖国到处是"屠场"和"囚牢",是善良人们的"冤狱",是"苍生久涂炭,十室无一完"的"溷浊世界"。因此,诗人对祖国的热爱更多地浸透着"侬欲均贫富,侬欲茹强权"的政治理想,浸透着屈原式的对祖国现状的激越的悲愤。他热烈地希望旧社会的彻底毁灭,重新创造一个新的光明的"美的中国"。

  个性解放是"五四"时期的一个进步的社会思潮,具有反对封建传统和礼教的束缚的战斗意义。《女神》中有许多诗篇唱出了这种精神的赞歌。《立在地球边上放号》《我是个偶像的崇拜者》《天狗》，都是这类内容的诗篇。

> 我是一条天狗呀！
> 我把月来吞了，
> 我把日来吞了，
> 我把一切星球来吞了，
> 我把全宇宙来吞了，
> 我便是我了！

这是《天狗》中的一节诗。这首诗所表现的吞吐宇宙，飞奔狂叫的力量正是诗人追求个性解放思想高昂的表现。由于受到十月革命和当时流行的"劳工神圣"思潮的影响，郭沫若这种追求个性解放的精神，又往往与他歌颂劳动人民以及人民应该享有自由平等的理想相互融为一体。《女神》中这些作品不只是表现了对劳动人民的同情和悲悯，对阶级社会不平现象的愤慨和叹息，而是首先表现了劳动人民——工人、农民是全人类赖以生存的支柱，没有他们人类就难以生活的思想。《地球，我的母亲》特别明显地表现了诗人的这种信念。他在这里衷心地赞美农民是"全人类的保姆"，工人是"全人类的普罗米修士"；在《女神之再生》《辍了课的第一点钟》《雷峰塔下》《司春的女神歌》等作品中，诗人都不只一次地表现了这种思想感情。在《巨炮之教训》中，他用列宁号召斗争的呼唤否定了托尔斯泰"克己无抗"的迂腐说教，喊出了"至高的理想只在农劳，最终的胜利总在吾曹"的呼声,在当时是十分难得的。

《女神》中有大量歌颂自然的诗篇。这些作品除了寄托诗人渴望自由与解放的情怀之外,在很大程度上是受了泛神论的影响。但是诗人对于泛神论是有他自己的理解的。他认为"泛神便是无神","一切的自然只是神的表现,自我也只是神的表现。我即是神,一切自然都是自我的表现"[13]。他以为泛神论的最中心之点,就是人与大自然的"冥合"。从《女神》诗篇来看,强调人与自然的和谐,反对人与自然之外一切的偶像的崇拜,确是《女神》的主要思想之一。在这里,大自然的一切都是自己的朋友、同胞,他们"自由地、自在地、随分地、强健地享受着他们的赋生"。这种思想情怀在《地球,我的母亲》《梅花树下醉歌》《光海》《浴海》等诗篇中,表现得十分突出。这种泛神论思想对郭沫若初期创作的影响是积极的。它帮助了诗人树立追求自由解放的信念,灌溉了他热烈的生活意志,而且还促使他写下了不少优美动人的描写自然景物的诗篇。这些诗篇至今仍然给人以美感的艺术享受。当然,少数诗篇把自然写得过于理想化了,把生活牧歌化了,掩盖了社会中的矛盾和斗争,如《晚步》《黄浦江口》等,这不能不说是泛神论也对他的创作产生了一些消极的影响。

《女神》独特的浪漫主义艺术风格,在当时也是独树一帜的。这与作者自己所谓"偏于主观","想象力实在比我的观察力强"[14]的性格特色是不可分的;也同作者浪漫主义的诗歌主张有密切的关系。他说:"诗不是做出来的,是写出来的。""只要是我们心中的诗意诗境的纯真的表现,命泉中流出来的 strain,心琴上弹出来的 melody,生的颤动,灵的喊叫,那便是真诗,好诗,便是我们人类的欢乐的源泉,陶醉的美酿,慰安的天国。"《女神》中歌唱反抗和赞美创造的精神,确实是诗人心中这种"诗意""诗境"的纯真热烈的表现。它不是通过对现实的冷静的观察和描绘而来,而是通过作者的强烈的感情无拘无束地奔放和倾泻出来的,因此《女神》出版以后立刻摇撼了青年人的心。他的诗充满了丰富的想象、热烈的感情和雄伟的气魄,这些构成了《女神》许多诗篇的主要风格特色。《女神》这种特色反映了"五四"狂飙突进的时代精神,能给人以一种暴风雨式的冲击和鼓动;但往往直抒胸臆,一览无余,不能够引起人们更深刻的回味。

《女神》所表现的那种突破一切束缚的时代精神和它所具有的奔放的风格,自然使作者采用了表现力较强的自由诗的形式。诗集中既有《我是个偶像崇拜者》那样比较"散文化"的诗,也有像《地球,我的母亲》《炉中煤》那样较整饬的诗形;至于像《晴朝》《春愁》则已近于格律诗了。《女神》中既有《凤凰涅槃》那样的鸿篇巨制,也有像《鸣蝉》那样清新隽永的小诗。《女神》虽然存在一些过分欧化的毛病,但它在吸收中外诗歌的长处、创造民族的自由诗新形式方面,确实在中国现代文学史上开辟了诗歌创作的一个新领域。

继《女神》之后,1923年,作者又出版了诗与小说、散文的合集《星空》。这个集子里的诗作反映了五四运动从高潮转向低潮的时代脉搏,同时也表现了诗人在一阵激情的爆发后追求更切实可行的道路所经历的痛苦和内心矛盾。作者说自己是一个"受了伤的勇士",在仰望浩渺无际的星空中,得到一点慰藉。写得很美的一首《天上的街市》,就是用幻想中的天国否定现实的黑暗。在这些仰望星空的遐想中，我们仍然感到《女神》中那种不平与反抗的热情的潜流。

在稍后1928年出版的诗集《前茅》中，我们又可以看到诗人摆脱了矛盾痛苦的心境，走向革命道路的前进脚步。《前茅》里收的是1923年以后的诗。这里作者革命的意识就更清楚激进了。1923年他就说："我们反抗资本主义的毒龙，我们反抗不以个性为根底的既成道德。"[15]过了两年，他就更进一步说："我的思想，我的生活，我的作风，在最近一两年间，可以说是完全变了。我从前是尊重个性、景仰自由的人，但在最近一两年间与水平线下的悲惨社会略略有所接触，觉得在大多数人完全不自主地失掉了自由，失掉了个性的时代，有少数的人要来主张个性，主张自由，未免出于僭妄。……要发展个性，大家应得同样地发展个性。要享受自由，大家应得同样地享受自由。但在大众未得发展个性、未得享受于自由之时，少数先觉者倒应该牺牲自己的个性，牺牲自己的自由，以为大众人请命，以争回大众人的个性与自由！"[16]这思想在诗里也表现出来，诗集《瓶》收的主要是恋诗，《前茅》里就多了。下面是《上海的清晨》的最后一节：

> 马路上，面的不是水门汀，
> 面的是劳苦人的血汗与生命！
> 血惨惨的生命呀，血惨惨的生命
> 在富儿们的汽车轮下……滚，滚，滚，……
> 兄弟们哟，我相信：
> 就在这静安寺路的马路中央，
> 终会有剧烈的火山爆喷！

这里充满了对革命胜利的确信，较之 1922 年写的"你们非如俄罗斯无产专政一样，把一切的陈根旧蒂和盘推翻，另外在人类史上吐放一片新光；人们哟，中华大陆的人们啊！你们是永远没有翻身的希望"[17]，就更有了坚定的胜利信心。同样的情绪也表现在《前进曲》里，"撑起我们的红旗，前进！前进！前进！我们虽是支孤军，我们有无数后盾"。虽然是浪漫主义的，但绝没有感伤颓废的色彩，已经是革命的了。在这一时期中，他写过小说、戏剧、散文，还有大量的翻译，这成绩和贡献是值得人敬重的。

三　反抗与憧憬

随着党领导的人民革命运动的蓬勃发展，以及对革命文学的进一步的提倡，新诗中出现了更为强烈的反抗黑暗现实，憧憬美好生活的声音。

蒋光慈的《新梦》收的是 1921 到 1924 年间旅居苏联时所作的诗，1925 年印着《献给东方的革命青年》的红色献词，在上海出版了。这时正是"五卅"的前夜，给予了当时的革命青年以有力的鼓舞。在《太平洋的恶象里》他写着：

> 远东被压迫的人们起来吧，
> 我们拯救自己命运的悲哀。
> 快啊，快啊，……革命！

在《莫斯科吟》里又写着：

> 十月革命，
> 那大炮一般，
> 轰咚一声，
> 吓倒了野狼恶虎，
> 惊慌了牛鬼蛇神。
> 十月革命，
> 又如通天火柱一般，
> 后面燃烧着过去的残物，
> 前面照耀着将来的新途径。

然而和中国的现实多少脱了一点节，诗中有的只是美丽的将来，充满了乐观的歌颂；"前进吧，红光遍地！"概念地说明了他的坚定的信念，却缺少一点真切感人的力量。但他送来了十月革命胜利后的新的生活的歌颂，给正在战斗里的中国人民画了一幅美丽的远景，自然也添了许多的战斗力量。他的第二个诗集《哀中国》是1925到1927年间写的，时代是大革命期间，背景是这多难的祖国，那声音就完全不同了，充满了悲愤的调子；虽然意识仍然是革命的。下面是《哀中国》一诗中的一节：

> 满中国到处起烽烟，
> 满中国景象好凄惨！
> 恶魔的军阀只是互相攻打啊，
> 可怜小百姓的身家性命不值钱！
> 卑贱的政客只是图谋私利啊，
> 哪管什么葬送了这锦绣的河山！

朋友们，提起来我的心头寒，——
我的悲哀的中国啊！
你几时才跳出这黑暗的深渊？

集中二十三首诗，主题都说明了反帝反军阀是中国革命的主要工作。在《血祭》里，作者写下了：

顶好敌人以机关枪打来，我们也以机关枪打去！
我们的自由，解放，正义，在与敌人斗争里。
倘若我们还讲什么和平，守什么秩序，
可怜的弱者啊，我们将永远地——永远地做奴隶！

《哀中国》里的悲愤，也渗了一些感伤的调子；虽然观察较《新梦》深入，但心境似不如《新梦》健康。这书很快即遭禁，影响也不如《新梦》大。

1923 年，《新青年》发表了署名某工人的一首诗《颈上血》，是写"二七"惨案的："军阀手中铁，工人颈上血；颈可折，肢可裂，奋斗精神不可灭！劳苦的群众们！快起来团结！"这些激愤慷慨的声音，表现了无产阶级坚强不挠的斗争精神。同年，瞿秋白写了《赤潮曲》《铁花》《寄××》等诗，其中《赤潮曲》唱出了无产阶级迎着澎湃的赤潮觉醒战斗的心声：

赤潮澎湃，
晚霞飞涌，
惊醒了

> 三千余年的沉梦。
>
> 远东古国
> 四万万同胞,
> 同声歌颂
> 神圣的劳动。
>
> 猛攻,猛攻,
> 捶碎这帝国主义万恶丛!
> 解放我殖民世界之劳工。
> 无论黑,白,黄,无复奴隶种!

这些诗,虽然缺少艺术的锤炼,写得不够形象,而偏于政治口号的呼喊,但其战斗的激情确实是饱满的。稍后,在期刊《中国青年》里,也载了一些革命的诗,主要的诗人是刘一声。这是党直接领导的刊物,因而也是一贯提倡革命文学的。刘一声曾在那里译出过列宁的《党的出版物与文学》,也介绍过新的诗歌。1924年他在《革命进行曲》里这样写着:

> 钢铁般的坚固,是我们的营垒;
> 胶漆般的严密,是我们的队伍;
> 前仆后继的冲锋,是我们的神武;
> 十二万五千万被压迫者,是我们的人类!

同年在《誓诗》里,他唱出了诗人的任务:

把歌喉喊出人生的痛苦,
讴歌革命是诗人的超越!
把颈血换取人类的自由,
献身革命是诗人的壮烈!
今后的诗歌是革命的誓师词!
今后的诗歌是革命的进行曲!

纪念"五卅"周年时,他写下了:

是谁说华人是最驯服的顺民?
只看我们反抗精神的第一番!
是谁说工人是最卑下的奴隶?
只看我们把强盗的统治根本推翻!

这在当时自然是内容最进步的作品,没有感伤,没有个人英雄意识,虽然不免概念化,仍然是很可宝贵的。但这样的诗在《中国青年》里也并不多。此外在创造社的杂志上发表诗作的还有成仿吾、柯仲平等人,前者的诗收集在 1927 年出版的短篇小说、诗、剧合集《流浪》中,后者出有《海夜歌声》,但都没有产生更大的影响。

四　形式的追求

1926 年 4 月,《北京晨报·诗镌》出世。这是逢星期四出版的周刊,由闻一多、徐志摩、朱湘、饶孟侃、刘梦苇、于赓虞诸人主办,即后来被视为《新月》派的一些人。诗刊共出十一期，提倡格律诗，要发现新格式与新音节，影响很不小；"方块诗""豆腐干诗"等名字，就是由这里起的。这里面在当时享名最盛的是徐志摩，他努力于体制的输入与实验，最讲究用譬喻，想要用中文来体现外国诗的格律，装进外国式的诗意，特别是英国诗。他的第一部诗集《志摩的诗》于1925年已出版，以后又出了《翡冷翠的一夜》《猛虎集》《云游》。他自己曾说："我是一个不可教训的个人主义者。这并不高深，这只是说我只知道个人，只认得清个人，只信得过个人。我相信德谟克拉西只是普遍的个人主义；在各个人自觉的意识与自觉的努力中涵有真纯的德谟克拉西的精神。"[18]十足地反映出了他的向上的市民的要求。在《志摩的诗》里，情感是"汹涌性"的，是"情感的无关阑的泛滥，什么诗的艺术或技巧都谈不到"[19]。到他热心于技巧的追求的时候，实际上已说明了他的"汹涌性"的意识已在"五卅"以后的社会现实里碰了壁，就是说内容反跟着贫乏了。到他的遗作诗《云游》里，他要求死，说死"是光明与自由的诞生"，诗人的理想是彻底破灭了。茅盾用他的一句诗"在梦的轻波里依洄"来说明他的全部思想内容，说"志摩是中国布尔乔亚开山的同时又是末代的诗人"[20]；从高亢的浪漫情调到轻烟似的感伤，他经历了整个一个社会阶段的文艺思潮。到他对社会现实有了不可解的怀疑时，就自然追求艺术形式的完整了。在写作技巧上，他是有成就的，章法的整饬、音节的铿锵、形式的富于变化，都是他的诗的特点。

然而在提倡格律方面影响最大的诗人实际是闻一多。据徐志摩说，在他们几个人当中，闻氏实为"最有兴味探索诗的理论和艺术的"；又说他们几个人都多少受到过闻氏的影响。[21] 关于格律，闻一多主张"节的匀称""句的均齐"，主张"音尺"、重音、韵脚。他说诗该具有音乐的美、绘画的美、建筑的美；音乐的美指音节，绘画的美指词藻，建筑的美指章句。在这以前，刘半农早就主张"破坏旧韵，重造新韵"，以及增多诗体。陆志韦也曾企图创造新格律；主张舍平仄而采抑扬，主张"有节奏的自由诗"和"无韵体"[22]。但当时正在对有格律的旧诗战斗而多方尝试自由诗的时候，因此并没有能引起多少人的注意。到《诗镌》出世时，恰是五六年来诗坛最混乱的时候，诗人与诗集都多如雨后春笋，而可读的作品却非常少；连最关心诗的发展的人也摇了头。格律诗的提倡至少在当时起了一种澄清的作用，使大家认为诗并不是那么容易作，对创作应抱有一种严肃的态度。就这种意义讲，闻氏正是一位忠于诗与艺术、引导新诗入了正当规范的人，而形式的追求也就有了它的正面的意义。当然，这并不是指那所提倡的格律之本身的成功，那当然是失败的。徐志摩当时在《诗刊放假》中就说过：

  但这原则却并不在外形上制定某式不是诗，某式才是诗；谁要是拘泥地在行数字句间求字句的整齐，我说他是错了。行数的长短，字句的整齐或不整齐的决定，全得凭你体会得到音节的波动性：这种先后主从的关系在初学的最应得认清楚，否则就容易陷入一种新近已经流行的谬见，就是误认字句的整齐（那是外形的）是音节（那是内在的）的担保。实际上字句间尽你去剪裁个整齐，诗的境界离你还是一样的远着，你拿车辆放在牲口的前面，你那还赶得动你的车？我们还可以进一步说，正如字句的排列有恃于全诗的音节，音节的本身还得起源于真纯的"诗感"。再拿人身作比，一首诗的字句是身体的外形，音节是血脉，"诗感"或原动的诗意是心脏的跳动，有它才有血脉的流转。要不然，"他戴了一顶草帽到街上去走，碰见一只猫，又碰见一只狗"一类的语句都是诗了！我不惮烦地再述说这一点，就为我们，说也惭愧，已经发现了我们所标榜的"格律"的可怕的流弊，谁都会运用白话，谁都会切豆腐似的切齐字句，谁都能似是而非地安排音节——但是诗，它连影儿都没有和你见面！所以说来我们学作诗的一开步就有双层的危险，单讲"内容"容易落了恶滥的"生铁闷笃儿主义"，或是"假哲理的唯晦学派"；反过来说，单讲外表的结果只是无意义乃至无意义的形式主义。就我们诗刊的榜样说，我们为要指摘前者的弊病，难免有引起后者弊病的倾向，这是我们应该时刻引以为戒的。

这些话实在说得透彻切实，但格律诗的提倡仍然流于形式主义的"豆腐干"的弊病。

闻一多虽然是格律诗的积极提倡和实践者，但却能在多数的作品里摆脱了形式主义的弊病。他的诗的谨严精炼，是抱着"语不惊人死不休"的严肃创作态度的。他的《红烛》出版于1923年，以后又出版了《死水》，字句的精工，意致的幽窈，都自成风格。而且就思想内容说，基本上也是与徐志摩不同的；他反对移植西洋诗，他是一个爱国诗人。他批评郭沫若的《女神》时就曾痛论新诗人迷信西洋诗之害；他说:"但是我从头到今,对于新诗的意义似乎有些不同。我总以为新诗径直是新的,不但新于中国固有的诗,而且新于西方固有的诗;换言之,他不要作纯粹的本地诗,但还要保存本地的色彩,他不要作纯粹的外国诗,他又要尽量吸收外洋诗的长处;他要做中西艺术结婚后产生的宁馨儿。"又说:"现在的新诗中有的是德谟克拉西,有的是泰果尔亚坡罗,有的是'心弦''洗礼'等洋名词,但是,我们的中国在哪里?我们四千年的华胄在哪里?""我要时时刻刻想着我是个中国人,我要作新诗,但是中国的新诗。我并不要做个西洋人说中国话,也不要人们误会我的作品是翻译的西文诗;那么我著作时,庶不致这样随便了。"[23]事实上,他的作品也的确是如此的。就是这种爱国主义的精神培养了他一个伟大的诗人的灵魂。就在《红烛》序诗里,他写道:

> 红烛啊!
> 既制了,便烧着!
> 烧吧!烧吧!
> 烧破世人的梦,
> 烧沸世人的血——
> 也救出他们的灵魂,
> 也捣破他们的监狱!
>
> 红烛啊!
> 你心火发光之期,
> 正是泪流开始之日。
> ……

> 红烛啊!
> 你流一滴泪,灰一分心。
> 灰心流泪你的果,
> 创造光明你的因。
>
> 红烛啊!
> "莫问收获,但问耕耘。"

诗中充满了舍己为人的精神;诗集中攻击旧礼教的地方也很多。《红烛》中的《忆菊》《太阳吟》,都是写诗人留居美国时思念祖国和家乡之情的,其中真切热烈的感情通过充分想象的诗歌语言表达了出来,读起来至今仍有感人的力量。

> 太阳啊,这不像我的山川,太阳!
> 这里的风云另带一般颜色,
> 这里鸟儿唱的调子格外凄凉。
> ……
> 太阳啊,慈光普照的太阳!
> 往后我看见你时,就当回家一次;
> 我的家乡不在地下乃在天上!

《死水》多数诗篇是作者回国以后写的。它无论从思想上和艺术上都比《红烛》进了一大步。《红烛》中《李白之死》《剑匣篇》那种歌唱艺术至上的唯美主义情怀不见了。诗人回国后发现并没有一个"如花的祖国"存在,现实到处是军阀统治的黑暗和劳动人民的呻吟。他把自己爱国的感情和对现实的愤怒，一起倾注在深沉而愤激的诗篇中。"我来了，我喊一声，迸着血泪，这不是我的中华，不对，不对！"这首题为《发现》的诗，标志诗人对现实失望之后内心的爱国感情更加扎实了。他的《祈祷》《一句话》都表现了这种思想感情的变化。如后一首诗：

> 有一句话说出就是祸，
> 有一句话能点得着火。
> 别看五千年没有说破，
> 你猜得透火山的缄默？
> 说不定是突然着了魔，
> 突然青天里一个霹雳
> 爆一声：
> "咱们的中国！"

诗人在《死水》中对现实社会表示了彻底决绝的态度。他表示不能安于"尺方的墙内"的闲适和幸福，他在"静夜"里听到看到的是"四邻的呻吟""孤儿寡妇颤抖的身影""战壕里的痉挛"以及各种"生活惨剧"(《静夜》)。正是在这种关注现实和严于内心自我解剖的思想基础上，闻一多还写出了《荒村》《天安门》《罪过》这样一些谴责反动军阀和同情劳动人民的诗篇。《死水》是继《女神》之后在新文学上发生过较大影响的一本诗集。在这里，除了形式的整饬和"新月派"其他诗人相同外，那爱祖国和为人民的精神是很早就植有根基的，绝不是"在梦的轻波里依洄"的诗人所能比拟。

出过《夏天》和《草莽集》的朱湘，作风恬淡平静，也以文字韵律的完美著称。诗中还保持着一些"五四"期的高亢的情绪；歌唱着对世界的温暖的爱，而又找不到思想的归宿，这就是率直而到处碰壁的诗人的写照。《夏天》自序云："朱湘优游的生活既终，奋斗的生活开始，乃检两年半来所作的诗，选之，可存半数得二十六首，印一小册子，命名《夏天》，取青春已过，入了成人期的意思。我的诗，你们去吧，站得住自然的风雨，你们就存在，站不住，死了也罢。"这是1922年写的，反映了作者那时的自负而悒郁的情绪。《草莽集》1927年出版，在形式音节的努力上有了更高的成就。集中长诗很多，例如《王娇》，是长到九百行的叙事诗；努力使诗在"弹词"和"曲"的大众的风格上发展，这是需要一点试验的勇气的。诗写得很美丽，但旧词藻过多，缺少活泼矫健的气息；因此主要的成功也还是在形式的完整上。以《晨曦之前》一书得名的于赓虞，他的诗中充满了忧郁颓废的情调，表现了对生命的厌倦与幻灭，毋宁说是病态的。诗的句子冗长，不同于徐、闻诸人，成就也差一些。另有《骷髅上的蔷薇》《魔鬼的舞蹈》《幽灵》等诗集；由集名也可联想到他所歌咏的内容。

摹仿法国象征派的诗人李金发，从1920年就开始写诗了，他的诗集《微雨》于1925年出版，后来又有《为幸福而歌》和《食客与凶年》。利用文言文状事拟物的词汇，补足诗的想象，努力作幻想美丽的诗，是他的特点。他要表现的是"对于生命欲揶揄的神秘及悲哀的美丽"。以为诗如音乐，无须明确。我们看见的只是些单调的句子，雷同的体裁，而没有一首可以完全了解。但诗虽难解，音调却和谐；喜欢用譬喻，讲感觉，富于异国情调；情绪上充满了感伤颓废的色彩。朱自清说:"他的诗没有寻常的章法,一部分一部分可以懂,合起来却没有意思。他要表现的不是意思而是感觉或感情;仿佛大大小小红红绿绿一串珠子,他却藏起那串儿,你得自己穿着瞧。这就是法国象征诗人的手法;李氏是第一个人介绍它到中国诗里。许多人抱怨看不懂,许多人却在摹仿着。他的诗不缺乏想象力,但不知是创造新语言的心太切,还是母舌太生疏,句法过分欧化,教人像读着翻译;又夹杂着些文言里的叹词语助词,更加不像——虽然也可说是自由诗体制。"[24]这批评是很客观中肯的。

后期创造社的三诗人王独清、穆木天、冯乃超,也是倾向于象征派的。王独清自己说:"我的家庭,是破落的官僚家庭,古色古香的文学空气非常浓厚,这便影响了我。"[25]在他的诗集《圣母像前》和《死前》里,是唱出了阶级没落的悲哀的;一面也有对现代都市之享乐的陶醉与颓废,充满了悲观感伤的气息。"五卅"以后,从个人英雄主义出发,他接近了政治生活,但不久便沦为反革命的托派了,在创作上也没有什么成就。当开始写诗时他说他想学法国诗歌,把色与音放在文学中。他要提倡"纯粹的诗"。[26]穆木天的《旅心》出版于1926年,他自己后来说是"哭丧脸似的"唱着"地主阶级没落的悲哀",他又说创作时的心境是"为小资产阶级化了的没落地主的我,一边追求印象的唯美的陶醉,而他方,则在心中起来对于祖国的过去有了深切的怀恋"。[27]但当时他也要求"纯粹诗歌",说诗要兼造形与音乐之美;诗要是暗示的,诗最忌说明的。[28]朱自清说他"托情于幽微远渺之中,音节也颇求整齐,却不致力于表现色彩感"[29]。冯乃超的《红纱灯》1928年才出版,但收的是前两年的诗。穆木天当时以为他的诗"堪有纯粹诗歌的价值",又说他们对诗的意见大致相同。他的诗新颖浓丽,多用暗喻,"利用铿锵的音节,得到催眠一般的力量,歌咏的是颓废,阴影,梦幻,仙乡,他诗中的色彩感是丰富的"[30]。这些人写的内容多半是情诗。但情感完全是颓废的、病态的,是新诗发展途中的一股逆流。

还有两个诗人应当补叙一下的,一个是未名社的韦丛芜,一个是沉钟社的冯至。韦丛芜的诗集《君山》,明白婉约,清丽动人,述事抒情,都极柔和悒郁之致;以后又出过《冰块》。冯至的诗集《昨日之歌》和后来的《北游》,富有热情与忧郁,而长篇叙事诗尤称独步;《吹箫人》《帷幔》都是长篇哀婉故事的诗篇。他们的诗虽不算多,但在形式技巧上都有比较高的成就。

从人道主义的同情和劳工神圣的歌颂开始,接着写出了多量的爱情诗,以后又是浪漫色彩的感伤和浪漫色彩的革命;就诗的题材说,这是"五四"以来第一时期中的大致的倾向,这里面深深地刻着时代的烙印。

*　　*　　*

[1] 鲁迅:《集外集·序言》。
[2] 刘半农:《扬鞭集·自序》。
[3] 鲁迅:《且介亭杂文·忆刘半农君》。
[4] 胡适:《人力车夫》。
[5] 胡适:《沁园春·新俄万岁》。
[6] 胡适:《四烈士冢上的没字碑歌》。
[7] 朱自清:《选诗杂记》。
[8] 郑振铎:《中国新文学大系·文学论争集导言》。

〔9〕〔24〕〔29〕〔30〕朱自清：《中国新文学大系·诗集导言》。

〔10〕这一节是 1982 年修订重版时增加的。初版本对郭沫若的评述约 1200 字，在《反抗与憧憬》小标题下与蒋光慈等诗人并论。修订重版时对郭沫若的评述内容大为增加。——编者注。

〔11〕郭沫若：《沸羹集·序我的诗》。

〔12〕郭沫若：《我的作诗的经过》。

〔13〕郭沫若：《少年维特之烦恼》中译本《序引》。

〔14〕郭沫若：《文艺论集·论国内的评坛及我对创作的态度》。

〔15〕郭沫若：《我们的文学新运动》。

〔16〕郭沫若：《文艺论集·序》。

〔17〕郭沫若：《黄河与扬子江对话》。

〔18〕徐志摩：《列宁忌日——谈革命》。

〔19〕〔20〕徐志摩：《猛虎集·序》。

〔21〕茅盾：《徐志摩论》。

〔22〕陆志韦：《渡河·自序》。

〔23〕闻一多：《〈女神〉之地方色彩》。

〔25〕王独清：《我的文学生活的回顾》。

〔26〕《谭诗》，见《独清诗选》。

〔27〕穆木天：《我的诗歌创作之回顾》。

〔28〕《谭诗》，见《旅心》。

第三章 成长中的小说

一 《呐喊》和《彷徨》

在《新青年》上首先发表了创作的小说的，是鲁迅。他自己说：

> 从1918年5月起，《狂人日记》《孔乙己》《药》等，陆续的出现了，算是显示了"文学革命"的实绩，又因那时的认为"表现的深切和格式的特别"，颇激动了一部分青年读者的心。然而这激动，却是向来怠慢了绍介欧洲大陆文学的缘故。1834年顷，俄国的果戈理就已经写了《狂人日记》；1883年顷，尼采也早借了苏鲁支的嘴，说过"你们已经走了从虫豸到人的路，在你们里面还有许多份是虫豸。你们做过猴子，到了现在，人还尤其猴子，无论比那一个猴子"的。而且《药》的收束，也分明的留着安特莱夫式的阴冷。但后起的《狂人日记》意在暴露家族制度和礼教的弊害，却比果戈理的忧愤深广，也不如尼采的超人的渺茫。以后虽然脱离了外国作家的影响，技巧稍为圆熟，刻划也稍加深切，如《肥皂》《离婚》等，但一面也减少了热情，不为读者们所注意了。[1]

鲁迅在这一时期写的小说，都收在《呐喊》和《彷徨》中了。鲁迅开始创作的目的非常明确，就是"想利用他的力

量,来改良社会"。他说:

> 说到为什么做小说罢,我仍抱着十多年前的"启蒙主义"(此文1933年作——引者),以为必须是"为人生",而且要改良这人生。我深恶先前的称小说为"闲书",而且将"为艺术的艺术",看作不过是"消闲"的新式的别号。所以我的取材,多采自病态社会的不幸的人们中,意思是在揭出病苦,引起疗救的注意。[2]

由于十月革命曙光的照耀,使得经历了长期的寂寞痛苦和艰苦探索的鲁迅,在逐渐发展起来的新文化运动中,看到了摧毁中国这个封建"铁屋子"的希望,于是开始了他的创作活动。他后来把自己这些作品称之为"遵命文学",并且说:"不过我所遵奉的,是那时革命的前驱者的命令,也是我自己所愿意遵奉的命令,决不是皇上的圣旨,也不是金元和真的指挥刀。"[3]可见鲁迅从开始创作,他的自觉地使文艺为政治服务,为人民革命服务的目的就是十分明确的。

鲁迅的第一本小说集《呐喊》,除后来移入《故事新编》中的《补天》(原题作《不周山》)以外,共收小说十四篇,是1918年到1922年写的。这时正是"五四"的高潮期,这些显示了"文学革命的实绩"的作品,充满了彻底的不妥协的反帝反封建的战斗热情。诚如鲁迅自己所说的:"我的作品在《新青年》上,步调是和大家大概一致的,所以我想,这些确可以算作那时的革命文学。"[4]

鲁迅的第一篇小说《狂人日记》,通过对被迫害致病的精神病者狂人的描写,暴露封建礼教和家族制度的罪恶,将几千年封建社会的历史概括为"吃人"的历史,表现了彻底的反帝反封建精神。作品通过"狂人"的口预言"将来容不得吃人的人活在世上",喊出了"救救孩子"的呼声。由于这篇小说内容的深刻和形式的新颖,在当时曾产生了很大的影响。《新青年》上有不少批判"吃人的礼教"的文章,就是从这篇小说引出来的。《狂人日记》以对封建制度及其礼教传统的彻底的不妥协的批判精神,开始了中国文学史的一个新的时代。

鲁迅"从此以后,便一发而不可收",写下了许多喷射着猛烈的反封建火焰的作品。短篇小说《孔乙己》以简练的现实主义笔触,描写了一个深受孔孟之道毒害的下层知识分子可悲可怜的一生,对封建科举制度戕害人们精神的罪恶,提出了有力的控诉。另一篇小说《药》,写了一个城镇茶馆主人华老栓,买蘸着革命者鲜血的"人血馒头"为孩子治病的故事。它深刻地反映了尚未觉醒的群众同革命先驱者之间的隔阂,形象地揭示了辛亥革命由于脱离群众而导致失败的原因。作者以革命者坟上的花环,暗示了对革命继续发展的乐观和希望。《一件小事》写了一个人力车夫精神世界的优美与崇高,同知识分子的第一人称"我"的"惭愧"与"自新"对比,显示了作者"我的确时时解剖别人,然而更多的是更无情面地解剖我自己"[5]的精神。

《呐喊》中的作品较多地描写了农村生活和农民形象。在《风波》里,通过农民七斤在辛亥革命中少了一条辫子,在张勋复辟的风声中引起的一场"风波",展示了中国农村社会阶级关系的缩影;对辛亥革命的不彻底性、农民缺乏民主革命的觉悟,以及封建复辟势力的危险,都做了生动的描绘。在《故乡》里,闰土的形象有很大的概括性,他由先前

"项带银圈、手捏钢叉",似一位小英雄的少年,一变而为眼前这样麻木痛苦的情形,对照之下,就写出了农民在"多子、饥荒、苛税、兵、匪、官、绅"的压迫下精神上的麻木和痛苦。这个善良、朴实、勤劳的农民的命运,激起人们对封建社会制度及其精神压迫的愤恨,和启发人民群众觉悟的民主革命热情。小说虽然写的是农民的痛苦生活,但结尾是很乐观的。作者相信下一代的宏儿和水生,再也不会有这样痛苦的生活,而应该有新的生活。这样的希望,表现了"五四"时期鲁迅的乐观主义精神和改变农民命运的信心。

在这里,我们要特别叙述一点1921年所写成的已经有了世界意义的《阿Q正传》。小说以辛亥革命前后一个十分闭塞的农村未庄为背景,塑造了一个受严重的经济剥削和精神戕害的贫苦农民阿Q的形象。阿Q的生活地位是十分悲惨的,他虽然很能劳动,"割麦便割麦,舂米便舂米,撑船便撑船",但是在残酷的封建剥削和压迫下,失掉了独立生活的依靠,甚至连姓也失掉了。他的生活如此悲惨,可是在精神上却常感到自己了不起,常处优胜,这正是他的可悲的地方。小说中用《优胜记略》《续优胜记略》两章集中地描写了阿Q这一精神特点,即精神胜利法。阿Q身上这种性格特点,妨碍了他的觉悟,使他不能正视自己被压迫的处境。他的所谓"优胜记略"实际上是充满了屈辱血泪的奴隶生活的记录。作者不仅以深刻的同情和痛心的笔调,批判了表现在阿Q身上的落后性,而且在这样一个落后麻木的农民身上寻找觉醒和反抗精神的萌芽,并以此反映了农民对民主革命的要求和愿望。鲁迅真实地写出了当辛亥革命到来时,农村各种不同阶级、不同人对待革命不同的态度。地主赵太爷对革命十分惧怕，而阿Q对革命则是心向往之的。尽管阿Q对革命抱着那样模糊的原始的想法，但他确实感觉到革命与改变自己生活地位以及人们对自己的态度之间的关系，因而也要投奔革命了。但是，那些投机革命的假洋鬼子之类的"柿油党"，却抡起地主的"哭丧棒"，把他赶走，不准他革命。最后，他竟然被硬加上"强盗"的恶名，被新成立的革命政府枪毙了。一场轰轰烈烈的革命给农民带来的不是阶级地位的改变，反而是被杀头的"大团圆"的可悲结局。在这里，作者对于辛亥革命的不彻底性和那时革命形势的实际的表现达到了可惊的成功（但这并不是主题，只是侧面的背景的描写），而且说明了革命的动力是要向背负着封建历史重担的农民身上去追求的。鲁迅说："据我的意思，中国倘不革命，阿Q便不做，既然革命，就会做的。"[6]这就说明了他的现实主义眼光的锐敏。他说"阿Q的影像，在我心目中确已有了好几年"[7]，就因为他老早感觉到，要雕塑我们民族的典型，农民气质是不可忽视的因素；"辛苦而麻木"的农民生活，也和整个他所感到的中国灰色的人生调子很调洽，这样，就自然集中地成了他所要讽刺的影子。实际上阿Q虽然是被压迫在社会最底层而缺乏反抗意识的贫苦农民的典型，但他却多少是漫画化了的，就是说阿Q那些特征并不是农民所独有的，而是集中了各种社会阶层的，特别是新旧士大夫型的缺点和毛病的。鲁迅的人间爱深深地藏在那些嘲讽的背后，他要我们正视我们身上的缺点，勇于洗涤我们自己的灵魂。事实上，自从阿Q被创造出来以后，我们民族是有许许多多的先驱者，在做着不断地洗涤自己的工作的。周扬说："中国新文化运动的启蒙主义者鲁迅曾经痛切地鞭挞了我们民族的所谓国民性,这种国民性正是帝国主义、封建主义在中国长期统治在人民身上所造成的一种落后精神状态。他批判地描写了中国人民性格的这个消极的、阴暗的、悲惨的方面,期望一种新的国民性的诞生。"[8]这话主要是指《阿Q正传》说的。《彷徨》中的十一篇是1924年开始写的,鲁迅说:

> 后来《新青年》的团体散掉了,有的高升,有的退隐,有的前进,我又经验了一回同一战阵中的伙伴还是会这么变化,并且落得一个"作家"的头衔,依然在沙漠中走来走去,不过已经逃不出在散漫的刊物上做文字,叫作随便谈谈。有了小感触,就写些短文,夸大点说,就是散文诗,以后印成一本,谓之《野草》。得到较整齐的材料,则还是做短篇小说,只因为成了游勇,布不成阵了,所以技术虽然比先前好一些,思路也似乎较无拘束,而战斗的意气却冷得不少。新的战友在那里呢?我想,这是很不好的。于是集印了这时期的十一篇作品,谓之《彷徨》,愿以后不再这模样。——"路漫漫其修远兮,吾将上下而求索。"[9]

在《新青年》初期,鲁迅就说他"见过辛亥革命,见过二次革命,见过袁世凯称帝,张勋复辟,看来看去,就看得怀疑起来,于是失望,颓唐得很了"。但他既"怀疑于自己的失望",又"为了对于热情者们的同感",[10]终于"呐喊"起来了。而且这声音是如此的洪亮,立刻摇撼了青年人的心。到《新青年》分化以后,鲁迅是游勇作战了,正是"两间馀一卒,荷戟独彷徨"[11]的时候,但他并没有停止战斗,他是"荷载"的；而且这韧性的持久战是一步步更深入了。当然，看见很多战友的中途变节，心境是凄凉的，《彷徨》中就不免带点感伤的色彩，热情也较《呐喊》减退了些。他自己说："技术虽然比先前好一些，思路也似乎较无拘束，而战斗的意气却冷得不少。"这是实在的。但鲁迅是并不会孤独下去的，当他默感到革命的潜力和接触到青年的热情的时候，他的战斗锋芒是极其尖锐的，这在杂文的成绩里就更可以找到说明。

　　农民生活在《彷徨》中依然占有重要地位。一篇《祝福》，以绍兴农村除夕迎神"祝福"为背景，描写了善良勤劳的劳动妇女祥林嫂的悲剧。她是一个再嫁的寡妇，由于两次丧夫，被视为不祥之物，受尽了人们的嘲笑和凌辱。她不断挣扎，但却遭到一次比一次沉重的打击。最后竟沦为乞丐，怀着死后要受阴司的惩罚的恐怖，在地主富户放爆竹迎神祝福的时刻，寂寞悲惨地死去了。作品对旧社会对劳动妇女的经济压迫与精神摧残，提出了强烈的控诉。祥林嫂这一劳动妇女的悲剧形象，在现代文学史中闪耀着夺目的光辉。《离婚》中的爱姑，也是农村妇女，却与祥林嫂不同。她倔强泼辣，有反抗的精神；尽管如此，在地主反动势力的威压下，她也不能不走上屈服的道路。作者通过爱姑的形象，提出了同封建势力需要进行更艰巨的斗争的问题。

　　鲁迅在《彷徨》里，着力描写了两种类型的知识分子的形象。第一类如《在酒楼上》的主人公吕纬甫和《孤独者》中的主人公魏连殳。他们都是在辛亥革命前就接受了进步思想，有了一些觉悟，可是到辛亥革命后，却消沉下去了。鲁迅写了他们沉沦的过程和彷徨孤寂的心情。他们为革命的热情驱使，开始表现了一定的反封建精神，但是，由于缺少坚实的革命理想和韧性的战斗精神,黑暗势力压迫一来,便都败下阵来,或者像蝇子一样,被轰走飞了一圈,又落在原来的地方,"敷敷衍衍、模模糊糊地过日子";或者当了军阀的幕僚,躬行自己"先前所憎恶,所反对的一切",咀嚼失败的悲哀,孤独地死去了。小说中这样的性格,在辛亥革命后有典型意义。鲁迅通过他们的悲剧,写出了理想与现实的冲突,同时也批判了知识分子本身软弱动摇的弱点,引导读者从他们的沉沦中寻求新的道路。

《彷徨》中另一类知识分子的代表是《伤逝》中的子君和涓生。他们是"五四"时代觉醒起来的青年。子君和涓生在摆脱封建礼教和家庭的束缚、争取个性解放和婚姻自由方面,开始是很勇敢的。子君说:"我是我自己的,他们谁也没有干涉我的权利!"但是,他们没有把争取个性解放的斗争同改变社会制度的斗争联系起来,当社会的经济压迫袭来,便很快陷于痛苦与失望之中,子君又回到冷酷的父亲家中,忧郁而死;涓生在悔恨与悲哀中,开始寻求新的生路。这个用"涓生的手记"形式写下的爱情悲剧,充满了浓烈的抒情气氛。小说用形象向当时的青年告诫:个性解放的追求不能脱离争取社会解放和改变经济制度的斗争。《彷徨》中的《肥皂》《高老夫子》则用辛辣嘲讽的笔法,刻画了封建复古派知识分子的丑恶与虚伪,具有很强的战斗性。

鲁迅的小说真实地表现了辛亥革命前后到大革命以前这个历史阶段的时代特点,充溢着改革社会的愿望和战斗热情,不仅在思想深度上远远超过当时一般作家的成就,而且这些小说的形式和艺术构思也新颖多样,形成了成熟的独特的风格。他曾说写人物要善于画眼睛;又说在写小说中,"我力避行文的唠叨，只要觉得够将意思传给别人了，就宁可什么陪衬拖带也没有。中国旧戏上，没有背景，新年卖给孩子看的花纸上，只有主要的几个人（但现在的花纸却多有背景了），我深信对于我的目的，这方法是适宜的，所以我不去描写风月，对话也决不说到一大篇"[12]。这说明，他的小说着重写出人物的精神面貌；在描写中非常注意农民的艺术趣味。鲁迅研究了农民十分喜爱的旧戏和年画的艺术特点，并运用于自己的艺术创造上，使他的小说显示出浓厚的民族特色。鲁迅在借鉴外国优秀短篇小说作家的长处的同时，也继承了中国古典小说的优良传统，经过自己的创造，为中国现代小说开辟了一条宽广的现实主义道路。这些创作，已经成为艺术的典范，三十年来多少进步的作家都是追踪着他的足迹前进的，并从中吸取了丰富的宝贵的营养。

二　人生的探索

《新青年》是一个综合的文化批判的刊物，所以培养起来的作家并不多，较多的倒是1919年创刊的《新潮》。两年之中，小说作者就有汪敬熙、杨振声、欧阳予倩和叶绍钧等人。鲁迅批评说：

> 自然，技术是幼稚的，往往留存着旧小说上的写法和语调；而且平铺直叙，一泻无余；或者过于巧合，在一刹时中，在一个人上，会聚集了一切难堪的不幸。然而又有一种共同前进的趋向，是这时的作者们，没有一个以为小说是脱俗的文学，除了为艺术之外，一无所为

的。他们每作一篇,都是"有所为"而发,是在用改革社会的器械,——虽然也没有设定终极的目标。[13]

其后汪敬熙在1925年自选了一本《雪夜》,欧阳予倩搞戏剧去了,杨振声出了一本中篇《玉君》,旧小说的语调仍然很浓;其中有远大发展的自然是后来文学研究会发起人之一的叶绍钧。

1921年1月,作为文学研究会主持的刊物《小说月报》革新了,由沈雁冰主编,特设创作一栏,作者有叶绍钧、落华生、冰心、王统照诸人。正像文学研究会宣言所说的,"将文艺当作高兴时的游戏或失意时的消遣的时候,现在已经过去了",当时这些作家的创作态度是一般地以为"文学应该反映社会的现象,表现并且讨论一些有关人生一般的问题",[14]这态度从他们的作品中是可以看出来的。而且,经过了"五四",觉醒了的青年探索"人生观"的热情是普遍反映在文学中的;苦闷彷徨地探索人生意义,成了青年们的一般倾向,这就是被称为人生派的作家们写作主题的社会意义。在这当中,以客观的写实的手法,反映了小市民知识分子的灰色生活的,是叶绍钧。叶绍钧早在1919年就在《新潮》上发表过一些短篇,文学研究会成立以后,他的小说经常在《小说月报》上发表。从"五四"到第一次国内革命战争失败以后这一段时间里,他写有短篇《隔膜》《火灾》《线下》《城中》《未厌集》等,另外还有童话集《稻草人》,这是中国有新的健康的儿童读物的开始。"这种作品的确会使人看过要去思索一些问题,而不仅当着故事看得热闹或兴奋而已的。"[15]以后又写过童话集《古代英雄的石像》和散文《脚步集》等。

叶绍钧的创作内容鲜明地反映出了旧中国下层人民和小资产阶级的生活面貌，与别的作家比较，他的题材是相当广阔的。他写了劳动妇女被损害和被压迫的痛苦，如《一生》；写了劳动人民由于租税的沉重而对种田产生厌恶的感情，如《苦菜》；他也写了被压迫与被摧残的妇女和儿童，如《小铜匠》《阿凤》；写了理想者受到现实的阻碍仍继续抗争，如《城中》和《抗争》；此外，还有《金耳环》写士兵，《夜》写白色恐怖，《夏夜》写工人生活，《某城纪事》暴露黑暗政治，等等。由于叶绍钧做过近十年的小学教员，并在中学、大学教过课，对当时教育界的情况和小知识分子的精神面貌非常熟悉，他经常以这方面的素材作为创作的来源，并写出了不少在艺术上有成就的作品。钱杏邨曾就他到1927年为止的六十八篇小说题材加以统计，写教育界的就有二十篇，足见重心的所在。如《饭》描写了一个在教育界流氓手中讨生活的乡村小学教员，对他屈辱挣扎的生活处境，作者寄予了很深的同情。《校长》描写了一个空抱理想而不敢和旧势力斗争的知识分子，表现了这一类知识分子知道了前进方向却缺乏实践力量的矛盾性质。为茅盾先生极称赞的《潘先生在难中》，是人们所熟知的著名短篇。它写的是一个随遇而安而没有棱角的知识分子，为了逃避战争的灾难和失业的危险，一心适应多变化的环境，忍受与妻儿分离的痛苦，经常在猥琐的生活中得到"差堪自慰"的满足。作者通过对日常生活现象的提炼和概括，为我们展开了一幅讽刺剧式的生活画面。"五卅"惨案以后，叶绍钧写了散文《五月卅一日急雨中》，抒发对革命人民的同情和对反动派血腥屠杀的憎恨。以后的一些小说，以思想的深刻和讽刺的力量，显示了新的进步。由于生活经验的深切和观察的周密,叶绍钧小说中的"人物"写得很逼真。他以朴素的写实的笔触,细致地描绘他所熟悉的人物和情节,形成了特有的艺术风格。他的笔下并不"常带情感",是客观的写实的手法。文字修整朴素,没有做作,也没有太洋化的句子和古文,用的是知识分子日常用的口语;结构也显然用过一番心,结尾尤求波俏。茅盾分析他的思想说:

> 然而在最初期,叶绍钧对于人生是抱着一个"理想"的,——他不是那么"客观"的。他在那时期,虽然也写了"灰色的人生",例如《一个朋友》,可是最多的却是在"灰色"上点缀着一两点"光明"的理想的作品。他以为"美"(自然)和"爱"(心和心相印的了解)是人生的最大的意义,而且是"灰色"的人生转化为"光明"的必要条件。"美"和"爱"就是他的对于生活的理想。这是唯心的去看人生时必然会达到的结论。[16]

这说明了"五四"期作者的"热情";后来摆脱了这点"理想"的点缀,只是客观地和如实地写,在作品中可以看出作者观察的深沉。这种热情的潜伏,正说明了时代和作者的人生观都有了变动。

王统照的短篇集有《春雨之夜》和《霜痕》,长篇有《一叶》和《黄昏》。他也是文学研究会的发起人之一,和初期叶绍钧的作品相似,都追求着人生的真意义,但他却更憧憬于美和爱;后期的热情虽然少了一些,也并不像叶绍钧那么"客观"。他的小说题材以苦闷的青年男女居多,有强烈的反对旧社会和旧制度的表现。文字更细腻一些,长篇比较著名。

和他们同时的作家有落华生（许地山），他有短篇集《缀网劳蛛》和散文集《空山灵雨》。他对人生有些怀疑的色彩，但并不悲观；《缀网劳蛛》的主人翁尚洁说："我像蜘蛛，命运就是我的网，蜘蛛把一切有毒无毒的昆虫吃入肚里，回头把网组织起来。他第一次放出来的游丝，不晓得要被风吹到多少远；可是等到黏着别的东西的时候，他的网便成了。他不晓得那网什么时候会破，和怎样破。一旦破了，他还暂时安安然然地藏起来；等有机会再结一个好的。人和他的命运又何尝不是这样？所有的网都是自己组织得来，或完或缺，只能听其自然罢了。"这可以说就是作者自己的人生观。茅盾说："他这人生观是二重性的。一方面是积极的昂扬意识的表征（这是"五四"初期的），另一方面却又是消极的退婴的意识（这是他创作当时普遍于知识界的），所以尚洁并没有确定的生活目的。"[17]他的作品里没有现代都市生活，背景都有浓厚的异域情调，缅甸、新加坡、马来半岛等；但他并不逃避现实，讴歌理想；作品的主人翁都有他固定的人生观，虽然有点怀疑色彩。这表现了"五四"落潮期青年寻求人生意义的疲倦，因而又回到了折中主义的"达观"，所以他作品中的人物虽然有点悲哀，却并没有落到绝望的深渊，反而是很能奋斗的；虽说没有一定的终极目标。和这相应，茅盾说他的作品形式也同内容一样，有浪漫主义和写实主义的二重性，而其根源也和内容的二重性是一致的。

冰心的小说全收在她的《冰心小说集》里，大部作于1919到1923年，内容都是探索"人生究竟是什么"的。这是当时青年人一般的疑问，因此《超人》的发表（1921）立刻引起了热烈的注意。冰心的回答是"这一切只为着爱"[18]。据她的《全集自序》说，五四运动后她在燕大女校学生会当文书，又担任女学界救国会宣传股的工作，这时开始写小说，"而且多半是问题小说。""眼前的问题做完了，搜索枯肠的时候，一切回忆中的事物都活跃了起来。快乐的童年，荷枪的兵士，供给了我许多单调的材料。回忆中又渗入了一知半解，肤浅零碎的哲理。"[19]这说明了她的创作活动是由"五四"刺激起，而创作题材是从现实出发的。所以人生观、妇女解放、父与子的冲突，这些题材才会涌入她的作品中，才会有问题小说。然而她不愿停留在她最初所留意的"问题"里，现实太丑恶了，她的中庸主义只能给问题以抽象的解答，她逃入了理想，逃到母亲的怀里。她在温暖的家里感到了"爱"，而在社会的现实里感到了"憎"，她企图用"爱"来温暖世界，自然就和实际世界隔离了。"但冰心的文章的确是流利的，而她的生活趣味也很符合小资产阶级所谓优雅的幻想。她实在拥有过一些绅士式的读者，和不少小资产阶级出身的少男少女。"[20]

庐隐的作品虽然以爱情为题材，实际也是追求"人生意义"的。她的作品有短篇集《海滨故人》和《曼丽》，以后又有短篇《灵海潮汐》《玫瑰的刺》，长篇《女人的心》和《象牙戒指》。她是"五四"浪潮中觉醒起来的人物，读她的作品，可以清楚地看到"五四"期的青年面影。负荷着几千年因袭的重担，热情而又空想地追求人生意义，苦闷、彷徨而又狂叫着自我发展，是那么脆弱、那么焦灼的青年。她的作品除早期的几篇外，写的不外她自己、她的爱人或朋友，题材很窄狭。但早期如《一封信》写农家女的悲剧，《两个小学生》写请愿被打的事情，《灵魂可以卖么》写纱厂女工，《余泪》写为和平而殉道的女教士；所写的社会面很广阔。而且当时注目于这些题材的人非常少。但随着"五四"的落潮,她的创作也改了方向,"人生是什么"就成了作品的主调。《或人的悲哀》里的主人公亚侠说:"我心彷徨得很呵!往那条路上去呢?我还是游戏人间吧!"反映着"五四"期觉醒了而苦闷彷徨的青年的心境。《曼丽》中的一些小说是1927年写的,自序说是她"从颓唐中振起的作品,是闪烁着劫后的余焰"。作者颇想走出社会来,重新估定人生的价值;这是时代的震荡,因此取材较以前宽了一些,感情也蕴蓄深挚了一些。如《房东》一篇,就是《海滨故人》中所不会有的。但后来的作品证明作者其实并没有走出来,仍然写的是生活在矛盾中的脆弱的人物。在这种意义上讲,她的作品和思想都有些停滞现象。在形式上,她从不炫奇弄巧,写得极流利自然,但词藻过多,结构也有些散漫。茅盾评她的作品说:"在反映了当时苦闷彷徨的站在享乐主义的边缘上的青年心理这一点看来,《海滨故人》及其姊妹篇是应该给予较高的评价的。"[21]她是"五四"的人物,热情、苦闷、感情与理智的冲突,就是她的生活和小说的主要范围。后期作品仍然没有跳出这个圈子。

三 乡土文学

1920年以后的《北京晨报副刊》和《京报副刊》中也介绍了几个作家,其中以简朴的笔调写出边远贵州的一些习俗和生活的,有蹇先艾(小说集《朝雾》);以热烈明丽的作风叙述儿时湘中印象的,有黎锦明。然而最受人注意的却是学习鲁迅风格的两个作家:许钦文和王鲁彦。

许钦文的作品有《故乡》《赵先生的烦恼》《鼻涕阿二》

《一樽酒》《若有其事》《仿佛如此》《幻象的残象》《蝴蝶》《毛线袜》《西湖之月》《回家》等。他的题材开头是乡村生活中世态人情的刻画，中篇《鼻涕阿二》就是有意摹仿《阿Q正传》的作品，后来就多写"五四"后的青年恋爱心理了。鲁迅《彷徨》中《幸福的家庭》一篇曾标明"拟许钦文"，对作者是相当称许的。鲁迅曾说：

> 凡在北京用笔写出他的胸臆来的人们，无论他自称为用主观或客观，其实往往是乡土文学，从北京这方面说，则是侨寓文学的作者。但这又非如勃兰兑斯所说的"侨民文学"，侨寓的只是作者自己，却不是作者所写的文章，因此也只见隐现着乡愁，很难有异域情调来开拓读者的心胸，或者炫耀他的眼界。许钦文自名他的第一本短篇小说集为《故乡》，也就是在不知不觉中，自招为乡土文学的作者，不过在还未开手来写乡土文学之前，他却已被故乡所放逐，生活驱逐他到异地去了，他只好回忆"父亲的花园"，而且是已不存在的花园，因为回忆故乡的已不存在的事物，是比明明存在，而只有自己不能接近的事物较为舒适，也更能自慰的。[22]

这里说明了"五四"以后写作"乡土文学"的脱离了土地的地主的儿女们的情绪，也说明了乡土文学产生的原因。在怀旧的心情下，用冷静和诙谐掩盖了悲愤，而且以这态度来写青年人物的心理，于是就自然成了讽刺；虽然并不深刻。他写出了男性的自私，对女子外表崇敬而实轻蔑，和女子的多疑善妒、喜爱刺激等心理。这方面最优秀的作品是长篇《赵先生的烦恼》,作者对于女子似无好感,正是旧社会过来的男子的心理。他写作惯用日记体,布局不紧凑,说话也不合自然语气;文字较拙涩,技巧不如王鲁彦。

王鲁彦的作品有《柚子》《黄金》《童年的悲哀》等,以描写乡村小有产者和农民生活见长,写世态的炎凉,颇为深刻。作品中有浓厚的感伤气氛,是以"要逃避人间而不能"的冷静来写作的,那情绪又和许钦文不同。鲁迅说他"对专制不平,但又向自由冷笑。作者是往往想以诙谐之笔出之的,但也因为太冷静了,就又往往化为冷话,失掉了人间的诙谐"。又说:"然而,'人'的心是究竟还不尽的,《柚子》一篇,虽然为湘中的作者所不满,但在玩世的衣裳下,还闪露着地上的愤懑,在王鲁彦的作品里,我以为倒是最为热烈的了。"[23]正是这种泄露社会丑恶的"人间的愤懑",使他的作品生了光彩。当时一般都认为他是受鲁迅影响的,尤其是《阿长贼骨头》之与《阿Q正传》的比较。但茅盾分析说:

> 我总觉得他们和鲁迅作品里的人物有些差别:后者是本色的老中国的儿女,而前者却是多少已经感受着外来工业文明的波动。或者这正是我的偏见,但是我总觉得两者的色味有些不同;有一些本色中国人的天经地义的人生观念,曾是强烈地表现在鲁迅的乡村生活描写里的,我们在王鲁彦的作品里就看见已经褪落了。原始的悲哀,和 humble 生活着而仍又是极泰然自得的鲁迅的人物为我们所热忱地同情而又忍痛地憎恨着的,在王鲁彦的作品里是没有的;他的是成了危疑扰乱的被物质欲支配着的人物(虽然也只是浅淡的痕迹),似乎正是工业

文明打碎了乡村经济时应有的人们的心理状况。[24]

这分析极精到，他作品中出现的是殖民地化过程中的农村人物。他爱在作品里铺列议论和教训，而又缺少鲁迅笔下的明快与机智，因之读起来不像鲁迅作品辛辣动人，而有一点沉闷之感。作品取材不离故乡，包括农民、乡村知识分子和地主等，作风是写实的。他的成就在当时就比许钦文高，后来更有许多的作品。这是很努力的作家。

此外在《小说月报》发表作品的人，也很有几位是以故乡的农村或经历作题材的，像以原始性的粗犷笔调来写河南农村匪祸兵灾的徐玉诺（十四卷六号有他的《一只破鞋》），像写农村衰败的艰苦生活的潘训（《雨点集》，用田言笔名）。彭家煌的《怂恿》、王任叔的《疲惫者》、许杰的《惨雾》《飘浮》，都写于这时期。他们作品中的地方农村色彩全很浓厚。《怂恿》落笔简练，平实地写出了农民的无知和被播弄。王任叔的小说以浙东为背景，写出了农村挣扎一生而一无所得的酸辛。许杰的《惨雾》是中篇，写农村原始性的械斗，非常有力，结构也很完整。他的题材取自浙江台州，客观地写下一些特殊的习俗和生活现象，是当时成绩最多的农村作家。他还有一本《火山口》，是写都市中流浪青年的生活的。

茅盾曾就1922年十三卷的《小说月报》上介绍的几位不大知名的作家说："我们看见了描写学徒生活的《三天劳工底自述》（利民），我们又看见了描写年青而好胜的农村木匠阿贵的悲哀的《乡心》（潘训），我们又看见了很细腻地表现了卖儿女的贫农在骨肉之爱和饥饿的威胁两者之间挣扎的心理的《偏枯》（王思玷），我们又看见了巧妙地暴露世俗所谓'孝道'的虚伪的《两孝子》(朴园)。这几篇，不但在题材上是新的东西，就是在技巧上也完全摆脱了章回体旧小说的影响，他们用活人的口语，用再现的手法，给我们看一页真切的活的人生图画。这几篇小说的作者像彗星似的一现就不见了，他们留给我们的很少，可是单单这少数的几篇也就值得我们再来提起了。"[25]这些题材的来源，大部也是"故乡"；由于从农村进入城市的知识分子日见其多，这反映了中国"五四"以来社会动荡的一面，所以正如鲁迅所分析，乡土文学在这一时期的新文学中有着很广泛的基础，是好些作家创作题材的来源。

到 1926 年，在鲁迅所主持的《莽原》中，台静农陆续发表了小说《地之子》，是从"民间"取材的。鲁迅说："要在他的作品里吸取'伟大的欢欣'，诚然是不容易的，但他却贡献了文艺，而且在写着恋爱的悲欢，都会的明暗的那时候，能将乡间的死生、泥土的气息，移在纸上的，也没有更多，更勤于这作者的了。"[26]他的笔风朴素，但娓娓有致。以后又出过一本《建塔者》。

四 青年与爱情

郁达夫的《沉沦》是创造社最早的一部小说（1922），影响也最大，也就因为这，他被人称作了颓废派。但和创造社其他的人一样，他虽然也说过"文艺是天才的创造物，不可以规矩来测量的"[27]，但中国的土壤上建筑不起艺术的象牙之塔来，实际上也依然是在时代的桎梏之下发出呻吟着的青年的声息。"五四"落潮后一般的知识青年都感到苦闷彷徨，如不绝望逃避，便须反抗斗争，在尊重自我而不注视现实的倾向下，郁达夫的那种自白式的坦白的控诉，自然会激起青年们的同感。这种伤感颓废实际上是对现实不满的悲愤激越情绪的一种摧抑，浪漫的情调中是有反抗和破坏心情的。郭沫若说："他那大胆的自我暴露，对于深藏在千年万年的背甲里面的士大夫的虚伪完全是一种暴风雨式的闪击，把一些假道学假才子们震惊得至于发狂了。为什么？就因为有这样露骨的真率，使他们感受到作假的困难。"[28]因此他的作品中虽有一些不健康的倾向，但那反对封建的虚伪礼教的精神是充溢着的。他自己后来在《忏余集》的《忏余独白》中说：

> 我的抒情时代是在那荒淫残酷、军阀专权的岛国里过的。眼看到的故国的陆沉，身受到异乡的屈辱，与夫所感所思，所经所历的一切，剔括起来没有一点不是失望，没有一处不是忧伤，同初丧了夫主的少妇一般，毫无气力，毫无勇毅，哀哀切切，悲鸣出来的，就是那一卷当时很惹起了许多非难的《沉沦》。

《沉沦》中的三篇都写于日本，是一种寄寓在特别环境中的青年的生活纪录。他的作品带有强烈的自传性质，又是那样的坦白无掩饰，对读者的感觉是亲切的；自然着重在经济的苦闷和变态的性的追求，也有一些不大健康的因素。《沉沦》自序说："第一篇《沉沦》是描写着一个病的青年的心理，也可以说是青年忧郁病的解剖，里边也带叙现代人的苦闷，——便是性的要求与灵肉的冲突。……第二篇（《南迁》）是描写一个无为的理想主义者的没落。"又说："这两篇是一类的东西，就把他们作连续的小说看也未始不可的。"自序又说:"这两篇东西里,也有几处说及日本的国家主义对于我们中国留学生的压迫的地方,但是怕被人看作了宣传的小说,所以描写的时候,不敢用力,不过烘云托月的点缀了几笔。"但在《沉沦》一篇的结尾也呼出了:"祖国呀祖国,我的死是你害死的!你快富起来,强起来吧!你还有许多儿女在那里受苦呢!"那爱国主义的精神是很激昂的。自然,《沉沦》反对旧礼教的意义要比反帝的意义大得多,当时有些人简直认为不道德,还发生过许多争论。其实他的小说大部都可以当作不满现实而又不愿逃避的爱国的青年的苦闷忧郁来读的。在作者说,与其逃避,无宁麻醉,这当然也是不正常的;但逃避表示了懦怯,麻醉却只是无法,内心里仍然塞满了沉痛,这就是郁达夫后来又能振拔战斗的原因。以后的《日记九种》和《迷羊》仍然是这种性质,是《沉沦》一线下来的作品。但自《茫茫夜》(《寒灰集》中)后,经济的压迫占了作品中的主要地位,因而对社会制度也抱着强烈的愤恨,作品的社会意义自然就强了一些。例如《薄奠》写人力车夫,《春风沉醉的晚上》写烟厂女工,虽说主题是在写作品中主人公自己的穷困,但对劳动人民的诚挚坦白写得很动人,而且也接触到了社会上对立的阶级关系。《过去集》中的几篇,作者的反抗情绪也很高,如《风铃》和《给沫若》写军阀统治的北京,表现都很深刻。后来他说希望"有生气勃勃的带泥土气的创作出来"[29],他要求农民文艺,脚步一天天更接近了现实。1926年的《鸡肋集题词》说:"在黑暗中摸索了半生,我似乎得到光明的去路了。"他的文字凄婉动人,虽平铺直叙地写来,仍觉真实生动。作品除长篇《迷羊》《蜃楼》《日记九种》外,短篇都收在《达夫全集》之单行本《鸡肋集》《寒灰集》《过去集》《薇蕨集》等书中。

　　同样有性的描写、爱情的苦闷，郁达夫作品的公开坦白有打破传统习见的反封建作用，而且在苦闷的极端也埋藏着反抗的种子；但以写恋爱小说著称而且大量生产的张资平的作品，却只能给青年以庸俗趣味和性的挑拨。郁达夫小说中的女性虽然还有妓女，但总是一些可怜的被社会摧残践踏的人物；张资平写的却只有一些曲线丰臀而富于诱惑感的女人。这里自然显出了社会意义的悬殊。在最初，张资平的小说中也还从现象上反映了一些社会问题，例如因社会地位不同而引起的爱情的悲剧，但作者很快就入了歧路，"题材是千篇一律，方法是定型公式"，大量的多角恋爱小说制造出来了；凭着"解放"的口号，跨过了健康的边缘，"迎合麻痹"代替了教育。但他的作品不只量多，而且在一个短的时期中曾销路很畅，有很多的读者，这也就是我们要在这里提到他的原因，虽然很快就又让青年们自己唾弃了。

　　郭沫若虽以诗人著称，但也写小说。短篇《橄榄》《塔》，长篇《落叶》，以及后来的《我的幼年》《反正前后》，数量也并不少。《落叶》是以四十二封情书来写日本少女的恋爱心理的。《塔》中有小说七篇，除以历史为题材的三篇外，也是写经济苦闷和爱情的。历史小说中同样也表现了作者自己的愤激和苦闷。《塔》的序说："无情的生活一天一天地把我逼到十字街头，像这样幻美的追寻，异乡的情趣，怀古的幽思，怕没有再来顾我的机会了。"这是实情，说明了作者自己的创作历程。《橄榄》里的反抗情绪就浓厚多了，如《漂流三部曲》的写经济压迫，呼出了生活重压下的苦痛的喊叫，是很愤激的。《我的幼年》和《反正前后》是自传和回忆录性质，但其实也可视为小说。他的作品中有着诗人的热烈、反抗的声音，但结构散漫，叙述多夸张处，文字也欠经济；小说方面的成就不如诗的方面大。《橄榄》一集较好，有几篇的写法很像他的诗。

郑伯奇的作品不多，《创造季刊》有《最初之课》，《创造周报》有《忙人》，都是短篇。他自己说："《最初之课》多少有反帝的意义，《忙人》不失为讽刺的作品。"[30]这两方面也概括了他以后创作的倾向。

创造社的小说作家还有周全平和倪贻德。周全平有《梦里的微笑》，作风写实，带有人道主义色彩。倪贻德有《玄武湖之秋》等，多抒写自己的身世，感伤中也有一些愤激。王以仁的《孤雁》申诉着都市流浪者的悲哀，用的是写给名叫径三的书翰体，情感诚挚，显示了转变过程中的青年心境。创造社是有浪漫主义倾向的文学团体，小说也许不是他们所长，成就不算太大，而且多半是自传的或身边题材的作品，观察和表现社会客观现实的作品比较少。

冯沅君《卷葹》中的作品是1923年起以淦女士笔名陆续在《创造周报》上发表过的短篇。卷葹是拔心不死的草名，内容写女子挣脱旧礼教的束缚，大胆恋爱时的心理和钟情。鲁迅说：

> 其中的《旅行》是提炼了《隔绝》和《隔绝之后》（并在《卷葹》内）的精粹的名文，虽嫌过于说理，却还未伤其自然。那"我很想拉他的手，但是我不敢，我只敢在间或车上的电灯被震动而失去它的光的时候；因为我害怕那些搭客们的注意。可是我们又自己觉得很骄傲的，我们

不客气的以全车中最尊贵的人自命"。这一段,实在是五四运动直后,将毅然和传统战斗,而又怕敢毅然和传统战斗,遂不得不复活其"缠绵悱恻之情"的青年们的真实的写照。和"为艺术而艺术"的作品中的主角,或夸耀其颓唐,或炫鬻其才绪,是截然两样的。然而也可以复归于平安。……诚然,三年后的《春痕》,就只剩了散文的断片了。[31]

从另一个角度,1926年蒋光慈出版了他的中篇小说《少年飘泊者》,主人公汪中的经历是奇幻而颠沛的,他从孤儿、没有成功的土匪、乞儿、贼、学徒、流浪者、茶房、工人、囚犯直至最后为大众死在了战场上。他怀着"我们是青年,不是畸人,不是愚人,应当给自己把幸福争过来"的信念,对不幸的遭遇不断反抗,他要给自己找出道路来。虽然他相信革命可以解决一切问题,有着光明的希望与信心,但不只一切带偶然性的苦难都集中于一身,时时还希望已经牺牲了的爱人"在阴灵中见着我是一个很强烈的英雄",他为了自己的"忧患余生",要做"一位不怕死的好汉";革命气概是有的,但个人英雄主义色彩实在太浓厚了。全书以"五四"起,完结于"二七"惨案以后,似乎想表现由个人奋斗到参加集体斗争的过程。郭沫若曾说《少年飘泊者》是"革命时代的前茅",从表现"五四"到"二七"这一段时间中一些进步青年的历程说,"前茅"是可以说的。但书中说明议论的地方过多,人物有些概念化,技巧上不算成熟。

同年他又写了短篇《鸭绿江上》,记朝鲜革命党人李孟汉所述他爱人金云姑被日本人囚死的惨史和他们的恋爱经过。主题是反帝的,指出了殖民地的出路只有革命和民族解放。鸭绿江上是他俩悲壮地离别时的地方,这一节写得很动人。这年他还写了好几个短篇,收成《鸭绿江上》短篇集,内容较《少年飘泊者》好。在唤起青年的革命觉悟上,是有相当效果的。作者1927年以后还有不少作品。

沉钟社的作者陈炜谟有小说《炉边》,陈翔鹤有《不安定的灵魂》,另外他们的季刊中还有冯至、莎子等作者。他们"向外,在摄取异域的营养;向内,在挖掘自己的灵魂,要发见心灵的眼睛与喉舌,来凝视这世界,将真和美歌唱给寂寞的人们"[32]。鲁迅说:

> 但那时觉醒起来的知识青年的心情,是大抵热烈,然而悲凉的。即使寻到一点光明,"径一周三",却更分明的看见了周围的无涯际的黑暗。摄取来的异域的营养又是"世纪末"的果汁:王尔德,尼采,波特莱尔,安特莱夫们所安排的。"沉自己的船"还要在绝处求生,此外的许多作品,就往往"春非我春,秋非我秋",玄发朱颜,却唱着饱经忧患的不欲明言的断肠之曲。虽是冯至的饰以诗情,莎子的托辞小草,还是不能掩饰的。[33]

冯文炳(废名)也是近于沉钟社作风的作家,1925年出版了《竹林的故事》,后来又有《桃园》,写的是湖北的小乡村,地方性很强,有鲜明的地方口语,但在冲淡的外衣下,浸满了作者的哀愁。"于是从率直的读者看来,就只见其有意低徊,顾影自怜之态了。"[34]

我们新文学的发展是随着"五四"的浪潮扩大的,因此作品的质与量都是后半期(1923年以后)更显得有声有色。

就小说讲,虽然主要还只是短篇,中长篇很少,但随着反封建的战斗深入,新的知识青年觉醒了,于是父与子的冲突、恋爱与婚姻问题、青年的苦闷、人生究竟为什么、回忆中的乡土文学,就成了小说中普遍的题材。创作没有能照顾到社会各方面的生活现象,由于作者和读者还都属于一种人,于是生活与题材就都狭小了。但那些作品在当时说,特别在主题的反封建效果上,是气魄磅礴而有力的。而且我们有了鲁迅,使得新文学一开始就结了丰硕的果实;并且经他的一贯地扶植与领导,创作也一天天兴盛起来了。

* * *

〔1〕〔13〕〔22〕〔23〕〔26〕〔31〕〔32〕〔33〕〔34〕鲁迅:《〈中国新文学大系〉小说二集序》。

〔2〕〔12〕鲁迅:《南腔北调集·我怎么做起小说来》。

〔3〕〔4〕〔9〕〔10〕鲁迅:《南腔北调集·〈自选集〉自序》。

〔5〕鲁迅:《坟·写在〈坟〉后面》。

〔6〕〔7〕鲁迅:《华盖集续编·〈阿Q正传〉的成因》。

〔8〕周扬:《新的人民的文艺》。

〔11〕鲁迅:《彷徨·题词》。

〔14〕〔16〕〔17〕〔21〕〔25〕茅盾:《中国新文学大系·小说一集导言》。

〔15〕〔20〕丁玲:《"五四"杂谈》,《文艺报》二卷四期。

〔18〕《冰心小说集·悟》。

〔19〕《冰心全集·自序》。

〔24〕方璧:《王鲁彦论》。

〔27〕郁达夫:《文艺私见》。

〔28〕郭沫若:《历史人物·论郁达夫》。

〔29〕郁达夫:《农民文艺的提创》。

〔30〕郑伯奇:《中国新文学大系·小说三集导言》。

第四章　萌芽期的戏剧

一　社　会　剧

　　中国现代话剧是在清末接受了西欧话剧的影响而发展起来的。1907年，中国留日学生在东京组织"春柳社"，演出话剧《茶花女》《黑奴吁天录》等，一般认为，这就标志着中国现代话剧的开端。经过辛亥革命失败之后的低落，直到1919年"五四"前后，话剧运动才又进入了一个新的高潮。

　　周扬曾说："话剧是最现代的进步的戏剧形式，但它是从西洋输入，并且作为中国旧剧的彻底否定者而兴起来的（这个否定在"五四"当时是有革命作用的），而且又完全是在都市生长起来的，它在内容上和小市民血缘极深，它的形式是欧化的，始终没有完全摆脱洋教条的束缚。"[1]"五四"是话剧创作开始兴起的时候，当作文学革命的一部分，初期的话剧是充满了社会问题的色彩的。《新青年》四卷六期（1918年6月）出过《易卜生专号》，那种主张摆脱社会上不良的却是传统的道德法律和成见风俗等束缚的易卜生思想，对于初期话剧的影响是很大的。易卜生的戏剧有许多很快地被译成中文，若干作家的思想和作风也都沾染上了易卜生的色彩；娜拉的面貌活在中国青年的心上，因此很多作品也都走上了问题剧的路。胡适的《终身大事》便是典型的摹仿易卜生的作品，虽然在性格的夸张描写上，如作者所说成了"游戏的喜剧"，但妇女问题和婚姻问题本是反封建战斗中最突出的一环，最先被提出也是极自然的现象，说明了那里面的人物仍然是现实的。但作者的兴趣既专在形式，而且自己就说"女学堂似乎不便演这种不很道德的戏"，则作者的动摇也就可知了；他是并不提倡中国女子做娜拉的。鲁迅说：

> 但大家何以偏要选出 Ibsen 来呢？……因为要建设西洋式的新剧，要高扬戏剧到真的文学底地位，要以白话来兴散文剧，还有，因为事已亟矣，便只好先以实例来刺戟天下读书人的直感：这自然都确当的。但我想，也还因为 Ibsen 敢于攻击社会，敢于独战多数，那时的绍介者，恐怕是颇有以孤军而被包围于旧垒中之感的罢，现在细看墓碣，还可以觉到悲凉，然而意气是壮盛的。
>
> ……再后几年，则恰如 Ibsen 名成身退，向大众伸出和睦的手来一样，先前欣赏那汲 Ibsen 之流的剧本《终身大事》的英年，也多拜倒于《天女散花》《黛玉葬花》的台下了。[2]

然而始终坚持奋斗下来的人也不是没有的，虽然成绩并不十分令人满意。

欧阳予倩是辛亥革命前后中国留日学生所组织的戏剧团体春柳社的演员，是中国最早从事戏剧运动而且坚持下来了的人物；后来他又学会了唱京戏的青衣，创造了许多描写新题材的旧剧，改善了旧剧的表演和装饰方法，后来又导演电影，是中国对"剧运"努力最久、贡献也很大的一人。他有一部自传体的作品《由我演戏以来》，从中可以看到许多有关剧运发展的史料。他在这时期写的剧本如《回家以后》，写留学生不负责任的恋爱行为，用的是轻松的喜剧形式；对"书香人家"中的贤妻淑女寄予了一些天真的同情。《泼妇》写女子反抗家庭的故事，最后超然远去，也显然是受了易卜生的影响。他的剧本结构完整，演出的效果很好。但就创作说，远不如他在剧运实践上的贡献大。

1921年5月，沈雁冰、陈大悲、欧阳予倩、汪仲贤、熊佛西等十三人，组织一民众戏剧社，宣言中说：

> 萧伯讷曾说："戏场是宣传主义的地方"，这句话虽然不能一定是，但我们至少可以说一句：当看戏是消闲的时代现在已经过去了。戏院在现代社会中确是占着重要的地位，是推动社会使前进的一个轮子，又是搜寻社会病根的 X 光镜；他又是一块正直无私的反射镜；一国人民程度的高低，也赤裸裸地在这面大镜子里反照出来，不得一毫遁形。这种样的戏院正是中国目前所未曾有，而我们不量能力薄弱，想努力创造的。……所以我们将先出一种月刊，名为《戏剧》，借以发表我们的主张，介绍西洋的学说；并且想与国人讨论。[3]

《戏剧》是中国的第一个戏剧刊物，共出十期，介绍了很多的理论和技术，反对当时的旧戏和文明戏，对后来的影响很大。叶绍钧在这上面发表过三幕剧《艺术的生活》，在《小说月报》上又写过独幕剧《恳亲会》；他剧本中的人物热诚而真实，反封建的意义很强。

然而专就剧本的创作说，成绩最丰富而贡献也最大的是田汉。《创造季刊》的一卷一期（1922年5月）就发表了他的《咖啡店之一夜》，第二期又发表了《午饭之前》，接着他自办《南国半月刊》，写了《获虎之夜》《落花时节》《乡愁》等剧本；他说：

> 《南国半月刊》之发刊，正当一面帮着编辑由中华书局出版的《少年中国》，一面与创造社的关系渐疏的时候。这时我对于社会运动与艺术运动持着两元的见解。即在社会运动方面很愿意为第四阶级而战，在艺术运动方面却仍保持着多量的艺术至上主义。那时印度的诗人太戈儿到中国来，国内文坛对于他的态度分做两派，右翼的研究系的文士们大大地欢迎他，而左翼的文士们尤其社会运动的少年斗士们反对欢迎他。那时由《少年中国》加入左翼运动的刘仁静与邓中夏诸君在《中国青年》上大骂太戈儿，我对于他们的社会运动很有同情，独至此举甚不谓然。我觉得太戈儿的艺术有他自己的价值，不能因为他不革命而反对他，并且觉得他们对于他太不理解了。因为这种小市民的文学见解，所以《南国半月刊》第一期有一简单的宣言，即"欲在沉闷的中国新文坛鼓动一种清新芳烈的艺术空气"。所谓空气自然也是模糊的感觉，而无一定的明确的创作的意识。[4]

这种思想也同样反映在他的作品中，一方面是反封建的社会问题的内容，一方面又是富有诗意的词句和美丽的形式，这是他早期作品的特点。1931年他在《田汉戏曲第一集自序》中说：

我的处女作应该是《环珴璘与蔷薇》(五幕剧,曾发表于《少年中国》)。但那个作品实在太不成熟,在它戏曲的结构本身,取材本身既成问题,所以虽经卢芳先生替我把原作找来,我连修改都觉无从下笔。就只好弃置不顾了,但对于封建的压迫与剥削下的歌女生活,十年以来颇有新的接触,我想把我观察所得写一个同一题材的剧本来代替它。所以这个第一集我仍把《咖啡店之一夜》放在首篇,来纪念我剧曲创作生活的发轫,因为它事实上是比较能介绍我自己的"出世作"。

独幕剧《咖啡店之一夜》描写一个可爱善良的少女,由于贫穷和低微,被她的爱人遗弃了。作者感慨地指出:"穷人的手和阔人的手始终是握不牢的。"《获虎之夜》写了一个凄婉动人的悲剧。一个富裕的猎人的女儿和一个流浪儿痴心地相爱,但她的父亲看不起穷人,硬把女儿许给富户。一天夜里,猎人布置了罗网火炮想打一只老虎作女儿的嫁妆,不料却打中了女儿真正的爱人。在《田汉戏曲第二集自序》中,有关于《获虎之夜》的话:

　　我事实上有多少年也不曾重念过这个剧本了。到1932年的现在再检阅一过,觉得不必十分改动也可以的还算这一篇。因为尽管有幼稚的感伤的地方,而纯朴的青春时代的影像还可以从这作品中追寻出来,这就是使人难舍的地方了。并且这作品在题目上也接触了婚姻与阶级这一社会问题,一个流浪儿童爱上了一个富农的女儿,在当时必然地会产生这种悲剧。在现在我们有些不满的是这流浪儿童就那么自杀了,莲姑娘是那么在父权底下宛转哀啼着,不曾暗示半点光明,这样的戏剧如同这样的事实一样,在……现在是不可能的。这里打着从1921至1932这十一年间时代进展的痕迹。

《获虎之夜》里比较脱离了他初期惯有的感伤的浪漫情调,用了写实的手法,结构和对话也精练完整,是他早期最优秀的一个剧本。他自己曾说他初期这些作品"同表示着青春期的感伤,彷徨与留恋,和这时代青年所共有的对于腐败现状的渐趋明确的反抗"[5]。这些话是真实的;在浪漫的外衣下,他的剧本都带有浓厚的社会性,对当时的影响也很大。"五卅"惨案后,他写出名剧《顾正红之死》,表现了强烈的反帝意识;又有以黄花岗起义为题材的《黄花岗》,都在反帝革命运动中发生过较大的影响。

1922年洪深由美国(留美学习戏剧)回国,写出了剧本《赵阎王》,是以反对军阀内战为主题的。他自己说:

> 记得六年以前的春天,在第一次奉直战争后,我上北方去,在火车里听得兵士谈说,吴佩孚战胜的军队,将长辛店阵线上,受有微伤而不碍性命的奉军,多数活埋了。因为奉军身边,都有几十块钱,吴军很穷,不活埋,不能夺取奉军的钱。我当时听了,情感上起了极大的冲动,好几天不能自然。后来慢慢地联想到北方军阀和兵士一切的罪恶。慢慢地对于受虐害的民众发生无量的同情。慢慢地对那作恶的兵士,也会发生同情了。但我只是一个从事戏剧的人,别无能力。所以只得费了几个月的工夫,

在那年冬间，完成了《赵阎王》这部剧本。[6]

他以为"戏剧更是明显地充分地描写人生的艺术"[7]，这也是他的创作态度。在《赵阎王》里，他用了七场"独白"来描写兵士的心理状态，形式也是独创的。他自己说："洪深的《赵阎王》，第一幕颇有精彩——尤其是字句的凝练，对话非常有力。第二幕以后，他借用了欧尼尔的《琼斯皇》中的背景与事实，——如在林子中转圈，神经错乱而见幻景，众人击鼓追赶等——除了题材本身的意义外，别的无甚可观。"[8]但题材本身的意义实在是最重要的，可惜作者还没有能更深地写出战争的本质。接着他又写过《贫民惨剧》，都收在《洪深戏曲集》中。他和欧阳予倩都是戏剧协社的负责人。对于剧运的实践，贡献很大。

侯曜的剧本如《山河泪》《复活的玫瑰》《弃妇》等，曾多次在各学校的剧团中上演。有着反对家长专制、揭露婚姻不自由以及写朝鲜亡国惨痛和战争痛苦的内容；爱国的情绪很热烈，表现又通俗浅显，很易为一般学生所接受。但说教气味太重，事实又太空想，水平是不算高的。濮舜卿有《人间的乐园》剧本集，题材多取自妇女问题和婚姻问题，她和侯曜是由同学而成夫妇的，作风和思想也差不多彼此一致。谷剑尘有四幕剧《孤军》和《谷剑尘独幕剧集》，他曾任多年的导演和演员，剧本的写法是写实的，注重于不幸的人们的痛苦生活，社会性比较强。白薇的三幕诗剧《琳丽》，写"恋爱至上"的人生态度，但实际是不能得到爱情自由的痛苦的呼声，充满了热情和苦闷；虽不适于上演，但对剧本读者是有感染力量的。

胡也频有《鬼与人心》和《别人的幸福》两个剧本集，都是"五卅"以后写的。内容注重下层社会生活的描写（如《瓦匠之家》）和上层糜烂生活的讽刺（如《绅士的请客》），已经比较更进一步地接近现实斗争了。郑伯奇的《抗争》包括《抗争》《危机》《牺牲》三个剧本，他曾说他小说的两种主要倾向是"反帝"与"讽刺"，[9]"剧本"也是如此的。洪深说："十六年（1927年）的唯一的反抗时代的戏剧，是郑伯奇的《抗争》。在这个剧本以前，还没有人在戏剧里显露出这样直接的明白的反帝意识。"[10]由"五四"起，新文学的内容一般地是以反封建为基调的，"五卅"后反帝的作品才慢慢多起来，这现象在戏剧上尤其明显。

二　历　史　剧

根据旧剧和旧文学的传统，初期剧作中以历史故事作题材的也很多。但内容意义仍然是从现实出发的，是为了当时的需要。譬如古诗《孔雀东南飞》的故事吧，是封建社会里为了婚姻不自由而牺牲的典型事例，在"反封建"战斗中，自然容易引起人的联想。以这故事为题材的剧本就有熊佛西的《兰芝与仲卿》、袁昌英的《孔雀东南飞》、北京女子高等师范学校国文部四年级学生合编的《孔雀东南飞》和杨荫深的《磐石与蒲苇》。[11]又如欧阳予倩的《潘金莲》，写潘金莲极爱武松，因不得武松之爱乃聊且爱有几分像武松的西门庆，而杀武大郎，卒因武松之报仇而死于所爱者之手。这也是鼓吹恋爱自由，反对封建专制的。杨荫深还有三幕剧《一阵狂风》，取材于梁山伯与祝英台的故事，是写妇女解放的。

欧阳予倩另有《杨贵妃》《荆轲》等剧本。顾一樵有《岳飞》和《西施》。这些历史题材都在某种程度上反映了现实的社会，都有它一定的现实意义，并不只是单纯历史传奇故事的重演。

然而真正善于运用历史题材而且获得了成功的作家，是郭沫若。他说："我自己的态度，对古人的心理是，想力求其正当的解释，于我所解释得的古人的心理中，我能寻出深厚的同情，内部的一致时，我受着一种不能遏止的动机，便造出不能自已的表现。"[12]所以他笔下的古人是体现了他自己的观点和立场的；除了有现实的意义外，以历史故事作题材的本身更能揭穿封建社会的黑幕，是有更大的战斗效果的。他在1925年把《卓文君》《王昭君》《聂嫈》三个剧本结集的时候，作了一篇《写在〈三个叛逆的女性〉后面》，其中说：

> 女性困于男性中心的道德束缚之下，起而对于男性提出男女对等的要求，然而男性中心道德的支持者依然视以为狂妄而痛加阻遏。……女子和男子也同是一样的人，一个社会的制度或者一种道德的精神是应该使各个人均能平等地发展他的个性，平等地各尽他的所能，不能加以人为的束缚而于单方有所偏袒。这从个人的成就上和社会的进展上，都是合理的要求。……他们以为私有财产制度和男性中心道德就好像天经地义一样，只要这经义一破，人类便要变成禽兽，文明便要破产。……然而他们偏要说是社会主义和女权主义是洪水猛兽。……本来女权主义只可作为社会主义的别动

队，女性的彻底解放须得在全人类的彻底解放之后才能办到。……我们试看历史上有名的女性，便单就中国而论，如像卓文君，如像蔡文姬，如像武则天，如像李清照，她们的才力也并不亚于男人，而她们之所以能够成人，乃至成为男性以上的人，就是因为她们是不肯服从男性中心道德的叛逆女性。她们不是因为才力过人，所以才成为叛逆；是她们成了叛逆，所以才力才有所发展的呀。……卓文君的私奔相如，这在古时候是视为不道德的，就在民国的现代，有许多旧式的道德家，尤其是所谓教育家，也依然还是这样。有许多的文人虽然也把它当风流韵事，时常在文笔间卖弄风骚，但每每以游戏出之，即是不道德的仍认为不道德，不过也觉得有些味儿，可以供自己潦倒的资料，决不曾有人严正地替她辩护过，从正面来认她的行为是有道德的。我的完全是在做翻案文章。"从一而终"的不合理的教条，我觉得完全被她勇敢地打破了。本来她嫁的是什么人，她寡了为什么又回到了卓家，这些事实我在历史上是完全不能寻到，我说她是嫁给程郑的儿子，而且说程郑是迷恋着她的，都是我假想出来的节目。不过她的的确确是回到了她的父家，而且她的父亲卓王孙是十分势利的人，这在史实上是明载着的。……从来不满意她的道德先生们当然不止是不满意于她的"不从父"的这一节，不过这一节恐怕也是重要的分子，而这一节在我的剧本里面要算是顶重要的动机。……听说民国十二年，浙江绍兴的女子师范学校演过我这篇戏剧，竟闹起了很大的风潮。听说县议会的议员老爷们，借口剧中相如唱的歌词是男先生唱的……以为大伤风化，竟要开除学校的校长，校长后来虽然没有开除，听说这场公案还闹到杭州省教育会去审查过一回，经许多教育大家审定，以为本剧确有不道德的地方，决定了一个议案，禁止中学以上的学生表演了。

从这里可以看出他剧作中反封建意识之强烈。在表现方法上，各剧中充满着诗的气氛，浪漫而热烈；这在《女神之再生》《湘累》和《棠棣之花》等诗剧里固然如此，在《广寒宫》《孤竹君之二子》和《三个叛逆的女性》各剧中也是如此。抒情诗的对话和富于诗意的布景，到处皆是；而且他并不企图如实地写出历史，所以随时可以插入他所创造出的人物，使故事更加丰富。但有时难免刻画过甚，旧剧的色彩也太浓，常用许多叠字，使演出的效果不免减色。主题的表现上又过分用现代人说教的方式，和历史的故事不太相称；例如卓文君说："我自认我的行为是为天下后世提倡风教的。你们男子们制下的旧礼制，你们老人们维持着的旧礼制，是范围我们觉悟了的青年不得，范围我们觉悟了的女子不得！"听来觉得虽然淋漓而欠真实，不会觉得演出的是古代的故事。《聂嫈》是五卅惨案后写的，他自己说：

突然之间惊天动地地发生了去年的五卅惨案！……我平生容易激动的心血，这时真是遏勒不住，我几次想冲上前去把西捕头的手枪夺来把他们打死。这个意想不消说是没有决行得起来，但是实现在我的《聂嫈》的史剧里了。我时常对人说："没有五卅惨剧的时候，我的《聂嫈》的悲剧不会产生，但这是怎样的一个血淋淋的纪念品哟！……"但是我的剧本是在五卅潮中草成，而使我的剧本更能在五卅潮中上演，以救济我们第一战线上的勇士，这在作家的我自己，岂不是比谁也还要更受感发的吗？[13]

《聂嫈》中所写的慷慨舍身的悲壮情绪，是反映了"五卅"的革命高潮的，因此很富于感动力量。郭氏在历史剧的写作上，抗战期间有更多的力作和更高的成就；就初期这些作品说起来，虽然在结构或表现上还不像后来那么完美，但雄壮的气魄和时代的呼声是充满在作品中间的。这不只是戏剧，而且更是热诚壮烈的反封建反强权的宣言。

"五卅"以后，王独清也写了历史剧《杨贵妃之死》和《貂蝉》；比起郭沫若来，他更对历史上的"美人"寄予了缠绵的同情。虽然也富于浪漫的反抗意识，但没有完全摆脱了英雄美人的传奇色彩，反抗的力量也自然薄弱一些。

三 爱 美 剧

1921年陈大悲写了一篇长文《爱美的戏剧》，讲一般舞台的技术与效果的，后来又用同名出了一本书；因此在剧本方面，也特别注重情节和穿插，强调趣味甚至噱头，在希图与旧剧争取观众的情形下，这种倾向也支配了不少的剧作者。陈大悲说："我们理想中的指导社会的戏剧家是'爱美的'（amateur）戏剧家（即非职业的戏剧家）。爱美的戏剧家不受资本家的操纵，不受座资的支配。爱美的戏剧家不必要是学生，然而每一个人必须要受过能够助他发展戏剧的教育。"[14]这原是搞"剧运"在社会上受到阻碍时的一种很天真的幻想,而出发点又是非常实际的;但想要搞不以牟利为主的剧团已经很难,何况还有政治的压迫呢!"爱美的"一词的意义便不能不由"业余的"变为"消遣的",进而减低了戏剧的严肃的社会意义。陈大悲是从职业的文明戏出身,为了文明戏的堕落才从事话剧运动的。他的作品很多,如《幽兰女士》《英雄与美人》《张四太太》《虎去狼来》等,"一致地用出奇的事实与曲折的情节来刺激观众,结果戏是有劲了,但也成为空想的闹剧了"[15]。主题方面作者也不是不想表现一点有社会意义的思想,例如《幽兰女士》写家庭制度问题,但由于过于注意情节,偶然的因素超过了现实的可能性,主题的意义便无形地削弱了。汪仲贤也是由文明戏出身的,他的作品不多,作风也与陈大悲相近,《好儿子》是写上海"经纪小百姓"的家庭生活,题材是现实的,写法很像清末的谴责小说。蒲伯英写过《道义之交》和《阔人的孝道》两剧,前者讲交友之道,是揭穿社会上黑幕的;后者以贫富的对比,写出了对穷人的人道主义的同情,也是以情节对话见长的。袁昌英的《孔雀东南飞及其他》一书中,除《孔雀东南飞》外,尚有独幕剧五种。题材多写婚姻与恋爱,结构也富于传奇意味。她认为剧本里所描写的人生应该是"眼泪与微笑杂然毕露的,令人特别心酸,然而又特别愉畅"。因此她的作品只是努力使人得到消遣和安慰的。张闻天的《青春之爱》、谷凤田的《肺病第一期》和《兰溪女士》,都是以恋爱纠纷为题材的;鼓吹自由恋爱,描写缠绵的感情,也是只有情节的剧本。

1925年北京美术专门学校添设戏剧系,余上沅、赵太俦诸人负责，后来熊佛西也在那里执教。1926年《北京晨报副刊剧刊》发刊，共出十五期，由余上沅诸人主办。余上沅、蒲伯英、熊佛西、丁西林又都是中国戏剧社的人物，这些人的作品也是以情节和趣味做中心的。余上沅的剧本有《兵变》《塑像》等，后来收在《上沅剧本集》里。序中说他1923年在美国写《兵变》是因为接到家信想起的，足足写了一个星期，他说"我工作的方法是可靠的，我所持的态度是谨严的"。但到剧本写成时，他原来所想象的"杀人，放火，奸，掳，种种可怕可恨的景象"都没有了，只剩下了恋爱的趣剧。而且穿插了过多的"噱头"（如姑老太太从复壁里钻出钻入等），使他本来写得还好的地方（如刻画钱府一家人的自私自利），也因之破坏了严肃的气氛。他写剧过分着重于"有戏可看"，而又不能从社会现实里找出戏来，于是只好在传奇式的现象情节上用力了。他自己说："我一入国门就碰上五卅的惨案，这个打击到如今（1925年11月）还感觉得他的痛苦。"[16]但这"痛苦"并没有使他更接近现实。他以为戏剧应该"探讨人心的深邃，表现生活的原力"，不以当时的"利用艺术去纠正人心改善生活"为然，[17]是一种彻底的脱离现实的艺术观。这在《塑像》里就写得更明白，"无知的大众"是不要艺术的，艺术只是个人的灵感和理想。这样，在他的作品里自然只有情节了。

熊佛西自己说他受了陈大悲不少辅助，他的作风是与陈大悲很相近的。注重趣味、专想刺激观众，是他的特点。他在《戏剧与趣味》一文中说：

戏剧的说法很多，有的说它是人生的表现，有的说它是教育的工具。又有人说它是纯美的创造。近来还有人说它是无产阶级意识的呼号。这些说法都有道理，只要它们的表现富于趣味。任何派别的剧本，只要其中蕴蓄着无穷的趣味，即是上品。因为戏剧是以观众为对象的艺术。无观众即无戏剧。无论你的剧本艺术是何等的高超或低微，假如离开了观众的趣味与欣赏力，其价值必等于零，等于无戏，等于有戏而无观众。……故任何派别的艺术，只要它能引起人的趣味，即能存于人类。此等富于趣味之艺术，虽用炮轰弹击，亦不能倒，徒呼"打倒"口号，更是无益。[18]

这真是纯粹形式主义的理论，他的作品也是贯彻这种主张的。他作的剧本很多，《青春的悲哀》中收着四个剧本，《熊佛西戏剧》第一集和第二集也是这一期写的，共收九个剧本。这里面就题材说，固然也有家庭问题、婚姻问题、劳资纠纷、爱国思想等；但思想性太薄弱了，多的是悲欢交织的情节，布置好的高峰。但在小市民的圈子里，演出的效果还好。自然，也相当地反映了一些变动中的社会情况，如《青春的悲哀》写军阀家庭生活的糜烂，《新人的生活》写官僚的贩卖烟土等，特别是"五卅"以后写的《一片爱国心》，以一个娶了日本太太的人的家庭作背景，鼓吹爱国思想；《醉了》（即《王三》）以"刽子手"喝酒来写出杀人的违反人性，都有一定程度的好的影响。

就写作技巧来说，丁西林的独幕剧是有较高的水准的。他的《独幕剧集》中收有《压迫》《一只马蜂》《北京的空气》《亲爱的丈夫》等剧，这些剧也是许多年来一直在全国各学校中普遍演出过的。他能把握住喜剧的情调，以极经济的手法和精粹的对话，写出亲切而轻松的场面。下笔恰到好处，"趣味"是含蓄的而非刺激的，完全是英国幽默风的手法。没有过分的夸张，因而效果也有一点余味，不只一笑了之。自然，情调和趣味都是小市民的，像《一只马蜂》里的恋爱观；即使像《压迫》这样比较有社会意义的题材，作者处理时也完全把它喜剧化了，而且还加了个短序说明不希望读者从社会问题上去了解；可知作者注意的中心了。

这些作家的作品在思想上和在战斗的任务上自然是薄弱一些的。但对于表现方法，特别是戏剧的结构和对话的选择上，都有相当的成就；对于后来的发展和剧运的推进，也有一定的影响。

话剧是进步的戏剧形式，是综合艺术，而且自然地带有集体的和社会的性质；"五四"以后它以彻底否定旧剧的姿态出现，没有传统的背景可以借鉴，社会上一般也还没有使它充分发展的条件，因此剧本创作的成绩，在质与量上就都比小说要差一些。"戏剧论文"比较多些，但以攻击旧戏和文明戏的为最多，介绍化妆布景等舞台技术的也有一些，属于建设理论和指导批评创作的就很少了。结果旧戏屹然不动，话剧一般地还只能在学校演出；在这种情形下，剧运虽仍在困难中不断地向前推进，剧本的创作也在进步中，但不能不说这时的戏剧还处于幼稚的萌芽阶段，灿烂的花朵还没有开放。即以数量说，剧本的创作也远逊于小说，而且大部是独幕剧，艺术水平也不是很高。但值得说的是，这些剧本的大多数是以社会问题作题材的，其中一些还强烈地表现出了反封建的主题；因此女子解放问题、家庭制度问题、过渡时代的婚姻纠葛问题、军阀内战等,就构成了初期剧作中的主要题材。社会剧固然如此,历史剧也仍然是社会剧,即在讲究情节趣味的作品中,也仍有一定的社会问题的影像。这种反封建的精神是弥漫在这时期的各种剧作中的。因为戏剧虽然是比较脆弱的一环,究竟也是"五四"新文化革命的重要一环啊!

* * *

〔1〕周扬:《表现新的群众的时代》。
〔2〕鲁迅:《集外集·〈奔流〉编校后记(三)》。
〔3〕见《中国新文学大系·史料索引集·民众戏剧社宣言》。
〔4〕〔5〕田汉:《我们的自己批判》。
〔6〕〔7〕《洪深戏曲集·代序》。
〔8〕〔10〕〔15〕洪深:《中国新文学大系·戏剧集导言》。
〔9〕郑伯奇:《中国新文学大系·小说三集导言》。
〔11〕女高师学生所作见《戏剧》二卷二期,余见各家集中。
〔12〕郭沫若:《孤竹君之二子·序话》。
〔13〕郭沫若:《写在〈三个叛逆的女性〉后面》。
〔14〕陈大悲:《戏剧指导社会与社会指导戏剧》。
〔16〕见《中国新文学大系·戏剧集导言》引余上沅致洪深等人信。
〔17〕余上沅:《国剧运动》。
〔18〕熊佛西:《写剧原理》。

第五章　收获丰富的散文

一　匕首与投枪

在鲁迅的创作中，杂文占最大的部分；这是他多少年来文化战斗的结晶。瞿秋白在1933年作的《鲁迅杂感选集序言》中说：

> 鲁迅的杂感其实是一种"社会论文"——战斗的阜利通（feuilleton），谁要是想一想这将近二十年的情形，他就可以懂得这种文体发生的原因。急遽的剧烈的社会斗争，使作家不能够从容地把他的思想和情感熔铸到创作里去，表现在具体的形象和典型里；同时，残酷的强暴的压力，又不容许作家的言论采取通常的方式。作家的幽默才能，就帮助他用艺术的形式来表现他的政治立场，他的深刻的对于社会的观察，他的热烈的对于民众斗争的同情。不但这样，这里反映着"五四"以来中国的思想斗争的通史。杂感这种文体，将要因为鲁迅而变成文艺性的论文（阜利通——feuilleton）的代名词。自然，还不能够代替创作，然而它的特点是更直接地更迅速地反映社会上的日常事变。

这里从具体的社会背景上说明了产生这种文体的原因和它的价值。瞿秋白所论的范围限于《二心集》以前，大略相当于这一时期。"五四"初期,为了战斗的需要,带议论性质的文章很多,大家也承认杂文是文学的一种主要形式,如刘半农在《我之文学改良观》中就说:"故进一步言之,凡可视为文学上有永久存在之资格与价值者,只诗歌戏曲、小说杂文二种也。"《新青年》设"随感录"栏始于四卷四期(1918年4月),鲁迅陆续发表了很多篇,都是"当头一击"的简短文字,后来收在《热风》里,这就是杂感。在最初,"杂感"和"杂文"是略有区别的,鲁迅在《写在〈坟〉后面》里说:"于是除小说杂感之外,逐渐又有了长长短短的杂文十多篇。"但那分别,也好像有些人分别"散文"和"小品"一样,是并不太严格的。《坟》里所收的文章比较长一些,但瞿秋白皆称之为杂感,后来鲁迅自己也不分了。《新青年》时代写随感录最多的是鲁迅、陈独秀、钱玄同诸人,陈氏的后来编入《独秀文存》;鲁迅曾称赞钱氏的文章说:"例如玄同之文,即颇汪洋,而少含蓄,使读者览之了然,无所疑惑,故于表白意见,反为相宜,效力亦复很大。"[1]可知这种文体从"五四"起就是文化战斗的最有力的武器;而鲁迅,因他坚持了他的战斗的工作与方向,也就特别善于运用这一武器。《新青年》以后,1921年《北京晨报》第七版改成副刊,是《中国日报》有副刊的开始,因为每日出版,篇幅不大,特别适宜于发表杂感短文,鲁迅就在那里写了很多战斗性的文字。后来《语丝》的"任意而谈,无所顾忌,要催促新的产生,对于有害于新的旧物,则竭力加以排击"[2],《莽原》的注重"文明批评和社会批评",[3]也都是因为用这种文体为最有战斗的效力。鲁迅说他编《莽原》时的情形是:

> 我所要多登的是议论,而寄来的偏多小说,诗。先前是虚伪的"花呀""爱呀"的诗,现在是虚伪的"死呀""血呀"的诗。呜呼,头痛极了!所以倘有近于议论的文章,即易于登出。[4]

这就充分说明了杂文的价值和鲁迅先生自始即要掌握这一武器的原因。

鲁迅在《热风·题记》中说,当时《新青年》正在"四面受敌",他"所对付的不过一小部分"。这"一小部分",正是当时反帝反封建的思想革命的重要部分。"保存国粹"是鸦片战争以后封建统治阶级维护封建文化的理论根据,也是"五四"前夕一些封建遗老遗少用来反对新文化潮流的武器。揭露和驳斥"保存国粹"的谬论,是鲁迅"五四"时期杂文的一个重要内容。他在《随感录》三十五、三十六中,揭穿了被"国粹"之名美化了的封建文化的腐朽本质,说明"要我们保存国粹,也须国粹能保存我们"这一道理,他在《随感录五十七·现在的屠杀者》中,无情地揭露那些维护封建文化的复古派是"现在的屠杀者":

> 做了人类想成仙;生在地上要上天;明明是现代人,吸着现在的空气,却偏要勒派朽腐的名教,僵死的语言,侮蔑尽现在,这都是"现在的屠杀者"。杀了"现在",也便杀了"将来"——将来是子孙的时代。

鲁迅许多杂文对儒家的反动思想本质及其危害进行了锐利的批判,在打倒孔家店的斗争中,起了重要的作用。鲁迅的思想接受了十月革命的照耀，他在猛烈批判封建文化的同时，也对当时反动势力污蔑十月革命以及马克思主义的谰言作了有力的驳斥；发表在李大钊负责编辑的1919年5月出版的六卷五号《新青年》上的《随感录五十六·"来了"》和《随感录五十九·"圣武"》，就是两篇著名的战斗杂文。他在后一篇中，旗帜鲜明地歌颂十月革命中苏联"有主义的人民"，"因为所信仰的主义，牺牲了别的一切，用骨肉碰钝了锋刃，血液浇灭了烟焰，在刀光火色衰微中，看出一种薄明的天色，便是新世纪的曙光"。

　　1925年以后，是鲁迅思想和创作发展的一个新的阶段。我们可以发现，鲁迅在这时期所写的杂文和"五四"时期所写的，有一个显著的不同点，就是这时他的战斗是紧紧地扣住了一些为帝国主义者和封建统治阶级服务的走狗与奴才。鲁迅在给杨霁云的一封信里曾说："我的杂感集中，《华盖集》及续编中文，虽大抵和个人斗争，但实为公仇，决非私怨……。"鲁迅在1925年至1927年期间写的杂文，除了编为《华盖集》《华盖集续编》之外，还有《而已集》一书。在对现代评论派的战斗中，虽然是通过"个人"来攻击的，但那是当时文化战线中非常原则性的战斗，那些个人是可以当作社会上的某种典型来看的。瞿秋白说：

　　　　新文化运动的领袖，大家都不免要想做青年的新的导师；而诚实的愿意做一个"革命军马前卒"的，却是鲁迅。他自己"背着因袭的重担，肩住了黑暗的闸门，放他们到宽阔光明的地方去"。……他没有自己造一座宝塔，把自己高高供在里面，他却砌了一座"坟"，埋葬他的过去，热烈地希望着这可诅咒的时代——这过渡的时代也快些过去。他这种为着将来和大众而牺牲的精神，贯穿着他的各个时期。[5]

《而已集·题辞》说："这半年我又看见了许多血和许多泪，然而我只有杂感而已。"他又说："我是在二七年被血吓得目瞪口呆，离开广东的，那些吞吞吐吐没有胆子直说的话，都载在《而已集》里。"[6]这正是在反动者血腥屠杀革命群众下的悲愤和抗议，而这也就使鲁迅的清醒的现实主义此后更向前跨了一步，和中国的革命主流密切地结合了起来。

在这些宝贵的文章里，他告诉我们：

世上如果还有真要活下去的人们，就先该敢说，敢笑，敢哭，敢怒，敢骂，敢打，在这可诅咒的地方击退了可诅咒的时代！[7]

我们目下的当务之急，是一要生存，二要温饱，三要发展。苟有阻碍这前途者，无论是古是今，是人是鬼，是三坟五典，百宋千元，天球河图，金人玉佛，祖传丸散，秘制膏丹，全都踏倒他。[8]

青年又何须寻那挂着金字招牌的导师呢？不如寻朋友，联合起来，同向着似乎可以生存的方向走。你们所多的是生力，遇见深林，可以辟成平地的，遇见旷野，可以栽种树木的，遇见沙漠，可以开掘井泉的。[9]

我独不解中国人何以于旧状况那么心平气和，于较新的机运就这么疾首蹙额；于已成之局那么委曲求全，于初兴之事就这么求全责备？[10]

墨写的谎说，决掩不住血写的事实。血债必须用同物偿还。拖欠得愈久，就要付更大的利息。[11]

三十年来，走上革命道路的知识分子们，几乎没有不受到这些语言的感召的。毛泽东同志说"鲁迅是中国文化革命的主将"[12]，这是完全符合历史实际的。

什么是鲁迅杂文的主要特点呢？用他自己的话说，在内容上，"论时事不留面子，砭锢弊常取类型"[13]；在表现方法上，"好用反语，每遇辩论，辄不管三七二十一，就迎头一击"[14]。"我自己也知道，在中国，我的笔要算较为尖刻的，说话有时也不留情面。但我又知道人们怎样用了公理正义的美名，正人君子的徽号，温良敦厚的假脸，流言公论的武器，吞吐曲折的文字，行私利己，使无刀无笔的弱者不得喘息。倘使我没有这笔，也就是被欺侮到赴诉无门的一个；我觉悟了，所以要常用，尤其是用于使麒麟皮下露出马脚。"[15]鲁迅这种用讽刺的笔调来暴露和议论现实的丑恶的特征，瞿秋白称之为"神圣的憎恶和讽刺的锋芒"[16]。讽刺，原是暴露的一种有力手段；鲁迅曾说："悲剧将人生的有价值的东西毁灭给人看，喜剧将那无价值的撕破给人看，讥讽又不过是喜剧的变简的一支流。"[17]"他所讽刺的是社会，社会不变，这讽刺就跟着存在。"[18]当然，我们现在的社会是已经变了，但这不就是像鲁迅这样的人们所勇敢地战斗过来的吗？

被称作散文诗的《野草》写于1924至1926两年,这是诗的结晶,在悲凉之感中仍透露着坚韧的战斗性。文字用了象征,用了重叠,来凝结和强调着悲愤的声音。他自己在《〈野草〉英文译本序》中说:

> 现在举几个例罢。因为讽刺当时盛行的失恋诗,作《我的失恋》,因为憎恶社会上旁观者之多,作《复仇》第一篇,又因为惊异于青年之消沉,作《希望》。《这样的战士》,是有感于文人学士们帮助军阀而作。《腊叶》,是为爱我者的想要保存我而作的。段祺瑞政府枪击徒手民众后,作《淡淡的血痕中》,其时我已避居别处;奉天派和直隶派军阀战争的时候,作《一觉》,此后我就不能住在北京了。
> 所以,这也可以说,大半是废弛的地狱边沿的惨白色小花,当然不会美丽。但这地狱也必须失掉。这是由几个有雄辩和辣手,而那时还未得志的英雄们的脸色和语气所告诉我的。我于是作《失掉的好地狱》。

下边是《这样的战士》中的一段:

> 要有这样的一种战士!
> 已不是蒙昧如非洲土人而背着雪亮的毛瑟枪的;也并不疲惫如中国绿营兵而却佩着盒子炮。他毫无乞灵于牛皮和废铁的甲胄;他只有自己,但拿着蛮人所用的,脱手一掷的投枪。
> 他走进无物之阵,所遇见的都对他一式点头。他知道这点头就是敌人的武器,是杀人不见血的武器,许多

战士都在此灭亡，正如炮弹一般，使猛士无所用其力。

那些头上有各种旗帜，绣出各样好名称：慈善家，学者，文人，长者，青年，雅人，君子……。头下有各样外套，绣出各式好花样：学问，道德，国粹，民意，逻辑，公义，东方文明……。

但他举起了投枪。

鲁迅的文字正是这样的投枪。

《朝花夕拾》十篇，是根据儿时的生活经验，严格地加以再组织的优美散文。这里不只帮助我们了解鲁迅的幼年生活情况，那些内容也仍有其现实的意义。如《二十四孝图》的猛烈攻击"老莱娱亲"和"郭巨埋儿"，《无常》的描述民间文艺中活泼而诙谐的活无常，都是生动感人的。1932年出版的《两地书》，主要部分也写于1925年至1927年期间。这是和景宋的通信集，可以看出鲁迅是怎样地帮助青年和怎样持正不阿地战斗，对于研究鲁迅是很重要的资料。

鲁迅留给了我们许多的作品，他是一个作家，然而这些作品是由一个根上生出来的枝叶，那"根"只是不断的坚韧的战斗；为了中国，为了人民。他后来曾说："生存的小品文必须是匕首，是投枪，能和读者一同杀出一条生存的血路的东西。"[19]这种精神一直贯注着他的全部作品，以至他的全生命。他不只是一个作家，他是"这样的战士"。

和鲁迅作品同样富有战斗意义的，是瞿秋白在旅居莫斯科期间（1920年至1923年）所写的报道十月革命后俄国情形的《饿乡纪程》和《赤都心史》。那时十月革命后的社会经济还没有完全恢复，革命秩序也还未很巩固地建立起来，许多资本主义国家的记者都骂布尔什维克"残暴",说"苏维埃政权不稳固",瞿秋白的这些通讯游记把苏联人民奋斗的真实情况报道给中国,增加了中国人民对革命前途的无限信心和力量。作品叙述了十月革命胜利初期所面临的困难和复杂的斗争,也叙述了新经济政策的措施和意义。作者一方面热情歌颂苏联,一方面又分析中国社会;特别在《饿乡纪程》中,他对日本帝国主义对东北的侵略,中国政府的昏庸,外交官的卑劣等,都有充满了愤激情绪的叙述。这与他所描写和歌颂的第一个社会主义国家的情况对比起来,必然的结论就一定是中国人民必须起来革命。作品中的抒情气氛很浓,作者真挚地刻画了自己由革命民主主义到达共产主义的思想历程。他批判了追求名士化以及小资产阶级的厌世观等消极思想,而终于"由于理论之研究,事实之采访,从而使得'我'的一部分渐起恋态"。他这方面的描绘对知识分子有很大的启示和鼓舞。茅盾曾说:"对于在旧社会生活过来的知识分子,《饿乡纪程》会给予很大启发,特别对于抱有幻想的人,我有此体验。"这两部作品在写法上也是多样化的,有抒情、叙述、描写、议论、对话等变化,文笔清新优美,是"五四"期优秀的散文作品。可惜这两本书因受到统治者的禁止,长期未能广泛流传。

二 写景与抒情

鲁迅曾说:

> 到五四运动的时候,……散文小品的成功,几乎在小

说戏曲和诗歌之上。这之中，自然含着挣扎和战斗，但因为常常取法于英国的随笔（Essay），所以也带一点幽默和雍容；写法也有漂亮和缜密的，这是为了对于旧文学的示威，在表示旧文学之自以为特长者，白话文学也并非做不到。以后的路，本来明明是更分明的挣扎和战斗，因为这原是萌芽于"文学革命"以至"思想革命"的。[20]

由于战斗和建设的需要，由于传统文学中有类似的存在可以借鉴，散文在这时期的收获是最丰富的。朱自清在1928年写的《〈背影〉序》中说：

> 但就散文论散文，这三四年的发展确是绚烂极了：有种种的样式，种种的流派，表现着，批评着，解释着人生的各面，迁流曼衍，日新月异；有中国名士风，有外国绅士风，有隐士，有叛徒，在思想上是如此。或描写，或讽刺，或委曲，或缜密，或劲健，或绮丽，或洗炼，或流动，或含蓄，在表现上是如此。

朱自清早期的散文，收在《踪迹》与《背影》里的，很有一些为人传诵的名篇，如《背影》《桨声灯影里的秦淮河》《荷塘月色》等，这些作品写法漂亮缜密，是尽了对旧文学示威的任务的。他的文字秀丽委婉，又注意于口语的采用，虽然写的多是个人的经历和感想，但在《旅行杂记》里有对军阀的讽刺，《海行杂记》也有对帝国主义的诅咒，而且态度诚挚严肃，富有艺术感染力。《温州的踪迹》是一组以写景为主的美文，其中"月朦胧，鸟朦胧，帘卷海棠红"一篇是描写一幅画的，文题也是画题；他没有从画的笔墨成就等处着笔，而是细腻地描写了画面形象的位置、色彩和神态，不但生动地呈现出了画的内容，而且也传达出了它的意境。最后他说："这页画布局那样经济，设色那样柔活，故精彩足以动人。虽是区区尺幅，而情韵之厚已足沦肌浃髓而有余。"这几句话其实也是可以概括他的这组散文的艺术特色的。另一篇《绿》是描写梅雨潭的绿波的，他运用了一连串新鲜的比喻，引起了人们美的联想；通过色的浓淡和光的明暗，将梅雨潭绿波的厚、平、清、软的具体景象传达给了读者。又一篇《白水漈》是写瀑布的，他突出地描写了瀑布的细和薄，以及它在微风中的轻软的形态。从这些文章中，我们可以看到他的缜密精致的艺术风格。他认为写散文必须深入观察，"于一言一动之微，一沙一石之细都不轻轻放过"，"正如显微镜一样，这样可以辨出许多新奇的滋味"[21]。他是主张写实的，因而能够通过细微的观察，准确地把握描写对象的特点，并用凝炼的语言把它表现出来，形成自己的艺术特色。

叶绍钧也有许多散文作品，收在与俞平伯合著的《剑鞘》和他后来的《脚步集》里，他的风格谨严，笔调凝炼，思想永远是从现实出发的；对人生事物，刻苦地探索它的究竟，绝没有无病呻吟之感。文字尤求精密，和朱自清的散文同样都常为中学国语课本选作教材，那些文字也确实值得当作学习的模范。五卅惨案后他写的《五月卅一日急雨中》，是和郑振铎的《街血洗去后》同被称为写五卅惨案的最成功的文章的。郑振铎除写了许多文艺论文以外，也是散文作家。像《海燕》《山中杂记》的文字，清新细腻，写景与抒情都有独到的成功。许地山的《空山灵雨》里也有一些散文，而且从那些"散记"里更容易了解作者的思想,像《暗途》的隐喻人生,《海》的象征世界,"谁也脱不了在上面泛来泛去,我们尽管划吧"!从现实出发而又带一点怀疑色彩的调子,比小说表现得更明显。文字流畅而富理趣,抒写感触的地方很富于感染力。俞平伯的《杂拌儿》也收着一些写景抒情的散文,《燕知草》写的全是杭州的事情,是回忆中的景色与人物的追摹。他的文字不重视细致的素描,喜欢"夹叙夹议"地抒写感触,很像旧日笔记的风格。文言文的词藻很多,因为他要那点涩味;絮絮道来,有的是知识分子的洒脱与趣味。但与现实的距离自然难免远一点,别人比他作明朝人,他很高兴,正可表示他文章的特点。[22] 冰心的散文也是曾经为人传诵和称道的,文字的风格虽然和俞平伯完全不同,但在回避现实这一点上却多少有点相似。她的《往事》里的一些散文,写的仍是和小说一致的情感,并没有更多的另一面的现实观感的流露。如"母亲呵!你是荷叶,我是红莲,心中的雨点来了,除了你,谁是我在无遮拦天空下的荫蔽?"[23] 是更能说明她那躲在母亲怀里是为的逃避时代风雨的情绪的。她又有专写给儿童看的《寄小读者》,是她旅居美国时漫游的记录,是"花的生活,水的生活,云的生活"的描写。在四版自序里她说:"我的作品之中,只有这一本是最自由,最不思索的了。""这书中有幼稚的欢笑,也有天真的眼泪。"但这些其实并不是本书的特长,倒是细腻清丽的自然景物的描写,还颇有引人入胜的地方。茅盾曾说:"我们说句老实话,指明是给小朋友的《寄小读者》和《山中杂记》,实在是要少年老成的小孩子或者犹有童心的大孩子方才读去有味儿。在这里,我们又觉得冰心女士又以她的小范围的标准去衡量一般的小孩子。"[24]所以虽是极其温柔旖旎的抒情文字,读着反不如写景的地方比较动人,虽然文章一样写得很美丽。未以散文著名的庐隐,集子中有些散文其实写得比她的小说更好;例如《月下的回忆》《玫瑰的刺》等,都清丽可爱。在散文中我们对她的了解可以更清楚些;这些作品天真而严肃,坦白地写出她内心的痛苦与矛盾。专以写印象风物见长的还有孙伏园和孙福熙,孙伏园的《伏园游记》于记事中写景色,不重刻绘而引人入胜,很像后来好的报纸"报道"的特色。孙福熙以画家的态度凝视自然,《大西洋之滨》《山野掇拾》《归航》和《北京乎》等集子,皆以细琢细磨的文字绘出画面的景色,虽然个人感触与叙事也有很多,但似乎总以"观察"为主;色彩的鲜明精细,一看即知是"摄取"和"照映"的写法。

郁达夫在散文方面的成就也许为他的小说声名所掩,但讲到散文,他实在也是成就很高的作家。在他的《鸡肋集》《奇零集》《敝帚集》等书中的许多散文,抒情的直截诚挚和文字的委婉动人,是并不下于他的小说的。他曾说:"我觉得,'文学家的作品,都是作家的自叙传'这一句话,是千真万真的。"[25]小说还着重在"尊重主观"和"表现自我",散文里当然会感到更亲切。因此他提倡日记体和书简体的文学,希望读者能更真实地了解一个作家。他认为散文最重要的内容,是"散文的心",而散文的三个特征"是人性,社会性,与大自然的调和"。[26]这些话可以看出他的创作态度,也正可以说明他散文的特色。如果说他的小说读者的一部分兴趣在于对作品中主人公的同情,这"同情"在散文中便成为直接对于作者自己的而且更加亲切了。他的散文多的是"解剖自己，阐明苦闷的心理的记载"[27]，是以抒情为主的；他不忘自我，但可贵的是他也不忘自然与社会，他要求"智与情的合致"。[28]所以他虽然在抒写一己的感触，而时代与社会的影子仍然是非常鲜明的，读者不难从当中看出作者的伤感与愤激。他的文字流畅，写来委婉动人，艺术的感染力是很深的。和他相似的有郭沫若，郭氏是多方面有成就的作家，内心中又时刻燃烧着反抗的火焰，"诗"容纳不下时就用散文写出来，仍然是他自己的狂热的心，这情感也仍然是诗的。他的《小品六章》最初在《晨报副刊》发表的时候有一篇序，其中有下面的话："我在日本时生活虽是赤贫，但时有牧歌的情绪袭来，慰我孤寂的心地。我这几章小品便是随时随处把这样的情绪记录下来的东西。""牧歌的情绪"是他早期散文的特色，用热烈的诗人的笔把它写下来，有欢欣，也有苦恼，但一样地吸引着读者的心。《三叶集》里的一部分他写的文字已露出了才气纵横的端倪，《橄榄》和《山中杂记》中的许多散文更看出了他的热情奔放和悲痛愤激。他不太注意于文字的修饰，流畅而欠精练，但磅礴的气概足以吞没了那些字句间的小节，读者总是要一口气读下去的。

　　写景或抒情的文章在中国传统文学中都有多量的存在，也是旧文学中的主流和精华，这些历史的背景给散文的发展提供了有利的条件，英国随笔式的文体又刺激了作家摹仿的要求，因此散文的成就也比较大些。但现代散文中抒情或写景的重心，却都不同于过去或外国，它表现着作者自己的浓重的感触和情绪；而这些却正是属于现代中国的，特别是"五四"以后觉醒了的知识分子的。因此即使在琐屑的叙述和描写里，也不难看出作者们的苦闷和感伤，挣扎和战斗。

三　叛徒与隐士

　　周作人在《泽泻集》的序里说："戈尔特堡批评霭里斯说，在他里面有一个叛徒与一个隐士，这句话说得最妙：并不是我想援霭里斯以自重，我希望在我的趣味之文里也还有叛徒活着。我踌躇地将这册小集同样地荐于中国现代的叛徒与隐士们之前。"这序写于1927年，是对别人嘲笑他为隐士而说的；那时他的文章已和初期的作品如《自己的园地》和《雨天的书》不同，终日低沉于苦茶古玩、谈鬼论禅等封建情感的怀抱里了。他追怀于过去的光荣，也企羡着一些实际的个人名利和享受，他不甘于终为隐士；后来证明这心情是真的，但并不是叛徒的复活，而是隐士的"归朝"，而且所归的又是可耻的日本帝国主义者所统治的"朝"。但在"五四"初期，他是否即是勇敢的旧的思想文化的叛徒呢？当然，现代散文的产生，原是由叛徒精神出发的，这是文学革命和思想革命的一部分，散文作家感染一点叛徒的气息也是必然的；所以在《自己的园地》和《雨天的书》里，还有一些现代人的感情和思想，不满意于现实和封建文化的文字，虽然也并不就怎么"勇敢"。1924年《语丝》的发刊词说："我们所想做的只是想冲破一点中国的生活和思想界的昏浊停滞的空气。我们个人的思想尽自不同，但对于一切专断与卑劣之反抗则没有差异。"这是一个刊物的态度，而这反抗精神实际上是鲁迅所领导的，但周作人那时还能在这宣言下写文章，虽然态度也平和冲淡得很，就是他所谓的曾经活着过的叛徒吧！在《新青年》上，他写过一篇《人的文学》（1918年），提出了一些人道主义的文学思想来反对旧日的非人的文学；又写过《平民的文学》《新文学的要求》等文章，对当时的运动也发生过一些影响。《雨天的书》自序二说他"检阅旧作，满口柴胡，殊少敦厚温和之气"，但下边就接着说"我近来作文极慕平淡自然的景地"，以后就提倡言志的趣味的文学，认为过去"浮躁凌厉"，主张文学无用论了。在《谈龙集》《谈虎集》序上，他说过"我原是一个中庸主义者"及"我的绅士气"等话，这种封建士大夫的感情终于促使他走向了反动。早期他曾翻译过爱罗先珂的《过去的幽灵》，教人注意和打倒过去的幽灵，但不久他自己也变成过去的幽灵了。

林语堂于1934年曾写过一篇《周作人诗读法》，说周作人是"冷中有热，寄沉痛于幽闲"的。林语堂也是《语丝》时代的撰稿人，他和周作人有同感，当时正在摆脱了叛徒而皈心隐士的时候。后来的归宿也相似，不过一则投身于日本帝国主义，一则投身于美帝国主义罢了。但在他早期《剪拂集》里的散文，叛徒的精神是要比周作人浓厚些的。1928年他在《〈剪拂集〉序》中说：

> 在这太平的寂寞中，回想到两年前"革命政府"时代的北京，真使我们追忆往日青年勇气的壮毅及与政府演出惨剧的热闹。天安门前的大会，五光十色旗帜的飘扬，眉宇扬扬的男女学生面目，西长安街揭竿抛瓦的巷战，哈达门大街赤足冒雨的游行，这是何等悲壮！国务院前哔剥的枪声，东四牌楼沿途的血迹，各医院的奔走异尸，北大第三院的追悼会，这是何等激昂！……在当日，却老老实实不知堕了多少青年的眼泪，激动多少青

年的热血,使青年开过几次的追悼会,做过几对挽联,及拟过多少纪念碑的计划……

这是大革命初期青年反抗军阀统治的真实历史,而林氏那时是站在青年们的民主势力一边的;而且在国民党开始统治的时期,他还感到"太平的寂寞",说明了他还有不满。因此在《剪拂集》中,就不缺乏"浮躁凌厉"的文字。他反对与旧势力妥协的学者,要发动"打狗运动";主张骂人的必要,说"愈有锐敏思想的人,他以为该骂的对象愈多"。又主张"必谈政治。所谓政治者,非王五赵六忽而喝白干忽而揪辫子之政治,乃真正政治也。新月社的同人发起此社时有一条规则,请在社里什么都可来(剃头,洗浴,喝啤酒),只不许打牌与谈政治,此亦一怪现象也"。[29]这些都可看出他在"五卅"时期的特色。五卅惨案后,他在《丁在君的高调》一文中说:

> 若是不明白这回运动的真正意义的人,若丁先生与其同辈,不明白这回运动的中心应在国民群众而不应在官僚与绅士,就跟他讲得焦唇烂舌,也是无用。我辈所希望者在民众,丁先生所期望者在外交官僚,两方面的意见相差太远,所谓融和意见,我敢谓是决难办到的事。

这说明了他对人民力量的承认,是和丁文江等不相同的。但就在这篇文章里,他又觉得"这回唤醒民众的热烈运动,有人来浇冷水是很好的,使结果较平稳。言论界有青年派和绅士派互相调剂是很好的"。这就又回到妥协论了。同时他又提倡"费厄泼赖"（fair play）的精神，主张对失败者同情；这种折中温和的自由主义的妥协思想，如果和鲁迅当时的《论费厄泼赖应该缓行》对读一下，就知道那思想的基本分野是如何不同，也就可以了解林氏后来走向反面的思想根源了。胡风认为"林氏初期的思想主要地是西洋旧的民主主义的凌乱的反映"[30]，林氏的思想终于不能在中国国土上生根和进步，于是就把他以前所肯定的"民众"当成敌人了。

我们这样讲"叛徒与隐士"，指的是由叛徒到隐士；然而周作人、林语堂他们却指的是文章中同时"有一个叛徒和一个隐士"，和我们的说法很不同。当他们这样说的时候，正在他们思想和行为发展的中间点，即已经逃避了现实却还没有直接走向反动的阵营，因此还希望读者从他们逃避现实的冲淡小品中，去发现对现实有积极作用的因素；但这只是不可能的梦想，结果终于连自己的"隐士"面貌也藏不住了。这说明了"叛徒与隐士"在现实社会里根本是不可能同时存在于一身的；但"五四"以后由叛徒走向隐士的例子却实在太多了。周作人、林语堂还不够典型，他们在两方面（叛徒与隐士）都不大够格；比较典型的例子我们可以举出刘半农，那发展的道路确实是由叛徒到隐士的。

《半农杂文》自序里，他说："把这么许多年来所写的文字从头再看一次，恍如回到了烟云似的已往的生命中从头再走一次。"的确，从这里面我们可以清楚地看到"五四"时期战斗姿态的影子。在他留存的"五四"以前的一些文言文中，说明了作者那时的反帝热情；到了"五四"，这热情就发展成为反封建。他反对文言，反对尊孔，反对迷信，反对旧戏,反对林琴南式的翻译,反对中学为体西学为用的主张,态度都是很勇敢的。如著名的《复王敬轩书》《作揖主义》各文,都在当时发挥了很强的战斗作用。胡风曾评论他说:

> 虽然他的态度率直勇敢,但始终是没有离开所谓"实事求是"的精神的。少说不着边际的空话,不弄"观念游戏",从现实的需要里面找出具体的问题来,切切实实地展开讨论;我们可以把这叫作平凡的战斗主义。他的文章里面是随处表现了这个特色。这个平凡的战斗主义是"五四"精神的清醒的现实的一面,和夸大狂是截然对立的。后年在《徐志摩先生的耳朵》里对于徐诗人的"天籁地籁人籁"和"灵性"投下了那么辛辣的嘲笑,在《骂瞎了眼的文学史家》和《奉答□□□先生》里面对于自命为中国狄更斯的陈西滢等那样地不留情面,我们是应该在这里面求得解释的。[31]

即在许多关于语言学的文字里,也时有特出的见解;如提倡方言文学,以为国语应该是普及的进步的普通话,主张统一读音以促进"汉字罗马化",主张废除四声等,都比一般语言学者进步。但自从他留学归来变成学者以后,战斗的勇气就消散了,于是"平凡的战斗主义"光剩下了上半截。1934年他死后,鲁迅曾为文纪念,末段说:

> 现在他死去了,我对于他的感情,和他生时也并无变化。我爱十年前的半农,而憎恶他的近几年。这憎恶是朋友的憎恶,因为我希望他常是十年前的半农,他的

为战士,即使"浅"吧,却于中国更为有益。我愿以愤火照出他的战绩,免使一群陷沙鬼将他先前的光荣和死尸一同拖入烂泥的深渊。[32]

这可以说是对他最真实的评价。他的文字流利泼辣,富于幽默感,虽少含蓄,但言之有物,读来觉得很畅快。

和刘半农的经历相仿佛的,如钱玄同在《新青年》随感录中所发表的文章,汪洋流畅,战斗性也很强。刘大白写的反对桐城派鬼话文(文言)的一些文字,也有同样的造诣。"五四"初期的散文因为针对社会现象立言,皆有杂感性质;内容既重在说理叙事,文字就求简洁锋利,和略后的写景抒情的小品不同。唐钺在当时曾说:"假如言之有物,虽摘藻撷华,更显得羊质虎皮,有何好处?"这可看出"五四"初期文字重简朴的要求,但写景抒情的文字一多,慢慢作者各自的写作风格就形成了,其中自然也有华丽的。

一般地说,诗人和小说作家都同时写一点散文;散文好像美术绘画的"素描"一样,搞创作的人都要弄弄的;自然那本身也可成为很好的艺术品。作者既多,社会的要求又必然是"言之有物"的内容,而且又有历史传统可以借鉴,因此在第一时期中,"散文"一体的收获也最丰富。这不只是"量"上如此,我们有了"反映五四以来中国思想斗争通史"的鲁迅杂文,在"质"上也可以说是如此。

*　　*　　*

〔1〕〔14〕鲁迅:《两地书·十二》。
〔2〕鲁迅:《三闲集·我和〈语丝〉的始终》。

〔3〕鲁迅:《两地书·十七》。
〔4〕鲁迅:《两地书·三十四》。
〔5〕〔16〕瞿秋白:《鲁迅杂感选集·序言》。
〔6〕鲁迅:《三闲集·序言》。
〔7〕鲁迅:《华盖集·忽然想到之五》。
〔8〕鲁迅:《华盖集·忽然想到之六》。
〔9〕鲁迅:《华盖集·导师》。
〔10〕鲁迅:《华盖集·这个与那个》。
〔11〕鲁迅:《华盖集续编·无花的蔷薇之二》。
〔12〕毛泽东:《新民主主义论》。
〔13〕鲁迅:《伪自由书·前记》。
〔15〕鲁迅:《华盖集续编·我还不能带住》。
〔17〕鲁迅:《坟·再论雷峰塔的倒掉》。
〔18〕鲁迅:《伪自由书·从讽刺到幽默》。
〔19〕〔20〕鲁迅:《南腔北调集·小品文的危机》。
〔21〕朱自清:《山野掇拾》。
〔22〕朱自清:《燕知草·序》。
〔23〕冰心:《往事·七》。
〔24〕茅盾:《冰心论》。
〔25〕〔28〕郁达夫:《过去集·五六年来创作生活之回顾》。
〔26〕郁达夫:《中国新文学大系·散文二集导言》。
〔27〕郁达夫:《论日记文学》。
〔29〕林语堂:《剪拂集》。
〔30〕胡风:《文艺笔谈·林语堂论》。
〔31〕胡风:《文艺笔谈·"五四"时代的一面影》。
〔32〕鲁迅:《且介亭杂文·忆刘半农君》。

第 二 编

左 联 十 年

（1928—1937）

第六章　鲁迅领导的方向

一　在白色恐怖下

自从1927年蒋介石背叛革命以后，国民党反动派建立了反动的黑暗统治，在文化方面也同样发动了残酷的反革命"围剿"，人民大众的文化战线就不能不在严重的白色恐怖下，用种种迂回曲折的形式来进行斗争；左翼的无产阶级革命文学运动，就是在这种情况下坚持进行并在全国人民中发生了广泛深刻的影响的。

这时期的斗争是残酷的，据1935年11月清华大学等十一校的《救亡通电》称："奠都以来（即1927年4月蒋介石建立南京反动政府以来），青年之遭杀戮者，报纸记载至三十万人之多，而失踪监禁者更不可胜计。杀之不快，更施以活埋，禁之不足，复加以毒刑。地狱现形，人间何世。"但正如毛泽东同志所说，反动派的军事"围剿"和文化"围剿"都同样地惨败了，"而作为这两种'围剿'之共同结果的东西，则是全国人民的觉悟"[1]。在军事上，开始了由1928年井冈山为根据地起始的十年土地革命运动，"在中国的广大区域内，组织了人民的政府，实行了土地制度的改革，创造了人民的军队——中国红军，保存了和发展了中国人民的革命力量"[2]。革命根据地反"围剿"的胜利也大大地鼓舞了以上海为主要中心的文化革命和文艺运动。由于进步作家的革命实践和革命文学本身的性质，在这十年中，进步文艺界是在极端高压的反动统治下进行了残酷的斗争的。左联成立时所通过的议案之一曾规定"凡是左翼联盟的作家都要参加工农革命的实际行动",因此反动当局不只封闭刊物,查禁书籍,监禁和屠杀的事件也是层出不穷的。现在略述一点当时受压迫的情形,以见一斑。鲁迅说:

> 当三〇年的时候,期刊已渐渐的少见,有些是不能按期出版了,大约是受了逐日加紧的压迫。《语丝》和《奔流》,则常遭邮局的扣留,地方的禁止,到底也还是敷衍不下去。那时我能投稿的,就只剩了一个《萌芽》,而出到五期,也被禁止了,接着是出了一本《新地》。所以在这一年内,我只做了收在集内的不到十篇的短评。[3]

1930年的春天,由鲁迅、田汉、郁达夫、郑伯奇、画室(冯雪峰)、潘汉年、沈端先等五十二人签署发起的中国自由大同盟成立了,宣言说:

> 自由是人类的第二生命,不自由,毋宁死!
> 我们处在现在统治之下,竟无丝毫自由之可言!查禁书报,思想不能自由。检查新闻,言语不能自由。封闭学校,教育读书不能自由。一切群众组织,未经委派整理,便遭封禁,集会结社不能自由。至于一切政治运动与劳苦群众争求改进自己生活的罢工抗租的行动,更遭绝对禁止。甚至任意拘捕,偶语弃市,身体生命,全无保障,不自由之痛苦,真达于极点!

> 我们组织自由运动大同盟，坚决为自由而斗争。感受不自由痛苦的人们团结起来，团结到自由运动大同盟旗帜之下来共同奋斗！

接着左联、社联等团体也成立了。鲁迅说："去年左翼作家联盟在上海的成立，是一件重要的事实。……但也正因为更加坚实而有力了，就受到世界上古今所少有的压迫和摧残。"[4] 1931年1月17日，柔石、胡也频、李伟森、殷夫、冯铿等作家被捕，2月7日被秘密活埋和枪决于龙华警备司令部。左联为此发表了《为国民党屠杀大批革命作家宣言》：

> 同志们，国民党摧残文化和压迫革命文化运动，竟至用最卑劣最惨毒的手段暗杀革命作家的地步了！我们的革命作家李伟森，柔石，胡也频，冯铿，殷夫是在二月七日，被秘密活埋和枪杀于龙华警备司令部了！
>
> 这样严酷的摧残文化，这样恶毒的屠杀革命的文化运动者，不特现在世界各国所未有，亦是在旧军阀吴佩孚、孙传芳等的支配时代所不敢为。但国民党为图谋巩固其统治计，而竟敢于如此的施其凶暴无比的白色恐怖，而竟造成这种罕见的黑暗的时代。我们左翼文化战线的损失固大，然而也使一切人们更明了地认识了国民党政权的实质及其末日的来临！同志们，这原是国民党维持统治所能用的唯一的方法，于既往的四年中，国民党已经用刀刮，用油煎，用索绞，砍头，活埋，枪毙了不知几千百万的革命群众了；而现在竟屠杀到文化领域上来，这是它更走近了末日一步，于是黑暗的乱舞也更进一步了。

国民党在虐杀我们的革命作家以前,已经给我们革命文化运动以最高度的压迫了;禁止书报,通缉作家,封闭书店;一面收买流氓,侦探,堕落文人组织其民族主义和三民主义文学运动,以为如此就可以使左翼文化运动消灭了;然而无效。于是就虐杀了我们的作家;然而这也是无效的。因为无产阶级革命文学文化运动,是和劳苦群众的革命运动——苏维埃政权运动,联结在一起的;国民党万难消灭革命劳苦群众的苏维埃运动。我们作家的被虐杀,证明了我们的文化运动的力量已经不弱,已经成为革命运动的一部分的力了。

现在,虽然国民党的白色恐怖天天的狂暴起来,进攻红军苏维埃区域的军队天天的增加,然而革命运动依然天天地在发展。因为国民党四年的统治,已使全中国装满饥饿者的队伍,使全国土到处都是疮烂了,而"进剿"所需的军饷是民众的血,所杀的是民众的头,民众都已经觉醒转来了。

同志们,在这样的情势之下,我们的无产阶级革命文学文化运动,是只会向前发展的。我们起来纪念着这个运动的最初牺牲者,反对着国民党在末日之前的黑暗的乱舞!

反对国民党虐杀革命的作家!

反对国民党摧残文化,压迫革命文化运动!

反对封闭书店,垄断出版界,及压迫作家思想家!

集中到左翼文学文化运动的营垒中来!

柔石原名赵平复,1928年12月曾以鲁迅之介,编辑《语丝》,

并创设朝华社，提倡新兴艺术，特别致力于介绍东欧和北欧的文学和版画。出有《朝华周刊》二十期、《旬刊》十二期，及《艺苑朝华》五本。左联成立后，曾任常务委员及编辑部主任；1930年5月，以左联代表资格参加全国苏维埃区域代表大会，毕后作《一个伟大的印象》一篇。著有小说《旧时代之死》《三姊妹》《二月》《希望》等。翻译有卢那卡尔斯基的《浮斯德与城》、高尔基的《阿尔泰莫诺夫氏之事业》及《丹麦短篇小说集》等。胡也频曾于1928年与丁玲等办《红黑杂志》，作《到莫斯科去》等作品。1930年在济南教书被解聘，回上海后即加入左联，被选为执行委员及工农兵通信运动委员会主席，最后的作品是《光明在我们前面》。殷夫原名徐祖华，一名白莽，并常用莎菲、洛夫等笔名，死时才二十二岁。先曾于1927年4月被捕一次，囚禁三月，他曾写了一篇以这次被捕为题材的题为《在死神未到之前》的长叙事诗。1929年9月又为鼓动丝厂罢工被捕，惨遭毒打，后释放。这时他写的诗很多，鲁迅主编的《奔流》上就发表过好多首。后来左联刊物《萌芽》《拓荒者》上也有他的作品。李伟森曾参加过京汉铁路的"二七"罢工运动，后赴俄留学，大革命时在广州与萧楚女合编《少年先锋》杂志。后曾参加广州暴动，在上海创办《上海报》，是党机关报《红旗日报》的前身。左联成立后，他即加入，那时他还任全国苏维埃代表大会上海办事处书记，工作很忙，但对左联工农兵通信工作，仍尽力很多。冯铿一名岭梅，"五卅"后即参加革命，加入左联后，代表左联参加全国苏维埃中央准备会宣传部工作，但仍经常写作。他们牺牲时的态度都很镇定坚决，充分表现了先驱者的高贵的革命品质。牺牲后鲁迅为文纪念说：

中国的无产阶级革命文学在今天和明天之交发生，在诬蔑和压迫之中滋长，终于在最黑暗里，用我们的同志的鲜血写了第一篇文章。

我们的劳苦大众历来只被最激烈的压迫和榨取，连识字教育的布施也得不到，惟有默默地身受着宰割和灭亡。繁难的象形字，又使他们不能有自修的机会。智识的青年们意识到自己的前驱的使命，便首先发出战叫。这战叫和劳苦大众自己的反叛的叫声一样地使统治者恐怖，走狗的文人即群起进攻，或者制造谣言，或者亲作侦探，然而都是暗做，都是匿名，不过证明了他们自己是黑暗的动物。

统治者也知道走狗的文人不能抵挡无产阶级革命文学，于是一面禁止书报，封闭书店，颁布恶出版法，通缉著作家，一面用最末的手段，将左翼作家逮捕，拘禁，秘密处以死刑，至今并未宣布。这一面固然在证明他们是在灭亡中的黑暗的动物，一面也在证实中国无产阶级革命文学阵营的力量，因为如传略所罗列，我们的几个遇害的同志的年龄，勇气，尤其是平日的作品的成绩，已足使全队走狗不敢狂吠。

然而我们的这几个同志已被暗杀了，这自然是无产阶级革命文学的若干的损失，我们的很大的悲痛。但无产阶级革命文学却仍然滋长，因为这是属于革命的广大劳苦群众的，大众存在一日，壮大一日，无产阶级革命文学也就滋长一日。我们的同志的血，已经证明了无产阶级革命文学和革命的劳苦大众是在受一样的压迫，一样的残杀，作一样的战斗，有一样的运命，是革命的劳苦大众的文学。

现在，军阀的报告，已说虽是六十岁老妇，也为"邪说"所中，租界的巡捕，虽对于小学儿童，也时时加以检查；他们除从帝国主义得来的枪炮和几条走狗之外，已将一无所有了，所有的只是老老小小——青年不必说——的敌人。而他们的这些敌人，便都在我们的这一面。

我们现在以十分的哀悼和铭记，纪念我们的战死者，也就是要牢记中国无产阶级革命文学的历史的第一页，是同志的鲜血所记录，永远在显示敌人的卑劣的凶暴和启示我们的不断的斗争。[5]

后来鲁迅又写了《为了忘却的记念》一文来纪念他们，说："我又沉重的感到我失掉了很好的朋友，中国失掉了很好的青年，我在悲愤中沉静下去了，不料积习又从沉静中抬起头来，写下了以上那些字。……但我知道，即使不是我，将来总会有记起他们，再说他们的时候的。"

1931年"九一八"事变发生了，日本帝国主义侵占了中国的东北，次年又是"一·二八"的上海事件，但代替了抵抗的，却是国民党反动政府的加紧"围剿"和镇压。中国共产党曾发表宣言，号召全国一致抗日，"武装人民进行民族革命战争"；这当然也是左联的态度。瞿秋白说："中国的革命文学和普洛文学，没有疑问的，一定要赞助这种革命的战争——反对帝国主义并且反对中国地主资产阶级的战争，同时，还必须在文艺战线上努力揭穿帝国主义列强的'和平''公理''同情中国'等的假面具，必须揭穿中国地主资产阶级的假抵抗的一切种种假面具。"[6]但中共这一主张只在东北的人民抗日义勇军里形成了力量，国民党反动政府却更加紧地进行内战，为日本帝国主义作屠杀人民的急先锋。左联所主持的刊物如《大众文艺》《拓荒者》《北斗》等，都陆续遭禁了，虽然新的刊物又在不断创办着。"一·二八"后，1932年2月，鲁迅、茅盾等四十三人发表《上海文化界告世界书》，反对日本帝国主义进攻中国。2月8日，戈公振、王礼锡、丁玲等发起成立中国著作家抗日会。同年秋，上海反帝同盟被破坏。1933年夏，一百五十名反法西斯大会的参加人惨遭屠杀。同年5月14日，作家潘梓年、丁玲被捕监禁，作家应修人在被追捕时堕楼殒命。6月18日，中国民权保障同盟的副会长、经济学者杨杏佛（铨）又遭暗杀。11月，上海艺华影片公司因摄制进步电影被特务捣毁，许多进步的书店也先后受到警告和破坏。1934年2月19日，国民党中央党部派员至上海各新书店，挨户查禁文艺书籍至一百四十九种之多，牵涉书店二十五家，七十六种刊物被禁止发行。鲁迅于《中国文坛上的鬼魅》一文中记载说：

> 1933年11月，上海的艺华影片公司突然被一群人们所袭击，捣毁得一塌胡涂了。他们是极有组织的，吹一声哨，动手，又一声哨，停止，又一声哨，散开。临时还留下了传单，说他们的所以征伐，是为了这公司为共产党所利用。而且所征伐的还不止影片公司，又蔓延到书店方面去，大则一群人闯进去捣毁一切，小则不知从那里飞来一块石子，敲碎了值洋二百的窗玻璃。那理由，自然也是因为这书店为共产党所利用。高价的窗玻璃的不安全，是使书店主人非常心痛的。几天之后，就有

"文学家"将自己的"好作品"来卖给他了,他知道印出来是没有人看的,但得买下,因为价钱不过和一块窗玻璃相当,而可以免去第二块石子,省了修理窗门的工作。

压迫书店,真成为最好的战略了。

但是,几块石子是还嫌不够的。中央宣传委员会也查禁了一大批书,计一百四十九种,凡是销行较多的,几乎都包括在里面。中国左翼作家的作品,自然大抵是被禁止的,而且又禁到译本。要举出几个作者来,那就是高尔基(Gorky),卢那卡尔斯基(Lunacharsky),裴定(Fedin),法捷耶夫(Fadeev),绥拉斐摩维支(Serafimovich),辛克莱(Upton Sinclair),甚而至于梅迪林克(Maeterlinck),梭罗古勃(Sologub),斯忒林培克(Strindberg)。

同年11月,因《申报月刊》有抗日言论而暗杀了《申报》主持人史量才。1935年更因《新生》杂志的《闲话皇帝》一文,涉及日本天皇,国民党统治者为了"敦睦邦交",不只该报禁售,该社封门,且将编辑者杜重远判处徒刑,不准上诉。同年6月18日,更枪杀了中国共产党领导人之一、左联成立时的重要领导者瞿秋白。瞿秋白是五四运动的热烈参加者和领导者,在新文化运动初期就介绍过托尔斯泰的作品。1920年到莫斯科,写了《饿乡纪程》《赤都心史》等书,1923年回国后即一直在党中央工作,1928年再度去苏,回国后仍在中央领导革命。"九一八"事变后,他在上海和鲁迅一道领导了左联的活动,对"民族主义文学""第三种人"等进行了尖锐的斗争。《乱弹及其他》一书是收他的杂文和论著的,

《海上述林》是收他所译的文艺理论和作品的，都写作在这一时期。对于文艺大众化和拉丁化运动，建树的功绩尤多。《海上述林》中关于马列主义文艺思想的忠实介绍，对中国文学运动的指导起了很大的作用。他的《鲁迅杂感选集序言》一文，是最早全面地正确地对鲁迅的杂文和思想道路作了深刻评价的文章。1934年他重至江西中央主持教育工作，1935年被捕殉难，仅三十六岁。像这些先驱者们的壮烈牺牲，在文化战线上是很多的，至于反动统治者对书籍刊物的摧残就更不可胜计了。即如鲁迅，也是受尽了压迫与谋害，柔石等被捕后，他曾仓皇出走，一直至他逝世，经常是在特务的压迫中生活着的。许多别的作家也一样，受过牢狱苦刑的人多得很；我们的文艺运动原是从反"围剿"中深入人民群众的，原是在白色恐怖下艰苦地战斗过来的。就是这种革命的精神坚持了和发扬了"五四"以来新文学的反帝反封建的传统，和人民大众建立了血肉的联系。十年斗争的结果，使得国民党反动派的两种"围剿"都失败了。"作为军事'围剿'的结果的东西，是红军的北上抗日；作为文化'围剿'的结果的东西，是一九三五年'一二·九'青年革命运动的爆发。而作为这两种'围剿'之共同结果的东西，则是全国人民的觉悟。这三者都是积极的结果。……而共产主义者的鲁迅，却正在这一'围剿'中成了中国文化革命的伟人。"[7]

二　左联成立以前

在1925至1927年的大革命时期，反帝反封建的民主主义的思想革命成了广大人民的实际行动，新文艺的社会影响也跟着从知识分子和学生中间扩大到工人、农民和小市民中了。由于工农的觉醒和革命高潮的激荡，马列主义的革命理论已成为新思想中的主潮，先进的工农群众和知识分子对这种理论的追求是非常热烈的。大革命失败以后，这以前在人民群众中所激荡的，对于革命理论和对于现实社会的认识等的思想要求，便自然作为文化革命和文艺运动的课题，提到活动日程上了。1928年起始的关于革命文学的论争，便表现了这样的意义。到了1930年左联成立以后，文学运动有了很大的开展；而在这前两年，正可说是左联成立以前的酝酿阶段。

1928年创造社加入了新回国的冯乃超、李初梨、朱镜我、彭康诸人，除了《创造月刊》《洪水》以外，又新出一种刊物《文化批判》，直至1929年2月创造社出版部被封禁的期间，都是在集中精力提倡革命文学的。《太阳月刊》创刊于1928年1月，蒋光慈主编，主要撰稿人有钱杏邨、孟超、杨邨人等，出至二卷六期被禁停刊。在这时期也是专提倡革命文学的。革命文学的倡导扩大了无产阶级文化阵地，宣传了马克思主义文艺理论的基本观点，力图把文学活动与无产阶级领导的革命斗争结合起来；它扫除了革命转折时期文化界普遍存在的悲观失望情绪，从思想上和组织上准备了左翼作家联盟的成立。但是，革命文学的倡导者们在文艺与政治、文艺与时代、文艺与生活等理论问题上都不同程度地存在着片面的观点。特别是出于对当时革命形势和中国革命性质的错误估计，他们错误地评价了"五四"以来的文学发展，把大批革命作家排斥在革命文学战线之外，他们内部也常常出现一些无原则的论争。例如创造社和太阳社当时所鼓吹的理论和所假想的论敌都是相同的,但他们彼此间却并未联合,而且还互相攻击,例如互争谁先开始提倡革命文学的问题。《太阳月刊》三月号的《编后》说:"太阳社不是一个留学生包办的文学团体,不是为少数人所有的私产;也不是口头高喊着劳动阶级的文学,而行动上文学上处处暴露英雄主义思想的文艺组织。"这显然是攻击创造社的。对于假想中的革命文学的"敌人",两方面都集中力量攻击鲁迅和茅盾,特别是鲁迅;而且文章中多半充满了闲话,纠缠于"态度"和"年纪",很少理论和创作上的建树。当时(1928年5月)画室(冯雪峰)在《革命与知识阶级》一文中就说:

> 创造社改变了方向,倾向到革命来,这是十分好的事;但他们没有改变向来的狭小的团体主义的精神,这却是十分要不得的。一本大杂志有半本是攻击鲁迅的文章,在别的许多的地方是大书着创造社的字样,而这只是为要抬出创造社来。对于鲁迅的攻击,在革命的现阶段的态度上既是可不必,而创造社诸人及其他等的攻击方法,还含有别的危险性。革命现在对于知识阶级的要求,是至少使知识阶级承认革命。但我们在鲁迅的言行里完全找不出诋毁整个的革命的痕迹来,他至多嘲笑了革命文学的运动(他也并没有嘲笑革命文学的本身),嘲笑了追随者中的个人的言动;而一定要说他这就是诋毁革命,"中伤"革命,这对于革命是有利的吗?而且不是可笑的吗?对于一切的恶意的诋毁者,为防御自己起见,革命要毫无犹豫地击死他们,革命也正不必遮瞒一切;但将不是诋毁革命者强要当作诋毁者,是只有害

处没有益处的。

事实上,鲁迅当时对于革命的认识,他的思想的深度是远远超过当时的一般水平的。1927年他就说:"我以为根本问题是在作者可是一个'革命人',倘是的,则无论写的是什么事件,用的是什么材料,即都是'革命文学'。从喷泉里出来的都是水,从血管里出来的都是血。'赋得革命,五言八韵',是只能骗骗盲试官的。"[8]又在1928年的《文艺与革命》中说:

> 美国的辛克来儿说:一切文艺是宣传。我们的革命的文学者曾经当作宝贝,用大字印出过;而严肃的批评家又说他是"浅薄的社会主义者"。但我——也浅薄——相信辛克来儿的话。一切文艺,是宣传,只要你一给人看。即使个人主义的作品,一写出,就有宣传的可能,除非你不作文,不开口。那么,用于革命,作为工具的一种,自然也可以的。
>
> 但我以为当先求内容的充实和技巧的上达,不必忙于挂招牌。"稻香村""陆稿荐",已经不能打动人心了,"皇太后鞋店"的顾客,我看见也并不比"皇后鞋店"里的多。一说"技巧",革命文学家是又要讨厌的。但我以为一切文艺固是宣传,而一切宣传却并非全是文艺,这正如一切花皆有色(我将白也算作色),而凡颜色未必都是花一样。革命之所以于口号,标语,布告,电报,教科书……之外,要用文艺者,就因为它是文艺。
>
> 但中国之所谓革命文学,似乎又作别论。招牌是挂

了，却只在吹嘘同伙的文章，而对于目前的暴力和黑暗不敢正视。作品虽然也有些发表了，但往往是拙劣到连报章记事都不如；或则将剧本的动作辞句都推到演员的"昨日的文学家"身上去。那么，剩下来的思想的内容一定是很革命的了罢？

他承认文学可以作为革命的工具之一种，"而一切宣传却并非全是文艺"，"当先求内容的充实和技巧的上达，不必忙于挂招牌"。这就是他在当时的实事求是的态度，那内容的深刻是远超过当时许多洋洋大文的。他之所以不"忙于挂招牌"，是由于他处理问题的一贯的现实主义态度。当时画室就说："鲁迅看见革命是比一般的知识阶级早一二年。"[9]他没有提倡革命文学，只因为他还没有感觉到有"挂招牌"的必要，如他以前所说的，"我就怕我未熟的果实偏偏毒死了偏爱我的果实的人，而憎恨我的东西如所谓正人君子也者偏偏都矍铄"[10]。因此他不愿轻率，这正是清醒的现实主义的态度。而且在论争中，他也决不"意气用事的"。鲁迅在《三闲集·序言》里说："我有一件事要感谢创造社的，是他们'挤'我看了几种科学的文艺论，明白了先前的文学史家们说了一大堆，还是纠缠不清的疑问。并且因此译了一本蒲力汗诺夫的《艺术论》，以救正我——还因我而及于别人——的只信进化论的偏颇。"1929年和1930年两年之中，他介绍了日本片上伸的《无产阶级文学的理论与实际》、卢那卡尔斯基的《艺术论》和《文艺与批评》、普列汉诺夫的《艺术论》、苏联《文艺政策》等书。同时和他致力于介绍工作的，还有冯雪峰，他翻译了普列汉诺夫的《艺术与社会生活》《艺术之社会学的基础》以及《艺术社会学底任务及问题》等。把马列主义的文艺理论比较系统地介绍于中国读者之前,而为左联的成立和工作实践准备了理论的基础,这用心和功绩都是令人崇敬的。鲁迅后来说:"去年左翼作家联盟在上海的成立,是一件重要的事实。因为这时已经输入了蒲力汗诺夫,卢那卡尔斯基等的理论,给大家能够互相切磋,更加坚实而有力。"[11]这些书籍的翻译是有其特殊的功绩的。

关于创造社、太阳社攻击鲁迅的这一论争,瞿秋白在《〈鲁迅杂感选集〉序言》中有很精到的分析:

> 新兴阶级的文艺思想,往往经过革命的小资产阶级作家的转变,而开始形成起来,然后逐渐地动员劳动民众和工人之中的新的力量。集中新的队伍,克服过去的"因袭的重担",同时,扩大同路人的阵线。这不但在日本,美国,德国,甚至于在苏联,也经过波格达诺夫式的幼稚病。关于这种幼稚病,德国的皮哈曾经说过:一些小集团居然自以为独得了"工人阶级的文化代表的委任状"——包办代表事务。这大概是"历史的误会"。创造社的转变,太阳社的出现,只在这方面讲来,是有客观上的革命意义的。
>
> 然而革命军进行的时候,"时时有人退伍,有人落荒,有人颓唐,有人叛变,然而只要无碍于进行,则愈到后来,这队伍也就愈成为纯粹,精锐的队伍了"(《二心集·非革命的急进革命论者》)。无产阶级和周围的各种小资产阶级之间本来就没有一座万里长城隔开着。何

况小资产阶级又有各种各样不同的阶层和集团呢。

　　小资产阶级的智识阶层之中，有些是和中国的农村，中国的受尽了欺骗，压榨，束缚，愚弄的农民群众联系着。这些农民从几千百年的痛苦经验之中学会了痛恨老爷和田主，但是没有学会，也不能够学会怎样去回答这些问题，怎样去解除这种痛苦。"旧社会将近崩坏之际，是常常会有近似带革命性的文学作品出现的。然而其实并非真的革命文学。例如：或者憎恶旧社会，而只是憎恶，更没有对于将来的理想；或者也不呼改造社会，而问他要怎样的社会，却是不能实现的乌托邦。"（《三闲集·现今的新文学的概观》）然而，宽泛些说，这种文艺当然也是革命的文学，因为它至少还能够反映社会真相的一方面，暗示改革所应当注意的方向。……

　　另一方面，"五四"到"五卅"之间中国城市里迅速地积聚着各种"薄海民"（Bohemian）——小资产阶级的流浪人的智识青年。这种智识阶层和早期的士大夫阶级的"逆子贰臣"，同样是中国封建宗法社会崩溃的结果，同样是帝国主义以及军阀官僚的牺牲品，同样是被中国畸形的资本主义关系的发展过程所"挤出轨道"的孤儿。但是，他们的都市化和摩登化更深刻了，他们和农村的联系更稀薄了，他们没有前一辈的黎明期的清醒的现实主义——也可以说，是老实的农民的实事求是的精神——反而传染了欧洲的世纪末的气质。这种新起的智识分子，因为他们的"热度"关系，往往首先卷进革命的怒潮，但是，也会首先"落荒"或者"颓废"，甚至"叛变"，——如果不坚决的克服自己的浪漫谛克主义。……

《三闲集》以及其他杂感集之中所保留着的鲁迅批评创造社的文章，反映着二七年以后中国文艺界之中这两种态度，两种倾向的争论。自然，鲁迅杂感的特点，在那时特别显露那种经过私人问题去照耀社会思想和社会现象的笔调。然而创造社等类的文学家，单说真有革命志愿的（像叶灵凤之流的投机分子，我们不屑去说到了），也大半扭缠着私人的态度、年纪、气量以至酒量的问题。至少，这里都表现着文人的小集团主义。

　　这时期的争论和纠葛转变到原则和理论的研究，真正革命文艺学说的介绍，那正是革命普洛文学的新的生命的产生。而还有人说：那是鲁迅"投降"了。现在看来，这种小市民的虚荣心，这种"剥削别人的自尊心"的态度，实在天真得可笑。

鲁迅自己又在《二心集·序言》里自我批评说："我时时说些自己的事情，怎样地在'碰壁'，怎样地在做蜗牛，好像全世界的苦恼，萃于一身，在替大众受罪似的：也正是中产的知识阶级分子的坏脾气。只是原先是憎恶这熟识的本阶级，毫不可惜它的溃灭，后来又由于事实的教训，以为惟新兴的无产者才有将来，却是的确的。"肯定了如瞿秋白所说的，"鲁迅从进化论进到阶级论，从绅士阶级的逆子贰臣进到无产阶级和劳动群众的真正的友人，以至于战士，他是经历了辛亥革命以前直到现在的四分之一世纪的战斗，从痛苦的经验和深刻的观察之中，带着宝贵的革命传统到新的阵营里来的"[12]。

　　创造社、太阳社的人也攻击了茅盾作品中"描写小资产阶级的根性是十分充足的"，但是茅盾说："如果说小资产阶级都是不革命，所以对他们说话是徒劳，那便是很大的武断。中国革命是否竟可抛开小资产阶级，也还是一个费人研究的问题。我就觉得中国革命的前途还不能全然抛开小资产阶级。说这是落伍的思想，我也不愿多辩；将来的历史会有公道的证明。"[13]又说：

> 五卅时代以后，或是"第四期的前夜"的新文学，而要有灿烂的成绩，必然地须先求内容与外形——即思想与技巧，两方面之均衡的发展与成熟。作家们应该觉悟到一点点耳食来的社会科学常识是不够的，也应该觉悟到仅仅用群众大会时煽动的热情的口吻来做小说是不行的。准备献身于新文艺的人须先准备好一个有组织力，判断力，能够观察分析的头脑，而不是仅仅准备好一个被动的传声的喇叭；他须先的确能够自己去分析群众的噪音，静聆地下泉的滴响，然后组织成小说中人物的意识；他应该刻苦地磨炼他的技术，应该拣自己最熟悉的事来描写。……
>
> 如果我们能够平心静气地来考量，我们便会承认，即使是无例外的只描写了些"落伍"的小资产阶级的作品，也有它反面的积极性。这一类的黑暗描写，在感人——或是指导，这一点上，恐怕要比那些超过真实的空想的乐观描写，要深刻得多吧！在读者的判断力还是普遍地很薄弱的现代中国，反讽的作品常常要被误解，所以黑暗的描写或者也有流弊，但是批评家的任务却就在指出那些黑暗描写的潜伏的意义，而不是成见很深地

斥为"落伍",更无论连原作还看不清楚就大肆谩骂那样的狂妄举动了。[14]

鲁迅、茅盾的意见都是为了新文学的发展的,原不是革命的敌人,但这次论争在许多问题上都使大家的理解深入了和明确了一些,也认识到谁是文学战线上的真正敌人。马列主义的社会科学和文艺理论也陆续介绍进来了,据《中国新书月报》的调查,1930年上海比较重要的书局就有一百一十家,尤以文艺与社会科学的书局为最多。这使得大家都感到在思想上和共同的战斗目标上都有形成统一战线的需要。瞿秋白说:"真正的革命文艺思想正在这一时期(指1928年的论争)开始深入的发展。在这新阶段上,革命文艺思想经过内部的斗争而逐渐地形成新的阵营。这种不可避免的斗争提出了新的问题,这已经不是父与子的问题,也不仅是暴露指挥刀后的屠伯们的问题。这是关于革命队伍的战略的争论。"[15]接着就是"革命队伍"的重新组织,中国左翼作家联盟的成立。

三 左联的成立

1930年2月16日由留在上海的文学工作者开了一个讨论会,会上产生了左联的筹备会,3月2日中国左翼作家联盟就正式成立了。加入者有鲁迅、茅盾、郁达夫、田汉、沈端先、冯雪峰、蒋光慈、钱杏邨、冯乃超等五十余人。成立会中通过了左联的理论纲领,成立了常务委员会,通过成立马克思主义文艺理论研究会、国际文化研究会、文艺大众化研究会和创办联盟机关杂志、参加革命诸团体等的议案。首先出版的杂志是《世界文化》，为左联盟员所陆续主办的刊物有《萌芽》《拓荒者》《大众文艺》《北斗》《文学月报》《文艺新闻》《文艺讲座》等；盟员的数量也日渐加多，在各重要地区都建立了分部。下面是左联成立时所通过的理论纲领：

> 社会变革期中的艺术，不是极端凝结为保守的要素，变成拥护顽固的统治之工具，即倾向进步的方向勇往迈进，作为解放斗争的武器。也只有和历史的进行取同样的步伐，艺术才能够焕发它的明耀的光芒。
>
> 诗人如果是预言者，艺术家如果是人类的导师，他们不能不站在历史的前线，为人类社会的进化，清除愚昧顽固的保守势力，负起解放斗争的使命。
>
> 然而，我们并不抽象地理解历史的进行和社会发展的真相。我们知道帝国主义的资本主义制度已经变成了人类进化的桎梏，而其"掘墓人"的无产阶级负起其历史的使命，在这"必然的王国"中作人类最后的同胞战争——阶级斗争，以求人类彻底的解放。
>
> 那么，我们不能不站在无产阶级的解放斗争的战线上，攻破一切反动的保守的要素，而发展被压迫的进步的要素，这是当然的结论。
>
> 我们的艺术不能不呈献给"胜利，不然就死"的血腥的斗争。
>
> 艺术如果以人类之悲喜哀乐为内容，我们的艺术不能不以无产阶级在这黑暗的阶级社会之"中世纪"里面所感觉的感情为内容。
>
> 因此，我们的艺术是反封建阶级的，反资产阶级

的，又反对"失掉社会地位"的小资产阶级的倾向。我们不能不援助而且从事无产阶级艺术的产生。

我们的理论要指出运动之正确的方向，并使之发展，常常提出新的问题而加以解决，加紧具体的作品批评，同时不要忘记学术的研究，加强对过去艺术的批评工作，介绍国外无产阶级艺术的成果，而建设艺术理论。

我们对现实社会的态度不能不参加世界无产阶级的解放运动，向国际反无产阶级的反动势力斗争。

据1931年11月左联执行委员会决议《中国无产阶级革命文学的新任务》一文最后一节《左联的组织及纪律》中说："要加强左翼作家联盟的领导，同时又必须整饬纪律，严密组织。在左联内，不许有不执行决议的行动，不许有小集团意识或倾向的存在，不许有超组织或怠工的行动。"这理论纲领对全体盟员是有组织的约束性的。这时主要的口号是"无产阶级的革命文学"，即为无产阶级思想所领导的工农大众的文学，主要的任务仍是坚韧地反帝反封建，并确定文学应为工农服务，因此也就是新民主主义的文学。而左联本身，也仍然可以说是文艺工作者的统一战线的组织；关于这点，冯雪峰在《论民主革命的文艺运动》一书中有很好的说明：

但1928年至1936年期间的形成左翼阵线的思想和文艺运动，也还是统一战线的；不过一则受着当时分裂政局的直接的影响和当时特别险恶的情势的压制，客观的困难很大，使一般不很坚定的进步分子和自由主义者发生动摇、妥协和消沉的普遍现象，甚至有不少人屈服于反动势力了。二则由于这种困难，由于这种在一般文艺思想界存在的畏怯的现象，由于当时内战的政治形势的影响和险恶的压制，反映到我们主观上，我们便屡屡接受了机械唯物论的思想影响，对于中国社会关系和革命发展形势便常有不正确的分析和理解，在我们所领导的文艺运动和理论上当时便有了著名的所谓宗派主义和关门主义了，这在后面要再谈到的。——由于以上的两种原因，这时期的文艺运动和思想斗争上的统一战线，便大大地缩小，首先，我们除了显明地同情我们运动的人以外，便很少去策动广泛的一般作家振作起精神，来与我们共同奋斗了。……虽有种种限制，这时期的文艺战斗，仍可肯定是统一战线的，像左联这类团体，也仍是统一战线的组织。

我们应该记住：左联十年是在和中央苏区隔离的白色恐怖下进行活动的，其中自然难免走一些弯曲的道路。但左联是统一战线的组织仍是可以肯定的，鲁迅在左联成立大会上的发言就说："联合战线是以有共同目的为必要条件的。……如果目的都在工农大众，那当然战线也就统一了。"[16]这篇讲话非常重要，他首先说："在现在，'左翼'作家是很容易成为'右翼'作家的。为什么呢？第一，倘若不和实际的社会斗争接触，单关在玻璃窗内做文章，研究问题，那是无论怎样的激烈，'左'，都是容易办到的；然而一碰到实际，便即刻要撞碎了。……第二，倘不明白革命的实际情形，也容易变成'右翼'。革命是痛苦，其中也必然混有污秽和血，……所以对于革命抱有浪漫谛克的幻想的人，一和革命接近，一到革命进行，便容易失望。……还有，以为诗人或文学家高于一切人，他的工作比一切工作都高贵，也是不正确的观念。"这里，他针对着一般浪漫的和投机的思想，已提出了作家不应自视特殊而必须与实际斗争接触，以此作为自我改造的唯一途径；如果说左联的纲领已接触到"为什么人"的问题，这里鲁迅已敏锐地接触到"如何为"的问题了。接着他又说了今后应注意的几点："第一，对于旧社会和旧势力的斗争，必须坚决，持久不断，而且注重实力。"第二，"战线应该扩大"。第三，"应当造出大群的新的战士"。"但同时，在文学战线上的人还要'韧'。"他就是以这种坚韧的战斗精神领导了左联的活动并给他自己的战斗划了一个新的时期。他的文字在广大人民中发生的影响和实践效果，是远超过在前一时期的深广程度的。这也使中国的文艺界和学术思想界引起了更大的激荡，在人民中发生了巨大的影响。

四 思 想 斗 争

正当创造社围攻鲁迅的1928年，以梁实秋、徐志摩、胡适等为主的《新月》月刊出版了。在创刊号《新月的态度》一文里，标榜着思想言论必须合乎"健康"和"尊严"的原则，除此之外的一切言论都是不"纯正"的。这些人大部都是原来《现代评论》派的人物，鲁迅所谓"这样的山羊……脖子还挂着一个小铃铎，作为知识阶级的徽章……能领了群众稳妥平静地走去，直到他们应该走到的所在……这是说：虽死也应该如羊，使天下太平，彼此省力"[17]。接着梁实秋又写了《文学与革命》，认为"'革命的文学'这个名词根本的就不能成立",说"伟大的文学乃是基于固定的普遍的人性","人性是测量文学的唯一标准","文学就不是大多数的","绝无阶级的分别"。又说文学与革命的关系"不是一个值得用全副精神来发扬鼓吹的题目","反对革命文学者似乎又是只知讥讽嘲弄",显然对创造社和鲁迅都取了敌对的态度。而且那"人性"的立论也是典型的资产阶级的论调,当时创造社的彭康、冯乃超等都有批驳的文字,而最尖锐的是鲁迅先生的文字:

> 新月社中的批评家,是很憎恶嘲骂的,但只嘲骂一种人,是做嘲骂文章者。新月社中的批评家,是很不以不满于现状的人为然的,但只不满于一种现状,是现在竟有不满于现状者。这大约就是"即以其人之道,还治其人之身",挥泪以维持治安的意思。[18]

> 文学不借人,也无以表示"性",一用人,而且还在阶级社会里,即断不能免掉所属的阶级性,无需加以"束缚",实乃出于必然。自然,"喜怒哀乐,人之情也",然而穷人决无开交易所折本的懊恼,煤油大王那会知道北京检煤渣老婆子身受的酸辛,饥区的灾民,大约总不去种兰花,像阔人的老太爷一样,贾府上的焦大,也不爱林妹妹的。"汽笛呀!""列宁呀!"固然并不就是无产文学,然而"一切东西呀!""一切人呀!""可喜的事来了,人喜了呀!"也不是表现"人性"的"本身"的文学。倘以表现最普通的人性的文学为至高,则表现最普通的动物性——营养,呼吸,运

动,生殖——的文学,或者除去"运动",表现生物性的文学,必当更在其上。倘说,因为我们是人,所以以表现人性为限,那么,无产者就因为是无产阶级,所以要做无产文学。[19]

新月社这种议论的出现,使主张革命文学的人知道了真正的论敌是什么样的人,也是促成左联成立的原因之一。到左联一成立,鲁迅就呼吁"我们所需要的,就只得还是几个坚实的,明白的,真懂得社会科学及其文艺理论的批评家"[20],他不只提倡,而且自己就是一个坚定的实践者。总的来说:"这个时期,思想斗争,批判现实,是无产阶级革命文学运动的中心工作;所批判的对象仍是广阔的,几及现实社会各方面的所有现象,而以反动文化,帝国主义和法西斯主义,及日本帝国主义的更进侵略和统治阶级的懦怯,荒唐,腐烂,不抵抗日本的侵略中国而实行'剿共'的内战,与对要求抗日的人民及革命群众的残酷的高压和屠杀,为主要的批判对象。"[21]鲁迅后期的杂文就可以说明这一点。

左联成立后的三个月(1930年6月),国民党直接指挥的王平陵、朱应鹏、黄震遐等一部分文人,发表了《民族主义文艺运动宣言》,主张"文艺的最高意义就是民族主义",出版《前锋月刊》《文艺月刊》等,印得很厚,努力企图用"量"来欺骗读者。这团体宣称"那自命左翼的所谓无产阶级的文艺运动又是那样的嚣张,把艺术拘囚在阶级上",说明那成立的目的就是针对左联的。鲁迅说:

然而统治阶级对于文艺,也并非没有积极的建设。

一方面,他们将几个书店的原先的老板和店员赶开,暗暗换上肯听嗾使的自己的一伙。但这立刻失败了。……还有一方面,是做些文章,印行杂志,以代被禁止的左翼的刊物,至今为止,已将十种。然而这也失败了。最有妨碍的是这些"文艺"的主持者,乃是一位上海市的政府委员和一位警备司令部的侦缉队长,他们的善于"解放"的名誉,都比"创作"要大得多。他们倘做一部《杀戮法》或《侦探术》,大约倒还有人要看的,但不幸竟在想画画,吟诗。[22]

所以要剿灭革命文学,还得用文学的武器。作为这武器而出现的,是所谓"民族文学"。他们研究了世界上各人种的脸色,决定了脸色一致的人种,就得取同一的行为,所以黄色的无产阶级,不该和黄色的有产阶级斗争,却该和白色的无产阶级斗争。他们还想到了成吉思汗,作为理想的标本,描写他的孙子拔都汗,怎样率领了许多黄色的民族,侵入斡罗斯,将他们的文化摧残,贵族和平民都做了奴隶。中国人跟了蒙古的可汗去打仗,其实是不能算中国民族的光荣的,但为了扑灭斡罗斯,他们不能不这样做,因为我们的权力者,现在已经明白了古之斡罗斯,即今之苏联,他们的主义,是决不能增加自己的权力,财富和姨太太的了。然而,现在的拔都汗是谁呢?[23]

鲁迅在《民族主义的任务和运命》一文中,更具体分析了《前锋月刊》中的几篇作品,说明他们的目的只是反苏反共,而对于日本帝国主义的占领东北倒是欢迎的。结尾说："他们将只尽些送丧的任务，永含着恋主的哀愁，须到无产阶级革命的风涛怒吼起来，刷洗山河的时候，这才能脱出这沉滞猥劣和腐烂的运命。"[24]终于这些杂志在没有读者的情况下，不久都销声匿迹了。

左联 1931 年 11 月执行委员会的决议《中国无产阶级革命文学的新任务》中《理论斗争和批评》一节说：

> 必须即刻在大众中开始理论斗争和批评的活动，去和那些经常不断的欺骗民众的各种宣传斗争，去和那些把民众麻醉在里面几乎不能找出的封建意识的旧大众文艺斗争，去和大众自己的封建的，资产阶级的，小资产阶级的意识斗争，去和大众的无知斗争。……对于敌人，他是进攻冲锋者，对于自己的同志及群众，是指挥者，又是组织者。在敌人的文艺领域，不仅只注意到民族主义文学和新月派等就够，还必须注意到其他各种各样的反动的现象和集团，也必须注意到那在各种遮掩下——"左"或灰色遮掩下的反动性和阴谋性。

这以后就展开了 1932 年关于文艺自由的原则性的论争。

这次论争是由自称"自由人"的胡秋原开始的，他发表了《艺术非至下》等文，[25]认为"艺术虽然不是至上，然而决不是至下的东西。将艺术堕落到一种政治的留声机，那是艺术的叛徒。""文化与艺术之发展，全靠各种意识互相竞争，才有万华缭乱之趣；中国与欧洲文化，发达于自由表现的先秦与希腊时代，而僵化于中心意识形成之时。用一种中心意识独裁文坛，结果只有奴才奉命执笔而已。"接着又发表了《钱杏邨理论之清算》，喊着要求文学的自由，引了许多被歪曲了的普列汉诺夫的话，借以攻击左联。洛扬代表左联在《文艺新闻》（袁殊编）上有答复。正在这时，自称"第三种人"的苏汶（杜衡）发表了《关于文新（文艺新闻）与胡秋原的文艺论辩》，攻击左联是"目前主义"，只有策略，不要真理；攻击左联提倡连环图画和唱本，接着说："在'知识阶级的自由人'和'不自由的，有党派的'阶级争着文坛的霸权的时候，最吃苦的，却是这两种人之外的第三种人。这第三种人便是所谓作者之群。作者，老实说，是多少带点我前面所说起的死抱住文学不肯放手的气味的；……终于，文学不再是文学了，变为连环图画之类；而作者也不再是作者了，变为煽动家之类。死抱住文学不放手的作者们是终于只能放手了。然而你说他们舍得放手吗？他们还在恋恋不舍地要艺术的价值。"瞿秋白遂以易嘉的笔名，写了《文艺的自由与文学家的不自由》，"从万华缭乱的胡秋原"说到"难乎其为作家的苏汶"，给以综合的批判，并说明左联的态度和立场。周起应也写了《到底是谁不要真理，不要文艺》，接着苏汶又发表了《第三种人的出路》《论文学上的干涉主义》等文字，胡秋原又发表了《浪费的论争》一文，洛扬、陈雪帆也写了辩驳的文字，这时鲁迅的《论第三种人》发表了，说："左翼作家并不是从天上掉下来的神兵，或国外杀进来的仇敌，他不但要那同走几步的同路人，还要招致那站在路旁看看的看客也一同前进。"又说：

　　他（苏汶）以为左翼的批评家，动不动就说作家是"资产阶级的走狗",甚至于将中立者认为非中立,而一非中立,便有认为"资产阶级的走狗"的可能,号称"左翼作家"者既然"左而不作","第三种人"又要作而不敢,于是文坛上便没有东西了。然而文艺据说至少有一部分是超出于阶级斗争之外的,为将来的,就是"第三种人"所抱住的真的,永久的文艺。——但可惜,被左翼理论家弄得不敢作了,因为作家在未作之前,就有了被骂的预感。

我相信这种预感是会有的,而以"第三种人"自命的作家,也愈加容易有。我也相信作者所说,现在很有懂得理论,而感情难变的作家。然而感情不变,则懂得理论的度数,就不免和感情已变或略变者有些不同,而看法也就因此两样。苏汶先生的看法,由我看来,是并不正确的。

生在有阶级的社会里而要做超阶级的作家,生在战斗的时代而要离开战斗而独立,生在现在而要做给与将来的作品,这样的人,实在也是一个心造的幻影,在现实世界上是没有的。要做这样的人,恰如用自己的手拔着头发,要离开地球一样,他离不开,焦躁着,然而并非因为有人摇了摇头,使他不敢拔了的缘故。

这确是一种苦境。但这苦境,是因为幻影不能成为实有而来的。即使没有左翼文坛作梗,也不会有这"第三种人",何况作品。但苏汶先生却又心造了一个横暴的左翼文坛的幻影,将"第三种人"的幻影不能出现,以至将来的文艺不能发生的罪孽,都推给它了。

总括起来说,苏汶先生是主张"第三种人"与其欺骗,与其做冒牌货,倒还不如努力去创作,这是极不错的。

这时论争的实质已经明朗了,遂由何丹仁(冯雪峰)作了一篇总结性的文字《关于第三种文学的倾向与理论》,现摘录数段如下:

> 总括起来说,苏汶先生的非政治主义或反干涉主义,是不但反对地主资产阶级的政治势力来利用文艺,并且也反对群众的革命的政治势力来利用文艺的,因为他也未能满意这一种政治势力。而所谓"第三种文学"和"死抱住文学不肯放手"云者,也就不外是:(一)在阶级斗争中动摇着,但未能抱住任何一种政治的这一个事实的反映;(二)要使文学也同样的脱离无产阶级而自由的苏汶先生的态度的反映(这在客观上,就帮助了地主资产阶级,易嘉和起应的指摘是没有错误的)。
>
> 这样,苏汶先生的倾向和理论,实在也含着很大的反无产阶级的,反革命的性质,何况对于真的压迫者并不说什么,因为那是真的压迫者,而对于群众,则尽多污蔑,因为能够自由地污蔑。同时,苏汶先生的态度如果这样发展下去,也将使苏汶先生愈加陷入紊乱的主观的武断的论判里去吧。
>
> 首先,我们要承认所有非无产阶级的文学,未必都就是资产阶级的文学的苏汶先生的话是对的;而且我们不能否认我们——左翼的批评家往往犯着机械论的(理论上)和"左"倾宗派主义的(策略上)错误。因为在我们的面前,有着小资产阶级的文学以及革命的小资产

阶级的文学存在。……文艺的阶级性及其作用，尤其在阶级斗争剧烈的时期的作为中间阶级的文学上，即非无产阶级的文学，亦非资产阶级的文学，主要地是小资产阶级的文学上，是关系特别的复杂的。这种作品，有革命的要素，有反革命的要素，而真的中立实际上是不能有的。

在这里，再重复地说一遍，苏汶先生们反对地主资产阶级及其文学，是我们所确信的，因为在现在，一个有良心的艺术家，还能够不厌弃憎恶压迫者杀人者的罪恶的政治及其文学的吗？然而我们也要指出来，而且已经指出来：他们只是消极地反对，无实效地反对，而要使他们的反对成为有实效，首先需要转变对于群众的态度，抛弃鄙弃群众的观念，多去理解一些群众的革命的斗争和运动，而把自己的力量加入到群众里面去。讨论到所谓"第三种文学"的出路问题的时候，这就是首先要说到的问题。

放在我们面前的，至少做我们的注意的中心的，应该是革命的和有革命意义的小资产阶级文学的问题。即一切写实的，能够多少暴露着社会的真实的现象，尤其是地主资产阶级的腐烂崩溃，帝国主义的侵略压迫的真相，小资产阶级的没落动摇分化的现象等的文学。在现在，小资产阶级文学中，实际上也只有这种文学能够是有生命的东西，能够构成客观的价值，因为那种实际上仍旧帮助反动势力的文学，则它不能暴露社会的客观现实，并且要歪曲了客观的真理，是明明白白的，而此外一停留在社会生活的表面上的，浅薄的，什么也没有触到的小资产阶级文学，也到底不能引起人们的注意了。

> 我们认为苏汶先生的"第三种文学"的真的出路,是这一种革命的,多少有些革命的意义的,多少能够反映现在社会的真实的现实的文学。他们不需要和普罗革命文学对立起来,而应当和普罗革命文学联合起来的。——这个,以及我们——"左翼文坛"的"左"倾宗派主义的错误的纠正,是这次论争所能得到,应当得到的有实际的意义的结论吧。

苏汶在编《文艺自由论辩集》的时候,附了一篇《1932年的文艺论辩之清算》,也说何丹仁的文字"无疑的要算是这一次迁延到一年之久的论争的最后的而同时是最宝贵的收获";但历史证明了胡秋原、苏汶之流是并没有改正自己的错误,反而一天天与人民为敌的,倒是左联自己借此清算了一些内部的"左"倾机械论和主观教条主义的倾向,使以后的发展更为坚实有力。

1934年是所谓"小品"年,也引起过很多的论争。林语堂主编的《论语》于1932年已创刊,专提倡"幽默",在开头,鲁迅虽然不赞成,却也还是相当支持的。他说:"我不爱幽默,并且以为这是只有爱开圆桌会议的国民才闹得出来的玩意儿,在中国,却连意译也办不到。"[26]但他理解幽默的风行是有其社会根源的:

> 然而社会讽刺家究竟是危险的,尤其是在有些"文学家"明明暗暗的成了"王之爪牙"的时代。人们谁高兴做"文字狱"中的主角呢,但倘不死绝,肚子里总还有半口闷气,要借着笑的幌子,哈哈的吐他出来。笑笑

既不至于得罪别人,现在的法律上也尚无国民必须哭丧着脸的规定,并非"非法",盖可断言的。我想:这便是去年以来,文字上流行了"幽默"的原因,但其中单是"为笑笑而笑笑"的自然也不少。[27]

所以鲁迅起初也还写一点文章,希望引导这幽默刊物走向"对社会的讽刺"一边,但结果却终于流为说笑话了。用鲁迅的话说,那作用"是将屠户的凶残,使大家化为一笑"。[28]1933年林语堂又编出了提倡闲适小品的《人间世》半月刊,说:"今之所谓小品文者……盖诚所谓宇宙之大,苍蝇之微,无一不入我范围矣。"[29]但实际上谈的只是"苍蝇"。鲁迅说:

"小摆设"当然不会有大发展。到五四运动的时候,才又来了一个展开,散文小品的成功,几乎在小说戏曲和诗歌之上。这之中,自然含着挣扎和战斗,但因为常常取法于英国的随笔(Essay),所以也带一点幽默和雍容;写法也有漂亮和缜密的,这是为了对于旧文学的示威,在表示旧文学之自以为特长者,白话文学也并非做不到。以后的路,本来明明是更分明的挣扎和战斗,因为这原是萌芽于"文学革命"以至"思想革命"的。但现在的趋势,却在特别提倡那和旧文章相合之点,雍容,漂亮,缜密,就是要它成为"小摆设",供雅人的摩挲,并且想青年摩挲了这"小摆设",由粗暴而变为风雅了。[30]

《论语》和《人间世》的销路很大,客观上对青年起着麻醉的作用,于是许多作家都开始攻击了。如胡风写了《过去的幽灵》和《林语堂论》，许杰写了《周作人论》。鲁迅说：

> 但林先生以为新近各报上之攻击《人间世》，是系统的化名的把戏，却是错误的，证据是不同的论旨，不同的作风。其中固然有虽曾附骥，终未登龙的"名人"，或扮作黑头，而实是真正的丑脚的打诨，但也有热心人的说论。世态是这么的纠纷，可见虽是小品，也正有待于分析和攻战的了，这或者倒是《人间世》的一线生机罢。[31]

鲁迅认为小品文如果不是"小摆设"而有严正的内容，它本身是无可厚非的；1934年9月，进步作家主持的小品文半月刊《太白》发刊了。这是一个以科学及历史与文艺相结合的反映社会现实的刊物；对打击《人间世》之类的杂志起了很好的作用。后来林语堂又编了《宇宙风》《西风》等刊物，但已逐渐没有读者了。

以上是几次较大的论争，其他如讨论伟大的作品何以不产生，如何接受文学遗产，反对所谓"顺的翻译"，反对青年在《庄子》与《文选》中找文学修养，反驳炯之（沈从文）提出的"反文学作品中的差不多运动"，打击"革命小贩"杨邨人和提倡"国家事管他娘"的"词的解放"的邵洵美、曾今可，以及关于杂文的价值、京派与海派、标点明人小品等，都曾引起过一些原则性的论争，我们从鲁迅杂文及《乱弹及其他》这些书中都可以找到那战斗过来的痕迹。至于大众语文的问题以及1936年两个口号的论争，参加的人在基本观点和倾向上多半是属于同一方面的，就移在后面再叙述了。冯雪峰曾说："这时期，鲁迅先生以全部时间从事这种战斗,他的文字在广大人民中发生的影响也远远地超过了他在'五四'时的影响,而实践的效果也更大,更实际。"直到鲁迅逝世以前,他还向托派的破坏作无情的斗争,我们是应该由他的遗著中学习这种严肃的战斗精神的。

五　创作方法

在1928年创造社提倡革命文学的时候,当作创作方法的主要说明,是所谓"把握正确的世界观"的理论,郭沫若说:

> 无产者文艺,也不必就是描写无产阶级。因为无产阶级的生活,资产阶级的作家也可以描写;资产阶级的描写,在无产阶级的文艺中也是不可缺少的。要紧的是看你站在那一个阶级说话。……普罗列塔利亚特中有革命的工贼存在。从普罗列塔利亚特出身的文士中也不能保无"文贼"。所以无产者所作的文艺,不必便是普罗列塔利亚特的文艺。反之,不怕他昨天还是资产阶级,只要他今天受了无产者精神的洗礼,那他所作的作品也就是普罗列塔利亚特的文艺。[32]

这所谓促进转变的"精神的洗礼"是什么呢?答复是把握了无产阶级的世界观,下面引自成仿吾和克兴的文章:

> 努力获得辩证法的唯物论,努力把握着唯物的辩证法的方法,它将给你以正当的指导,示你以必胜的战术。[33]
>
> 如果我们要站在无产阶级的世界观上,描写暴露小

资产阶级的生活，为革命潮流打出一条出路，使小资产阶级的智识分子站到无产阶级领导之下来呢，这是大该而特该的了！如果站在这个立场上，不但应该描写小资产阶级，并且应该暴露资产阶级，不但是专为劳苦群众的工农诉苦。……单描写客观的现实，是空虚的艺术至上论，是资产阶级的麻醉剂。[34]

获得唯物辩证法的世界观在这里成了创作的唯一要素。郭沫若虽曾强调体验生活的重要性，但他也没有把这个问题提到应有的高度，而只着眼于熟悉题材。他说：

> 譬如我们要表现"五卅"，我们即使没有跳在那个漩涡之中，我们可以去访问那时的当事的人，可以考核当时的文献，经过相当的缜密的研究，我可以相信我们一定可以生出一个伟大的直观，激刺我们的创作欲。又譬如我们要表现工人生活也是一样，我们率性可以去做工人，去体验那种生活。像辛克来的《石炭王》一类的作品，那没有到炭坑里面去研究过是绝对写不出来的呀！[35]

在这种理论指导下，一部分作家凭自己主观的热情去"描写旧的之中的新的产生，描写今天中的明天，描写新的对于旧的克服"等，他们对自己所写的东西并不真正熟悉，缺乏深刻的生活感受，因此产生了很多公式主义和标语口号式的作品。冯雪峰说："1929和1930年之间提出的新现实主义，虽然提到了现实主义，但因为一则我们对于现实主义在文学史上怎样发展过来，它与各时代各民族的历史条件与社会生活的具体关系的分析和理解,是很不够的,二则只以为在旧现实主义的写实方法上加上了现在的无产阶级的世界观,就是新现实主义了,这当然没有触到现实主义的真实核心,而是一种机械的结合。这世界观的提出,一方面在当时有积极的意义,另一方面是表示了我们对于世界观的理解就是抽象的,教条式的,好像它对于文艺方法的关系是外在的,同时文艺方法也仿佛可以抽去世界观而独立的了。于是,接着,我们就进一步地接受和提倡起创作方法上典型的机械论来了——即唯物辩证法的创作方法论,1931年至1932年之间。这是直接受了'拉普'(按即俄罗斯无产阶级作家联盟)理论家的影响。此后,在理论上我们对于现实主义的理解逐渐提高了,对于机械论和教条主义也开始感到不安和有所批判了。"[36]这说明了左联初期也是接受这种创作理论的,1931年11月左联执委会决议的《中国无产阶级革命文学的新任务》中第四项"创作问题——题材,方法,及形式"就说:

> 第一,作家必须注意中国现实社会生活中广大的题材,尤其是那些最能完成目前新任务的题材。……现在必须将那些"身边琐事"的,小资产知识分子式的"革命的兴奋和幻灭""恋爱和革命的冲突"之类等定型的观念的虚伪的题材抛去。第二,在做法上,作家必须从无产阶级的观点,从无产阶级的世界观,来观察,来描写。作家必须成为一个唯物的辩证法论者。……第三,在形式方面,作品的文字组织,必须简明易解,必须用工人农民所听得懂以及他们接近的语言文字;在必要时容许使用方言。

这就是"左联"成立初期对创作问题的理解，以后就对此有所批判了。[37]但鲁迅对这一问题的认识要全面得多，他曾指导青年说："我的意思是：现在能写什么，就写什么，不必趋时，自然更不必硬造一个突变式的革命英雄，自称'革命文学'；但也不可苟安于这一点，没有改革，以致沉没了自己——也就是消灭了对于时代的助力和贡献。""不过选材要严，开掘要深，不可将一点琐屑的没有意思的事故，便填成一篇，以创作丰富自乐。"[38]他在《答北斗杂志社问》中又说：

一，留心各样的事情，多看看，不看到一点就写。

二，写不出的时候不硬写。

三，模特儿不用一个一定的人，看得多了，凑合起来的。

四，写完后至少看两遍，竭力将可有可无的字，句，段删去，毫不可惜。宁可将可作小说的材料缩成sketch，决不将 sketch 材料拉成小说。

五，看外国的短篇小说，几乎全是东欧及北欧作品，也看日本作品。

六，不生造除自己之外，谁也不懂的形容词之类。

七，不相信《小说作法》之类的话。

八，不相信中国的所谓"批评家"之类的话，而看看可靠的外国批评家的评论。

他虽然说这只是"自己所经验的琐事"，但那对创作的理解完全是现实主义的。1933 年左联接受了联共（布）中央和苏联文学界清算"拉普"的经验，又鉴于实践上所发生的缺点，遂在思想上予以清算，提出了现实主义的创作口号。于是"手触生活""写出真实来""写你所最熟悉的事情"，成了创作的指导理论。这时苏联文学顾问委员会的《给初学写作者的一封信》也介绍进中国来了，这在纠正过去主观主义的"世界观论"和作品之公式主义和概念化的倾向上，发生了很大的影响；使以后的创作有了比较丰硕的收获。但由于过分地"强调"，例如由马克思、列宁对于巴尔扎克和托尔斯泰之称赞的引例中，过分强调了世界观与创作方法的矛盾，因而也连带地产生了一些偏向，使有些作家借此满足于自己狭小的生活经验而不努力去实践，以及对于古典作家无批判地崇拜等。1936年周扬写了《现实主义试论》[39]，以后在理论上和批评工作上都有了对现实主义的比较深入的认识。许多作家在不断的革命实践中取得了正确的立场及对人民胜利前途的信心，这尤其是在创作中促使新的现实主义发展的最重要的原因。

六 大众化问题

创造社开始提倡革命文学的时候，就说"我们要使我们的媒质接近农工大众的用语，我们要以农工大众为我们的对象"[40]；"为什么人"原是新文学建设中的中心问题，这是在开始提倡革命文学时就接触到的。1929年刊行了《大众文艺》杂志，左联一开始就是把"大众化"当作文艺运动的中心的。1930年鲁迅说："所以在现下的教育不平等的社会里，仍当有种种难易不同的文艺，以应各种程度的读者之需。不过应该多有为大众设想的作家,竭力来作浅显易解的作品,使大家能懂,爱看,以挤掉一些陈腐的劳什子。但那文字的程度,恐怕也只能到唱本那样。……总之,多作或一程度的大众化的文艺,也固然是现今的急务。若是大规模的设施,就必须政治之力的帮助,一条腿是走不成路的,许多动听的话,不过文人的聊以自慰罢了。"[41] 1931年11月左联执行委员会的决议《中国无产阶级革命文学的新任务》中《大众化问题的意义》说:

> 为完成当前迫切的任务,中国无产阶级革命文学必须确定新的路线。首先第一个重大的问题,就是文学的大众化。大众化的问题,以前亦曾一再提起。但目前我们要切实指出:文学大众化问题在目前意义的重大,尚不仅在它包含了中国无产阶级革命文学目前首重的一些任务,如工农兵通信员运动等,而尤在此问题之解决实为完成一切新任务所必要的道路。在创作,批评,和目前其他诸问题,乃至组织问题,今后必须执行彻底的正确的大众化,而决不容许再停留在过去所提起的那种模糊忽视的意义中。

关于"创作问题——题材,方法,及形式"一项中也说:"作品的体裁也以简单明了,容易为工农大众所接受为原则。现在我们必须研究并且批判地采用中国本有的大众文学,西欧的报告文学,宣传艺术,壁小说,大众朗读诗等体裁。"1932年"文艺自由"论辩时,苏汶曾攻击左联说:"他们便要作家们去写一些有利的连环图画和唱本来给劳动者看。……这样低级的形式还生产得出好的作品吗?"鲁迅曾为此写过《连环图画辩护》。瞿秋白更以宋阳和易嘉的笔名,写了许多有力的文章,现均收入《乱弹及其他》一书内,分《论中国文学革命》及《论大众文艺》两辑,周起应等也都写过文章。这次瞿秋白把问题推进了一步,着重谈"用什么话写"的问题。他说:

> 现在,绅士之中有一部分欧化了,他们创造一种欧化的新文言;而平民,仍旧只能够用绅士文字的渣滓。现在,平民群众不能够了解所谓新文艺的作品,和以前的平民不能够了解诗、古文、词一样。新式的绅士和平民之间,还是没有"共同的言语"。既然这样,那么,无论革命文学的内容是多么好,只要这种作品是用绅士的言语写的,那就和平民群众没有关系。[42]

因此他主张继续完成"五四"文学革命关于"语文改革"的未尽的工作,主张大众文艺应该用"现代中国普通话"来写,认为"在五方杂处的大都市里面,在现代化的工厂里面,他们的言语事实上已经在产生着一种中国的普通话(不是官僚的所谓国语),……这种大都市里,各省人用来互相谈话演讲说书的普通话,才是真正的现代的中国话"[43]。但除和止敬(茅盾)有过讨论的文字外,这问题没有引起广泛的注意。到1934年因为反对"文言复兴",才把这问题发展开来。

1934年汪懋祖发表了《禁习文言与强令读经》一文,提倡文言文,各作者纷纷反对,接着各刊物就展开了"文言——白话——大众语"(陈子展文题名)的讨论。但提倡文言者的论调并没有超过林琴南、章士钊等的议论，是"沉滓的泛起"（鲁迅语），不堪一击的。问题的中心便移到了大众语，那许多文章就收到文适辑的《语文论战的现阶段》一书里。鲁迅平常是主张"从活人的嘴上，采取有生命的词汇，搬到纸上来"的；[44]而且认为"警句或炼话，讥刺和滑稽，十之九是出于下等人之口的"。[45]这次自然是主张大众语的。他说：

> 由读书人来提倡大众语，当然比提倡白话困难。因为提倡白话时，好好坏坏，用的总算是白话，现在提倡大众语的文章却大抵不是大众语。但是，反对者是没有发命令的权利的。虽是一个残废人，倘在主张健康运动，他绝对没有错；如果提倡缠足，则即使是天足的壮健的女性，她还是在有意的或无意的害人。[46]

> 现在在码头上，公共机关中，大学校里，确已有着一种好像普通话模样的东西，大家说话，既非"国语"，又不是京话，各个带着乡音，乡调，却又不是方言，即使说的吃力，听的也吃力，然而总归说得出，听得懂。如果加以整理，帮他发达，也是大众语中的一支，说不定将来还简直是主力。我说要在方言里"加入新的去"，那"新的"的来源就在这地方。待到这一种出于自然，又加人工的话一普遍，我们的大众语文就算大致统一了。[47]

从这里讨论下去，必然要接触到汉字的繁难为大众语的根本障碍，因而必须讨论到废除汉字，代以拉丁化新文字的问题。鲁迅说：

> 和提创文言文的开倒车相反，是目前的大众语文的提倡，但也还没有碰到根本的问题：中国等于并没有文字。待到拉丁化的提议出现，这才抓住了解决问题的紧要关键。[48]

> 方言土语里，很有些意味深长的话，我们那里叫"炼话"，用起来是很有意思的，恰如文言的用古典，听者也觉得趣味津津。各就各处的方言，将语法和词汇，更加提炼，使他们发达上去的，就是专化。这于文学，是很有益处的，它可以做得比仅用泛泛的话头的文章更加有意思。……大众，是有文学，要文学的，但决不该为文学做牺牲，要不然，他的荒谬和为了保存汉字，要十分之八的中国人做文盲来殉难的活圣贤就并不两样。所以，我想，启蒙时候用方言，但一面又要渐渐的加入普通的语法和词汇去。先用固有的，是一地方的语文的大众化，加入新的去，是全国的语文的大众化。[49]

这样，就在论争中得到了"倘要中国文化一起向上，就必须提倡大众语，大众文，而且书法更必须拉丁化"[50]的结论。于是拉丁化形成了一个大的社会文化运动，由蔡元培等五百余人签名发表了对于拉丁化新文字的意见，认为"就时间金钱两方面来看，新文字是普及大众教育的最经济的文字工具"。但政治压迫立刻就来了，"首先是说提倡大众语文的，乃是'文艺的政治宣传员如宋阳之流'，本意在于造反。给戴上一顶有色帽,是极简单的反对法。不过一面也就是说,为了自己的太平,宁可中国有百分之八十的文盲"[51]。以后也有许多人坚持了拉丁化的宣传和试验的工作,虽然"方案"也许还有若干问题,但中国文字最后总要改为拼音文字,是毫无疑义的。

　　文学大众化是文学作品的普及问题,而语言文字正是形式的中心,必然是会首先接触到的。但这运动一展开,那社会意义就一定是大众对文化权利的要求,因此和人民大众的民族解放及民主革命的斗争就自然是一体的了。作为"文艺大众化"的问题,除了语言外自然还有别的问题,例如鲁迅就写过《论"旧形式的采用"》的精辟的论文,把"旧形式之批判的利用"作为解决大众文艺形式的途径之一;但大众化的主要内容应该是为人民群众的意思,这是新文学运动和创作实践的基本方向。在这时期,也有不少的作家深入到大众的现实生活(如工厂)中去,创作了以大众生活为主要题材的作品;而且采用了多样的形式,如报告文学、连环图画、故事唱本、墙头小说等。冯雪峰说:

　　　　在左联的态度上,是并没有将一般小说、诗、戏剧的新文艺形式的创作,和大众文艺创作对立起来的,因为一方面认为可以有种种不同的作品,以供应种种不同的读者,一方面是企图从作家生活的大众化而使所有新文艺形式的作品都大众化,即创造那内容为大众的广阔的生活和革命的意识思想所充实,而形式是大众性的坚强的作品。这是那时认为统一的观点。[52]

当然，这只是运动的开始；由于客观情势上阻碍作家和工农的结合，和语言形式等还没有在创作实践中解决，而作家的感情意识也还和工农有距离，那成就自然是不会太大的。其中比较有成绩的是报告文学和木刻图画二者。自然，这问题的彻底解决是必须在人民自己的政权下面，可以自由地下厂下乡的条件下才能达到的；这时期只是向这方向努力的开始。

七　文艺界团结运动

日本帝国主义企图强占全中国的野心一天天明显，中国共产党乃于1934年4月制订了组织反帝统一战线的政策，号召"一切真正愿意反对帝国主义不甘做亡国奴的中国人，不分政治倾向，不分职业与性别，都联合起来，在反帝统一战线之下，一致与日本和其他帝国主义作战"。1935年8月1日，又发表《为抗日救国告全国同胞书》（即号召组织抗日民族统一战线的有名的《八一宣言》），要求国民党停止内战，一致抗日，并号召全国人民，不分阶级，不分党派，共同团结，组织国防政府，抗日联军，挽救民族危亡。《八一宣言》发表后，在全国人民中立刻得到了热烈的拥护；这时华北已危在旦夕，到处是呼吁救亡的声音。这年12月，在中国共产党的领导下，"一二·九"学生爱国救亡运动爆发了。这运动给全国以巨大的影响，掀起了全国各界抗日的新高潮，民族革命的战线扩大了，中共中央12月决议中明确指出："团结一切可能的反日力量，是党的最广泛的民族统一战线的总路线。"这年底，中国工农红军经过了二万五千里长征，到达了对抗日有极大战略作用的地点陕甘宁边区，给全国人民带来了无穷的希望。鲁迅由上海拍去的贺电说:"在你们的身上,寄托着人类和中国的将来。"在这种情势下,社会各阶层都要求成立组织,团结周围的一切力量来为抗日救亡服务。1935年12月28日上海文化界救国会成立,文学界已是其中的一个构成部分,接着文艺界自身的统一战线运动也开始酝酿了。

首先提出来的文艺界统一战线的口号是"国防文学",周扬在《现阶段的文学》中说:

> 全民族救亡的统一战线正以巨大的规模伸展到一切的领域内去,文学艺术的领域自然也不能例外。国防文学就是配合目前这个形势而提出的一个文学上的口号。它要号召一切站在民族战线上的作家,不问他们所属的阶层,他们的思想和流派,都来创造抗敌救国的艺术作品,把文学上反帝反封建的运动集中到抗敌反汉奸的总流。
>
> 把一切作家引到国防的主题,有的人就要怀疑,这不是将要使文学的题材单调化了吗?不,相反地,这不但没有缩小主题的范围,反而使之扩大了。在这个主题里面无限多样地包藏了革命文学的其他一切主题。在社会发展的主流上把握广大现象和复杂情形,不局限于民族革命战争的激化的场面,而触及在帝国主义汉奸压迫下的一切民众的日常生活和斗争,这就是国防文学的内容的境界。[53]

郭沫若在《国防·污池·炼狱》一文中也说:

> 我觉得国防文艺应该是多样的统一而不是一色的涂抹。这儿应该包含着各种各样的文艺作品，由纯粹社会主义的以至于狭义爱国主义的，但只要不是卖国的，不是为帝国主义作伥的东西。因而"国防文艺"最好定义为非卖国的文艺，或反帝的文艺。

"口号"的意义是为了明确和扩大统一战线的基础，事实上新的组织也已经在成立了，这就是周扬等人发起的中国文艺家协会。周扬说：

> 实际，文学上的统一战线的形成，已经不只是一个可能，而是一种存在。许多有着不同的艺术好尚和人生信仰的作家，在笔端和口上，由宣言和行动，都一致地表现了为民族的自由解放而努力的共同决心。文艺界已有了新的大团结。这是中国新文学运动史上值得大书特书的事件。这个团结不一定马上能够收到国防作品的成效，但无论如何，使国防文学的创作实践有了更广大的动员基础。

但这里问题来了，将"国防文学"的口号当作统一战线的口号，那联合的基础或条件，是"国防"呢？还是"国防文学"呢？郭沫若是赞成前者的，他说：

> 我觉得"国防文艺"应该是作家关系间的标帜，而不是作品原则上的标帜。并不是一定要写满蒙，一定要写长城，一定要声声爱国，一定要句句救亡，然后才是

"国防文艺"。我们只是在"国防"的意识之下把可以容忍的"文艺"范围扩大了。

茅盾也赞成这意见，他说："'国防文艺'这口号，若作为创作的口号，本来是欠明确性的，而过去我们把这口号认为一般的创作口号，也就有关门主义和宗派主义的危险。"[54] 鲁迅对"国防文学"这一口号更提出了严峻的批评意见，并且另外提出了"民族革命战争的大众文学"的口号。鲁迅对"国防文学"这个口号的批评主要是两点：首先是"这名词本身的在文学思想的意义上的不明了性"。他认为"新的口号的提出……决非革命文学要放弃它的阶级的领导的责任，而是将它的责任再加重，更放大，重到和大到要使全民族，不分阶级和党派，一致去对外。这个民族的立场，才真是阶级的立场"。[55] 而国防文学的口号"本身含义上有缺陷"，不能明确表示无产阶级在抗日统一战线中的领导地位。这个批评是深刻的，而且对于某些解释"国防文学"口号的文章中的缺点，也有鲜明的针对性。其次，鲁迅批评了"注进'国防文学'这名词里去的不正确的意见"，主要是那种主张"国防文学必须有正确的创作方法"，作家应当在"国防文学"的口号下联合起来，而不是首先强调作家应该在"抗日"或"国防"的旗帜下联合起来的宗派主义观点。因为如果首先要求文艺界在文艺观点一致的基础上联合起来，那范围就会缩小得很多。鲁迅认为"在抗日战线上是任何抗日力量都应当欢迎的，同时在文学上也应当容许各人提出新的意见来讨论"。[56]

1936年5月，胡风发表了《人民大众向文学要求什么》

一文，公开提出了"民族革命战争的大众文学"这一口号，这立刻引起了文学界关于两个口号优劣的论争。鲁迅说："这口号不是胡风提的，胡风做过一篇文章是事实，但那是我请他做的，他的文章解释得不清楚也是事实。这口号，也不是我一个人的'标新立异'，是几个人大家经过一番商议的，茅盾先生就是参加商议的一个。"[57] 当时鲁迅已在病中，没有能多发表文章。论争扩大以后，6月10日发表了由OV笔录"病中答访者问"的《论现在我们的文学运动》，作为对于"民族革命战争的大众文学"一口号的说明：

> "左翼作家联盟"五六年来领导和战斗过来的，是无产阶级革命文学的运动。这文学和运动，一直发展着；到现在更具体底地，更实际斗争底地发展到民族革命战争的大众文学。民族革命战争的大众文学，是无产阶级革命文学的一发展，是无产革命文学在现在时候的真实的更广大的内容。这种文学，现在已经存在着，并且即将在这基础之上，再受着实际战斗生活的培养，开出烂缦的花来罢。

6月，中国文艺家协会发表宣言，签名者有王任叔等一百二十余人，接着鲁迅等六十七人签名发表《中国文艺工作者宣言》，但内容都是号召建立统一战线来为民族解放运动服务的。而双方在不同的杂志上发表"关于两个口号的论争"的文章也非常之多，但所说的客观情势和建立统一战线的必要是大致相同的。事实上，鲁迅从来没有把"国防文学"和"民族革命战争的大众文学"这两个口号视为誓不两立的。他就曾说过他"并没有把它们看成两家"。他认为民族革命战争的大众文学"是一个总的口号",而国防文学则可以作为一个当时文艺运动的"具体的口号",因为它"颇通俗,已经有很多人听惯,它能扩大我们政治的和文学的影响,加之它可以解释为作家在国防旗帜下联合,为广义的爱国主义的文学的缘故"。[58]而国防文学的倡导者们虽然还不很理解鲁迅思想的正确与深刻,但他们不仅从未把鲁迅看作敌人而且还尽量争取他加入"文艺家协会"。

　　文艺界关于两个口号的论争发生于"一二·九"运动之后,"西安事变"之前,正当民族危机十分严重,全国救亡运动空前高涨,而抗日统一战线尚未建立之际。这时国内阶级关系和党的政策都处于发生重大变动的转折关头,革命文艺队伍内部在某些问题的认识上产生分歧是并不奇怪的。尽管如此,争论的双方对于当时形势的分析和对于建立抗日统一战线的重要意义,以及对于文艺的任务是"将一切斗争汇合到抗日反汉奸斗争这总流里去"等重大问题,意见基本上是一致的。这就说明在总的方向上双方并没有实质性的分歧。通过这次论争,广泛地宣传了党对形势和任务的分析,明确了建立抗日统一战线的迫切性,而且也克服了一些左翼文艺运动中长期存在的缺点,推动了文艺界抗日团结运动的发展。1936年8月,鲁迅发表了《答徐懋庸并关于抗日统一战线问题》的长文[59],鲜明地申述了他对党所提出的抗日统一战线政策的坚决拥护的态度,并详细论述了他对文艺界统一战线和对两个口号的意见,论争至此基本结束。10月,发表了《文艺界同人为团结御侮与言论自由宣言》,其中说:

我们是文学者,因此亦主张全国文学界同人应不分新旧派别,为抗日救国而联合。文学是生活的反映,而生活是复杂多方面的,各阶层的;其在作家个人或集团,平时对文学之见解,趣味,与作风,新派与旧派不同。左派与右派亦各异,然而无论新旧左右,其为中国人则一,其不愿为亡国奴则一;各人抗日之动机,或有不同,抗日的立场亦许各异,然则同为抗日则一,同为抗日的力量则一。在文学上,我们不强求其相同,但在抗日救国上,我们应团结一致以求行动之更有力。我们不必强求抗日立场之划一,但主张抗日的力量即刻统一起来!

为民族利益计,我们又甚盼民族解放的文学或爱国文学在全国各处风起云涌,以鼓励民气,我们固甚盼全国从事文学者能急当前之所应急,但救亡之道初非一端,其在作家亦然。故在文学上我们宁主张各人各派之自由发展,与自由创作。

其次,我们主张言论的自由,急应争得。言论自由与文艺活动的自由,不但是文化发展的关键,而在今日更为民族生存之所系。国民自由发表其救国意见,文学者自由发表其救国文艺,在今日已不仅为人民之权利,亦且为人民应尽之天职。除非不要人民爱国,否则,予人民发表救国意见之自由,在今日实属天经地义,无可怀疑。因此我们要求政府当局,即刻开放人民言论自由,凡足以阻碍人民言论自由之法规,如报纸检查刊物禁扣等,应立即概予废止。我们深信唯有言论自由,然后能收全国上下一致救国的效果。我们敢吁请全国的学者，新闻记者，作者与读者，一致起而力争言论自由，促其早日实现。

签名者有巴金、王统照、包天笑、沈起予、林语堂、洪深、周瘦鹃、茅盾、陈望道、郭沫若、夏丏尊、张天翼、傅东华、叶绍钧、郑振铎、郑伯奇、赵家璧、黎烈文、鲁迅、谢冰心、丰子恺等人。宣言中的要点和原则，以及许多历史渊源和社会关系都大不相同的代表性人物，能在这一宣言上共同签名，都可以说明这次论争的具体结果。在这次论争中，鲁迅被中伤为"破坏统一战线"，但他却带着重病，一面和宗派主义作斗争，一面又和托派作斗争，严正地说明："那切切实实，足踏在地上，为着现在中国人的生存而流血奋斗者，我得引为同志，是自以为光荣的。"[60]那立场的鲜明与眼光的敏锐，很清楚地说明了他的坚强与伟大。

八 "不灭的光辉"

1936年10月19日上午5时25分，在中国抗日民族解放战争行将爆发前夜，在中国文艺界统一战线初步建立后不久，领导中国新民主主义文化革命近二十年的鲁迅于上海寓所逝世了。在举世哀悼之际，由蔡元培、宋庆龄、茅盾等十三人组成治丧委员会，各界前往瞻仰遗容者达数万人。22日下午，由鹿地亘、胡风、巴金、张天翼等十六人扶柩上车，葬于万国公墓。群众的送葬行列甚长，反动统治者惊慌万状。"在租界区域内，巡逻在行列两边有骑马的印度巡捕，徒步的巡捕，全是挂着枪。行到中国界的虹桥路，便由黑衣白缠腿的中国警察接替了。他们的长枪却全装了刺刀；短枪也挂好了把子。但是我们这行列是安宁的，我们的手是空的，仅是连绵地全唱着送葬歌，声音还是那样低哑和阴沉。"[61]由上海的一万多群众献"民族魂"白地黑字旗一面，覆于棺上。鲁迅逝世后，全国各地都有群众自动集合举行纪念仪式，哀悼的文字遍于各种报章杂志，一致认为是中华民族的大损失。中国共产党中央委员会、中华苏维埃人民共和国政府于10月22日发出了《为追悼与纪念鲁迅先生致中国国民党中央委员会与南京国民党政府电》《致许广平女士的唁电》和《为追悼鲁迅先生告全国同胞和全世界人士书》。书中说：

> 噩耗传来，中国文学革命的导师，思想界的权威，文坛上最伟大的巨星鲁迅先生，陨落于上海。当此德、日等法西斯蒂张牙舞爪挑拨世界大战，中华民族危急存亡之秋，鲁迅先生的死，使我们中华民族失掉了一个最前进、最无畏的战士，使我们中华民族遭受了最巨大的，不可补救的损失！中国共产党中央委员会和中华人民苏维埃中央政府对于鲁迅先生之死，表示最深沉痛切的哀悼！
>
> 鲁迅先生一生的光荣战斗事业，做了中华民族一切忠实儿女的模范，做了一个为民族解放、社会解放，为世界和平而奋斗的文人的模范。他的笔是对于帝国主义、汉奸卖国贼、军阀官僚土豪劣绅、法西斯蒂，以及一切无耻之徒的大炮和照妖镜，他没有一个时候不和被压迫的大众站在一起，与那些敌人作战。他的犀利的笔尖，

完美的人格，正直的言论，战斗的精神，使那些害虫毒物无处躲避。他不但鼓励着大众的勇气，向着敌人冲锋，并且他的伟大使他的死敌也不能不佩服他、尊敬他、惧怕他。中华民族的死敌，曾用屠杀、监禁、禁止发表鲁迅一切文字、禁止出版和贩卖鲁迅一切著作来威吓他，但鲁迅先生没有屈服；民族的死敌想用"赤化""受苏联津贴"等捏造的罪状来诬陷他，但一切诬陷都归失败；民族的死敌，特别是托洛斯基派，想用甜言蜜语来离间他离开大众的救亡阵线，但是鲁迅先生给了他以迎头痛击。鲁迅先生在无论如何艰苦的环境中，永远与人民大众一起与人民的敌人作战，他永远站在前进的一边，永远站在革命的一边。他唤起了无数的人们走上革命的大道，他扶助着青年们使他们成为像他一样的革命战士，他在中国革命运动中，立下了超人一等的功绩。

　　中国共产党中央委员会和中华苏维埃人民共和国中央政府为了永远纪念鲁迅先生起见，决定在全苏区内：（一）下半旗致哀并在各地方和红军部队中举行追悼大会；（二）设立鲁迅文学奖金，基金十万元；（三）改苏维埃中央图书馆为鲁迅图书馆；（四）苏维埃中央政府所在地建立鲁迅纪念碑；（五）收集鲁迅遗著，翻印鲁迅著作；（六）募集鲁迅号飞机基金。

　　中国共产党中央委员会和中华苏维埃人民共和国中央政府，已向中国国民党中央委员会和南京国民党政府要求：（一）鲁迅先生遗体举行国葬，并付国史馆列传；（二）改浙江省绍兴县为鲁迅县；（三）改北平大学为鲁迅大学；（四）设立鲁迅文学奖金奖励革命文学；（五）设立鲁迅研究院，收集鲁迅遗著，出版鲁迅全集；（六）在上海、北平、南京、广州、杭州建立鲁迅铜像；（七）鲁迅家属与先烈家属同等待遇；（八）废止鲁迅先生生前一切禁止言论出版自由的法令。中国共产党中央委员会与中华苏维埃人民共和国中央政府号召全国民众及全世界拥护和平、同情中国民族解放的人士，一致起来，要求国民党中央委员会及南京国民政府执行上列的要求。[62]

鲁迅逝世后，文艺界沉浸于悲哀与纪念办法的探讨中，而"学习鲁迅"尤为一致的呼声。接着"西安事变"发生，政治上的统一战线又一度形成，在举国一致抗日的浪潮中，鲁迅的遗著和他的战斗精神给予了中国人民以很大的勇气和力量。

1940年中国人民领袖毛泽东写下了伟大的名著《新民主主义论》，其中给了鲁迅以崇高的评价：

> 在"五四"以后，中国产生了完全崭新的文化生力军，这就是中国共产党人所领导的共产主义的文化思想，即共产主义的宇宙观和社会革命论。……而鲁迅，就是这个文化新军的最伟大和最英勇的旗手。鲁迅是中国文化革命的主将，他不但是伟大的文学家，而且是伟大的思想家和伟大的革命家。鲁迅的骨头是最硬的，他没有丝毫的奴颜和媚骨，这是殖民地半殖民地人民最可宝贵的性格。鲁迅是在文化战线上，代表全民族的大多数，向着敌人冲锋陷阵的最正确、最勇敢、最坚决、最忠实、最热忱的空前的民族英雄。鲁迅的方向，就是中华民族新文化的方向。[63]

＊　　＊　　＊

〔1〕〔7〕〔63〕毛泽东:《新民主主义论》。
〔2〕毛泽东:《论联合政府》。
〔3〕鲁迅:《二心集·序言》。
〔4〕〔11〕鲁迅:《二心集·上海文艺之一瞥》。
〔5〕鲁迅:《二心集·中国无产阶级革命文学和前驱的血》。
〔6〕瞿秋白:《乱弹及其他·上海战争和战争文学》。
〔8〕鲁迅:《而已集·革命文学》。
〔9〕画室(冯雪峰):《革命与知识阶级》。
〔10〕鲁迅:《坟·写在〈坟〉后面》。
〔12〕〔15〕瞿秋白:《鲁迅杂感选集·序言》。
〔13〕茅盾:《从牯岭到东京》。
〔14〕茅盾:《读〈倪焕之〉》。
〔16〕鲁迅:《二心集·对于左翼作家联盟的意见》。
〔17〕鲁迅:《华盖集续编·一点譬喻》。
〔18〕鲁迅:《三闲集·新月社批评家的任务》。
〔19〕鲁迅:《二心集·硬译与文学的阶级性》。
〔20〕鲁迅:《二心集·我们要批评家》。
〔21〕〔36〕〔52〕雪峰:《论民主革命的文艺运动》。
〔22〕鲁迅:《二心集·黑暗中国的文艺界的现状》。
〔23〕鲁迅:《且介亭杂文·中国文坛上的鬼魅》。
〔24〕鲁迅:《二心集·民族主义文学的任务和运命》。
〔25〕以下引文皆见苏汶编《文艺自由论辩集》。
〔26〕〔28〕鲁迅:《南腔北调集·〈论语〉一年》。
〔27〕鲁迅:《伪自由书·从讽刺到幽默》。
〔29〕林语堂:《论小品文笔调》。
〔30〕鲁迅:《南腔北调集·小品文的危机》。
〔31〕鲁迅:《花边文学·小品文的生机》。
〔32〕〔35〕郭沫若:《文艺论集·桌子的跳舞》。
〔33〕〔40〕成仿吾:《从文学革命到革命文学》。

〔34〕克兴:《评茅盾君的〈从牯岭到东京〉》。

〔37〕1951年初版这一句为:"这就是1932年文艺自由论辩时被第三种人所称的'指导大纲'之类,以后就认识提高有所批判了。"——编者注。

〔38〕鲁迅:《二心集·关于小说题材的通信》。

〔39〕1951年初版本此句之后有:"胡风等也参与讨论,又写了《为初学执笔者的创作谈》,在理论上和批评工作上都有了对现实主义的比较深入的认识和成就。"——编者注。

〔41〕鲁迅:《集外集拾遗·文艺的大众化》。

〔42〕〔43〕瞿秋白:《乱弹及其他·大众文艺的问题》。

〔44〕鲁迅:《且介亭杂文二集·人生识字胡涂始》。

〔45〕鲁迅:《且介亭杂文·答戏周刊编者信》。

〔46〕鲁迅:《花边文学·汉字和拉丁化》。

〔47〕〔49〕〔50〕〔51〕鲁迅:《且介亭杂文·门外文谈》。

〔48〕鲁迅:《且介亭杂文·中国语文的新生》。

〔53〕以下引文皆收于新潮出版社编印的《国防文学论战》一书。

〔54〕茅盾:《关于引起纠纷的两个口号》。

〔55〕鲁迅:《且介亭杂文末编附集·论现在我们的文学运动》。

〔56〕〔57〕〔58〕鲁迅:《且介亭杂文末编·答徐懋庸并关于抗日统一战线问题》。

〔59〕1951年初版本在这一句后面大段摘录了鲁迅此文,并说明鲁迅这是在清算"宗派主义,关门主义和理论上的机械论"。接着又引述冯雪峰(吕克玉)《对于文学运动几个问题的意见》,指出冯的文章"对于关门主义等倾向的批判也是很重要的收获"。——编者注。

〔60〕鲁迅:《且介亭杂文末编附集·答托洛斯基派的信》。

〔61〕《鲁迅先生逝世经过略记》,见《鲁迅先生纪念集》。

〔62〕原载延安《解放》半月刊第55期。

第七章　前夜的歌

一　暴露与歌颂

1928到1931年这几年中，诗的产量是比较少的，很多文艺杂志都拒登诗歌；但也仍不断有新的诗歌和诗人出现，而且也还有比较好的收获。前期的诗人中，郭沫若出过诗集《恢复》，蒋光慈出过《乡情集》和《哭诉》，大致说来，《恢复》和前一期的《前茅》，《乡情集》《哭诉》和前一期的《哀中国》，内容和作风仍是相同的。正如蒋光慈所说："永远守着我那革命诗人的誓语。"（《牯岭遗恨》）"诅咒那凶狠的刽子手，我的祖国不是他们的窝巢。祝福那反抗的贫苦者，我和他们永远在一道。"（《我应当归去》）在郭沫若的《恢复》里，也仍然是充满了坚强的信心和对统治者的愤慨，精神和以前是一致的。1942年重庆文艺界纪念他的创作生活二十五周年时，冯乃超曾作《发聩震聋的雷霆》一文，其中说：

> 郭沫若先生在中国新诗的劳作上，是成就最高、贡献最大的人。三十年代以降的青年学生，都是他的读者，他用琳琅新颖的诗句，有如一位伟大的教师，熏陶着年轻的一代。他塑模了中国古代反逆典型，做年青世代的模范，培植了对僵死教条的反抗精神，他苏醒了古人生死不苟的美德，使年青的世代有所借鉴。他是理解现代中国脉搏的跳动，而兼精通中国古代精神（通过古

代语言和古典）的少数者之一人。……这样，他二十五年间在中国新文学运动中的辛劳，无限地丰富了中国民族语汇的宝藏，同时，也培养了我们中国人奔放的革命热情。他的如火如荼的语言，澄净了古老中国陈年的霉气，同时，也为新的中国贮藏了无数珠玑，为革命为民族解放胜利而歌唱。

没有伟大的忧时爱国的意志，没有热烈的革命和反抗的精神，便也很难有精粹不朽的诗篇。诗的创作不是雕虫小技，诗人应该是时代的歌手；郭沫若之所以对中国新诗的建树有如此重要的贡献，主要因为他一贯是中国人民革命运动的积极参加者，因此在他的诗中所表现的那种热烈的革命情绪，也就为读者所爱好了。

创造社的后期诗人中[1]，成绩比较显著的是穆木天。他是"九一八"前夕由东北流亡到上海的，写了一本《流亡者之歌》，其中后一部分《去国集》，就是在这期间写的。他说："自从同东北作了永诀之后，唱哀歌以吊故国的情绪是时时地涌上我的心头。"因此诗中是有浓厚的反帝意识的，虽然也带着伤感。1933年他写的《〈新诗歌〉发刊词》中说："我们不凭吊历史的残骸，因为那已成为过去。我们要捉住现实，歌唱新世纪的意识。"从这里也可以看出他自己的诗的内容变化。他后期的长诗《在哈拉巴岭上》，曾得到过各方的好评。这时期冯乃超也写革命的诗，但没有出过集子。倒是另外一位创造社的诗人柯仲平，写出了《诗集》《风火山》，他的热情是汹涌的；善于写长诗，对革命寄予了深切的希望与歌颂。

太阳社的诗人是比较多的，除蒋光慈外，钱杏邨有《荒土》，冯宪章有《梦后》，写的也是中国的现实，如钱杏邨说："我们不需要平坦的旅途，只有压迫的下面才有道路。"（《压迫》）内容是革命的，但一般的仍然呐喊多于描写，概念化的倾向很重。

这一时期最有成就最值得注意的诗人是殷夫。他的抒情诗多发表于《拓荒者》《奔流》《萌芽》等刊物；红色鼓动诗则在《列宁青年》等秘密刊物上发表。诗集有《孩儿塔》《伏尔加的黑浪》和《一百零七个》。他的诗热情地描绘和讴歌了白色恐怖下无产阶级的斗争，对未来充满了坚定的信念。气概雄健，技巧成熟，富于激情。如《血字》：

"五卅"哟！
立起来，在南京路走！
把你血的光芒射到天的尽头，
把你的刚强的姿态投映到黄浦江口，
把你的洪钟般的预言震动宇宙！
今日他们的天堂，
他日他们的地狱，
今日我们的血液写成字，
异日他们的泪水可入浴。
我是一个叛乱的开始，
我也是历史的长子，
我是海燕，
我是时代的尖刺。

鲁迅曾为《孩儿塔》作序说："这是东方的微光，是林中的响箭，是冬末的萌芽，是进军的第一步，是对于前驱者的爱的大纛，也是对于摧残者的憎的丰碑。一切所谓圆熟简练，静穆幽远之作，都无须来作比方，因为这诗属于别一世界。"[2]从这里固然可以看到鲁迅先生对革命青年的感情之诚挚，但也可以看出他的诗的特色来。和他同时殉难的作家中，冯铿和胡也频也常写诗，冯铿无诗集，胡也频有丁玲替他编的一本《也频诗选》，其中虽然以情诗居多，但热情的蓬勃是可以领略到的。他不大讲究音节，由散文的组织来容纳诗人的想象，自成一种风格。丁玲在《胡也频选集》序中说："他的诗的确是写得好的，他的气质是更接近于诗的，……在那诗里面，他对于社会与人生是那样的诅咒，我曾想，我们那时代真是太艰难了呵！"另外杨骚写过《受难者的短曲》，表现了追求光明的失败，因而流浪南洋，充满了愤慨和激越，好像披发行吟的浪漫的骚客；后来又自觉错误，回到祖国。以后他也是中国诗歌会的发起人之一，唱出了现实主义的歌。他又陆续出了诗集《心曲》《春的感伤》《迷雏》《他的天使》等，产量是很多的。《国防诗歌丛书》中还有他的一册《乡曲》，是抗战前夕出版的长篇叙事诗，诗中开始叙述妹妹阿梅在给城里当小学教员的哥哥写信，说家里遭了严重的旱灾，"地废田荒"，又受地主兵匪捐税洋货的压迫，像"热锅上的蚂蚁"，要和她丈夫进城去找哥哥。但她丈夫并不同意，这时隔壁邻居也饿得吊死了人，村中起了骚动，遂群起到镇上地主家去抢粮。"这是饿鬼们第一次吐出的恶气，是奴隶们第一次勇敢的叛逆，哦，是饿鬼奴隶们第一次的胜利。"突然，保安团来包围镇压了，枪声砰砰，她丈夫也被打死了。阿梅又给她哥哥写信,说:"我再也不会流泪暗哭,我们得打碎这乌黑的天地。"写的是群众的场面,诗中也洗脱了过去感伤的调子和旧诗词的句子,读来很有力量。此外钟敬文出过一本《海滨的二月》,表现着一种对人生的苦闷,感情有点忧郁。

文学研究会的诗人中,继续不断写诗的似乎只有王统照了。1933年他出了诗集《这时代》,分为两辑,前辑是"五卅"前的诗,后辑一直收到"一·二八"事变以后。《这时代》毕竟受了时代的洗礼,内容和前期的《童心》不同了。在封面上他写下了下面的四行诗:

> 这时代,火与血烧洗着城市与乡村的尸骸。
> 古旧的树木被砍作柴薪再不能矢矫作态。
> 金属弹的飞声,长久,征服了安静的田园,
> 沉落在洪流中,波澜壮阔,融合着起伏的憎爱。

在这样火与血的时代里,作者逐渐摆脱了前期的怀疑与感伤而坚实起来。讴歌自然的诗少了,多的是穷苦生活的描写。在长的叙事诗《石堆前的幻梦》里,他叙述一个农民因为农村破产而流入了都会,做了码头工人,看到了阶级生活的对比,又去做黄包车夫、建筑工人,他感到了自己只是"肉体的机械供有福的人们利用",于是作者写道:"在明灯华屋中正高谈着人生哲学,会议厅中而齐衍着人生条陈;在露星的屋角,隐僻的街道上,却有他们这类的生物呻吟。"他理解了社会关系,于是也就对前途有了信心,"迷落的夜世界会变成光明",他肯定了夜是不会长的。比起前一期来,内容

上有了很大的进步；而且单就这不断地写的这种精神说，也是值得佩服的；因为好些"五四"时期的诗人都已经搁笔了。

二 "新月派"与"现代派"[3]

《新月》月刊出版于1928年，原来提倡格律诗的《北京晨报·诗镌》的那些人大都包括在里面，因此《新月》上登载的诗很多；1931年又出了《诗刊》，专门登载诗，除了徐志摩、饶孟侃等人外，还有后进的陈梦家、方玮德等，写的数量是相当多的，也发生了一些影响。后来由陈梦家编了一本《新月诗选》，可以说是他们的代表作。这些人仍然是沿着徐志摩以来追求形式格律的老路，也并没有能超过徐志摩的成就。陈梦家在《新月诗选》序言中说："主张以字音节的谐和，句的均齐，和节的匀称，为诗的节奏所必须注意而与内容同样不容轻忽的。"他们主张苦练，主张雕琢，注重音节，但内容却很空虚，最好的也没有超出了人道主义的范围。陈梦家是新月派的后起诗人，有《梦家诗集》和《铁马集》就"认真"与形式的完成说，他是可以作为后期新月诗人的代表的。在《我是谁》一诗中，他说他"是一个牧师的好儿子"，"我就最甘愿长远在不透风的梦里睡"，这是他的创作态度，也是他的人生态度。诗中多的是宗教式的虔敬，背景多在南京，有许多不健康的怀旧情绪，内容是很空虚的。其中也有一些不满现实的表现，如咒诅"还要套上那铜钱的枷，肉的迷阵"的都市，对于那些"挤在命运的磨盘里再不敢作声"的人们也寄予一点人道主义的同情，但这些都是淡薄无力的。在《梦家诗集》再版序里他说："我想打这时候起不该再容许我自己在没有着落的虚幻中推敲了，我要开始从事于在沉默里仔细观看这世界，不再无益地表现我的穷乏。"但他只以为"长期的变换多离奇的生活，才是一首真实的诗"。于是他"仔细观看"了，"一·二八"事变后，他写了《前线四首》，描写了血肉横飞的惨象和对于兵士的同情，但却缺乏反帝的热情。他的诗格律严谨，形式完整，特别在一些小诗上更其如此。新月社后期诗人方玮德等，大致都是如此的。

卞之琳的诗也被选入了《新月诗选》，但他和新月社其他诸人的作风不尽相同。他最初和李广田、何其芳合出过一部《汉园集》，他们都注意于文字的瑰丽，注重想象，重视感觉，借暗示来表现情调，对现实的认识也大致相同；但李、何二人更大的成就是散文，一心努力写诗的却是卞之琳。即在诗里，三人的作风也不尽相同，李广田的诗朴实浑厚，那精神似乎即是散文的。例如"但我的脚却永踏着土地，我永嗅着人间的土的气息"（《地之子》）这种句子，也显出了他的农民气质。他不大雕琢词藻，作风比较单纯朴素。何其芳的诗自然华丽一些，而且散文中也染着他的诗的风格，但诗也不像卞之琳那样晦涩，好像只可意会不可言传，表现的尽是一些忧郁的情感和所谓哲理。在《汉园集》后，卞之琳还印过《三秋草》和《鱼目集》，作风仍和以前一致。陈梦家在《新月诗选》序言中说："他的诗常常在平淡中出奇，像一盘沙子看不见底下包容的水量。"就专心追求诗意的含蓄说，这是他的一个特点；但并不就是优点，因为它同时也带来了晦涩。举例说，朱自清在《新诗杂话》和刘西渭在《咀华集》中解释他的诗，他自己都指出了误解，那"难懂"就可想而知了。虽然这样,诗中所表现的寂寞与苦闷仍然是可以看得出的。不过因为诗句过于晦涩,自然也并不表面。在《远行》一诗中他说:"一阵飓风抱沙石来偷偷埋了我们倒也干脆。"说明了他那忧郁和消极的人生态度。因此诗中所表现的情绪是不大健康的。他以为写诗的材料可以不拘,旧材料也可以,如果能化腐朽为神奇;但必须"有独到之处",这就是内容。自然,既是用文字写成并表示一定意义的诗,那么广义的内容总是有的。不仅如此,他有寂寞,有忧郁,祈祷着"睡吧,一切的希望,睡吧,一切的酸辛"(《发烧夜》),也表示了他对现实不满而又无力追求的苦闷;但那情绪是脆弱的和病态的。在技巧上,他虽然自谦是"鱼目",是"泥沙杂拾",但成就是较高的。

继"新月派"以后曾经风行一时的,是"现代派"的诗。其中的主要诗人是戴望舒;摹仿的人也不少,作品大都发表在1932年以后的杂志《现代》上。该刊编者施蛰存说:

《现代》中的诗是诗。而且是纯然的现代的诗。它们是现代人在现代生活中所感受的现代的情绪,用现代的词藻排列成的现代的诗形。

《现代》中有许多诗的作者曾在他们的诗篇中采用一些比较生疏的古字,或甚至是所谓"文言文"中的虚字,但他们并不是有意地在"搜扬古董"。对于这些字,他们没有"古"的或"文言"的观念。只要适宜于表达一个意义,一种情绪,或甚至是完成一个音节,他们就采用了这些字。所以我说它们是现代的词藻……《现代》中的诗,大半是没有韵的,句子也很不整齐,但它们都有相当完美的"肌理"(texture),它们是现代的诗形,是诗![4]

这些话是可以说明"现代派"诗的主张和形式上的特征的。戴望舒也说:"诗是由真实经过想象而来的,不单是真实,亦不单是想象。"[5]他以为"诗是一种吞吞吐吐的东西,动机在于表现自己跟隐藏自己之间"。这就是他的创作态度。但他的第一部诗集《我底记忆》和后来的《望舒草》并不完全相似,前者有音律和脚韵,感情也浓重一些;到企图自成一派的《望舒草》时代,感情就比较朦胧了,而且主张"诗不能借重音乐","诗的韵律不在字的抑扬顿挫上","韵和整齐的字句会妨碍诗情,或使诗情成为畸形的了"。[6]这种主张和作风是象征主义和新感觉主义的混合物,他不像新月派之注重整齐的格律,而一心在追求"诗情",追求神秘,认为诗应该是脱离吟诵歌唱的视觉艺术。内容也很朦胧,多的是美丽而酸辛的回忆,虚无的隐逸思想和寂寞厌倦的心境;这正是一种脱离了社会实践的知识分子的情绪和幻想。诗的形式一般都很短,有少到二行三行的,有人认为这是前一期"小诗"的发展,就内容说也是有某种相同之处的。杜衡在《望舒草序》中说:"一个人在梦里泄漏自己的潜意识,在诗作里泄漏隐秘的灵魂,然而也只是像梦一般的朦胧的。从这种情境,我们体味到诗是一种吞吞吐吐的东西,术语的地来说,它的动机是在于表现自己与隐藏自己之间。"这也就是戴望舒的看法。在《夜行者》一诗中,他说:"从黑茫茫的雾,到黑茫茫的雾。"正因为他感觉到现实的黑暗,而又无力变革或看不清光明的路向,才把自己逃避到朦胧与回忆之中。他有一种自己也不大愿意有的逃避情绪,而这种诗的手法正适宜于表现这种朦胧的感情，因此诗中就有不少虚无和绝望的色彩，内容是不很健康的。但这自然也反映了某一部分人的思想意识，因此当时也有相当数目的读者和作者。杜衡《望舒草序》说："在苦难和不幸的中间，望舒始终没有抛下的就是写诗这件事情。这差不多是他灵魂的苏息，净化。从乌烟瘴气的现实社会中逃避过来，低低地念着，'我是比天风更轻更轻，是你永远追随不到的'（《林下的小语》）这样的句子，想象自己是世俗的网所网罗不到的，而借此以忘记。诗，对于望舒差不多已经成了这样的作用。"这也就是"现代派"诗之所以出现的社会原因，它成了一些厌恶现实的知识分子的灵魂的遁逃薮。在写作技巧上，《望舒草》是有很高成就的，驾驭文字的能力很强，他懂得怎样表达自己的情绪，"为自己制最合自己的脚的鞋子"[7]。

1934年林庚出了他的诗集《夜》，包括四十三首抒情诗，以后又有一本《春雨与窗》，如果要加名目的话，这也可以说是象征主义的诗歌。他感到现实是暗沉沉的夜，也朦胧地追求一些什么，但得到的似乎只是这些闲适的诗。他说："黄昏，我爱这黄昏。"（《黄昏》）代替了黎明，他对过去寄予了一些留恋。他孤独，也不少幻灭的感觉，但也压不下又去追求的情绪；正像一个夜行人，他是在孤独中摸索着的。他说："来的路上灭了一个个星，更为什么缘故不时地回顾？"（《自己的写照》）他对前途感到模糊，因此诗作中有的是怀古感旧的情调；诗是缠绵忧悒的，音调的柔和凄楚也与诗的情调一致，技巧是相当成熟的。他以为他自己"生于愚人与罪人之间，因觉得天地之残酷"（《在》），"愚人"与"罪人"自然是社会上对比的阶级关系，他讨厌

"罪人",但又不能寄希望于"愚人",于是只有悲愤了。在《二十世纪的悲愤》一诗中说:

> 二十世纪的悲愤,
> 乃如黑夜卷来;
> 令人困倦;
> 漫背着伤痕,走过都市的城。

他否定了现实,虽然有强烈的想念过去的情绪,但他也不能不直感地去追求,这就是他诗作中的主要内容。诗的形式和内容也是一致的,他尝试着各种形式,有时用标点,有时又不用;在技巧上有一定的成就。

三　中国诗歌会

1932年9月,由穆木天、杨骚、蒲风、任钧等发起,在上海成立了中国诗歌会,次年2月出版了刊物《新诗歌》,在《中国诗歌会缘起》中说:"在次殖民地的中国,一切都浴在急雨狂风里,许许多多的诗歌的材料,正赖我们去摄取,去表现。但是,中国的诗坛还是这么的沉寂;一般人在闹着洋化,一般人又还只是沉醉在风花雪月里。……把诗歌写得和大众距离十万八千里,是不能适应这伟大的时代的。"下面是穆木天写的《新诗歌发刊词》,这可以看作是这些诗人的共同创作态度的:

> 我们不凭吊历史的残骸,

因为那已成为过去。
我们要捉住现实，
歌唱新世纪的意识。
"一·二八"的血未干，
热河的炮火已经烛天。
黄浦江上停着帝国主义军舰，
吴淞口外花旗太阳旗日在飘翻。

千金寨的数万矿工被活埋，
但是抗日义勇军不愿压迫。
工人农人是越发地受剥削，
但是他们反帝热情也越发高涨。

压迫，剥削，帝国主义的屠杀，
反帝，抗日，那一切民众的高涨的情绪，
我们要歌唱这种矛盾和他的意义，
从这种矛盾中去创造伟大的世纪。

我们要用俗言俚语，
把这种矛盾写成民谣小调鼓词儿歌，
我们要使我们的诗歌成为大众歌调，
我们自己也成为大众的一个。

这在当时，是正面反抗"新月派"和"现代派"的诗的，尤其是当时比较风行的"现代派"。针对着"现代派"的短诗，他们是长诗多；强调诗歌大众化，尝试利用时调歌谣，散文化的倾向很重。他们反对把诗歌认为是视觉艺术，因此提倡诗歌朗读，也利用旧的歌谣儿歌等形式。同时也注重对作者们的组织工作，曾在广州及河北设有分会，也出过刊物；后来东京出版的《诗歌生活》也是属于这一组织的。他们的诗在读者中发生过很大的影响，对于推动新诗走向正确的方向，尽过它的历史责任。1935年曾配合当时的形势，提出了"国防诗歌"的口号，创作了很多的以救亡为主题的诗。在抗战前夕还出过《国防诗歌丛书》，前印有郭沫若自日本写来的总序，但只出了四本就因抗战开始停止了。那四本书是穆木天的《流亡者之歌》，杨骚的《乡曲》，柳倩的《自己的歌》和任钧的《战歌》。前两本我们在前面已经介绍过，这里就把后两本和其他《新诗歌》作者的诗集一并叙述了。

蒲风是新诗歌运动的最热烈的倡导者，他的第一部诗集是《茫茫夜》，取材都是现实的生活，作风刚健朴质，气魄很雄壮，意识是健全的，可以说是现实主义诗歌的萌始。他在爪哇住过，领受过帝国主义"移民厅"的风味，诗中战斗的气氛很强。和过去的诗人比较，他诗集中完全没有情诗，大部分是取材于农村的生活和斗争的。作者描绘了被剥削的农民的痛苦和他们的斗争情绪，有时也写一些变革后的新农村的姿态，虽然仍不免有概念化之嫌，但看法是正确的。字句和用韵都顺其自然，不刻意雕琢，但表现力仍然很强。以后又写了长篇农村叙事诗《六月流火》，作者自己说：

> 由开笔算起，我决不欺骗大家，《六月流火》之所以成为今日的《六月流火》，起码，根本的翻造都已有了三次。每一次的翻造前，我必容纳大批的朋友们的意

见,……最先,虽然是分章,而每章不设章题,一章便含了许多的主意。直到后来,这才逐渐加上了章题,集中于局部的处理。最先,叙述多过表现,歌唱;以后,这才加上了大众合唱,注意到了适当地表现紧张情绪。最先,农民的旧的根性过于浓厚,没有充分表现大时代下的农村动乱的主题,最后,这才把《怒潮》一章附上,而把其他不十分调和的东西删去。

作者创作的态度是严肃认真的,诗中写农民正在六月炎热的太阳下忙着工作,稻浪在烈日下动荡,而测公路的测量队来了,要割去青禾修筑公路,以便行军"剿匪",农民们一再请求没有结果,遂为着生活而反抗了。

呵呵,原始的武器在挥,在舞,
田野里今天伸出了反抗的手!

诗里写出了农民与土地的关系,农民的善良而勇敢的性格,暴露了统治者从事内战的罪恶,指出了只有起来斗争才是出路,主题是积极的。作者说:

我之所以写此长篇故事诗,因为在中国它尚未有足供前车的姊妹。但是,也决不是我个人的癖性,固执,向我们作了客观的要求的是时代,动乱多难中万千光怪陆离而又总归于一的时代。

诗的技巧也比《茫茫夜》有了进步,适当地运用了大众合唱诗，用紧凑的调子来表现故事的发展，写得很有力量。但有时不免过于琐碎，分章似太多，语言也还不够大众化，写农民落后的一面也似过于强调，但在当时说，这诗的出现是有它的意义的。此外他尚有诗集《生活》《钢铁的歌唱》。1937年又出了一册《摇篮歌》，收诗二十余首，在《写在后面的话》里，他说希望自己"能够产生一些可作曲的歌词"，因此里面收的多是适于制谱的歌曲，气魄很雄壮。像他在《代序》中说的，是为了"献给诗歌大众化的实践者"。

柳倩以写"一·二八"的抗日史诗《震撼大地的一月间》知名，那是长篇的力作，反映了反帝斗争中的人民的力量。他的诗集有《生命的微痕》和《自己的歌》，作风清丽，穆木天说"他好像受了好些《新月》的格律的影响"，他对创造新的形式是有兴趣的，虽然也不尽成功。内容是现实的，但表现上有时过于铺排，使人有累赘之感；一些文言文的词汇如"壮哉""去也"似乎也没有用的必要。任钧也是对新诗歌建设很积极的一人，他写的论文很多，是最早提倡诗歌朗读的人。他对国防诗歌提倡最力，《战歌》可以说就是他的创作实践。《战歌》序诗中说：

  我歌唱——
  我是一只海燕，
  要替被压迫者
  带来暴风雨的信号！
  我是一只乌鸦，
  要替吮血动物们
  唱一支黑色的葬歌！

他主张"诗人应该从正面去把这血淋淋的现实作为他的作品的血肉,去产生出他的坚实犀利的诗歌。然后,再用那样的诗歌去催促,和鼓励全国给敌人蹂躏、践踏、剥削得遍体鳞伤的大众,为着正在危亡线上的民族和国家作英勇的搏斗"[8]。他的诗散文化的倾向很浓,也比较接近口语,但写得似不够形象。

王亚平是中国诗歌会河北分会的负责人,在诗集《都市的冬》里,有反帝斗争的描写,也有农村破产的刻画,他说:"在这曙色欲来的前夜,我把生命献给了光明。"(《灯塔守者》)在他的诗里是会感到时代的动荡的。如《一锅牛肉》一诗中说:

>　　帝国主义者的眼里,
>　　把世界
>　　把人类
>　　原都当作"一锅牛肉"的哪!

那反帝意识是极明显的。诗集中写被损害的人物也很多,都能把残酷的现实揭示出来。他的诗不重修饰,但感情奔放,描述具体,适宜于朗读。诗中的对话写得也很好。但也仍不免有概念化的地方,特别是在诗的结尾处。

岳浪有诗集《路工之歌》,诗的取材很广,有农村,有都市,也有不少写工人生活的。在他的笔下出现的,多是被剥削和被压榨的人物,像一个从灾难中逃出者诉述凄惨的经历一样,但也仍然是要冲破黑暗去争取光明的,读起来自然会感动人。技巧上难免有一些生涩累赘的地方,歌谣体和朗诵诗比较写得好，描述的诗就差一点。但取材范围的广泛是超出别人的。孤帆有诗集《孤帆的诗》，包含二十二篇作品。他特别用力于故事诗，如诗集中《长工阿二的死》和《一个上等兵的歌》，但技巧似不足以写长诗，认识上也未能把握生活的本质，蒲风序中说他的毛病不在逃避现实，而在溺于现实，那就是说有点为社会现象所迷惑了。文字也不够凝炼，有流于空泛呼喊的倾向。另外溅波有诗集《夜哨》，叶流有《不是诗》，虽然技巧上都有"空的呐喊"之嫌，但也唱出了前夜的大众的心声。石灵对歌唱体有过尝试，《新谱小放牛》《码头工人歌》等皆曾得过好评，后者经聂耳制谱，于抗战前夕曾流行一时。

四　新的开始

臧克家的诗集《烙印》出版于1933年，接着出了《罪恶的黑手》《运河》和长诗《自己的写照》，这些诗得到了青年人的热烈的喜爱。他是受过新月派诗的影响的，但只在对形式格律的认真方面，内容是远超出了新月派的范围的。他擅长于客观描写，诗中没有爱情，没有闲情，有的只是生活的烙印。他说："痛苦在我心上打个烙印，刻刻惊醒我这是生活。"（《烙印》）又说："一万支暗箭埋伏在你周边，伺候你一千回小心里一回的不检点。"他感到了生活的苦痛，但并不是自悲自叹，他的目光是正视现实的，诗中有的是"不幸的一群"的面貌和声音。矿工、神女、洋车夫、小工等的生活的描摹，使他的诗的题材广阔了。和别人不同，他诗里没有概念的排列和愤然的詈骂。他的诗是"诗"，是认真做下的诗，对于格律和表现方法，他都是注重的。当时大家都要求建设新诗歌，较之一般的空洞的形式追求和过分注重内容的公式化诗篇来，他的诗即使不能算就是理想的新诗歌，也应该算是"新的开始"吧！闻一多说："克家的诗，没有一首不具有一种极顶真的生活的意义。"当然，这只是说作者对于生活的认真严肃的态度，并不就是说作者的生活体验已经很丰富了。但他肯针对现实，反映社会现象，这方向是对的，而且也发生了好的影响。他说："然而作为一个诗人而活在眼前的中国，纵不能用锐敏的眼指示着未来，也应当把眼前的惨状反映在你的诗里，不然，那真愧煞是一个诗人了。"又说："我认为目下中国需要一种沉重音节和博大调子的新诗。"[9]这也就是他自己努力的方向。《烙印》出版后，茅盾曾以《一个诗人的"烙印"》为题，发表评论说："在自由主义者的诗人群中，我以为《烙印》的作者是值得注意的一个。因为他不肯粉饰现实，也不肯逃避现实……而且因为他只是用明快而劲爽的口语来写作，也不用拗口的'美丽的字眼'，他不凑韵脚，也许不久有那么一天，生活的煎熬使他不再'像粒砂'，使他接受了前进的意识，使他立定了脚跟，那时候，在生活上真正有重大意义的诗会在他笔下开了花吧！我们是这样期待着！"这期待并没有落空，历史证明了诗人是一步步前进着的。在第二本诗集《罪恶的黑手》序中他就说："如果有人问这本诗比第一本进步了多少，那真是不容易爽口回答的。……不过从这本诗里可以看出我的一个倾向来：在外形上想脱开过分的拘谨，渐渐向博大雄健处走……内容方面竭力想抛开个人的坚忍主义而向着实际着眼。"就其中所收的诗说，也的确可以看出他的进步来。如长诗《罪恶的黑手》,是反宗教的罪恶的,自然也是反帝的;但同时也写出了劳动人民的生活和感情,而且对"奴隶的反叛"寄予了诚挚的希望,读起来是非常感动人的。在《盘》一首诗中说:

> 总得抖一股劲朝前走,
> 像盘一座陡峭的山头,
> 爬过去就是平原,
> 心里无妨先存着个喜欢。

这就是作者对人生的乐观态度,他是不疲倦地充满信心向前走的。他的作风博大雄健,音节自然流畅,布局紧凑,结尾尤矫健有力。很多人都指出他善于用动词,如"一只黑手捏杀了世界","风挟着木屑直往鼻眼里钻",他自己也说"句子要深刻,但要深刻到家,深刻到浅易的程度",并举他自己的诗句为例:"黑夜的沉睡如同快活的死,早晨醒来个奴隶的身子。"说"看来极平易,然而实在极不平易"[10]。他作诗是"苦吟"的,而这也正是他成功的基础。朱自清认为中国从他"才有了有血有肉的以农村为题材的诗",说"他知道节省文字,运用譬喻,以暗示代替说明"[11]。这些都是他的诗的特点。

1936年艾青出了他的第一个诗集《大堰河》,共包含九首诗。艾青"出身于中国东南部的一个地主家庭,在一个贫苦的农妇家里抚养到五岁,感染到农民的忧郁回到父母家里,在被冷漠与被歧视的空气里长大……到资本主义国家流浪了几年……日本侵略东北后回到中国来,很快就被送进了监狱，过了几年黑暗的不自由的生活"[12]。他的这些经历都生动地反映在诗集《大堰河》中。其中《大堰河》一首以真挚的感情刻画了一个勤劳善良的旧中国农村妇女的典型形象，描绘了穷困悲惨的旧中国农村，暗示着诗人对地主阶级的叛逆和回到农民中去的愿望。诗中常以朴素丰富的语言和重叠回旋的节奏表现出诗人饱满的热情。如：

　　……
　　大堰河，今天我看到雪使我想起了你：
　　你的被雪压着的草盖的坟墓，
　　你的关闭了的故居檐头的枯死的瓦菲，
　　你的被典押了的一平方的园地，
　　你的门前的长了青苔的石椅，
　　大堰河，今天我看到雪使我想起了你。
　　……
　　大堰河，含泪地去了！
　　同着四十几年的人世生活的凌侮，
　　同着数不尽的奴隶的凄苦，
　　同着四块钱的棺材和几束稻草，
　　同着几尺长方的埋棺材的土地，
　　同着一手把的纸钱的灰，
　　大堰河，她含泪地去了。

　　这是大堰河所不知道的：
　　她的醉酒的丈夫已死去，
　　大儿做了土匪，

第二个死在炮火的烟里，
第三，第四，第五
在师傅和地主的叱骂声里过着日子。
而我，我是在写着给予这不公道的世界的咒语。
当我经了长长的飘泊回到故土时，
在山腰里，田野上，
兄弟们碰见时，是比六七年前更要亲密！
这，这是为你，静静的睡着的大堰河
所不知道的啊！

大堰河，今天，你的乳儿是在狱里，
写着一首呈给你的赞美诗，
呈给你黄土下紫色的灵魂，
呈给你拥抱过我的直伸着的手，
呈给你吻过我的唇，
呈给你泥黑的温柔的脸颜，
呈给你养育了我的乳房，
呈给你的儿子们，我的兄弟们，
呈给大地上一切的
我的大堰河般的保姆和她们的儿子，
呈给爱我如爱她自己的儿子般的大堰河。

艾青诅咒西欧都市文明的诗也都深情地歌唱出了他的爱憎，读起来很亲切。在风格上，他受过象征诗派的影响，但并没有染上不健康的因素。他曾说："只有和所有的形式搏斗过来的，才能支配所有的形式。"[13][14]他对形式是有所创造的。他诗中虽然也有忧伤的情调，但那根源是对于旧世界的悲愤与憎恶，并不是厌倦和逃避。这诗集正给作者显示了一个新的发端，后来他还有更多和更高的成就。

田间最初的诗集《未明集》于1935年问世，即以诗形雄放和内容充实著称。后又连续有《海》《中国牧歌》和《中国农村的故事》，都以强烈的战斗气息和独特的风格，给人以新鲜的感觉。在《我是海的一个》中说：

> 我，
> 是结实，
> 是健康，
> 是战斗的小伙伴。

这是抗日战争前夕的诗人的战斗声音。长篇《中国农村的故事》共分三部，第一部《饥饿》，第二部《扬子江上》，第三部《去》。序言中说：

> 1936年5月，我重回到生我的土地那故乡的扬子江，在小河的流水上，在痛苦的船舶上，在麻木的农场上，在南方的路上，我更清楚认识粗黑的人类，从他们不安的生活中，干枯的言语中，吐着生之渴望和不断地思想着生之和平与生之温暖，这使我一年来想写的这一部关于中国农村的诗，便迅速地开始了。但因自己文笔的幼弱，我害怕还不够表现他们无限的热情，我努力着。

他在诗中写出了农民的痛苦挣扎的生活情形，也写出了他们的朴实健康的感情。[15]苦难的农村景象是他的诗的一个重要内容。对于诗的形式，他是最勇于追求和创造的人。他利用诗句的分行来形成急驰的旋律，使读者由中止和间歇中感受到一种急促的气氛。于是诗人所要歌唱的意象就有了强烈的效果了。这种"短行"体的诗在《未明集》中并不显著，到后来才更加发展，闻一多曾称之为"擂鼓的诗人"，就是欣赏那战斗气氛。很多人都说他的形式受了马雅可夫斯基的影响，自然也是因为那形式和他所要表现的战斗热情相适合的缘故。他的诗在抗战时期曾发生过广泛的影响，这还只是一个新的开始。

诗形虽然解放已久，但诗人们对诗的表现方法却还在不断地摸索试验中。其中比较成功的表现方法都是和诗的内容分不开的，诗人为自己所要歌唱的题材找到了适当的表现形式。一些用抽象的词句来写出公式道理的，和用分行韵语写出一个动人故事的，是新诗歌建设中所发生的不好的倾向；但另外一些过分注意形式技巧而内容比较贫乏的作品，却更难满足读者的要求。在当时曾对读者发生过一些良好影响，和起过相当作用的作品，那就不只在内容上是进步的，形式上也是比较成功的。必须是一首诗，它才会发生诗的作用。

*　　*　　*

〔1〕1951年初版本中曾用较多的篇幅评述过王独清。——编者注。

〔2〕鲁迅：《且介亭杂文末编·白莽作〈孩儿塔〉序》。

〔3〕1951年初版本中此节的标题为《技巧与意境》。——编者注。

〔4〕施蛰存：《又关于本刊中的诗》，《现代》4卷1期。

〔5〕〔6〕戴望舒：《望舒草·诗论零札》。

〔7〕杜衡:《望舒草序》。

〔8〕任钧:《新诗话·站在国防诗歌的旗下》。

〔9〕〔10〕闻一多:《论新诗》,《文学》3卷1期。

〔11〕朱自清:《新诗杂话·新诗的进步》。

〔12〕见《艾青选集·自序》。

〔13〕艾青:《诗论掇拾》。

〔14〕1951年初版本此处有:"胡风称他为'吹芦笛的诗人'。"并引胡风的评述说,艾青的"歌唱总是通过他自己的脉脉流动的情愫,他的言语不过于枯瘦也不过于喧哗,更没有纸花纸叶式的繁饰,平易地然而是气息鲜活地唱出了被现实生活所波动的他的情愫,唱出了被他的情愫所温暖的现实生活的几幅面影"。(《密云期风习小记·吹芦笛的诗人》)——编者注。

〔15〕1951年初版本此处曾引述胡风《田间的诗》一文中对田间诗的评论。——编者注。

第八章 多样的小说

一 热情的憧憬

在这一时期的开头几年间，提倡中国新兴文学最热心的是太阳社的蒋光慈。继《少年飘泊者》与《鸭绿江上》之后，他写出了《短裤党》《野祭》《丽沙的哀怨》《冲出云围的月亮》《菊芬》《最后的微笑》和《田野的风》等作品。他把写作的题材扩大了，除知识分子外，也写工人、店伙、农会领袖、革命工作者等人物，而且有意地要在作品中反映社会上的重大斗争，所以当时一些重大的事件如粤汉铁路工人罢工、上海工人暴动、南昌暴动、湖南农民运动等，在他作品中都有反映。由于内容是歌颂和鼓动革命的，就凭这一点他拥有了大量的读者；《冲出云围的月亮》在出版的当年就重版了六次，也发生了相当好的作用。这本书写了大革命失败后青年们的三种不同的倾向，表现了一部分退下来的知识分子有的叛变，有的彷徨；但另一些人却在白色恐怖下坚持了艰苦的革命工作。《短裤党》写上海工人响应北伐军的三次暴动，书中没有一定的主角，组织也散漫，其实只能算是报告文学；但反映了这一历史性的伟大斗争，是有意义的。《田野的风》是他最后的作品，写农村中革命与反革命的斗争，罗曼蒂克的气氛较前减少，显示了他在写作中的努力和进步。他笔下的人物多半出于主观的想象，热情多于体验，书中有的只是平面的叙述和作者的解释，缺乏人物的生动性和艺术的真实性；运用文字的能力也不够，往往只叙述了一个结构松散的故事。而像《野祭》中的革命与恋爱的公式，尤为他作品中的大毛病，影响也很不好。写得最失败的作品是《丽沙的哀怨》，书中写一个流浪在海参崴与上海的白俄贵妇，因为无法维持生活，遂流落为舞女、娼妇；她抚今思昔，悲叹万端，最后是以"死"来结束了这个故事。用的是第一人称的自叙体，主题是企图表现在十月革命成功后的新社会中，旧日俄国贵族阶级的末路的；但给读者的印象却是对女主人公的"哀怨"寄予了许多不必要的同情，那写作效果是不能不算失败的。这当然是一个最坏的例子，一般地说，作者对于革命的热情和未来光明的确信是无可怀疑的，虽然也加入了不少的浪漫情调；但因为写得太快，想象的成分太重，所以缺点也很多。但作为提倡新的创作的先驱者，那精神是值得钦佩的。太阳社的作者除他以外，钱杏邨也写过《革命的故事》《义冢》《一条鞭痕》等作品。内容都是由阶级生活的对比来写被压迫者的非人生活，但写得都不算成功。

　　初期努力于新的创作的还有洪灵菲，蒋光慈在日记《异邦与故国》里，就推崇他是最有希望的新兴作家。他曾因从事革命工作被迫流亡到南洋，过着很困苦的生活，长篇《流亡》就是记载这一时期的生活的。长篇《转变》是写一个贫病交迫的青年，又为爱情陷入了深沉的悲哀，但终于找到了路，走向革命，为创造新的生活而努力。短篇集《归家》和《气力出卖者》写的也多是农村破产、革命与母爱的冲突、流亡生涯等。他的作品写出了被压迫者的悲惨生活，也指明了什么才是出路。他有比较丰富的生活经验，所以题材广阔一些；造语也浅显明了。但概念的说明仍然是很多的，有的是热情，但不太深入；这本来是当时的一般情形，洪灵菲也未能例外。楼建南（适夷）有短篇集《挣扎》《病与梦》《第三时期》等，有一些是在居留东京时写的，但也并不是异域情调的恋爱故事，倒是写经济危机下的日本社会生活的。另一些是在中国写的，也同样是暴露社会罪恶的居多。笔调明快，对社会生活的理解也深，但人物不突出，故事也不免有公式化的倾向。

华汉有短篇集《十姑的悲愁》和《最后一天》，写的都是动乱中的中国社会生活，也显示了中国的出路。另有长篇《地泉》，被称为华汉三部曲，包括《深入》《转换》和《复兴》三部分。《深入》写1928年来农村斗争深入的故事，场面很大，豪绅地主、贫雇农、小商人等都有出现，也给了他们以不同的面貌。《转换》是写苦闷时代的大转换的，书中的人物都在转换的过程中，有的从堕落转换到光明，有的从学校转换到工厂，也有的从兵营转换到"对方"去的。《复兴》是写都市中群众斗争的复兴，书中有一些《转换》中的人物，但作者是企图以群众为主人公的；故事由某大城市的劳资斗争来反映出全国范围的群众斗争的复兴，暗示了革命必然胜利。但对于必须转换的知识分子，没有能深刻地写出转换的过程，却只强调了他们的高尚的理想。对于用不着转换的人物如农民协会和工联的领导人物等，又多少写成了理想化的英雄。故事的发展也带着明显的公式化倾向，但就歌颂当时革命的主流和指出一切人物的出路说，作者的热情的憧憬对于青年知识分子是会发生一些吸引力量的。瞿秋白说：

中国的新兴文学经过了自己的"难产"时期还不

很久。华汉的《地泉》显然还留着难产时期的斑点,正确些说,这正是难产时期的成绩。这里,充满着所谓"革命的浪漫谛克"。《地泉》的路线正是浪漫谛克的路线。……因此,《地泉》正是新兴文学所要学习的,"不应当怎么样写"的标本。新兴文学要在自己的错误里学习到正确的创作方法,要在斗争的过程之中锻炼出锐利的武器,那对于《地泉》这一类的作品,也就不能够不相当的注意。[1]

因为缺乏深入的生活经验,"浪漫谛克"的路线是初期新兴创作的一般倾向。有的是侧重于替无产阶级诉苦,主要是想象的悲惨生活的描写;有的就写出了理想化的工人和前卫英雄行动,根据社会科学的概念来写成了理想的故事和人物,失掉了文艺的感染力量。因此虽然在当时也曾引起过一些进步青年的爱好,但经得起时代磨炼的作品就很少。上边举的还是当时比较好的创作,但这些缺点也不能完全避免,这正是初期的自然现象,我们的新文学本来是在不断地克服缺点中进步过来的。

1929年叶永蓁写出了长篇小说《小小十年》,是写他自己从十二岁到二十一岁的经历的;但最多的篇幅是写他参加大革命时代的生活,革命与恋爱的纠缠等。因为是写自己,所以很真实,对于自己的怕吃苦、想升学以及爱情等事迹也没有掩饰,总算是一部大时代中一个青年的生活纪录。事件是按年叙述的,情感充溢,文章也倾泻而下;但说理的地方太多,写作时似没有经过详审的剪裁。鲁迅先生在《小引》中说:

> 这是一个青年的作者,以一个现代的活的青年为主角,描写他十年中的行动和思想的书。
>
> 旧的传统和新的思潮,纷纭于他的一身,爱和憎的纠缠,感情和理智的冲突,缠绵和决撒的迭代,欢欣和绝望的起伏,都逐着这《小小十年》而开展,以形成一部感伤的书,个人的书。但时代是现代,所以从旧家庭所希望的"上进"而渡到革命,从交通不大方便的小县而渡到"革命策源地"的广州,从本身的婚姻不自由而渡到伟大的社会改革——但我没有发见其间的桥梁。
>
> 一个革命者,将——而且实在也已经(!)——为大众的幸福斗争,然而独独宽恕首先压迫自己的亲人,将枪口移向四面是敌,但又四不见敌的旧社会;一个革命者,将为人我争解放,然而当失去爱人的时候,却希望她自己负责,并且为了革命之故,不愿自己有一个情敌,——志愿愈大,希望愈高,可以致力之处就愈少,可以自解之处也愈多。——终于,则甚至闪出了惟本身目前的刹那间为惟一的现实一流的阴影。在这里,是屹然站着一个个人主义者,遥望着集团主义的大纛,但在"重上征途"之前,我没有发见其间的桥梁。
>
> 然而这书的生命,却正在这里。他描出了背着传统,又为世界思潮所激荡的一部分的青年的心,逐渐写来,并无遮瞒,也不装点,虽然间或有若干辩解,而这些辩解,却又正是脱去了自己的衣裳。至少,将为现在作一面明镜,为将来留一种记录,是无疑的罢。[2]

黑炎的战争小说《战线》也是以北伐军作背景的,作者也有亲身的生活体验，但和《小小十年》不同，并不是作者的自传。全书通过兵士的非人生活的场面，写出军队的反动，官长对于兵士的压迫、作战经过、军民关系、拉夫的惨象以及"四一二"工人纠察队缴械等事实，写作态度是"客观"的。作者在最后一节中说：

> 当兵的人任凭他逃到那一个军队里去生活都不两样的，因为不论那一个军队，士兵都要处在官长们鞭刑咆哮淫威之下去过活；加之，我们陷于这样惨酷刑场般的生活中，所换来的两顿，是以我们的"血"和"死亡"！

书中对于国民党军队尽力于暴露和诅咒，作品因为不是空中楼阁，至少在报告事实方面写得很忠实，因而具有一定的认识意义。

柔石的小说集有《三姊妹》《旧时代之死》《二月》和《希望》。《三姊妹》最早，写一个青年和三姊妹的恋爱故事。《旧时代之死》分上下二册，上册《未成功的破坏》，下册《冰冷冷的接吻》。《希望》是短篇集，《二月》写的是游离多疑的知识分子，集中以这篇为最好。他作品中写得最多的是青年的各种生活形态以及他们怎样摸索前进的题材。鲁迅在《柔石作〈二月〉小引》中说：

> 浊浪在拍岸，站在山冈上者和飞沫不相干，弄潮儿则于涛头且不在意，惟有衣履尚整，徘徊海滨的人，一溅水花，便觉得有所沾湿，狼狈起来。这从上述的两类人们看来，是都觉得诧异的。但我们书中的青年萧君，便正

落在这境遇里。他极想有为,怀着热爱,而有所顾惜,过于矜持,终于连安住几年之处,也不可得。他其实并不能成为一小齿轮,跟着大齿轮转动,他仅是外来的一粒石子,所以轧了几下,发几声响,便被挤到女佛山——上海去了。他幸而还坚硬,没有变成润泽齿轮的油。

我从作者用了工妙的技术所写成的草稿上,看见了近代青年中这样的一种典型,周遭的人物,也都生动,便写下一些印象,算是序文。大概明敏的读者,所得必当更多于我,而且由读时所生的诧异或同感,照见自己的姿态的罢?那实在是很有意义的。

左联成立以后,他正准备努力转换自己作品的内容与形式,就不幸牺牲了。

胡也频的短篇集有《圣徒》《诗稿》《往何处去》《牧场上》《消磨》《三个不统一的人物》《四星期》《活珠子》,长篇有《到莫斯科去》和《光明在我们的前面》。早期的短篇小说仍多以青年与爱情为题材,有着浓重的浪漫气息;但也有不少描写人生悲苦场面的。丁玲说:"他的短篇,我以为大半都不太好,有几篇比较完整些,也比较有思想些。"又说:"也频却是一个坚定的人。他还不了解革命的时候,他就诅咒人生,讴歌爱情,但当他一接触革命思想的时候,他就毫不怀疑,勤勤恳恳去了解那些他从来也没听到过的理论。他先是读那些马克思主义的文艺理论。后来也涉及一些社会科学书籍。他也毫不隐藏他的思想,他写了中篇小说:《到莫斯科去》。"[3]当他为革命工作极其忙碌的时候还说:"以前不明白为什么要写,不知道写什么,还写了那么多,现在明白了，就更该写了。"[4]这样，他挤着时间写出了他的最后一部作品《光明在我们前面》。这两本长篇中都充满了英勇健旺的气魄，一点也不感伤了。丁玲说："从这两书中看得出他的生活的实感还不够多，但热情澎湃，尤其是《光明在我们前面》的后几段，我以二十年后（1950年）的对生活，对革命，对文艺的水平来读它，仍觉得心怦怦然，惊叹他在写作时的气魄与情感。"[5]

丁玲的第一个短篇集《在黑暗中》是1928年出版的，其中包括她的处女作《梦珂》和曾经引起广泛注意的《莎菲女士的日记》；接着又出了短篇集《自杀日记》和《一个女性》，内容大部是以女性的精神苦闷为中心题材的。她自己说：

> 我那时为什么去写小说，我以为是因为寂寞。对社会的不满，自己生活的无出路，有许多话需要说出来，却找不到人听，很想做些事，又找不到机会，于是为了方便，便提起了笔，要代替自己来给这社会一个分析，因为我那时是一个很会牢骚的人，所以《在黑暗中》，不觉地也染上一层感伤。因为我只预备来分析，所以社会的一面是写出了，却看不到应有的出路。[6]

茅盾曾在《女作家丁玲》一文中说：

> 初期的丁玲的作品全然和这"幽雅"的情绪没有关涉，她的莎菲女士是心灵上负着时代苦闷的创伤的青年女性的叛逆的绝叫者。莎菲女士是一位个人主义，旧礼教的叛逆者；她要求一些热烈的痛快的生活；她热爱着

而又蔑视她的怯弱的矛盾的灰色的求爱者,然而在游戏式的恋爱过程中,她终于从腼腆拘束的心理摆脱,从被动的地位到主动的,在一度吻了那青年学生的富于诱惑性的红唇以后,她就一脚踢开了这位不值得恋爱的卑琐的青年。这是大胆的描写,至少在中国那时的女性作家是大胆的。莎菲女士是"五四"以后解放的青年女子在性爱上的矛盾心理的代表者!

这些话其实是可以概括她初期许多短篇的内容的。其中虽然有一些虚无色彩的感伤情调,但一种追求光明的力量仍在暗中潜伏着;感觉到了生活的苦闷,就没有办法不寻求出路,于是她写了以革命与恋爱为题材的长篇《韦护》。男主角韦护是共产党员,女主角丽嘉仍是莎菲型的女人,丽嘉因为她的爱人忙于工作,无暇温柔,因而感觉到不快,韦护却觉得恋爱已经影响了工作,要忍痛舍去了。于是丽嘉觉悟了,也投入了实际革命工作,革命终于战胜了恋爱,故事便完结了。这表示了她思想上的进步,但书中对女主人公的性格写得要比韦护好得多,除了故事外也缺少社会背景的描写。接着她又发表了长篇《1930年春在上海》,也是以革命与恋爱的故事来写上海的群众运动的,这回是女主角为了革命舍弃了爱情,但在写群众斗争方面,在赞美革命者献身工作的精神上,都比《韦护》进了一步。1931年她编辑左联的刊物《北斗》,发表了中篇《水》,这是以1931年全国十六省大水灾作背景,来写遭了水灾后农民群众的斗争的。这里已经清算了革命与恋爱的公式,不但是她个人,也是当时左翼文学的一大进展。何丹仁(冯雪峰)说:

《水》所以引起读者的赞成,无疑义的是在:第一,作者取用了重大的巨大的现实的题材。……第二,在现象的分析上,显示作者对于阶级斗争的正确的坚决的理解。第三,作者有了新的描写方法;在《水》里面,不是一个或二个的主人公,而是一大群的大众,不是个人的心理的分析,而且是集体的行动的开展(这二点,当然和题材有关系的),它的人物不是孤立的,固定的,而是全体中相互影响的,发展的。[7]

作者也显示了所谓"天灾",其实是军阀混战和地主官僚剥削的结果,因而和天灾斗争实际是要以集体力量向剥削者斗争的。虽然其中仍有许多观念的描写,文字也颇累赘;但在当时的确是可宝贵的收获。沿着这条路线,她接着又写下了《夜会》一书中的几个短篇,完全是新的题材和风格,如《奔》一篇写农村经济破产后农民被迫离开了土地,挤进都市,但都市里也充满了失业者,他们不得不转回去;可是他们坚决地说:不能再受地主的剥削了。另有未完的长篇《母亲》,是从辛亥革命前夜写起,包含了一个社会制度在历史过程中的转变,写前一代的女性是怎样从封建势力的重围下挣扎过来的。她自己说:

这书里所包括的时代,是从宣统末年写起,经过辛亥革命,1927之大革命,以至最近普遍于农村的土地骚动。地点是湖南的一个小城市,几个小村镇。人物在大半部中都是以几家豪绅地主做中心,也带便的写到其他的人。但是为什么我要把这书叫作《母亲》呢?因为她是贯穿这部书的人物当中的一个,更因为这个"母亲"虽然是受了封建的社会制度的千磨百难,却终究是跑过来了。在一切苦斗的陈迹上,也可以找出一些可记的事,虽说很可惜,如她自己所引以为憾的,就是白发已经满鬓,不能做什么事,然而那过去的精神和现在属于大众的向往,却是不可卑视的。所以叫《母亲》,来纪念这个做母亲的。

再,是关于写的形式,我想也还是只能带点所谓欧化的形式,不过在文字上,我是力求朴实和浅明一点的。[8]

在《我的创作生活》一文中,她曾说:"我母亲不特讲许多故事给我听,她的自身,她的对于生活的勇敢,虽说我是非常幼小,却也是很大的刺激。"她受她母亲的影响很大,这就是《母亲》一书题材的由来;也正因为如此,描写封建世家的家庭生活时笔墨就不免有些繁冗,也不自觉地渗入了一点感伤情调。她的作风清新明快,又不缺乏细腻的描绘,这作风一直保持下来;更重要的是因为有进步的内容,她的作品赢得了许多青年读者的爱好。

二 透视现实[9]

在第一时期中,茅盾一面主编《小说月报》,一面写一些文艺理论文章,还没有过创作问世。大革命失败后,他才以大革命时期作背景,写出了轰动一时的三部曲——《蚀》,分《幻灭》《动摇》《追求》三部分。他自己说:

我那时早已决定要写现代青年在革命浪潮中所经过的三个时期：（1）革命前夕的亢昂兴奋和革命既到面前时的幻灭；（2）革命斗争剧烈时的动摇；（3）幻灭动摇后不甘寂寞尚思作最后之追求。

先讲《幻灭》……题目是《幻灭》，描写的主要点也就是幻灭。主人公静女士当然是一个小资产阶级的女子，理智上是向光明，"要革命的"，但感情上则每遇顿挫便灰心；她的灰心也是不能持久的，消沉之后感到寂寞便又要寻求光明，然后又幻灭；她是不断地在追求，不断地在幻灭……我并不想嘲笑小资产阶级，也不想以静女士作为小资产阶级的代表；我只写1927夏秋之交一般人对于革命的幻灭；在以前，一般人对于革命多少存点幻想，但在那时却幻灭了。……

同样的，《动摇》所描写的就是动摇，革命斗争剧烈时从事革命工作者的动摇。……人物自然是虚构，事实也不尽是真实；可是其中有几段重要的事实是根据了当时我所得的不能披露的新闻访稿的。

《追求》的基调是极端的悲观；书中人物所追求的目的，或大或小，都一样地不能如愿。我甚至于写一个怀疑派的自杀——最低限度的追求——也是失败了的。我承认这极端悲观的基调是我自己的，虽然书中青年的不满于现状，苦闷，求出路，是客观的真实。[10]

《蚀》三部曲的主要成就在于成功地塑造了许多个性鲜明，有着不同经历、不同环境，在不同革命阶段作过不同挣扎和追求的小资产阶级知识分子的典型形象。作者说："人物的个性是我最用心描写的。"[11]这一点尤其表现在对于女性青年知识分子的描写上。在描写不同性格的同时,作者很注意揭示这些人物共同的深刻的内在矛盾,并表现出这一矛盾发展的必然趋势。《蚀》的主人公们往往最先敏感到自己所受的压迫和束缚,因而有反抗黑暗现实的要求。如静女士和章秋柳,不论是革命到来时还是革命失败后,即使遇到多次挫折,她们仍以各种形式进行反抗,在一定条件下还会参加革命;但是,另一方面,她们往往只是急切地想依靠个人的力量去改变周围的环境,使自己得到解放。这使她们置身于群众之外,和革命始终保持一定的距离。急躁和狂热使她们特别不能忍受革命斗争中必然会遇到的挫折和困难,总是因此感到空虚和迷惘,这又反过来加剧她们的狂热和急躁,结果是怀着幻灭的痛苦离开了革命。正是这一变革现实的要求和个人主义灵魂之间的矛盾构成了她们必然会遇到的悲剧命运。这一矛盾在《蚀》中得到了正确的和具体生动的表现,使读者可以清楚地看到人物性格发展的线索,得出这一矛盾如不解决,知识分子必将一事无成的正确结论。对于促使这一矛盾不断深化、发展的客观现实,作者也进行了多方面的、真实的描绘。《幻灭》一开始就把读者带进了那到处是暗探横行,知识分子饱受压抑,对一切都极端憎恶、厌倦的令人窒息的氛围;《动摇》非常成功地描写了第一次国内革命战争时期部分地区政权工作的混乱,群众的缺乏领导,反革命势力的玩弄阴谋以及动摇分子在革命存亡关头幻想以妥协退让求得暂时的苟安,以至葬送革命,使千百万群众惨遭屠杀的各种矛盾和斗争。《追求》处处暗示着国民党新军阀的为非作恶,生动地再现了革命遭受严重挫折后在某些知识分子中所产生的颓废迷乱的情绪。另一方面,革命的鼓舞人心的场景,如北伐革命誓师大会,工人纠察队、农民武装、童子团的活动,等等,都在三部曲特别是《动摇》中留下了栩栩如生的画面。三部曲的人物在这色彩鲜明的背景上活动,他们的欢乐、苦恼、希望、幻灭都是这一复杂现实在他们各自心灵中的投影,都是现实生活环境的产物。这就不仅使人物具有丰富的时代色彩和鲜明的历史真实性,而且也给这些内心矛盾的人物追求、动摇、幻灭的悲剧提供了有力的客观依据。

茅盾在谈到《蚀》的创作过程时曾说:

> 我是真实地去生活,经验了动乱中国的最复杂的人生的一幕,终于感得了幻灭的悲哀,人生的矛盾,在消沉的心情下,孤寂的生活中,而尚受生活执着的支配,想要以我的生命力的余烬从别方面在这迷乱灰色的人生内发一星微光,于是我就开始创作了。[12]

"真实地去生活"和经验人生,使《蚀》三部曲获得了上述成功;"感得了幻灭的悲哀"和消沉的心情也给《蚀》三部曲带来了明显的缺点,那就是"既不全面而且又错误地过分强调了悲观、怀疑、颓废的倾向,且不给以有力的批判"[13]。这并不是说作者不该写这样的悲剧,或这样的悲剧不真实,更不是说应该给这些悲剧人物装上一个"找到出路"的"光明尾巴";问题在于作者把这种消极颓废找不到出路看成是普遍存在而又无法改变的唯一现实。这是不正确的,因为革命虽然遭受严重挫折但并没有终止,人们擦干身上的血迹仍在继续前进。而这一点没有得到应有的表现就不能不影响作品反映现实的深度和广度。在《蚀》发表二十四年后,作者曾回顾说:"1925—1927年间,我所接触的各方面的生活中,难道竟没有肯定的正面人物的典型吗?"当然不是的。然而写作当时的我的悲观失望情绪使我忽略了他们的存在及其必然的发展。一个作家的思想情绪对于他从生活经验中选取怎样的题材和人物常常是有决定性的:"这一个道理,最初我还不承认,待到憬然猛省而深悔昨日之非,那已是《追求》发表一年多以后了。"[14]这段话正确地总结了《蚀》的缺点及其产生的原因。

茅盾的第一个短篇集名《野蔷薇》,包括五篇小说,题材也是男女青年知识分子。他在序中说:

> 知道信赖着将来的人,是有福的,是应该被赞美的。但是,慎勿以"历史的必然"当作自身幸福的预约券,且又将这预约券无限止地发卖。没有真正地认识而徒借预约券作为吗啡针的"社会的活力"是沙上的楼阁,结果也许只得了必然的失败。把未来的光明粉饰在现实的黑暗上,这样的办法,人们称之为勇敢;然而掩藏了现实的黑暗,只想以将来的光明为掀动的手段,又算是什么呀!真的勇者是敢于凝视现实的,是从现实的丑恶中体认出将来的必然,是并没把它当作预约券而后始信赖。真的有效的工作是要使人们透视过现实的丑恶而自己去认识人类伟大的将来,从而发生信赖。不要伤感于既往,也不要空夸着未来,应该凝视现实,分析现实,揭破现实;不能明确地认识现实的人,还是很多着!

这段话可以当作他早期创作态度的说明，他因为不满意于当时发表的一些"革命文学"的作品中带有标语口号和公式化倾向，他要求明确地认识现实，写他所熟悉的题材；因而在他笔下的人物，就多半是暴露的对象。《野蔷薇》所描写的五个女性都是对现实不满，又没有力量反抗，憧憬着各人理想中的未来而又缺乏促其实现的意志，结果是有的自杀，有的逃避，有的悒郁而死，有的追求刺激。作者细腻地刻画了北伐革命失败后，一部分青年知识分子病态的、沉闷而疲倦的精神世界，但这些人物也都没有超出《蚀》中所描绘的静和慧两种类型。

1929年，茅盾写了长篇《虹》，借生长于四川的梅女士的遭遇来写出由"五四"到"五卅"之间的中国社会和一般青年的动态，是规模很大的分析与描写。但这本书只写了原计划的三分之一，是一部未完成的作品。

茅盾在他的第二个短篇集《宿莽》的弁言中说："一个已经发表过若干作品的作家的困难问题也就是怎样使自己不至于黏滞在自己所铸成的既定的模型中。"为了做到这一点，他曾进行了多方面的探索。1931年写成的中篇《三人行》力图摆脱过去作品中追求、动摇、幻灭的人物模型，塑造新的革命的青年学生的形象。但这个作品并不成功，正如作者自己所说："徒有革命的立场而缺乏斗争的生活，不能有成功的作品：这一个道理，在《三人行》的失败的教训中，我算是初步地体会到了。"[15]

1932年作者写出了长篇名作《子夜》，这是《呐喊》以后最成功的作品，是现实主义的重大收获。作者在《〈子夜〉是怎样写成的》一文中说：

1930年春又回到上海。这个时候正是汪精卫在北平筹备召开扩大会议，南北大战方酣的时候，同时也正是上海等各大都市的工人运动高涨的时候。……我在上海的社会关系，本来是很复杂的。朋友中间有实际工作的革命党，也有自由主义者，同乡故旧中间，有企业家，有公务员，有商人，有银行家，那时我既有闲，便和他们常常来往，从他们那里，我听了很多。向来对社会现象，仅看到一个轮廓的我，现在看得更清楚一点了。当时我便打算用这些材料写一本小说。后来眼病好一点，也能看书了。看了当时一些中国社会性质的论文，把我观察得的材料和他们的理论一对照，更增加了我写小说的兴趣。

　　当时在上海的实际工作者，正为了大规模的革命运动而很忙。在各条战线上展开了激烈的斗争。我那时没有参加实际工作，但是1927年以前我有过实际工作的经验，虽然1930年不是1927年了，然而对于他们所提出的问题以及他们工作的困难情形，大部分我还能了解。

　　1930年春世界经济恐慌波及到上海。中国民族资本家，在外资的压迫下，在世界经济恐慌的威胁下，为了转嫁本身的危机，更加紧了对工人阶级的剥削，增加工作时间，减低工资，大批开除工人。引起了强烈的工人的反抗。经济斗争爆发了，而每一经济斗争很大转变为政治的斗争，民众运动在当时的客观条件是很好的。

　　在我病好了的时候，正是中国革命转向新的阶段，中国社会性质论战进行得激烈的时候，我那时打算用小说的形式写出以下的三方面：（一）民族工业在帝国主义经济侵略的压迫下，在世界经济恐慌的影响下，在农村破产的环境下，为要自保，便用更加残酷的手段加紧对工人阶级的剥削；（二）因此引起了工人阶级的经济的政治的斗争；（三）当时的南北大战，农村经济破产以及农民暴动又加深了民族工业的恐慌。

这三者是互为因果的。我打算从这里下手，给以形象的表现。这样一部小说，当然提出了许多问题，但我所要回答的，只是一个问题，即是回答了托派：中国并没有走向资本主义发展的道路，中国在帝国主义的压迫下，是更加殖民地化了。中国民族资产阶级中虽有些如法兰西资产阶级性格的人，但是因为1930年半殖民地的中国不同于十八世纪的法国，因此中国民族资产阶级的前途是非常暗淡的。在这样的基础上产生了中国民族资产阶级的动摇性，当时，他们的出路是两条：（一）投降帝国主义，走向买办化；（二）与封建势力妥协。他们终于走了这两条路。[16]

《子夜》的成功首先是由于作者丰富的经历和见闻，实际的工作经验和敏锐的观察；而对于中国社会性质的科学认识又加深了作品的思想意义，有助于揭示作品所概括的广阔的社会现象的本质。《子夜》非常成功地塑造了精干而有抱负的民族资本家、丝厂老板吴荪甫的典型形象。这是一个交织着复杂矛盾的人物。他深受欧美资产阶级文化熏陶，颇有发展中国民族工业的壮志宏图，他鄙夷金融投机，决心与那些有帝国主义作后台的买办势力作一番较量。在同业眼中，他是一个高瞻远瞩、刚愎自信、敢作敢为的铁腕人物；对付工人他善于软硬兼施，很有一套威逼利诱、分化瓦解的手段，常常表现出镇定自如，刚强而有魄力；在私生活方面，他骄矜而能自持，努力做到对家人威严仁爱，对朋友"真诚平和"，尽量用皱皱眉头和挥挥手来表示内心的不满和愤怒，以保持很有教养的绅士风度。然而，另一方面，吴荪甫同时又是一个醉心于谋取投机暴利，与买办头子既争夺又勾结的投机家；他为公债投机典押了全部工厂、房产，把收盘的八个小厂全出卖给外国商人。他软弱、动摇，随时准备向买办势力投降；面对愤怒的工人群众，他吓得惊惶失措，"心儿兀自摇晃不定"；在失败和困难面前，他神经质、颓丧、懦怯；在绝望中，他充分暴露了自己的粗俗放荡和兽性。总之，一方面是刚毅、精明、有理想、有魄力，另一方面是软弱、懦怯、神经质、狂乱和放纵，这些矛盾的性格特征生动地、错综复杂地交织成吴荪甫独特的个性。30年代中国民族资产阶级共有的两重性——反对帝国主义、发展民族工业的进步性和唯利是图、压迫人民的反动性，通过上述丰富多彩而富于特色的个性化描写，得到了生动的表现。这就构成了吴荪甫这个30年代中国民族资产阶级的丰满的典型。

《子夜》塑造典型的主要方法是把主要人物置于众多矛盾冲突和众多人物关系的发展之中。主人公吴荪甫就是作为五六种不同性质的矛盾冲突的"枢纽"而出现的。这些冲突中最重要的当然是吴荪甫与买办头子赵伯韬的冲突。赵伯韬完全没有吴荪甫那样的矛盾。在经济上，他投靠帝国主义，资金雄厚；在政治上，他可以左右政府政策，垄断投机市场，必要时还可以借政府力量来扼杀对方。这就形成了他的骄蹇狂妄，盛气凌人，慓悍放肆，而他也丝毫不掩饰自己的放浪、鄙陋和粗俗。通过这一冲突的发展，作者不仅揭示了买办势力的猖獗和民族资本的难以发展,同时也成功地刻画了两个代表人物的不同性格。同样,通过吴荪甫与其他资本家、纱厂工人、双桥镇农民和周围青年知识分子的冲突,作者一方面刻画了吴荪甫性格的不同侧面,一方面也展示了广阔的社会生活图景,描绘了大小资本家、工贼、交际花、工人、工人运动组织者、地主、农民、浪漫诗人、经济学教授、大学生、资产阶级小姐、少奶奶等九十多个各不相同的人物形象。这些人物和众多的矛盾冲突随着吴荪甫与赵伯韬的斗争这一主线有条不紊地逐步展开,构成了30年代中国都市生活的典型环境,充分显示了作者组织复杂情节结构的巨大才能。

除此而外,浓墨重涂的油画式的场面描写,线条纤细的肖像素描,与人物心理相呼应的景色烘染,和人物性格相一致的室内装饰的速写以及明快细腻而富于个性的语言,这一切都和上述主要特点一起共同构成了《子夜》的鲜明艺术特色。

《子夜》的缺点主要是对于城市革命工作的描写比较概念化,正如作者所说:"这部小说虽然企图分析并批判那时的城市革命工作,而结果是分析与批判都不深入。"[17]另外,在结构方面,作者原来计划"写一部农村与都市的'交响曲'",后来缩小计划,不再写农村,这就使原来写农村的第四章显得有些游离。

早在《子夜》出版的当年,瞿秋白就曾指出这是"中国第一部写实主义的成功的长篇小说","1933年在将来的文学史上,没有疑问地要记录《子夜》的出版"[18]。鲁迅也说《子夜》的成就是"他们所不能及的",并曾收集材料准备为英译本《子夜》写序[19]。今天《子夜》也仍有深刻的认识意义和教育意义。

在《子夜》之后，作者写了不少短篇，都收集在短篇集《春蚕》《泡沫》和《茅盾短篇小说集》中。茅盾曾说：

> 在横的方面，如果对于社会生活的各环节茫无所知，在纵的方面，如果对于社会发展的方向看不清楚，那么，你就很少可能在繁复的社会现象中恰好选取了最有代表性、典型性的，即是具有深刻的思想性的一事一物，作为短篇小说的题材。对于全面茫无所知，就不可能深入一角。这是我在短篇小说写作方面所得到的一点经验教训。[20]

茅盾这一时期优秀的短篇小说就成功地体现了以上的经验。例如《林家铺子》描写了乡村小镇一家小杂货铺倒闭前的挣扎和倒闭后的惨景。这一过程很有代表性地、典型地反映了上海"一·二八"事变前后，在严重的民族危机下，商业萧条，农村破产，民不聊生，而"救国"的口号却成了国民党反动派大肆敲诈勒索的借口等情形。作者指出人们不能再照原样生活下去了，懦怯安分、胆小怕事的林老板和娇生惯养的林小姐终于用"出走"表现了"对于那伙坏蛋的反抗"[21]；只会拜佛的林大娘"健壮"起来，准备"和强盗拼老命"；陈老七、张寡妇等市民群众甚至到国民党党部请愿，喊出了"强盗杀人"的呼声。这就深入地从"一角"写出了那一动乱时代的社会情景。

茅盾的另一著名短篇《春蚕》描写了30年代初期，由于世界经济危机的影响以及帝国主义的军事入侵和国民党的反动统治，即使是丰收，农民得到的也只是新的债务和饥馑。主人公老通宝经历了从中农下降为贫农的过程，又面临着破产的绝境。"勤俭忠厚""做规矩人"的处世信条，使他只能把一切希望都寄托在牛马般的拼命劳动上。然而空前丰收的蚕茧却因为"洋纱、洋布"充斥，"上海不太平，丝厂都关门"而成为没人要的东西。人们开始认识到最艰辛的劳动、最精细的节俭都已不可能改变饥饿的命运，年轻的一代觉醒起来，懂得了干活干到"背脊折断也不能翻身"，于是相约去"吃大户"，抢粮食，反抗，斗争。虽然这些是在《春蚕》的姊妹篇《秋收》中才得到详尽的描述，但那发展的根据在《春蚕》中就已经很明显了。

另外，还有中篇《多角关系》写的是靠近上海的一个小城市在1934年年关时金融恐慌的情景，场面极多，人物之间有多重的债务纠纷，故事只在六七小时中展开，情节紧凑，结构严密，显示了农村破产与都市金融停滞的关联和严重性，可以说是《子夜》的缩写。作者在《我的回顾》一文中说："我所能自信的，只有两点：一，未尝敢粗制滥造；二，未尝要为创作而创作，——换言之，未尝敢忘记了文学的社会的意义。"[22]就作者的创作成绩说，他有多方面的生活经验，也善于分析社会现象，又不断地努力写作，作品的质量是超过当时一般水平的。

三 追求光明[23]

巴金说："我的每篇小说都是我的追求光明的呼号。光明，这就是我许多年来在暗夜里所呼叫的目标，它带来一幅美丽的图画在前面引诱我。同时惨痛的受苦的图画，像一根鞭子那样在后面鞭打我。在任何时候我都只有向前走的一条路。"[24]他自1929年发表第一部长篇《灭亡》以来，接连写出了许多富有感染力的作品，塑造了一连串引人注目的青年知识分子的形象；这些作品激发了青年人的热情和理想，引起了他们对旧制度的憎恨和对未来的憧憬。对于同样有追求光明渴望的读者，特别是富于热情和正义感的青年，他的作品具有很大的吸引力，很能激起他们精神上的共鸣。

巴金作品的主要内容大部分是写青年知识分子接受了"新思潮的洗礼"后对于幸福未来的追求。《灭亡》《新生》《死去的太阳》《海底梦》和作者自己最喜欢的《爱情三部曲》，写的都是热情奔放的青年们在追求光明的过程中所经历的爱与憎、信仰与爱情、思想与行动、理智与感情等各方面的矛盾与冲突。信仰和牺牲的主题在这些作品中占了显著的地位，信仰就是摧毁旧制度，为受难的人们争取一个光明的未来，牺牲则是为这一信仰献出一切，乃至生命。《爱情三部曲》是这些作品中最有代表性的一部。它通过作者所热爱的人物来从事一种作者所歌颂的活动以表现他自己的思想倾向。正如作者所说："它只描写一群青年的性格，活动与死亡。这一群青年有良心，有热情，想做出一些有利于大家的事情，为了这个理想他们就牺牲了他们个人的一切。他们也许幼稚，也许会常常犯错误，他们的努力不会有一点效果。然而他们的牺牲精神，他们的英雄气概，他们的洁白的心却使得每个有良心的人都流下感激的眼泪。"[25]作者是致力于描写值得人感激和仿效的正面人物的。《爱情三部曲》的第一部《雾》，通过一个不幸的恋爱故事描写一个逃避现实、幻想改良、优柔寡断的性格;与这个性格形成鲜明对照而作者极力歌颂的是抛弃了富裕家庭、安乐生活、学者前途,很小年纪就从事社会运动的"一个如此忠实,如此努力,如此热情的同志"。第二部《雨》通过一系列爱情的波折描写了旧社会对青年的残酷压迫,主人公在恋爱中经历了许多痛苦,引起了他反抗和追求的激情,最后"甘愿牺牲掉一切个人的享受去追求那黎明的将来"。第三部《电》从工会、妇女协会、学校等各方面综合地描写一个小城市中的革命活动,而且是把主要力量放在革命团体内部这一方面来写的。虽然这些活动只是带来失败和死亡,人们却并不灰心,两个主人公基于共同理想的爱情结合,就暗示了对于未来的确信。《爱情三部曲》渗透着对黑暗制度的强烈憎恨和对被损害者的同情,它鼓舞人们为推翻旧社会而斗争。但作者笔下的革命者往往只是凭一个朦胧理想而团结起来的一些彼此知心的青年朋友,不要求组织纪律,不需要领导和群众,也不计划行动的步骤和方法,只是单纯地把牺牲当作唯一的义务和结果,而这牺牲又往往是通过对反动派个人的暗杀来实现的,这就不能不离开了中国人民实际的革命道路。又因为作者把牺牲或献身看得高于一切,这就容易原谅了这些人物在日常生活中的缺点和错误,有时甚至有意去追求刺激和放纵,如《电》的主人公所说:"也许我们明天就全会同归于尽,今天你就不许我们活得更幸福一点吗?"另外,作者虽然很注重性格描写,但由于作品较少描写孕育这些性格的社会关系和时代气氛,性格的发展多少脱离了典型环境,因此人物往往缺少深度。

巴金的代表作是《激流三部曲》。这是比《爱情三部曲》规模更其宏大的作品，它久已为读者所熟悉，特别是其中的《家》，几十年来一直受到青年人的欢迎，成为鼓舞他们追求光明的力量。在这部作品中，作者对他所写的生活是非常熟悉的，因此人物的性格和精神面貌十分鲜明。他想通过一个封建大家庭的没落和分化来写出封建宗法制度的崩溃和革命势力的激荡，他着力于描写这个大家庭内部的形形色色，它的主要成员的虚伪、庸俗和堕落，以及它对于青年人的物质和精神上的摧残。作者在《激流总序》中说："无论在什么地方总看见那一股生活的激流在动荡，在创造它自己的道路，通过乱山碎石中间。"他"所要展示给读者看的乃是过去十多年生活的一幅图画"，他是要"向一个垂死的制度叫出我的'我控诉'"。[26]在《激流三部曲》中，现实主义的创作方法占了主导地位，作者的生活经验和要求变革的激情都在作品中得到了积极的发挥，因此作品特别富有激动人心的力量。

《家》是《激流三部曲》中最成功的一部。作者在这部书中以很大的激情塑造了作为新生正义力量代表的觉慧的形象。他热心于讨论社会问题，编辑刊物，"不顾忌，不害怕，不妥协"；同情被压迫者，富于正义感和人道主义思想，这些正是"五四"革命精神的发扬。最后，他毅然背叛了这个家庭，投向早就向往的"广大的群众和新文化运动"。虽然《激流三部曲》并没有正面描写他离开家庭后所走的道路，但对封建家庭的叛逆正是走上民主革命的起点，在中国的具体历史条件下，从这个起点出发是可能找到革命的主流的。这就具有了巨大的社会意义，为当时的青年提供了值得学习和仿效的艺术形象。

青年女性的描写在《激流三部曲》中占有重要地位。在《家》中，梅的默默牺牲，瑞珏的悲惨命运，鸣凤的投湖悲剧都引起人们强烈的同情和对旧制度的憎恨。另一方面，作者不仅写了琴这样的新型女性的萌芽，而且在《春》里着重写了淑英觉醒和成长的过程，在《秋》里写了淑华的"战斗欲望"和她对旧势力的英勇斗争。同时，还写了蕙、淑贞、倩儿等不同性格和遭遇的青年女性的牺牲悲剧。

觉新和觉民是始终贯串在《激流三部曲》中的重要人物。特别是觉新，他的命运可以说是整个作品布局的枢纽。这是一个被旧制度熏陶而失去反抗精神的青年，内心却仍然能分清是非和爱憎的界限，因此精神上就更其痛苦。作者通过各种事件的考验和残酷的折磨，清晰地刻画了他的性格。但是对他的同情和原谅显然太多。实际上，由于他的软弱、懦怯和"作揖主义"，他已成为一个为旧礼教帮凶的角色；作者多方面对他体谅，为他解释，以至关于他的描写不免繁冗重复。在《秋》中，觉新有机会去过一种新的生活，但作者并未具体写出，因为这一结局多少与人物性格的发展线索不太协调。觉民的性格温和沉着，作者给他安排了一个比较顺利的发展，最后成为继觉慧之后的"第二个激进派"。

对于那些虚伪顽固、荒淫愚昧的反面人物，作者并没有把他们漫画化。在高老太爷和克明的形象中，作者对旧制度的卫道者们那种表面严峻实则虚弱的顽固守旧的道学面孔，作了深刻的揭露。《春》里面，作者更多地勾画了克安、克定等人的荒淫和堕落，而在他们的放纵和影响下，觉群、觉世等小一辈的无赖恶劣品质也已渐成定型。《秋》更突破了高家的范围，写了好几个缙绅之家的腐败没落，充分表现了这些现象是一个社会制度的产物,加深了反面形象的社会意义。

如果说《爱情三部曲》主要是写作者所热爱的青年,《激流三部曲》则主要是写作者所憎恨的制度,写黑暗制度对人物性格的影响和在这种制度下不同人物之间的相互关系。例如觉慧性格的形成和发展就和他亲眼看见很多青年无辜地成为旧制度的牺牲者有着密切的关系。作者通过觉慧批判了觉新的懦弱,在《春》和《秋》中更通过淑英、淑华等人的成长写出了觉慧对这个家庭的巨大影响。在《激流三部曲》中,读者可以看到"五四"革命浪潮的影响,四川军阀混战对人民的骚扰,也看到学生们向督军署请愿罢课的斗争,以及地主派人下乡收租等情况的描述;这些都表示了这是一个人民革命力量正在艰苦斗争中不断壮大的时代,而这种背景就给觉慧等青年人的叛逆的勇气和出路提供了现实的根据。但是总的说来,环境气氛和时代精神以及作品所写的那个家庭与当时各种社会关系的联系,写得还是不很充分的。整个《激流三部曲》写作时间较长,《家》写于1931年,《春》写于1938年,《秋》写于1940年,在后两部中,情节的开展比较迂缓,矛盾冲突也不如第一部集中尖锐,性格和场面的描写多少有重复之处;但作品所写的那股"生活的激流"还是一直奔泻下来了,读者可以清楚地看到阻挡这一激流的旧制度、旧势力的土崩瓦解;新的力量和新的道路在这些作品中虽然还很朦胧,但它仍有很大的鼓舞力量,激励人们为美好的将来而斗争。

这一时期巴金还写了很多中篇和短篇小说,有《复仇》《电椅》《光明》《沉默》《抹布》《发的故事》《将军》等集子,后来又合成《巴金短篇小说》集。这些作品广泛地反映了各方面的社会生活,展示了作家多样的才能和风格。如《将军集》中的《还乡》《月夜》写了农民反对恶霸乡长的群众斗争;《五十多个》写农民挣扎逃荒的情景。中篇《砂丁》和《雪》(原名《萌芽》)揭露了矿工们的非人生活,表现了他们的反抗情绪和斗争。《复仇集》中,不少短篇取材于法国社会生活,富于异国情调,写得也很缠绵婉曲,富有浪漫主义色彩,但正如他自己所说,这并不是"美丽的诗的情绪的描写",而是"人类的痛苦的呼吁"。[27]好些故事都是些不幸者的凄凉的遭遇,但也包含着激励人向上和追求的因素。

巴金是一个热情歌颂青春的作家,他喜欢取材于青年知识分子,经常把更多的精力用在描写正面的、善良的、值得同情的人物上面;而且善于用一种带有抒情意味的表白语气来展开故事情节,因此他的作品总是能引起读者特别是青年人的共鸣。

四 城市生活的面影

老舍写的多是长篇,第一部《老张的哲学》写北京闲民的可笑生活,《赵子曰》写北京学生的公寓生活。他自己说"《赵子曰》是《老张》的尾巴","《老张》是揭发社会上那些我所知道的人与事,《老赵》是描写一群学生。不管是谁与什么吧,反正要写得好笑好玩"。[28]他的文笔轻松,写来酣畅淋漓,讽刺处也有泼辣恣肆的力量;但笑料太多,描写也过于夸大,讽刺便有点失去了力量。鲁迅说晚清谴责小说"辞气浮露,笔无藏锋","描写失之张皇,时或伤于溢恶,言违真实,则感人之力顿微"。[29]老舍早期的创作也是可以这么说的。结构过于松懈,每章开始总有很长的解释,似受旧小说的影响很深。但《赵子曰》中写了一个正面人物李景纯，说明了作者的态度并不是玩世的。《二马》是在外国写的，意在比较中国人与英国人的不同处，但作者对社会观察得不够深入，那个理想的人物马威就不能不悬空；文笔较前细腻，笑料仍然不少。《小坡的生日》是以南洋作背景，以小孩作主人公的，殖民地人民的思想使作者在认识上进步了一些，孩子小坡也会对种族问题怀疑了，平凡的事中也有一些寓意，可以说是一部未失童心的成人的童话。《猫城记》中作者有意地向讽刺文学发展，猫人自然是象征古老的中国，代表了他对现实的不满和愤恨。但以幽默代替了讽刺，感慨代替了表现，力量就差得多；这样作品需要更多的分析社会的能力，作者于此并不擅长，结果自然就失败了。《离婚》的背景是作者所熟悉的北京，故事的题材适于作者幽默的才能，对妥协敷衍的灰色生活也给予了讽刺；描写较前有了进步，是作者比较成功的一部作品。《牛天赐传》是专为《论语》半月刊写的幽默作品，主人公是一个富家的小孩，在环境的捉弄下泯灭了天真。他自己说他写作时"既要顾到故事的连续，又须处处轻松招笑。为达到此目的，我只好抱住幽默死啃；不用说，死啃幽默总会有失去幽默的时候；到了幽默论斤卖的地步，讨厌是必不可免的"[30]。虽然不至讨厌，幽默确乎太多了一些。比起以上这些长篇来，短篇集《赶集》《樱海集》《蛤藻集》中的一些小说倒有写得很好的。如《断魂枪》是写拳师的，只有三个人，他自己说是把十万字的材料缩成的短篇，自然结构就紧凑得多。《月牙儿》写山东的暗娼，他自己说这本来是长篇《大明湖》中的一个精彩片段，又说"是有以散文诗写小说的企图的"[31]，因此技巧很熟练。《黑白李》

中有对于献身革命事业者的描述,《上任》写土匪与军阀原是一伙儿,这些短篇取材广阔,写得都很精彩。

中篇《我这一辈子》可以说是老舍的代表作《骆驼祥子》的姊妹篇,无论取材或写法都有不少相似之处。这是写一个下级巡警一生的经历的,文中说:"巡警和洋车夫是大城里头给苦人们安好的两条火车道。"这个主人公当过裱糊匠,经历过妻子的逃走和兵变的骚扰,当了一名每月六元薪水的"臭脚巡"。这个本来是一个精明强干的正直的人,历尽辛苦却只做了些于人于己都毫无意义的事,最后年老失业,还要靠卖苦力去养活小孙子。这部作品显示了作者对城市贫民的同情,对旧社会的憎恨和对改变那个不合理世界的愿望。但他对警察制度与反动政权之间的关联几乎没有什么描述,而只是对下层警察私人生活的贫困不幸寄予了极大的同情。事实上那种正直善良的性格在那时的警察中也只能是个别的,这就不能不影响到作品的成就。但是,在生活知识的丰富和以"苦人"的生平经历为主线的结构安排上,在语言的生动幽默和主人公的某些性格特征上,这篇作品对于我们理解《骆驼祥子》是有帮助的。

长篇《骆驼祥子》虽在抗战以后出版,却是抗战前写的,曾连载于《宇宙风》杂志,这是写北京人力车夫的悲惨命运的;一个忠实诚恳和热爱生活的劳动者终于被社会挤入了堕落。年轻力壮,老实要强的人力车夫祥子决不吝惜自己的力气,拼命努力,只想不受车行剥削,有一辆自己的车。但现实却一次又一次把他的希望粉碎了。第一次由于兵变被人把车抢去,第二次被侦探敲诈了积蓄,第三次因为妻子的死被迫把车出卖。作者说他"三起三落,像个鬼影,永远抓不牢,而空受那些辛苦与委屈"。但这些来源于军阀混战、特务政治或生活煎迫的原因不正是每一个贫苦人民都有机会遇到的吗？这就加深了祥子的悲剧的社会意义。这里，作者除了同情祥子的命运和对旧社会进行无情鞭挞外，对祥子式的个人奋斗也进行了批判。作品中小马儿的祖父意味深长地说："干苦活的打算一个人混好比登天还难。一个人能有什么蹦儿？看见过蚂蚱吗？独自个儿也蹦得怪远的，可是叫小孩子逮住，用线儿拴上，连飞也飞不起来。赶到成了群，打成阵，哼，一阵就把整顷的庄稼吃光，谁也没法儿治它们！"应该说，在这些地方是表现出作者对劳动人民怎样才能获得解放的社会理想的。祥子是一个具有典型性格的普通车夫的形象。他具有劳动人民的许多优秀品质，善良、纯朴、热爱劳动，像骆驼一样坚韧耐劳。他虽没有找到正确的奋斗方向，却也蕴藏着反抗的要求，他在杨宅的愤而辞职，对刘四的报复心情都能说明这一点。他不愿听从高妈的话放高利贷，不想贪图刘四的六十辆车，也不遵照虎妞的劝告放弃拉车，改做小买卖。他一心想靠自己拼死的劳动获得较好的生活。这些性格特点是和一个从农村流落到城市拉人力车的壮年独立劳动者的身份相适应的。这个形象引起读者深深的同情，除了他所遭受的社会迫害而外，人物本身的性格特点也是有很大作用的。这样勤俭要强的人最后也只能走上堕落不长进的道路，这一发展过程对旧社会是强烈的控诉。正如作者在这部作品中所说："人把自己从野兽中提拔出，可是到现在，人还把自己的同类驱到野兽里去。祥子还在那文化之城，可是变成了走兽。一点也不是他自己的过错。"通过祥子的悲剧，作者深刻地揭露了那个社会的罪恶，这就使这部作品具有强烈的批判精神。

在围绕着祥子经历的描写中，作者也描写了别的一些人物和当时社会的畸形面貌：刘四和他的车厂、大学教授曹先生和他所受的政治迫害、小福子和大杂院以及妓院白房子等处的惨酷景象，还有别的几个人力车夫的悲惨命运，都鲜明而真实地描绘出了一幅幅动人的生活图画。另外还有一个与祥子的生活发生许多纠葛的人物虎妞。这是一个大胆泼辣带有男性性格和多少有些变态性心理的人物。她是车主刘四的女儿，性格中带有许多可厌的剥削者的特点，但她也有自己的苦闷和追求爱情幸福的愿望，终于为爱祥子而背弃了自己的家庭。虽然作者对她的形象丑陋和变态心理方面过于渲染了一些，但这个人物的复杂性格还是令人信服的。《骆驼祥子》全书充满了北京地区的生活色彩，但时代背景的描写比较薄弱，与那个时代的社会重大变化缺少联系，故事的结局是低沉的。祥子"把生命最鲜壮的时期卖掉之后"，变成了一具空虚麻木的活尸，打着送殡的执事，"不知何时会埋起他自己来，埋起这堕落的、自私的、不幸的、社会病态里的产儿，个人主义的末路鬼"！气氛非常阴郁，给人以透不过气来的重压之感，充分表现了那一时代的悲剧气氛，也表现了作者对当时社会的深刻批判。作者对北京市民生活十分熟悉，他善于用明畅朴素的叙述笔调，幽默生动的北京口语，简洁有力地写出富于地方色彩的生活画面和有性格特征的人物形象，在写实手法的运用和语言的凝炼上都取得了很大成功。

老舍的作品所用的语言全是地道的北京话，是运用方言最成功的作家。他后来自己检讨说："我自己也必须承认：我是个善于说故事的，而不是个第一流的小说家。我的温情主义多于积极的斗争，我的幽默冲淡了正义感。"[32]这虽有点自谦,但也指明了他作品中的思想性是比较薄弱的。

1929年叶绍钧写出了长篇《倪焕之》,以小学教员倪焕之和校长蒋冰如在乡村试验新的教育为线索,写出了"五四"到1927年为止的知识分子生活变化的面影。"五四"的风把倪焕之吹到了上海,经过了"五卅",他也参加了实际运动;到大革命失败后,他悲哀愤慨了,以肠疾结束了他的一生。但他的妻金佩璋却因他的死更勇敢起来,说明了作者对前途的希望。茅盾曾誉之为"扛鼎"的作品,并且说:

> 把一篇小说的时代安放在近十年的历史过程中的,不能不说这是第一部;而有意地要表示一个人——一个富有革命性的小资产阶级知识分子,怎样地受十年来时代的壮潮所激荡,怎样地从乡村到都市,从埋头教育到群众运动,从自由主义到集团主义,这《倪焕之》也不能不说是第一部。在这两点上,《倪焕之》是值得赞美的。上文我所说"五四"时代虽则已经草草地过去,而叙述这个时代对于人心的影响的回忆气氛的小说却也是需要,这一说,从《倪焕之》便有个实例了。[33]

书中前半写得很好,后半似太仓促,不如前边自然;也没有写出周围人物的集团活动来,金佩璋的变化也太突然;但在当时说,这是表现了转换期中知识分子的生活和意识的一部力作。以后作者也写了不少短篇,收在《四三集》中,有新的童话,有学校生活,有失业和"谷贱伤农"的惨景,也有学生请愿和反帝的描写,取材范围很广,大部是暴露性质的;但对集体用自己的力量争取幸福也寄予了希望(如《一桶水》)。作者的写法仍保持了初期的细密深入和客观态度,很少热情的流露。

  沈从文的小说产量极多,长短篇集有三十余种。他最早是写军队生活(如《入伍后》)的,但写的也多是以趣味为中心的日常琐事,并未深刻地写出兵士生活的本质。接着就写以湘西地方色彩为背景的原始味的民间生活和苗族生活的作品如(《黔小景》《龙珠》等),他有意借着湘西、黔边等陌生地方的神秘性来鼓吹一种原始性的野的力量,他老说自己是乡下人,原因也在此。但作者着重在故事的传奇性来完成一种文章风格,于是那故事便加入了许多悬想的成分,而且也脱离了它的社会性质。他采用的多是当作一种浪漫情调的奇异故事,写法也是幻想的。后来这种题材写穷了,就根据想象组织童话及旧传说了(如《月下小景》《阿丽思中国游记》),以文字的技巧来传达一个奇异哀艳而并无社会意义的故事。除了这些以外,最多的当然还是写小市民的,也不缺乏多量的恋爱故事(如《八骏图》),下层社会的人也不少。但他笔下的人物都是只有一个轮廓。有人说他是"文体作家",就是说他的作品只有文字是优美的;其实他也有要表现的思想,那就是对"城市人"的嘲笑和对原始力量的歌颂。这一方面固然表示他不满于现实,但不自觉地其实是对过去的时代寄予了一些怀恋。丁玲说:"沈从文是一个常处于动摇的人,又反对统治者,又希望自己也能在上流社会有些地位。"[34]初期的确是如此的。他的文字自成一种风格,句子简练,"的"字用得极少,有新鲜活泼之致。作品甚多而结构并不如张资平似的彼此雷同,运用文字的能力是很强的。但作品中不注意写出人物,只用散文漫叙故事,有时很拖沓。

他自己说能在一件事上发生五十种联想，但观察体验不到而仅凭想象构造故事，虽然产量极多，而空虚浮乏之病是难免的。他的才能使他在说故事方面比写小说要成功得多。

张天翼最早的短篇集是《从空虚到充实》和《小彼得》，以后又有《蜜蜂》《背脊与奶子》《团圆》《移行》，长篇《鬼土日记》《一年在城市里》等，一般地说，短篇写得要比长篇好。他的出现给1930年以后的文坛带来了清新的感觉，清除了前几年作品中普遍存在的热情呐喊和"恋爱与革命"的公式，他以冷静的观察写出了小市民的"活该如此"和知识分子的矛盾和动摇，另外也有大众的硬朗面貌的刻画（如《小彼得》中的《二十一个》）。他善于运用活泼跳跃的形式和简明的合于人物身份的口语词汇，又富有讽刺和幽默的才能，而表现的主题又都是现实的，这便使他拥有了大量的读者。写得最多的题材是小市民的灰色生活；特别是对一些可笑的知识分子的形态，作者予以无情的轻蔑和嘲笑。对于流行的恋爱方式、谄上骄下的生活态度、"向上爬"的哲学，他都给了辛辣的讽刺。他注意于人物的社会色彩和社会关系，但用进步的观点去观察分析时，还保持着相当的"客观"态度。他的嘲笑知识分子的人工热情是著名的，对否定的人物不惜加以夸大的漫画笔法，因而讽刺便异常有力了。他笔下的讽刺和幽默经得起深思，绝不会使世态化为一笑；而摄取人生一片段写一个短篇的办法也比沈从文的着眼处要深远，能由一角显示出全面。创造人物的成就也是很高的，许多短篇中的人物都很突出，不会使人一下忘记；但从典型的要求来看，还欠深入一些。此外他也在作品中揭露过农村中统治者的残酷压榨（如《清明时节》和《万仞约》），抨击过社会上的地痞流棍（如《反攻》），还写了新的儿童文学如《奇怪的地方》《秃秃大王》和《金鸭帝国》，以及把他惯用的题材放大了的长篇《鬼土日记》《大林和小林》《洋泾浜奇侠》等。题材是多方面的，而且从开始起，他始终面向现实，就写作水平说，在当时也是很高的。鲁迅说他在发表《小彼得》之时有时还失之油滑，但后来切实起来了。"但又有一个缺点，是有时伤于冗长。"[35][36]擅长写小市民知识分子的灰色生活的还有一个万迪鹤，于1934年顷写出了短篇集《火葬》《达生篇》和长篇《中国大学生日记》；取材也多是一些无聊空虚人物，也颇能由一滴水来显示出大海的动态。但他的成名作短篇《达生篇》倒是写工人生活的。主人公是一个落后工人，他觉得自己应该被人脚踢，而自己又绝对应该打老婆。他也有"理想"，忍受一切苦难来供应儿子读书，希望长大了也能踢别人。他厌恶一切工人活动，只把希望寄托在将来。但事实终于把幻想打破了，孩子因营养不足病死了，他才由现实教训觉悟过来，和他以前憎恶的捣乱分子做了朋友，并且自己也捣乱起来。结果生活倒改善了一点点，而且又生了一个儿子。文笔是俏皮的，把握题材的本领很不坏。虽是写工人，其实还是小市民的安分守己和"向上爬"的思想的揭示。他没有像张天翼的讽刺谐谑的才能，人物也写得不够突出，但写作态度很相似。

欧阳山有短篇集《七年忌》《生底烦扰》和中篇《鬼巢》《青年男女》。他写的多是广东的城市生活，地方色彩很浓。这些题材对他都很熟悉，因此表现得极真实。他喜欢写断片，一篇小说好像几个不同场景的速写的连结；结构上自然有点散漫，但人物的性格却比较容易多方面地显示出来。他不愿为了适应故事而加减人物的性格,对所写的人物常常注入自己的感情。他努力要写得经济,有些地方便过分迂曲和晦涩;失去了明快的风格,使人觉得有些难懂了。加以语法有点欧化,离口语过远,也是使读者感到生疏的原因。作品所取的人物,在短篇中有小贩、警察、知识分子、工人等,如《鬼巢》是写在广州某影戏院当把闸人者的生活的,《青年男女》是写一对爱人怎样设计躲避复活的旧规矩而陷进失败的痛苦里,终于又挣扎着在讥笑与鄙薄中,可怜而屈辱地满足了自己。草明的小说也是以广东为背景的,有《女人的故事》《绝地》等作品。不过她写的多是女人,如《绝地》是写一个靠卖白粥过活的贫苦女子,当她所住的草棚被强迫收回时,她几经努力,终于毅然离开那里了。她的笔较欧阳山的流畅,但写人物性格的成就差一些。

葛琴的第一部作品集是《总退却》,其中《总退却》一篇是写"一·二八"战役中兵士的转变及退却时兵士的愤懑和失望的,初在《北斗》发表时即引起了人的注意。她摄取的题材有工厂,也有农村,都企图表出一个积极性的主题。鲁迅在《〈总退却〉序》中说:

> 这一本集子就是这一时代的出产品,显示着分明的蜕变,人物并非英雄,风光也不旖旎,然而将中国的眼睛点出来了。我以为作者的写工厂,不及她的写农村,但也许因为我先前较熟于农村,否则,是作者较熟于农村的缘故罢。[37][38]

以后她又写了以江南窑场为背景的一些作品,如中篇《窑》。

写作的技巧不算圆熟，但从来是正视社会斗争的起伏的。

靳以有短篇集《圣型》《群鸦》《虫蚀》《青的花》《珠落集》《秋花》《黄沙》《远天的冰雪》等，最早的两个集子写的多是少男少女的爱情故事；特别注重异域情调，所以也写一些羁留在殖民地的外国流浪者和没落贵族等，罗曼蒂克的气氛很重，有浓厚的个人情感。风格新颖，技巧也圆熟，但多少和现实脱了节。后来作者的思想变了，小说的题材和作风也就有了不同。作者在《虫蚀》序中说：

> 浸沉于个人的情感之中，只为一些身边琐事紧紧地抓住，像一尾在网罟中游着的鱼，一直是没有能力全然冲到外间去。……在我这面就没有更重要的事该写出来吗？在读者那一面，也不是没有更切要的事该告诉他们的。现在我是走进社会的圈子里来了，这里，少男少女已经不是事件的核心，这里有各式各样活动着的人，在不同的生活方式之下，他们各有自己的苦痛，这种苦痛也是为我所习见的，为了想知道更多一点，我也曾细心地观察。这些人的心不是一望即到的，每天在自己笑着，或者能使别人笑着的人；会有更深的苦蕴在心中。于是我深深地悟到展在我眼前的已不是那狭小的周遭，而是广大无限的天地。只要我能张开我的眼睛，那将有无穷尽的事物在我眼前涌现。这一本书，将结束了我旧日的作品。

于是作者后来几个集子的取材方向就不同了，有写汉奸的，也有写学生运动的；但大半是写小市民和知识分子各方面的生活形态。技巧是圆熟的；文字朴素，对事物保持着一个进步知识分子的观点。

"一·二八"事变后，郁达夫写出了长篇《她是一个弱女子》（一名《饶了她》），以"五四"至"一·二八"的一段时期作背景，写一个"一刻也少不得一个寄托之人"的女子郑秋岳的经历。时代的影子是明显的，有军阀横行、工人运动和"一·二八"淞沪抗战的叙述；人物也颇多，有玩弄女性的男人，也有性格坚强的革命青年冯世芬，作者自然是把热情寄托给了像冯世芬一样的人物。但色情的描写似过多，正面的意义遂显得隐晦了。他也在《现代》《文学》等杂志上写过几个短篇，《迟桂花》和《东梓关》的背景是农村，但人物仍是灰色的知识分子。《出奔》是他的最后的一篇小说，以大革命时代为背景，写出了地主对农民的残酷剥削关系，对地主的自私残忍予以无情的刻画，是一篇很有力的作品。落华生也写过几个短篇，收于《解放者》一书中。作者摆脱了初期的怀疑色彩，逐渐倾向坚定。如《女儿心》一篇的主角麟趾便是一个有目标而不肯听命运播弄的人物，而《春桃》中的女主角简直是用自己的劳动来支配命运了。他的作品较前期进步很大，可惜数量不多。

五　农村破产的影像

写农村经济破产和农民生活情形比较早的一个作家是魏金枝，他于1930年出版的《七封书信的自传》中包含五个短篇，以忧郁的含泪的文笔，写出了古老农村在衰老变化中的情形。里面多的是被辗转在时代轮下的小人物的活动的阴影，也弥漫着一种哀婉凄楚的情调。在以后的短篇集《奶妈》和《白旗手》中，作者的意识和技巧都有了显著的进步。当时评论他的《奶妈》的人，曾认为技巧和内容都超过了俄国小说《冬天中的春笑》；这篇作品写的是女革命者奶妈的活动，比之那时一般的公式化作品，是要真实生动的。作者在《白旗手》的序中说：

> 被搜集而且描写在这里的，我也得申明，都是一些傻子式的人物。……因为我自己也生长在他们所生长的地方，而被社会环境所决定了的。倘使我被生长在贾府的大观园里，那也许会写出别一种东西，而为别一种人所爱读。

书里面只有平凡人物的平凡故事，如《白旗手》一篇是写一个招兵委员和他的勤务以及一群招来的新兵的生活跟心理活动，写出了那些"豸虫们"不想当兵而不得不当兵；那根本原因当然也是经济破产，农民失掉了土地。他的风格简朴，没有复杂错综的结构，但写人物的性格相当成功，对农村情形是很熟悉的。作品中有农民的纯朴无告的悲哀和农村破产的惨状，题材极为现实。

彭家煌继《怂恿》之后，写出了《平淡的事》《茶杯里的风波》《在潮神庙》《喜讯》和中篇《皮克的情书》。除《皮克的情书》外，短篇多取材于乡村风物和家庭中的琐事，文笔简练，用力着重在心理解剖，却忽略了社会关系。作风是写实的，地方色彩很浓厚，写来讽刺而带点伤感，讲究简练清澈而不免露点做作的痕迹。他作品中以最后的《喜讯》

为最好,轻松的气氛少了,而猥琐的环境里更充满了悲惨与喧扰,讽刺中含有了苦味。蹇先艾继《朝雾》之后,写出了短篇集《一位英雄》《还乡集》《酒家》《踌躇集》和《盐的故事》。背景仍多是贵州的农村,取材多是一些平凡人物的琐屑故事,作风平淡简朴,但也流露着一些轻微的伤感。他在《踌躇集》序中说:

> 谈到描写所用的文字这一层,因为个性的关系,鲜艳夺目的,幽默的,泼辣的,这三种文章我都是十足的外行,都不会写;要我亦步亦趋地学时髦,偏自己又缺少这样的耐性。——没有法子想,只好在字句的质朴上做点儿工夫了。

就用这样的文字,他写出了贵州地区的鲜明色彩。他同情他笔下的苦难人物,对有产者不时给予一些轻微的讽刺与嘲笑,但仍保持了从《朝雾》以来的一贯的平淡作风。

沙汀和艾芜都是1931年开始写小说的,他们曾写信给鲁迅先生请教关于小说的题材,其中说:

> 我们曾手写了好几篇短篇小说,所采取的题材:一个是专就其熟悉的小资产阶级的青年,把那些在现时代所显现和潜伏的一般的弱点,用讽刺的艺术手腕表示出来;一个是专就其熟悉的下层人物——现在时代大潮流冲击圈外的下层人物,把那些在生活重压下的强烈求生的欲望和朦胧反抗的冲动,刻画在创作里面,——不知这样内容的作品,究竟对现时代,有没有配说得上有贡

献的意义？[39]

鲁迅先生在回信中给了他们以极大的鼓励，说他们所写"对于目前的时代，还是有意义的，然而假使永是这样的脾气，却是不妥当的"。相信他们"一定能逐渐克服自己的生活和意识，看见新路的"。又说："因此我想，两位是可以各就自己现在能写的题材，动手来写的。不过选材要严，开掘要深，不可将一点琐屑的没有意思的事故，便填成一篇，以创作丰富自乐。"[40]历史证明他们是努力创作的作家，不断地有着新的成就。沙汀在抗战前有三个短篇集：《航线》《土饼》和《苦难》。写的多是四川西北部的农村生活，所谓下层人物在生活重压下的强烈求生的欲望和朦胧反抗的冲动。他用优美的诗意的文字写出了地方色彩很浓的乡村故事；就是写都市和知识分子，这些人物也常是从内地出来不久。当时的农村正起伏着急剧的波动，经常在骚动与镇压之间度日子，作者是呼吸着这种气息的；他感到过成都的恐怖，也经历了长江的航线，而这种空气必然也会震荡到他的家乡，因此虽然是那样的偏僻地方，作者也画出了都市统治者侵蚀的影子和结果。自然，在重重的剥削下，那里农民的生活是特别艰难的，除了一般的地主豪绅和腐烂政治以外，还有遍布于各个角落的"帮"里的大爷们，每天表演着人吃人的把戏；殖民地化的过程也助长了封建势力的高涨气焰。当农民的苦难还没有明朗和集中为反抗力量的时候，那生活当然是极端的残酷的，这就是他作品中所弥漫着的悲剧情调的来源。书中也有写农民自发的反抗行为的，那结果当然也是悲剧。在刻画一些统治者的狰狞面目时，作者显示了极大的才能，如

《代理县长》等篇。书中也有写群众斗争场面的,虽然是原始的自发的性质,但却是真实的和必然的;如《野火》一篇写小贩们为了反对贴印花而罢市,并且闹了印花局;当人们被饥饿逼红了眼睛的时候,是会挣脱忍耐和苟安的,即使引来的是一场更大的悲剧。作者的文笔经济而优美,写对话恰合人物的身份和故事的气氛,用的是活的四川农民的土话;叙述又含蓄概括;故事是凄凉的,情调也哀婉动人。题材虽然窄狭,却并不肤浅;从作品中可以看出一个阴森世界和它的必然归宿,但却缺少一点作者潜在的热力。

艾芜有短篇集《南国之夜》《南行记》和《夜景》,作者曾在缅甸流浪了好久,作品中也留下了许多缅甸和云南边境的地方特色。中国边境的紧张情势和殖民地人民的横受蹂躏,以及因之而起的自发的反帝斗争,都在作品中有着鲜明的刻画。在抗战的前夕,读者在他的作品中看到了人民与帝国主义者肉搏的情形,大大鼓舞了民族斗争的热情。如《南国之夜》一篇的结尾说:"不知几时就制好了的,复兴缅甸的国旗,也在当夜竖了起来,挂在金塔旁边的树上,飘扬着了。……远远近近的乡村,都竖起这样的旗帜了。远远近近的乡村,都这样地斗争起来了。前面走着和尚,后面迎着神的战士。"诗样的语言中也充溢着作者的热情。他描写景色很成功,对南国的风景是极爱恋的,随处用着浓郁的字样和色彩,描摹出那里景色的迷目和醉人。这种背景,常常形成他小说的艺术性的一个有力因素。作品中的主人公也不缺乏农民,如《伙伴》和《变》就都是写西南偏僻地方的由农人出身的抬"滑竿"的夫子,《强与弱》是写关到牢里的农民阿三。他善于写故事的环境气氛,用这来衬托所描写的人物的性格，使环境和人物故事错综地交织在一起。笔风是轻快的，喜欢用速写的手法；但有时太轻快了，失掉了应有的重压之感；有时又写得太琐细，伤于纤巧。但大体说来，是写得新鲜生动的。

1934年吴组缃出了短篇集《西柳集》，接着又有一本《饭余集》；对于经济破产下的皖南农村的刻画，显示出了极大的才能。文字细腻明快，特别是人物的对话，是极活泼而合口吻的。对于在崩溃动荡中的农村面貌，作者尽了深入的分析解剖的工夫。如《一千八百担》中写出了"一百八十多房，二千多家"的宋氏大家族怎样"品类混杂"，靠卖田来过日子，终于所有宋氏子孙的私田都变成了义庄的公田，而这义庄只是由一二人把持的；作者在结尾也写明了这些把持义庄的人只有一条绝路。《樊家铺》写农村衰落中不可避免的大变，终于迫使良善的农民做了盗，而纯朴的农妇为了五十块钱杀死了自己的母亲。《天下太平》写失业的商店伙计王小福怎样经过了一切痛苦的生活而走上了绝路。在他的各篇小说中，可以看出明显的农村经济破产的影像。作者是非常忠实于生活的，对所写的题材也极熟悉，但作品中缺少作者自己潜在的热情，对读者的效果就不免减弱一些。他善于运用速写体来组织故事；在一短的时间内和固定的背景前，写出各种人物的对话和活动，是他最拿手的本领。例如《一千八百担》就标明是"七月十五日宋氏大宗祠速写"，其他如《黄昏》《卐字金银花》，都是用的这一写法，运用文字的能力是很强的。蒋牧良也是写农村的作家，他有短篇集《锑砂》《强行军》和中篇《旱》，短篇中也有一些"硫磺臭呛得人的嗓子要发痒"的锑矿的描写；写农村灾难的最多，如《赈米》中所写的惨象是不容人不愤怒的。中篇《旱》写天灾人祸之下农村崩溃的情形也很真实。

芦焚有短篇集《谷》和《里门拾记》，1937年抗战前夕又出过《落日光》和《野鸟集》，也都是短篇。前两本主要也是写乡村的，后来才又写到小市民和知识分子。在乡村生活的描写中，作者也写出了无知男女的痛苦和血泪，但他不只是冷静地观察，更有兴趣的是在努力做文章；就是说他对于文章风格的兴趣超过了他对表现主题的兴趣。他在《巨人》一篇起头说："我不喜欢我的家乡，可是怀念着那广大的原野。"他对于那个充满了官绅兵匪的贫穷动乱环境是憎恶的，却又田园诗人似的欣赏着那里的自然景色。他不愿看到他所要写的那些环境里的人物，却不发掘那些悲惨的社会因素，而把情感赋予自然的景色。他努力追求文章的风格，尽力于渲染和织绘文字的精致，却不免有点做作与累赘。一种沉郁的情调吸引了一些读者，却又同时失去了一些读者，因为他们要求明快。文字中也不缺乏轻微的讽刺和揶揄，来抒发他对现实的不满；喜欢写人物的心理状态，精细的笔下也能见出长处。他在《野鸟集》序中说：

> 我的爱人类，同专门制造同情的人相比，自然要差得远了，因为是还看见弱点同缺陷。大约也就因这缘故，有人又以为我在鞭策世人。其实我那里配呢，不过是在那里摆着的事实，我把自己看见的一部分指给大家看罢了。有时这看见的——我觉得——又过于悲惨，不忍把他们赤裸裸地摆出去示众，也不想让别人明明白白地看见，于是便偷偷地涂上笑的颜色。

因此他笔下都是些卑微人物的不幸遭遇，这连后来写城市的一些短篇也如此；故事都不复杂，着重在人物心情的描写和文章风格的完成，我们在他的作品里可以看到破了产的内地风光，却不大能感觉着潜在的动荡。

真正深刻地写出了破产中的农村面貌来尽了文学的战斗责任的，是叶紫的小说。1935年他出了短篇集《丰收》，包括《丰收》《电网外》等六篇，次年出了《山村一夜》，包括《山村一夜》《偷莲》等六篇，和中篇小说《星》。他的小说除一二篇外，全写的是洞庭湖西南的农村景象。他有实际的生活和斗争的经验，没有感伤，没有概念，有的是对于农民的热爱和对于地主军警的强烈的憎恨。《丰收》的自序说：

> 这里面，只有火样的热情，血和泪的现实的堆砌。毛脚毛手。有时候，作者简直像欲亲自跳到作品里去和人家打架似的！

这的确是他作品的特点，技巧尽管不够圆熟，但一种健旺的精神却浸透了纸背。发生故事的地点是有著名的山水风光和肥沃的稻田的，但农民生活却是意想不到的惨苦；叶紫是参加过1927年的大革命的，那地区也同样发现过希望的火花，他不能不把现实的痛苦和希望用笔写出来，他和当地农民有着相同的感情。《丰收》是收在鲁迅主编的《奴隶丛书》中的，鲁迅在序中说：

> 这里的六个短篇，都是太平世界的奇闻，而现在却是极平常的事情。因为极平常，所以和我们更密切，更

有大关系。作者还是一个青年,但他的经历,却抵得太平天下的顺民的一世纪的经历,在转辗的生活中,要他"为艺术而艺术",是办不到的。但我们有人懂得这样的艺术,一点用不着谁来发愁。

这就是伟大的文学么?不是的,我们自己并没有这么说。"中国为什么没有伟大文学产生?"我们听过许多指导者的教训了,但可惜他们独独忘却了一方面的对于作者和作品的摧残。……但我们却有作家写得出东西来,作品在摧残中也更加坚实。不但为一大群中国青年读者所支持,当《电网外》在《文学新地》上以《王伯伯》的题目发表后,就得到世界的读者了。这就是作者已经尽了当前的任务,也是对于压迫者的答复:文学是战斗的![41]

即以《电网外》为例,王伯伯的遭遇那样悲惨,然而他不自杀,他"背起一个小小的包袱,离开了他的小茅棚子,放开了大步,朝着有太阳的那边走去了"。他小说中的主人公是坚强的、反抗的,然而并未失掉了真实。他曾对朋友说:

我现在的生活,全然不能由我支配。我的精神上的债务太重了。我亲历了不知多少斗争的场面。……凡是参加这些搏斗中的人,都时刻在向我提出无声的倾诉,"勒逼"我为他们写下些什么,然而,我这枝拙笔啊!我能为他们写下些什么呢?[42]

就是这种战斗的要求迫使他努力写作的,他暴露豪绅地主榨取贫农的凶残(如《丰收》),也写贫农铤险抗租的事实

（如《火》），但并不概念地使农民接受革命，却展开了一个自然的发展过程。地方色彩的渲染也是与故事发展相结合的，如写湘中农民供应农村统治者的"打租饭"，就同时也写了封建剥削的特殊形式。文字很少修饰，只有骨干而缺少文采，读起来还有点生涩；叙事描写也缺少熟练，技巧是有一些缺点的。作者已于1939年因病逝世，只留下了这三本小说；社会环境还没有可能允许他有熟练的写作修养，就已经把他扼杀了。他是湖南益阳县人，死时仅二十七岁，他的父亲和姐姐都是共产党员，在1927年同被反动派屠杀。他曾计划以那个残酷的斗争时代为背景，写一部百万字的长篇，书名为《太阳从西边出来》，可惜没有完成。临死时，他向家属惋惜地说："我死没有关系，可惜一肚皮的材料没有写出来！"这是一个无法弥补的损失。

1936年马子华出了中篇《他的子民们》和短篇集《路线》，又在《文学丛报》上写了一些短篇如《勾结》《南溪河检查长》等，他的小说大都是以云南南部作背景的。作者在《他的子民们》的跋中说：

> 南中国，封建制度是更深的表现于那特有的土地生产关系上。这中篇所描述的一切故事的发展，除了人名地名以外，向壁虚构者少，而真确的事实倒很多；至少在主题方面始终都还顾及到，那么，这篇东西读者如果把它当作报告文学来看，多少总是还可以的。

这是写西南边境"土司"治下的子民们的情形的，那完全是原始的封建领主对奴隶的关系；"土司"可以任意杀人，农民不只没有土地，连女儿都是属于"土司"的；展开的是多么残酷的一幅图画。小说中的主人公农民阿权经历了种田、打猎和淘金沙，但每样都逃不出土司的掌心，最后写的是淘金沙的奴隶们的自发的反抗，结果当然是惨剧，土司有武装齐备的五百兵士。作者在跋中说：

> 这个中篇是在1933年初冬开始动笔的，那时，我受到了一点意外的变故，事后带着失望和感伤的情绪写它，内容上，描写上，无意间受到的影响很深，把整篇小说渲染上无限的灰色的气氛。以后重读一遍颇不满意。

但这故事本身是悲壮的，作者的情绪并没有使它太灰色了，倒是如实地写出了一向不大为人注意的西南的一角。他的短篇也都有很浓重的地方色彩，显示了云南虽然边远，到底也是整个中国社会的一部分，那里的农村也一样地在动乱衰破的变化中。

罗淑的短篇集《生人妻》出版于1936年，其中也多半是描述农村中悲惨生活的遭遇的，尤其是农村妇女的酸辛与苦痛。作者以素朴清新的笔调，细致地写出了这些人物的生活和他们的心理变化。其中《生人妻》一篇尤为人所称赞。这是写在封建势力的重压下，农民出卖生人妻的生活悲剧的。这对夫妻贫穷到每天割青草出卖还是活不下去，于是丈夫虽然觉得"羞愤和屈辱压低了他的头"，但也只好把她卖掉了。那个买她的新丈夫是惯在场口上找人喝酒，谁提起都要吐唾沫的流氓。她在新婚的筵席上就遭到了新丈夫的辱骂，还受到了小叔的调戏，实在无法忍受了，于是便自发地逃了出来。在路上颠沛了一夜，到黎明时挨到故家的时候，她原来的丈夫已经因为她的逃走被人抓去了。作者对这个生活在无告的命运下面的女性是写得相当成功的。她虽然被丈夫卖掉了，但她却仍旧未失去对他的爱情和同情；她虽已决定向命运屈服了，却又自发地逃走了，表现了反抗的一面；但反抗了以后却又害怕拖累了她原来的丈夫而懊悔。作者细致地写出了这个女人的心理变化，她不是勇敢地抗争，也不是麻木地屈服，虽然是在那样的悲惨遭遇下面，她仍然是要活下去，而且仍然是对生活抱着期望的。她的举动都好像是在突然之间决定的。但这却正是事件之合理的发展，而这样的女性也正是当时落后农村中善良农妇的一般的典型。譬如当买主就要来的时候，妻子对卖她的丈夫是怀着仇恨的；但当丈夫在床头稻草下摸出才赎回来的他们不久前抵押出去的银簪的时候，她却忽然流泪了，哽咽地说："我不要！——你留住有用处，我，我不要啊！……"银簪划开了这一对受难者夫妇之间的心的隔膜，就从那裂缝中涌出了纯朴的真诚的感情。于是女的揩干眼泪，坚定地说："我走！"而且在跟跄地走了一段以后，还回头急急喊道："当家的呀，你那件汗衣洗了晒在桑树上，莫忘记收进来！"这样细腻的描写把这对夫妇的悲惨的"生离"和他们之间的纯洁的心境都写出来了，而且也说明了造成这种悲惨现象的社会原因。此外如当这个女人被扯到喜筵前向媒人敬酒时的心情，以及被人指使到猪圈里去"洗晦气"时的情形，也写得很委婉生动。除这篇外，其余各篇也都写得相当成功。作者虽然写得数量不多，但每篇都是比较结实的。

周文有短篇集《分》（署名何谷天）、《爱》、《多产集》、

《父子之间》和长篇《烟苗季》,他的小说多半是取材于川、康边境的农村和军队中的兵士生活的。也有一些写知识分子的,例如《分》。他有在军队中的生活经验,又善于描写川边的地方色彩,笔调朴实细致,文字也接近口语,因此写来颇真实动人。长篇《烟苗季》也是写军队的,故事以赵军需官为中心,展开了旅长与参谋长之间的种种猜忌和倾轧。对于上级官长的贪污腐化和军队中争权夺利的积弊,有生动曲折的描述,也反映了兵士是在怎样的情况下被虐待和被播弄的。写的虽然是北洋军阀时代的情形,但在写出的当时(1936年)也仍然具有现实意义。作者在《后记》中说:

> ……那生活于我究竟太熟悉了,虽然这熟悉并不是人的幸福。它像恶魔似的时时紧抓着我的脑子,啃噬着我的心,而且常常在我的梦中翻演着过去了的那些令人不愉快的陈迹。是一个很可怕的重负呵!使我烦恼,使我痛苦,任我怎么决心要忘掉也忘不了它!我真要不禁这么喊道:不曾在那里面生活过来的人们是幸福了。

就是这种生活的苦难经历迫使他要写作;作品自然就比较真实,但缺少一点泼辣的力量。作者只有憎恨,主要人物也都是反面的。他的文字只是一种朴素的事实的叙述,很少精细的描写和刻画,结构上也间有冗赘的地方。

王鲁彦在这一期写了短篇集《屋顶下》《小小的心》《河边》和长篇《野火》(后改名《愤怒的乡村》)。取材大部仍是破产中的农村,对农民性格有深刻的刻画。笔调幽丽,故事的结构很紧凑,但人物不太鲜明,又常在叙述中带些议论，读起来颇有沉闷之感。短篇集以《屋顶下》较好，收《岔路》《屋顶下》等七篇，是他息笔观察了好久写出来的；初期的感伤气氛没有了，代之以更多的愤懑。《野火》原连载于《文季月刊》，1937年始出版，由于抗战爆发，未在读者中发生广泛影响。抗战期中他在桂林主编《文艺杂志》，出过一本短篇集《伤兵旅馆》，后来就因病逝世了。

王统照有长篇《山雨》《春花》和短篇集《霜痕》等。《山雨》的背景是山东农村，时代是从张宗昌的统治到北伐以后，写山东农民"活不下"的"山雨欲来风满楼"的形势。作者在跋中说"意在写出北方农村崩溃的几种原因与现象，及农民的自觉"。书中写了老一代的农民和新一代的不同，也写了一个有七年工龄的老练而思想进步的纱厂工人，他影响了农民奚大有的转变。农村在苛捐杂税、天灾兵匪等的骚扰下，终于使对土地有坚固依恋的农民也被迫地跑到了都市。书中对于农村地方色彩的描写很成功，但后半收束太快，城市的情形也写得不如农村好；作者意在表现一个农民转化为工人并取得了无产阶级意识的过程，但因他对工人生活不大熟悉，就不免概念化了。而且农民因为农村经济破产而转化为工人的事实，在当时也不是一般的情况，因为都市也挤满了庞大的失业群。但就是这样一部小说，出版后也很快就遭禁了。《春花》是作者三十万字长篇的前半部，后半部《秋实》迄未见出版。书中以五四运动后一年多的济南为背景，写黎明学会中的一群青年，有过高的理想派，也有因受了刺激而出家为僧的人，连带写出乡村封建势力对学校的观感。下半部《秋实》将显示这群青年由于各自生活道路的不同，结成了各自的果实。他想使几个青年主角能在故事中平均发展，从各方面显示那个时代的社会动态，结果结构上就不免彼此缺少了联系，读来颇单调。而且只读《春花》而无《秋实》，确有未完之感，因为重要处显然是在后边。作者对所写的题材是熟悉的，对社会的前途也有热诚的希望。作风和以前差不多，对话太长，常常以叙述代替了表现，读来略嫌冗长。

这些作家们努力扩大了他们的题材，给我们画出了动荡中的中国农村的全貌，从辽远的西南到东北，从丰腴的江南到华北，都一样地浸沉在腐蚀残破的情景中；而农民们在残酷压榨下的呻吟和自发性的反抗也暗示了中国问题的症结和发展的远景。叶紫在《夜哨线》一篇中说："这，这是什么世界啊！"任谁看了这些作品能不这样地想呢！

六　东北作家群

九一八事变以后，日本帝国主义者强占了我们的东北，民族危机日益加深，文学上自然便有很多抗日反帝的作品出现。其中首先和直接受到帝国主义蹂躏的是东北的人民，他们有些流亡到祖国的关内，国土沦丧的愤懑和生活颠沛的痛苦迫使他们写出了反日的作品，要求人们注意东北的情形。这些作品也由于它们的现实性，得到了很多的读者，起了号召抗日的作用。在1933年前后，就出现过一些描述在日帝蹂躏下的东北人民生活和斗争的短篇。到1935年，萧军更写出了长篇《八月的乡村》，编在鲁迅主持的《奴隶丛书》里，作者有参加东北人民革命军的亲身体验，因而写得比较真实和动人。鲁迅在序中说这书的内容正说明了当时中国的"一面是庄严的工作，另一方面却是荒淫与无耻"。序中又说：

> 我却见过几种说述关于东三省被占的事情的小说。这《八月的乡村》，即是很好的一部，虽然有些近乎短篇的连续，结构和描写人物的手段，也不能比法捷耶夫的《毁灭》，然而严肃，紧张，作者的心血和失去的天空，土地，受难的人民，以至失去的茂草，高粱，蝈蝈，蚊子，搅成一团，鲜红的在读者眼前展开，显示着中国的一份和全部，现在和未来，死路与活路。凡有人心的读者，是看得完的，而且有所得的。[43]

他写出了东北人民怎样在肥沃的原野上和敌人进行斗争的血史，写法多少受了点法捷耶夫《毁灭》的影响。书中对于东北风物的诗意的描写，反而更使人感到这地方为人强占的愤怒和不甘。作者的情感像火一样在作品中燃烧，也同样传染给了读者。书中写出了农民出身的铁鹰队长的刚强坚毅，也写出了知识分子萧明的动摇和感伤。他不暇修辞，文字自然不免小疵。后边作品的文字比较优美了，但热情却也相当地减退，这是上海的环境影响他的。第二个长篇《第三代》（后改名《过去的年代》），写的是辛亥革命后的东北农村，乡绅地主勾结官吏压迫农民，受不了的终于铤而走险，去当"胡子"了；留下来的最后也只有起来反抗。书中的人物杨三说："这是个什么世界呢？……人要想自由一点活下去就只有一条路——去当胡子吗？——还是只有监狱？莫非这村子里的空气也是属于他们的吗？"他终于走了那条路，而且相信"总要有一天，把这些祸害者的窠巢烧成一片平地"。篇幅比《八月的乡村》大得多，技巧也有显著进步，感染力却差了一些；虽然反抗的意识还是很浓的。他的短篇集有

《羊》和《江上》，取材的范围很广，有政治犯的监狱生活，有工人和水手，有汉奸和小偷，也有流浪人和革命者。其中大多数都是被侮辱的人物，正是"九一八"后五年来东北的平原沃野上乌黑的淤血里的故事。在短篇中他总用侧面的描写，并不写敌人的屠杀和农民的苦难，但血腥味是可以从笔墨间嗅出来的。这些作品给人带来了愤怒和悒郁，在抗战前夕民族意识的觉醒上，起了相当大的作用。

萧红的长篇《生死场》也是《奴隶丛书》之一，和萧军小说的背景一样，生活经历也差不多，因而作品的感人性也相似。鲁迅在序中说：

> 这本稿子到了我的桌上，已是今年的春天……但却看见了五年以前，以及更早的哈尔滨。这自然还不过是略图，叙事和写景，胜于人物的描写，然而北方人民的对于生的坚强，对于死的挣扎，却往往已经力透纸背；女性作者的细致的观察和越轨的笔致，又增加了不少明丽和新鲜。精神是健全的，就是深恶文艺和功利有关的人，如果看起来，他不幸得很，他也难免不能毫无所得。[44]

书里写农民们正在辛勤地生活，突然东北沦陷了，一群群善良的人被屠杀，被强奸，逃到哪里都没有用，只有一条真实的路——反抗。于是一切善良朴实的人都站起来了，走上了民族战争的前线。这是农民们在最初阶段的觉醒反抗的纪录，从这里我们真切地看到了中国人民的不可征服的力量。文笔细致，是女性作家的长处。全篇组织略嫌散漫，缺少紧张集中的力量；人物写得也不够突出，但严肃而动人的情感是从头一直贯彻在作品中的。除《生死场》外，她尚有短篇集《牛车上》，收小说五篇，大半是写农村的。

此外的东北作家尚有舒群、端木蕻良、罗烽、白朗等，都出现于1936年顷。舒群有名的短篇是《没有祖国的孩子》，写一个朝鲜小孩在东北所受日帝的凌辱与压迫，用的是依照发展线索连接若干片段的手法；除强调爱祖国与爱民族的意义外，也赋予了国际主义的内容。末后那小孩终于杀死了一个军官，成为一个反抗者。在抗战前夕出现了这样的作品，是有现实意义的。中篇《老兵》写一个东北事变后流落的兵士，作者自己也有这样的体验，因此能写得深切动人。另外的一些短篇如《萧苓》《沙漠中的火花》等，也都是以东北、内蒙古作背景的。但也有一些插入浪漫意味的爱情故事的短篇，如《农家姑娘》和《秘密的旅途》，就多少破坏了严肃的气氛。端木蕻良写过《鹭鹭湖的忧郁》等短篇，收在1937年出的短篇集《憎恨》里，都是写敌人铁蹄下的东北农村的悲惨景象。他自己在《憎恨》后记中说："相信憎恨是战斗的火源，战斗是爱的澄清，爱的创造。相信没有憎的爱是罪恶的姑息。相信第一个将火盗给人间的大勇者，是神的憎恨者。"他的经历和生活不允许他不憎恨，这些作品也就是恨的结晶。罗烽的中篇《归来》是写两个青年由东北逃出来的经过，又有短篇集《呼兰河边》，他的短篇《第七个坑》发表后很受到过好评。白朗写过《轮下》等短篇，也都是以日帝统治下的哈尔滨一带为背景的。这些作品尽管技巧上还不怎么圆熟，但都是亲身经历了亡国惨痛的纪录，出现在抗战前夕的文坛上，对民族意识的觉醒是尽了鼓舞作用的。耶林也写过被侮辱与蹂躏的东北农民遭遇的短篇《月台上》；但他出现较早，1931年就在《北斗》上写过国民党"剿匪"屠杀农民的短篇《村中》，画出了三次"围剿"的实质。他还有一篇《开辟》，是写上海战争中失业工人组织义勇军活动的曲折经过的。他所摄取的题材都有高度的积极意义，掌握得也正确，在清新平易中流露着作者的情感；虽然作品不多，却是值得提起的作家。

七 历 史 小 说

从传统文献中摘取小说题材的，在中国新文学的历史上，鲁迅是最早尝试的一人，他的《不周山》写于1922年，本来是收在《呐喊》中的，后来改收到1936年出版的《故事新编》里，改名《补天》。他说：

> 那时的意见，是想从古代和现代都采取题材，来做短篇小说，《不周山》便是取了"女娲炼石补天"的神话，动手试作的第一篇。首先，是很认真的，虽然也不过取了弗罗特说，来解释创造——人和文学的——的缘起。不记得怎么一来，中途停了笔，去看日报了，不幸正看见了谁——现在忘记了名字——的对于汪静之君的《蕙的风》的批评，他说要含泪哀求，请青年不要再写这样的文字。这可怜的阴险使我感到滑稽，当再写小说时，就无论如何，止不住有一个古衣冠的小丈夫在女娲的两腿之间出现了。这就是从认真陷入了油滑的开端。油滑是创作的大敌，我对于自己很不满。[45]

1926年至1927年他在厦门、广州又写了《奔月》和《铸剑》两篇，都是采取古神话作题材的，是传说人物的人情化；《奔月》中有深刻的寄意，《铸剑》表现复仇主义的精神。到1935年，他又陆续写了五篇，集成一本《故事新编》。序言中说：

> 对于历史小说，则以为博考文献，言必有据者，纵使有人讥为"教授小说"，其实是很难组织之作，至于只取一点因由，随意点染，铺成一篇，倒无需怎样的手腕；……
> 现在才总算编成一本书。……叙事有时也有一点旧书上的根据，有时却不过信口开河。……不过并没有将古人写得更死，却也许暂时还有存在的余地的罢。

这其实是自谦，他写作的目的是为了现在，古人只是借来的题材，而且经他的笔写活了。这不是历史故事，是文学作品。自然，摄取那一点历史的因由也需要一番识力，但作者加上了自己的意想，和现实联系起来了。

鲁迅称《故事新编》为"神话，传说，及史实的演义"[46]，除上述三篇外，《理水》和《非攻》中的正面人物是禹和墨子，禹治水是"查了山泽的情形，征了百姓的意见"；墨子阻楚伐宋，却对弟子管黔敖说："你们仍然准备着，不要只望口舌的成功。"中国的墨家是师承禹的，所以这两篇可视为同一的主题——对于禹和墨子精神的描绘与歌颂，而这是和历史上中华民族的优秀传统相联系的。《出关》和《起死》表现了对道家思想的完全否定，阴柔的老子不得不离开了现实，虚无的无是非观的庄子也不能超脱了人间。《采薇》是对隐士的逃避现实的嘲讽，虽然也寄予了一点同情；但对主张为艺术而艺术的隐士小丙君却就是无情的狙击了。写这样的作品,并不像鲁迅自谦的"无需怎样的手腕";在一个不熟悉历史题材,不懂得如何向传统文献中摄取题材的人,是比写现实的题材更其困难的。

　　以历史材料作小说题材的人很多,郭沫若这时也在东京写了《贾长沙痛哭》《司马迁发愤》《楚霸王自杀》《秦始皇将死》《孔夫子吃饭》《孟夫子出妻》等好几篇历史小说,后来收在《豕蹄》一书里。他虽然也是加以想象重新组织的,却倒是博考文献,有史料作根据的。笔下畅快,主题也极明显,和鲁迅的作风不同。茅盾也写过《豹子头林冲》《石碣》和《大泽乡》等三篇历史小说。他分析了林冲的农民式的反抗性格,比《水浒传》写得简洁而有力。《石碣》是揭发《水浒传》"忠义堂石碣受天文"的秘密的,读来灵活有味。《大泽乡》是写陈胜吴广的农民革命的,篇中说:"想起自己有地自己耕的快乐,这些现做了戍卒的闾左贫民便觉到只有为了土地的缘故才值得冒险拼命。"其中充满了反抗的热情和农民革命的悲壮气氛,写农民对土地的要求和勇敢行动都很真切。施蛰存也写过《石秀》《将军底头》和《鸠摩罗什》《阿褴公主》等历史小说。他的作品很多,有短篇集《上元灯》《梅雨之夕》和《善女人的行品》等,有的借着生活琐事写一种感怀往昔的情绪,有的则用力于佛洛依德式的心理分析。写的多是小市民,多的是恋爱心理的解剖。这几篇历史小说也是如此,着重于性心理的曲折的分析,却失掉了人物的完整性格和作品的社会意义。这几篇历史小说在他作品中算是比较好的,至少比原来封建社会的故事多了一层"性的解放"的意义。他描写心理十分曲折,笔锋很细腻,故事结构也颇纤巧。巴金也曾以王文慧的笔名写了许多篇以法国大革命为背景的短篇，如《一个人的死》《罗伯斯庇尔的秘密》《丹东》等，写的是可歌可泣的故事，有暴君的狂妄，也有光荣的死；写作的才能是卓越的，心理变化的分析也很深刻。虽然是外国的过去的题材，但仍然是有现实意义的。

郭源新（郑振铎）1934年写的短篇集《取火者的逮捕》是取材于希腊神话普罗米修士取火给人类的故事，包含《取火者的逮捕》《亚凯诺的诱惑》《埃娥》及《神的灭亡》等四个短篇，但内容是连贯的。从人类对神权开始斗争到神权的终于灭亡，指出了人类的必然胜利与神权的命定没落，根据旧文而渲染得异常壮美，随处都流露着作者自己的热烈的正义感。黑暗的惨绝，光明的渴求，残酷的神权高压，悲壮的牺牲者的歌声，终于使神权没落，正义重显。这正是反映了中国现实情况的作品，虽然写的是希腊神话。接着他又写了取材于文天祥《指南录》的《桂公塘》，写太平天国黄公俊的《黄公俊之最后》，和写史可法的《毁灭》。《桂公塘》中充满了救亡图存的爱国精神，故事苍凉悲壮，是很感动人的。作者在篇末附注中也说："因为这一段事过于凄惨，自己作完再读一遍，却又落了一会泪。"在《黄公俊之最后》中，作者解释了太平天国为什么能很快地成就了很大的事业，却又如何地腐化和败亡。《毁灭》一篇未以史可法为重心，而着重写了反对者，不如前两篇写得好。这几篇小说都以一个历史上的有民族气节的人物为中心，他们为着理想，宁可牺牲自己，却决不向黑暗低头；这正是作者命意的所在。就写作技巧说，《取火者的逮捕》比较好，取材于中国历史的几篇未能收到作者所预期的效果。

在这一时期中，比之其他部门，小说是丰收的，无论就量说或就质说。比之前一时期，也是丰茂的，不只有了许多长篇，在数量上和反映现实的程度上也同样有了显著的进展。初期还只是对于光明憧憬的概念描写，接着就密切结合了现实。取材也是广阔的，反帝的和抗日的，广大农村中动荡的景象，地主豪绅对农民的压榨和农民的反抗，都有着显明而有力的描绘。就是历史小说，也同样是和现实密切相关的。这些作品都有力地教育了人民，特别是知识分子，为中国革命尽了巨大的力量。虽然令人十分满意的成功的作品还不多，但像《子夜》这样的小说，也不能不说是辉煌的收获。

* * *

〔1〕瞿秋白：《乱弹及其他·革命的浪漫谛克》。

〔2〕鲁迅：《三闲集·叶永蓁作〈小小十年〉小引》。

〔3〕〔4〕〔5〕〔34〕丁玲：《一个真实人的一生》。

〔6〕丁玲：《我的创作生活》。

〔7〕何丹仁：《关于新的小说的诞生》，《北斗》2卷1期。

〔8〕钱杏邨《关于母亲》一文中引丁玲致《大陆新闻》编者信，《现代》四卷一期。

〔9〕1951年初版本这一节论列了茅盾、叶绍钧、王鲁彦与郁达夫几位作家创作，1982年修订再版时改为集中单独评述茅盾，其他几位作家的评述并入第四、五节。本节对茅盾的评述篇幅比初版增加了约一倍。——编者注。

〔10〕〔11〕〔12〕茅盾：《从牯岭到东京》。

〔13〕〔14〕〔15〕〔17〕〔20〕茅盾：《茅盾选集·自序》。

〔16〕茅盾：《〈子夜〉是怎样写成的》，这里是据巴人《文学初步》第四篇第七节所引全文节录，据巴人说，原文是茅盾在新疆的一篇讲演录，载于1939年6月1日《新疆日报》副刊《绿洲》。

〔18〕瞿秋白：《〈子夜〉和国货年》。

〔19〕见《鲁迅书信集》上卷第 352 页、下卷第 932 页。

〔21〕茅盾:《关于〈林家铺子〉的一封信》,见吴奔星著《茅盾小说讲话》。

〔22〕茅盾:《茅盾选集·我的回顾》。

〔23〕1951 年初版本对巴金的评述列入下一节《城市生活的面影》,1982 年修订重版时增加了对巴金评述的篇幅,于此列单独一节。——编者注。

〔24〕《巴金短篇小说集》第一集:《写作生活的回顾》。

〔25〕巴金:《爱情三部曲·总序》。

〔26〕巴金:《家·后记》。

〔27〕巴金:《复仇集·序》。

〔28〕老舍:《老牛破车·我怎样写〈赵子曰〉》。

〔29〕鲁迅:《中国小说史略·清末之谴责小说》。

〔30〕老舍:《老牛破车·我怎样写〈牛天赐传〉》。

〔31〕〔32〕《老舍选集·自序》。

〔33〕茅盾:《读〈倪焕之〉》。

〔35〕见《鲁迅书信集》上卷第 349 页。

〔36〕1951 年初版本在此处曾引述胡风在《张天翼论》一文中对张的评论:"一方面说来是素朴的唯物主义观点,另一方面说来是热情薄弱的观照态度。"——编者注。

〔37〕1951 年初版本此处曾引用胡风在《文艺笔谈·七年忌》一文中对欧阳山的大段评述,认为欧阳山"决不把他的人物写成单色","他总是用着粗粗一看好像是杂乱的甚至灰暗的色调曲折地衬照出来","主题展开不够具体",等等。——编者注。

〔38〕鲁迅:《南腔北调集·〈总退却〉序》。

〔39〕〔40〕鲁迅:《二心集·关于小说题材的通信》。

〔41〕鲁迅:《且介亭杂文二集·叶紫作〈丰收〉序》。

〔42〕满红:《悼〈丰收〉的作者——叶紫》,《长风月刊》1 卷 2 期。

〔43〕鲁迅:《且介亭杂文二集·田军作〈八月的乡村〉序》。

〔44〕鲁迅:《且介亭杂文二集·萧红作〈生死场〉序》。

〔45〕鲁迅:《故事新编·序言》。

〔46〕鲁迅:《南腔北调集·自选集自序》。

第九章 进展中的戏剧

一 剧运和剧本

田汉是对于推进戏剧运动最热心的人，很多从事剧运和剧本创作的人都受过他的影响；他的创作量也很多，收在《田汉戏曲集》（共五集）、《回春之曲》和《黎明之前》等集子里，而且差不多都上演过。他领导的南国社是从1928年开始在上海公演的，他自己说：

> 至1928年夏，学院（按：指南国艺术院）以种种原因停顿，而学生仍相依不去，我便由研究室开始向社会作实际活动，当时的环境比较的最适于我们活动的是戏剧，于是南国及以戏剧运动多少为社会所注目。[1]

当时公演的多是属于他早期作风的一些剧本，充满着浪漫的情调，如《古潭里的声音》（独幕抒情剧）写灵肉冲突，《生之意志》（独幕喜剧）写老一代的父亲屈伏于代表新生意志的浪漫行动的子女之前。其他如《苏州夜话》《湖上的悲剧》《名优之死》《颤栗》《南归》，也都是充满一种感伤的所谓"灵肉生活之苦恼"的情调，写的多是有着诗意和热烈情感的故事，很能打动一些苦闷的青年人的心。他后来自己批判说：

> 当时结合社员之最大手段也还是热烈的感情，和朦

胧的倾向，我们都是想要尽力作"民众剧运动"的，但我们不大知道民众是什么？也不大知道怎样去接近民众。我们也知道一些抽象的理论但未尽成活泼的体验。何况我们中间本有不少自称"波希米亚人"的一种无政府主义的颓废的倾向，他们也喜欢我的味道，我也为着使戏剧容易实现得真切每每好写他们的个性，所以我们中间自自然然就酿成一种特殊的风格。好处就是我们的生活马上便是我们的戏剧，我们的戏剧也无处不反映着我们的生活，虽说这种生活的基调立在没落的小资产阶级上。[2]

但终于在剧运活动中逐渐摆脱了一些这种倾向，1929年后他写的剧本就和以前不大同了。如《第五号病室》（独幕剧）写病态的得不到满足的恋爱心理，三幕剧《火之跳舞》写工人与资本家阶级关系的对比，由于生活境遇不同而对人生的看法也产生了重大变化，从中可看出他摄取题材方向的改变。还有《垃圾桶》《一致》《卡门》等剧本，也完成于此时，他自己说《一致》是专为和绅士阶级开战而写的，"由此篇多少可以看见我个人作剧上转变之机"[3]。他的政治立场逐渐显明了，九一八事变后，他是努力以反帝题材积极创作的一人，写了好些剧本，上演的次数也很多，收到很大的效果。如《乱钟》（独幕剧），以沈阳陷落那天的大学生生活为题材，写出他们对日帝侵华这一事实的理解；表现出了各种不同的思想倾向，也指示了正确的道路。《扫射》（独幕剧）写长春人民的反帝斗争，暴露了日帝的残暴与中国官吏的怯弱，终于军民联合抗日，以"扫射"答复了"扫射"。《暴风雨中的七个女性》（三幕剧）写各种不同倾向的妇女知识分子对抗日事件的不同反应和思想的发展，终结是大家跑向街头，参加示威。人物多少影射着当时的女作家们，还曾引起过一点风波。这些剧本都曾多次上演过。《梅雨》和《年夜饭》也是这时写的，但上演的次数不多。接着他又写了反映十六省大水灾中农民生活的五幕剧《洪水》，除灾区惨象外，也写了所谓"慈善家"救灾的内幕，堤工局侵吞公款的行径，以及农民救堤和反抗的场面；题材极广泛，但组织得不很紧凑。"一·二八"后，他又写了《战友》《一九三二的月光曲》等，也收到了很好的舞台效果。他摄取题材的目的是要反映时代的动荡和斗争的面貌，因此都是针对现实的。他对青年学生和一般知识分子的生活很熟悉，能把握住人物的性格，也能赋予强烈的感情，比写工农要好得多。《暴风雨中的七个女性》因受到现实人物的限制，性格没有明显展开，不如《乱钟》《扫射》《战友》等写得成功，演出效果也差一些。《洪水》的题材太庞大，作者对灾区情形和农民生活也不够熟悉，结构上比较散漫，缺少现实的逼真感觉；演讲太多，也是乏味的一个原因。一般地说，他剧本中的对话都略嫌冗长，缺少精炼与机智，感情是热烈奔放的，仍存在着大量的浪漫情调。1933年后，他又写了《回春之曲》（三幕剧）、《水银灯下》、《旱灾》、《暗转》、《雪中行商》（皆独幕剧）等作品，和改写后的独幕剧《洪水》，后来都收在名为《回春之曲》的集子里。洪深在序文中说：

> 近几年来，中国也有不少写作戏剧的人，也刊行过不少戏剧集子，但是，要寻觅一部作品，能够概括地反映最近四五年中国政治经济社会的情形，并且始终不曾

失去"反封建和反帝国主义是中华民族的唯一出路"那个自信的,除了田先生这集子外,竟不容易再找到第二部,这部集子的可以传,应当传,是毫无疑义的。

《回春之曲》写爱国的青年高维汉想从南洋去投入东北义勇军参战,结果因神经受伤,变为疯狂;每日只喊"杀呀,前进!"但他爱人仍好好看护,爱情不变,后来在上海人民"一·二八"三周年纪念时,高维汉追忆前情,神经才恢复了常态。最后他高喊:"我们中国人不要做痴子……不要让'一·二八'的血白流了,不愿意做亡国奴的,不愿意做顺民的起来,杀啊,前进!"《水银灯下》是写电影演员的反帝爱国情绪的。《旱灾》写农村中人吃人的惨剧,《暗转》写受生活压迫的人们如何投入到旧剧台上。《雪中行商》写一个为了享乐而出卖肉体的女人的感悟,她终于挣脱了富绅的羁绊,走上了抗争的道路。在这些剧本中作者既写出了有人过着荒淫无耻的生活,也写出了有人在苦难的深渊挣扎。他写出了斗争,也指出了应走的道路。作者的热情充溢在对话和剧情中,很有感动人的力量。其中《回春之曲》曾多次上演过,是著名的反帝作品,虽然穿插了一些爱情纠纷,但演出的效果很好。他又把鲁迅的《阿Q正传》改编为剧本,鲁迅也认为"将《呐喊》中的另外的人物也插进去,以显示未庄或鲁镇的全貌的方法,是很好的"[4]。以后他又出了剧本集《黎明之前》,除了《洪水》是由旧作改编外,主要是鼓吹抗日的。其中《初雪之夜》写在敌人进攻中的雪夜蜷伏在街头的文人、工人和小偷等的惨象,其中的"歌词"说:

> 风凄凄，雪迷迷，
> 砖做枕头纸做被，
> 我们被赶到人生的角落里。
> 世界充满着火药气。
> 零落者啊，手拉手儿在一起。
> 再不起来我们快要没有立足地。
> 我们快要没有立足地！

可以看出作者的立场和感情。《黎明之前》是由《出走后娜拉》改编的，姐姐抛弃了当汉奸的丈夫，要和弟弟上前线，而母亲在那里拼命阻拦。《阿比西尼亚的母亲》是写意阿战争中阿国民众的苦难的，反帝的意识极浓，结尾那母亲惨呼说："我们的运命就是一切被压迫民族的运命啊！"这剧本在抗战前夕上演是尽了宣传鼓动的任务的。《晚会》中连一个生病的资本家太太也喊出了"朋友们，中国的命运也像我的生命一样，决定在这一年半载了。不愿意投降，不愿意做亡国奴的，就得赶快从一切幻想，一切甜蜜的梦醒过来，坚决的和帝国主义封建势力和汉奸奋斗"。终于许多人在火光中参加了救亡战线。这本书是1937年出版的，这些都是他在抗战前夕的作品，对呼吁全国人民一致起来抗日反汉奸，具有相当的宣传力量。在剧作家中，他的创作数量是最丰富的，题材又富于现实性和战斗性；而且他热心剧运，他的剧作差不多都经过舞台的考验，产生了很好的效果。因此尽管就创作技巧或作品里包含着的浓重的浪漫情调说，这些剧本当作"作品"还含有相当多的缺点，但就对于剧运和剧作的贡献说，我们应该充分肯定它的成绩。

1930年由沈端先、郑伯奇等组织的上海艺术剧社成立，这是推进中国新兴戏剧运动的有力团体，曾组织移动剧队到工人区域演过戏，但初期上演的仍多是翻译的外国剧本，如罗曼·罗兰的《爱与死的搏斗》等。另外南国社的一部分人左明、陈白尘等脱离南国社，以"青年戏剧同志联合起来一致努力完成民众戏剧"的口号，另组织摩登剧社，推行学校剧运动，但演出的也多是翻译剧，剧本的创作很少。这时上海戏剧的空气很浓厚，又受了革命浪潮的激荡，遂由艺术剧社、南国社、摩登剧社、大夏剧社，和洪深领导的戏剧协社、光明剧社，朱穰丞领导的辛酉剧社等七团体，发起组织上海剧团联合会。由于大家对剧运的前途和社会意义已有了一致的认识，遂于成立会上改变为左翼剧团联盟，于1930年8月1日正式成立。但接着就受到统治者的压迫，各剧团工作都无法进行，因于1931年初改组为以个人为单位的左翼戏剧家联盟。剧联成立后，艺术剧社及南国社即解散，其他各团体也皆停顿。但以后在剧联领导下的新的剧团和演出都相当多，其中如大道剧社等尤为著名。九一八事变后，剧联的活动很活跃，展开了在工人中建立蓝衫剧团的活动，在各处演出抗日反帝的戏剧。其中除前面讲过的田汉的作品外，演出次数很多的还有适夷、袁殊和白薇诸人的作品。适夷、袁殊他们本是曙星剧社（即《文艺新闻》演剧部）的主持者，对推进新兴剧运非常努力。适夷有剧本《活路》、《S.O.S.》（皆独幕剧）等。《活路》是将农村的洪水灾难和工人的反日斗争联系起来写的，阿成妻的婆婆和整个家庭都被水淹光了，她跑到上海找她丈夫，而他却又被东洋兵打死了；结尾表示了只有一条活路，那就是斗争。《S.O.S.》以

"九一八"前后沈阳无线电台发报房为背景,写出了日帝残暴与军阀误国的情形,也写了一群小职员思想上的不同倾向和反应。袁殊有独幕剧《工场夜景》,也是写日帝的残暴和殖民地人民的饥寒生活的。这些都是为工人剧团的移动剧场用的剧本,渲染很少,语言也力求大众化,在工人群众中发生了很大的影响。瞿秋白说:

> 这些戏,例如《工场夜景》(袁殊)、《活路》(适夷),都是真正要想指出一条活路来的,这条"活路"的开头,难免只是诉说没有活路的苦处。然而,至少这种诉苦是有前途的。这里因为诉苦而哭,也将要是学会不哭的第一步。而且还有一件事值得指出来的:就是这些新式草台班的戏子,因为要唱戏给"下等人"听,而不是写小说给上等人看,所以开辟了"下等人国"的"国语"运动。这是中国文学革命(以及革命文学)的新纪元。[5]

白薇的一些作品在当时也很流行。她的《打出幽灵塔》一书,包括《打出幽灵塔》《姨娘》《假洋人》《晴雯之死》等剧本,大致是"九一八"以前写的,但已显示了勇敢的反抗。《打出幽灵塔》像易卜生的《娜拉》一样,正是一种叫醒那些沉睡在家庭中作傀儡的不幸妇女们的声音。女性在旧社会中,像被镇压在幽灵塔下,她们在黑暗中生活,白白葬送了一生,现在就要发出反抗的呼声!这剧本在《奔流》发表时就曾引起过好评,其余各剧也都是为被侮辱与被损害的女性呼喊的,充满了热烈的反抗情绪。她自己有冲破苦难环境的经历，在长篇自传《悲剧生涯》一书中有详尽的叙述，因此写作时禁不住情感的流溢，虽然结构并不很紧凑，但感人的力量是有的。九一八事变后，她又写了许多抗日反帝的剧本，如《北宁路某站》《敌同志》等。《北宁路某站》是写日帝强占东北后的惨景的，说明了不能相信当时的政府，只有被压迫群众紧紧拉拢手来，向敌人进攻，才有出路。《敌同志》是写"一·二八"沪战告终后沪西工厂区工人的愤怒和反应的，其中还写到了工人群众对一个曾任民众义勇军干事的叛徒汉奸进行的斗争。这些剧本虽然写得不算怎样好，但在各处上演时却曾发生了宣传的效果。

  洪深对于戏剧运动也是极其热心推动的。他先主持戏剧协社，后领导复旦剧社，都有很大的成绩。1932年以后，他又从事电影事业，也有不少贡献。抗战前夕他主编《光明》半月刊，这是提倡国防戏剧最有力的杂志。他的作品虽不如田汉的量多，但确乎是很扎实的。就因为他的作风没有浪漫的气氛，现实性很强，写作技巧也圆熟，所以作品就比较有力了。他的剧本《五奎桥》《香稻米》和《青龙潭》，都是写农村的，合称为《农村三部曲》。《五奎桥》中写农民为了天旱，水低，眼看稻要干死，而机器打水的洋龙船撑不过五奎桥边，因此想把桥拆掉；但这桥关系周乡绅家祠堂的风水，也是周家地主权力的一种象征，他自然不准，于是就展开了剧烈的斗争。主题是反封建和反迷信的，写青年农民李全生也并没有把他写成英雄，虽然坚强刚毅，倒是典型的农民口吻和性格。写周乡绅的奸诈，群众拆桥的场面，也极生动自然。《香稻米》是写丰收成灾的，背景和《五奎桥》相同，农民黄二官满望丰收可以还债，但债主和米店老板、外路米商、兵匪，都一样地压挤剥削他；谷价下落得终于使黄二官一家陷入了破产的命运。在这残酷的事实教训中，他克服了他的坚忍的宿命论，形成了新的坚实的人生观。作者通过一个青年学生，给未来社会作了描摹，而黄二官也终于相信了。剧本对农村经济破产的过程，作了复杂错综的描绘；对于买办阶级、地主，对于高利贷、苛捐杂税、兵灾，都有生动具象的描写。《青龙潭》以五奎桥的邻村庄家村为背景，写农民为了天旱无法生活，终于到青龙潭求雨的故事。书中正直善良的小学校长林公达，素日农民对他的反迷信的教育很敬佩，但在不能得到对天旱的实际办法时，群众竟因他不肯拜神求雨而把他打死了。激进的青年农民刘秀三，他不赞成求雨而主张向地主们吃大户，但因得不到同调而独自当土匪去了。书中当作正面人物的，仍是五奎桥中出现过的李全生。他在最后大声疾呼说：

> 不对的，这样是不对的！乡下人的迷信是不对的！县长的狡猾敷衍是不对的！刘秀三没有饭吃就去做土匪，是不对的！沙小大受了刺激，掉转方向走极端，是不对的！林先生没有决心替乡下人解决实际问题，徒然使得他们怀着空虚的希望，是不对的！打死林先生，更是不对的！到青龙潭去迎龙王，天上不会落下雨来的！打死一个自己人出气，还是不能救活大家的。

但究竟什么才是对的呢？李全生说："有决心，有自信，总会寻出道路的！"然而，在剧中并没有暗示出道路的影子来。《青龙潭》写得没有上边两个剧本好，作者意在嘲讽一些改良主义者空口宣传，对农民没有实际用处；但却主张造公路、兴水利，而反对农民们去吃大户，似乎作者自己也是持着改良主义者的观点。他大概要写出这个感想，所以人物的性格和故事的安排也不真实，远不如《五奎桥》和《香稻米》写得好。作者在《农村三部曲》自序中说：

> 《五奎桥》所写的，是乡村中残留的封建势力。《香稻米》所写的，是农村经济破产。第三部，本想写《红绫被》——那是前两部曲的必然发展。但因两次写了第一幕，都不能使我自己满意；所以搁下不用，另写了一出《青龙潭》。《青龙潭》所写的，是"口惠而实不至"的结果。讲解，演说，宣传，教育，平时似乎很收效果；然而都是靠不住的！如果负责的人，不能为农民解决生活上的困难，不能使他们获得实际的利益！

作者对中国农民所遭遇的苦难和不幸是深感同情的，但因他对社会的认识不很深刻，所以当他暴露病源的时候就写得很成功，而到他研究药方和道路的时候，他就和他所嘲笑的林公达同染着类似的改良主义色彩了。电影剧本《劫后桃花》是以青岛作背景的，写帝国主义者的跋扈，汉奸和翻译员等的无耻，对贫苦的花匠和学生则给了正面的同情的描写，主题是反帝的，写得也很成功。此外他还有独幕剧《狗眼》等作品。抗战前夕出的《走私》一书包括四个剧本，是他对"国防戏剧"号召的实践。序中说：

> 我们不能否认：艺术是现实生活的反映。因此，艺

术所要表现的，自然就是某时代某社会内一般大众的情绪了。现阶段的中国，显然是陷在那贪得无厌的日本帝国主义的侵略的魔手里。……所以这几年来"国防戏剧"一天一天地在舞台上占到势力，在城市内，"话剧"固然有把"旧歌剧"取而代之的趋势；在农村中，更显出"话剧"有无限发展的威力！"话剧"竟然超越她的姊妹群而昂首前行了！

其中《钨》是写乡绅串通日帝买办，来鱼肉乡民收买钨的，但终于被乡民发觉起而斗争了；同时也写出了政府官吏的贪污和无能。《咸鱼主义》是一个喜剧，讽刺小市民独善其身的逃难思想。《多年的媳妇》是1935年写的，写两个时代的思想观念的不同。《走私》是写汉奸押卖日本走私白糖并欺凌乡民的，——据说有些农民看完《走私》之后，确曾表示过"宁愿吃粗劣的土糖，也决不买白净的洋糖"[6]。演出效果是很好的。

欧阳予倩写过《青纱帐里》《同住的三家人》等剧本，也写过电影剧本《桃花扇》。《桃花扇》是借一个新闻记者和女伶的爱情故事来写反对军阀统治的革命斗争的。《青纱帐里》是反帝的。《同住的三家人》写劳动人民的苦难和彼此间的友爱。陈白尘有独幕剧《街头夜景》《除夕》《中秋月》《父子兄弟》等，又有历史剧《汾河湾》《虞姬》和《太平天国》，抗战前夕还写了以"航空救国"为题材的四幕讽刺剧《恭喜发财》。就这一时期的成绩说，历史剧写得比较好。他的戏剧创作在抗战期间有很大的成就，这一时期写得不太多，反不如他的小说写得成功（小说中如《茶叶棒子》

《泥腿子》等的写农村,《曼陀罗集》中各篇的写监狱生活,题材极现实,写得也都很生动清新)。阿英(钱杏邨)有剧本《春风秋雨》,是以1927年大革命为背景,写社会上各种人物的动态的。其中有卑鄙人物的阴险狡狯,也有知识分子的任性和革命青年的坚忍;剧本组织得紧凑活泼,在上海演出时的效果很好。马彦祥有《讨渔税》《生路》《械斗》等剧作,他是做导演的,很重视观众情绪,剧本内容多是写反恶霸和反帝的斗争。

李健吾有剧本集《这不过是春天》《以身作则》《母亲的梦》《新学究》《梁允达》等,产量很多,写的也多是长剧,但更擅于写轻松性质的喜剧。他以对话的流利生动和戏剧性的结构见长,里边也常写革命人物,但多是知识分子,而且把背景都安放在北伐期间,再加上爱情等的穿插,思想性就冲淡了好多。《这不过是春天》(三幕剧)写北伐时期北京正捉拿从南方来的革命党人,但那位南方来的人却正住在警察厅长家里,他是厅长夫人的老友。密探因为没有重大赏额,遂把这消息告了夫人,领了不少贿赂,夫人就把她朋友用汽车送至天津逃了,但她又为失掉心灵的安慰惆怅起来。这个剧本在描写警察机构中各种反动人物的性格卑劣和奸诈以及厅长夫人的内心寂寞等方面,写得比较生动真实,但作者并未正面写革命者与反动政权之间的矛盾,而把主要力量放在爱情纠葛的线索上,这对女主人公的内心世界的描绘虽有所帮助,却损害了那个革命者的形象。他不只居非其所,言行上也是与一个革命者的身份很不协调的,这自然就削弱了作品的成就。作者另外有个独幕剧《十三年》,写一个侦探为了儿时的爱情释放了一个女革命者的故事,那情调和这也很相似。《以身作则》也是三幕喜剧,他刻画了主人公徐守清的虚伪的道学面孔,却以同情给予仆人宝善,以为这样的人才更懂得人生。作者在《后记》中说:"作品应该建在一个深广的人性上面,富有地方色彩,然后传达人类普遍的情绪。我梦想抓住属于中国的一切,完美无间地放进一个舶来的造型的形体。"这可以说是他的文艺观点和创作态度。《母亲的梦》一书中收独幕剧《母亲的梦》和四幕剧《老王和他的同志们》。《母亲的梦》是写北京的一个洋车夫的母亲怎样被残酷的现实摧毁了她的善良的愿望,也写了军阀内战所给予人民的痛苦。《老王和他的同志们》是写"一·二八"淞沪抗战的,人物极多,对民众的协助抗战画出了一个粗略的轮廓。这是他在法国带着一种关心祖国的热情写的,他在《跋》中说:

> 没有亲耳听见炮声,没有亲目灼见火光,我妄想凭借报章和想象补足实地的经验。身当其冲的读者,一定会否认这里拟的现实。但是,假令读者知道远地人心头的苦闷,该怎样原谅他的狂妄!爱是盲目的,然而基于单纯的冲动,未尝不也是个值得同情的过失。

这剧本自然不能算很好,但主题和题材都是面向现实的,说明了作者题材的扩大和转换。他在《母亲的梦·跋》中曾说:"在我这小小的脑磕,起伏着多少社会问题,……把思维截成无数有声有色的惊叹符号。我倒愿撕掉我的灰布制服,在悲观的宿命论里打滚,和四外的坟冢结做一片荒凉。然而我不,我要活着。"这说明了他正在注视社会问题,而且寻求解答，但这种意识在作品中并不明确，只有一点朦胧的观念。《新学究》是一个讽刺嘲笑新学究的喜剧，有的是轻松和机智，而且紧凑地把一切情节安排在五个钟头以内。主人公康如水（新学究）有一个理想，然而他无法否认现实，于是他把现实"理想"化了，结果自然到处碰壁。这是一个迂得悖谬的人，是使人发笑的对象。《梁允达》是写农村的，在三幕中他都运用了电影式的片段连续的写法；形式是活泼的，也写了一些驻军串通土豪贩卖鸦片的勾当，但主要的却是乱伦杀人和色情通奸等情节。故事是动人的，但这样的事实的确太少了，因而也就减低了它的社会意义。一般说，他的特长是在对话的俏皮利落和结构的严密紧凑上，随时用明快的机智来表现人物的聪明和诙谐，擅长于一种喜剧情调；演出时不缺乏轻松发噱的场面，也能让观众悬起心来注意情节的开展。但偶然的巧合太多，观察也未能十分深入，因而社会现象虽有所表现，但给人的印象似乎仍是一个"惊叹号"。

袁牧之有《爱神与箭》《玲玲》《三个大学生》《两个角色演的戏》等剧本集，他是著名的舞台演员，剧本也以俏皮生动的对话见长。他很喜欢写小喜剧，作风似乎受过丁西林的影响，至少趣味和风格是相近的。譬如只用两个角色写各种独幕剧，如果没有玲珑机智的对话，那一定是很单调的，作者却以此见出他的特长来；而且对话也不是长篇大论，而是一句接着一句，其中穿插一些小的动作和趣味，演出时也很能吸引观众。自然，那情调和趣味都是小市民的；也很难就剧本的社会意义作出评价，他的兴趣根本不在这里。熊佛西这时期写了一些以农村生活作题材的剧本，如《锄头健儿》《屠户》《过渡》。"九一八"后还写了《卧薪尝胆》，抗战前夕又写了《赛金花》。但他对农村的社会关系认识得不够清楚，思想上又充满了改良主义的色彩，因此作品也并没有比前期进步多少。其中《过渡》比较好些。

杨晦有剧本集《楚灵王》，分上中下三卷，卷中的一些独幕剧，都是以前《沉钟社丛书·除夕及其他》一书中的旧作。他以一种诗的情调，写着灰黯的人生，也流露一点感伤。卷下四幕剧《来客》写过渡时代中青年的婚姻悲剧，爱情和道德的冲突终于害死了人。卷上《楚灵王》（五幕剧）大概倒是最后写的，这是历史剧，写楚灵王灭蔡国而终因残暴的统治亡国的故事。场景和人物都很多，演出是困难的，但在阅读中可以看出作者的匠心，这样题材是很不容易组织的。书中写了侵略者的横暴和最后下场，也赞美了蔡国的决不投降的战斗精神，"还是这样才像个国家，才有声有响"，为当时正受日本侵略的中国人民写出了他的愤慨和呼吁。虽然是历史剧，倒是面向现实的。

二 《雷雨》及其他[7]

1934年曹禺发表了四幕长剧《雷雨》，严密的结构和精练的对话都显示了作者的艺术修养和写作技巧。它立刻引起了广泛的注意，被认为是新文学运动以来戏剧创作上稀有的成就。接着他又写了《日出》和《原野》，都是多幕长剧，更证实了这位剧作家的卓越才能。这些剧曾在各都市广泛上演过，作者在剧本中是注意于舞台提示的，演出的效果也很成功。在长期的舞台考验中这些剧本得到了人们的普遍赞赏，至今仍保持着动人的艺术魅力。

《雷雨》通过两个家庭之间错综复杂的纠葛写出了不合理的社会关系所造成的罪恶和悲剧。剧情主要写的是属于资产阶级的周家，但无论从经济上或人格上，直接受到掠夺和侮辱的却是社会地位低下的鲁家。这里不只深刻地暴露了资产阶级的罪恶和他们卑劣的精神面貌，而且也说明了不幸的承担者往往是无辜的劳动人民，这就表现出《雷雨》这一名剧的深刻的思想意义。剧中的人物不多，但作者对主要人物形象都通过带有动作性和性格特征的对话，作了深刻的心理描绘，他们都有鲜明的个性。每一形象都在矛盾冲突中显示了他作为社会人的丰富内容，因此他们的遭遇和命运就能够激动人们的心弦。

在半封建半殖民地的中国都市里，带有浓厚封建气息的资本家周朴园这个人物是有典型意义的。他既是尊崇旧道德的卫道者，又是在外国留学过的知识分子；在他身上，半封建半殖民地上层人物的特点十分显著和集中。在"仁厚"、"正直"、有"教养"等的外衣下，这个人物的伪善、专横、庸俗的精神面貌和由此产生的罪恶，通过富有表现力的戏剧情节得到了深刻的揭露。繁漪是一个性格更为复杂和矛盾的人物。她是"五四"以后的资产阶级女性，有追求自由和个性解放的要求，但脆弱而任性，热情而孤独。她在周家精神饱受折磨和痛苦，渴求摆脱而又只能屈从，终于在难以抗拒的环境中使性格得到变态的发展，爱变成恨，倔强变成毁灭一切的决心，使悲剧的意义十分突出。作者说："这类的女人许多有着美丽的心灵，然为着不正常的发展和环境的窒息，她们变为乖戾，成为人所不能了解的。受着人的厌恶，社会的压制。这样抑郁终身呼吸不着一口自由空气的女人，在我们这个现社会里不知有多少。"[8]作者强调了形成这种悲剧的社会原因，着重在控诉资产阶级生活方式对人的损害和摧残，这是完全正确的；但作者有时不免对这类人物赋予过多的同情而没有指出他们自身的弱点。特别是像周萍这样苍白空虚的懦弱性格，一切都打着他所出身的那个阶级的印记，作者仍然强调了他受害的值得同情的一面，而对他自身的缺陷却缺乏必要的批判。周冲尚未成年，还生活在憧憬的梦幻中，让他在现实中经受打击和考验是必要的。鲁家的成员则除了鲁贵是一个依附于周家的令人厌恶的奴才以外，其余三人都是属于社会下层的被侮辱与被损害者。鲁妈和四凤的悲剧与繁漪和周萍的性质不同，她们母女的遭遇完全不能由她们自己负责。鲁妈由于自己的切身经验，早就对有钱人怀着仇恨和警惕，但她仍然无法让女儿避免和自己类似的命运。四凤则对社会现实尚属无知，当然也是无辜的；她们几乎相同的经历，深刻地显示了旧社会中这些平凡善良人们的命运。鲁大海的出现给作品的阴暗气氛带来了明朗与希望。这个人物虽然写得还不够丰满，但却体现着作者的社会理想。他粗犷、有力，是作品中唯一有前途的人。

《雷雨》的主导思想是彻底地反封建和鼓吹个性解放的民主主义。作者极力歌颂的繁漪式的"雷雨"性格，其核心就是个性解放的强烈要求。对于压制和最终扼杀这一要求的黑暗制度，作者表示了极大的憎恶，毫不可惜它的溃灭，而把社会理想寄托于鲁大海那样的工人。如果从作品中人物形象的实际出发，我们就会看到剧本中人物的命运都有一定的社会依据，偶然性的情节体现了某些必然的规律，而并不是宿命的、不可知的。性爱和血缘的纠葛以及某些巧合只是使作品不免"太像戏",有些"斧凿痕",并没有根本损害和冲淡作品所描写的社会矛盾。

《雷雨》发表后第二年,1935年,曹禺写了《日出》,如果说写《雷雨》时,作者感兴趣的"只是一两段情节,几个人物","并没有显明地意识着我是要匡正,讽刺或攻击些什么"[9],那么,写《日出》时,作者是更自觉了,"一件一件不公平的血腥的事实利刃似的刺了我的心,使我按捺不下愤怒",希望"平地轰起一声巨雷,把这盘踞在地面的魑魅魍魉击个糜烂"[10]。《日出》写的是30年代初期中国都市社会的横剖面,作者用愤激的感情揭露了那个"损不足以奉有余"的黑暗社会和操纵这个社会的反动势力,说明作者对现实的理解有了显著的进展。

《日出》描写的气氛是紧张而烦躁的,这是当时都市生活的气氛,也是那个日出之前的时代气氛。剧情是围绕主要人物陈白露展开的。她一面联系着银行经理潘月亭,由此揭露了上层社会的罪恶与腐烂;另一面联系着方达生,由此展开了下层社会最黑暗的角落,并联系到日出之前的形势。陈白露这个交际花年轻美丽,高傲任性,厌恶和鄙视周围的一切却又追求舒适而有刺激的生活,她常常带着嘲讽的笑,玩世不恭而又孤独空虚地生活在悲观和矛盾中。这是一个悲剧性的人物,正因为在她身上还有一些为一般交际花所没有的美好的有价值的东西,因此她才除了与潘月亭等人厮混以外,还会为"小东西"作出对付黑三的举动,同时也才可以仍然与方达生保持感情上的某种联系。但她"游戏人间"的生活态度是不可能长久维持的,结果只能在日出之前结束了自己的生命。围绕潘月亭的活动和命运,使读者看到了当时都市经济恐慌的面貌,工厂停工,银行倒闭,地皮跌价,公债投机盛行。在他与李石清紧张尖锐的生死搏斗中,这类人物奸险狡诈的丑恶灵魂和他们所面临的没落命运被揭露无余。与此相对照的是小人物黄省三全家服毒的惨剧。在李石清与黄省三的对话中非常有力地表现出那个社会中人与人之间的冷酷无情。方达生出现在旅馆这群人中显然是不协调的,但他的拘谨、书生气、富于正义感的性格使人感到他与陈白露的感情联系并不是不可理解的。而由于他的出现,剧情就由"小东西"的遭遇一直延长到都市中最为黑暗的"人间地狱",完成了作者所描绘的那个"损不足以奉有余"的社会的完整画幅。方达生是一个缺乏社会经验而又有善良愿望的知识分子,他要感化陈白露,援救"小东西"。到处碰壁后还立志要"做点事,跟金八拼一拼"。他最后是迎着上升的太阳,向着工人歌声的方向走去了。这个人物身上虽有许多缺点,但作者是把他当作正面人物来写的;而且正因为他是那样"天真"和书生气,他与陈白露的关系以及他的闯入妓院等情节才显得有生活根据。他在剧中的出现不只能够联系到下层社会的描写而且也给人以日出之后的联想,给人以希望和鼓舞。但在《日出》中,作为日出后的光明象征的主体的是砸夯工人的集体呼声。作者说:"真使我油然生起希望的还是那浩浩荡荡的向前推进的呼声,象征伟大的将来蓬蓬勃勃的生命。"[11]这说明他是把改造社会的希望寄托在工人阶级身上的,但剧中并未创造出工人的具体形象,砸夯的呼声只能起一种烘托气氛的作用。

《日出》中的次要人物也都写得性格鲜明。顾八奶奶的庸俗愚蠢和自作多情,李石清的狡黠毒辣和洞悉人情,从黑三的凶狠残忍中衬托出了金八的横行，从翠喜的悲惨境遇和真挚感情中写出了下层人民的善良的心。作者把"不足者"和"有余者"之间的矛盾尖锐地揭露出来了，这个矛盾社会的操纵者就是没有出场的金八。正如代表光明而同样未出场的砸夯工人一样，这个人物并未得到形象的描绘，但就全剧所显示的剖面来看，他当然是一个拥有实力的封建、官僚、买办阶级的代理人，是民主革命的对象，《日出》这部作品就是直接指向这种势力的。

《日出》的结构有独特的风格，作者在《跋》中说：

> 我想用片段的方法写起《日出》，用多少人生的零碎来阐明一个观念。如若中间有一点我们所谓的"结构"，那"结构"的联系正是那个基本观念，即第一段引文内"人之道损不足以奉有余"。所谓"结构的统一"也就藏在这一句话里。《日出》希望献与观众的应是一个鲜血滴滴的印象，深深刻在人心里也应为这"损不足以奉有余"的社会形态。因为排选的题材比较庞大，用几件故事做线索，一两个人物为中心也自然比较烦难。无数的沙砾积成一座山丘，每粒沙都有同等造山的功绩。在《日出》里每个角色都应占有相等的轻重，合起来他们造成了印象的一致。这里正是用着所谓"横断面的描写"。

这是一个成功的尝试。

1936年完成的剧本《原野》写的是农民向土豪恶霸复仇的悲剧。这是有关农村阶级斗争的题材，作者关注到农民，表示了他视野的扩大，但由于作者对所描写的生活不熟悉，这个剧本在农民形象的塑造上是不成功的。作者企图把主角农民仇虎写成一个向恶霸复仇的英雄，但这个人物被作者所加的复仇、爱与恨、心理谴责等因素神秘化了，他只是与命运抗争的一种力量的象征，失去了丰富复杂的社会性格。而且第三幕中布置了过多的象征性的环境气氛，"沉郁的原野"，莽莽苍苍的原始森林增强了神秘感与恐惧感，却削弱了作品的现实性。在这幕戏中还出现了阎王、牛头马面、鬼魂一类幻象，虽然这也表现了一些统治者和他们的法律的残酷性以及处于被压迫地位的农民的某些精神状态，但作者的意图是要写仇虎复仇以后的恐惧和心理谴责，因而所加的种种复杂的神经质的心理状态，就不免损害了这一形象的真实性。《原野》中也有写得好的地方，前两幕中的紧张机智和含蓄的对话，焦母的形于辞色的暴戾，花氏的埋在心底的倔强，都很细致动人。但就整体说来，这一作品的现实性是薄弱的。

　　曹禺最熟悉的是封建家庭和知识分子的生活，这方面的题材一般都处理得很精彩。他爱憎鲜明，对劳动人民具有深厚的同情，剧作中强烈的悲剧气氛正体现了他对当时社会制度的愤慨。但思想认识的限制也在一定程度上影响了作品的成就。作者后来曾说："太阳会出来，我知道，但是怎样出来，我却不知道。"[12]因此作品就往往不免借助想象来代替自己还不熟知的生活真实，用瞩望和理想来代替已有的光明。作者的艺术修养和写作技巧是有高度水平的。据作者自述，他在创作《雷雨》前就广泛接触了欧洲的古典戏剧，他喜欢古希腊悲剧，用心地读过莎士比亚的作品，也读了契诃夫、高尔基、萧伯纳和美国剧作家奥尼尔等人的作品。[13]这些世界名著加深了他的艺术修养；虽然他的作品是植根于中国社会生活的，他对北方民间文艺和《红楼梦》等中国古典作品也很熟悉，但从他剧作的艺术风格和成就上，仍然可以看到这些外国戏剧名著的深厚影响。他的剧作大都人物性格鲜明，场景集中，结构严密，色彩浓重；语言精炼而又丰富；尖锐的戏剧冲突和性格化的对话常常形成紧张的场面，强烈地吸引着读者或观众。他的作品具有广泛的社会影响，而且由于他的剧作的出现，也推动了一般剧作水平的提高，为现代文学的剧本创作开创了一个新的局面，贡献是很大的。

三　国防戏剧

1936年为了响应国防文学的号召，使戏剧为民族解放斗争服务，戏剧界提出了"国防戏剧"的口号。前面讲过的像洪深的《走私》、田汉的《阿比西尼亚的母亲》，都是这一运动中所产生的作品，一些进步的剧作家都曾努力写作过以国防为主题的剧作。其中最努力的是尤兢（于伶），他的五幕剧《夜光杯》是以当时报上刊载的《新刺虎》的反汉奸故事为骨干的，正如作者所说："这故事的本身就充满了不为奴隶的呼声和视死如归的壮烈的牺牲。"在表现上也画出了汉奸的凶恶和卑鄙，鼓舞了抗日的热情。此外他尚有《浮尸》《秋阳》《汉奸的子孙》等，都是以抗日反汉奸为主题的。章泯的剧本集《我们的故乡》包括一个三幕剧和五个独幕剧，其中如《我们的故乡》《死亡线上》等，都曾在多处演出，所收的效果也很好。这些剧本都是描写抗战前夕全国救亡运动中的血的事实，鼓动全国人民来团结御侮的。其他如宋之的的《烙痕》、阳翰笙的《前夜》、易扬的《打回老家去》、凌鹤的《黑地狱》，或写爱国青年的救亡热忱，或写东北义勇军的抗战故事，都在演出上收到了强烈的宣传效果，鼓舞了观众的抗日情绪。当时对于国防戏剧的创作，是有计划来组织的，有很多剧本都是几个人的集体创作，而由一人执笔写成的，洪深的《走私》就是例子。这些剧本都蕴藏着要求民族解放的热烈情绪，对敌人喊出了无比的愤怒的声音，是可以看作中国人民对日抗战的前奏曲的。

以国防为主题的影响最大的剧作是夏衍（沈端先）的历史剧《赛金花》，剧作者协会曾召开过"《赛金花》座谈会"[14]，出席的人虽也有批评意见，但大体是赞扬的，在上海演出的效果也很好。作者说：

> 去年（1935）深秋，我在一个北国的危城里面困处了两个月之久，……于是我就想以揭露汉奸丑态，唤起大众注意，"国境以内的国防"为主题，将那些在这危城里面活跃着的人们的面目，假托在庚子事变前后的人物里面，而写作一个讽喻性质的剧本。
>
> 因为最初的着想如此，只想对于那些愿为奴隶和顺民的人们加以讽嘲和诅咒，所以在性质上说，这习作只是以反汉奸为中心的奴隶文学的一种。高踞庙堂之上，对同胞昂首怒目，对敌人屈膝蛇行的人物，从李鸿章孙家鼐一直到求为一个洋大人的听差而不可得的魏邦贤止，固然同样的是作者要讽嘲的奴隶，就是以肉体博取敌人的欢心而苟延性命于乱世的女主人公，我也只当她是这些奴隶里面的一个，我想描画一幅以庚子事变为后景的奴才群像，从赛金花到魏邦贤，都想安置在被写的

焦点之内。我不想将女主人写成一个"民族英雄",而只想将她写成一个当时乃至现在中国习见的包藏着一切女性所通有的弱点的平常的女性。我尽可能地真实地描写她的性格,希望写成她只是因为偶然的机缘而在这悲剧的时代里串演了一个角色。不过,我不想掩饰对于这女主人公的同情,我同情她,因为在当时形形色色的奴隶里面,将她和那些能在庙堂上讲话的人们比较起来,她多少还保留着一些人性!

  为着要使读者能够在历史的人物里面发见现今活跃着的人们的姿态,也可以说是为着要完成讽喻(allegory)的作用,我于是避开烦琐的自然主义的复写,而强调了可以唤起联想的,与今日的时事最有共同感的事象。……这作品的主要目的是在讽喻,而讽喻史剧的性质上就需要着能使读者(观众)不费思索地可从历史里面抽出教训来的"联想"。我希望读者能够从八国联军联想到飞扬跋扈,无恶不作的"友邦",从李鸿章等联想到为着保持自己的权位和博得"友邦"的宠眷,而不恤以同胞的鲜血作为进见之礼的那些人物,但是,我却绝不希望读者从原始的农民暴动联想到目前的民族自卫运动,更不希望读者从那无组织的乌合之众的失败,联想到救亡自卫的前途。[15]

作者想要暴露和谴责日本帝国主义侵略和国民党政权不抵抗主义的创作意图,获得了成功的社会反响,引起了广泛的共鸣。为了引起读者或观众的联想,《赛金花》用的不是一般历史剧的写法,而采取了讽喻的手法,画了一幅以庚子事件为背景的奴才群像。作者为了表现对这群人的憎恶，他的描写和讽刺都用了漫画式的夸张手法。历史事件在这里只是衬托了一个背景，也并不像《孽海花》似的注意于一个女人的浪漫谛克的故事，虽然作者对她也寄予了很大的同情，像第七场的标题就是"可是他们给她的报酬呢"；但这些没有影响主题的开展，他暴露当时政府腐败昏庸的投降外交和官僚奴才们的无耻，都是很成功的。有几个人物写得颇好，如赛金花的平凡、李鸿章的奸猾、孙家鼐的顽固，都很生动。他用了电影剧本式的片段连接的速写手法，这样比较容易收到讽刺的效果，但却不易集中表现力量。作品虽然没有把赛金花写成一个"民族英雄"，作者想要说明的只是如此庞大腐败的官僚机构中，竟没有一个人能有像赛金花这样一个妓女所有的"人性"和"良心"。但是，把这样一个同样对帝国主义分子妥协屈膝的女人写成唯一能对国家民族做些好事的积极力量，是不符合历史真实的。剧中对义和团本身的反帝性质和帝国主义者的残暴也表现得不够明显和充分。接着他又写了《自由魂》（即《秋瑾传》），同样取材于清末的历史，主角也同是女人，但作者这次写出了正面人物，他表彰一个革命家勇敢壮烈的为事业殉身的精神。写法上他先画出时代背景，即集中力量写几个人物的性格和故事的开展，写得平易自然，也写出了历史的教训。这以后，他就不再写历史剧了。他评魏如晦的剧本《明末遗恨》时说："从历史的悲剧的结束，就无法可以联想到现实的明日的光明。"这也就是他改变创作题材的原因吧。1937年他写了以上海小市民生活为题材的剧本《上海屋檐下》，另外还有一本独幕剧集《小市民》，用的也是同类的题材。这是他所熟悉的材料，没有惊人的传奇情节和英雄人物,有的只是灰色的平凡黯淡的日常生活;但当这些人可笑而又可怜地在观众面前出现的时候,我们深深地受了感动。一种阴沉的调子写出了这些在生活和社会桎梏之下呻吟着的人物,虽没有紧张的场面,却在众生相中显出了严重的现实面貌。作者对这些人物是有感情的,他要他们转变。他说:

> 我把他们放在一个可能改变,必须改变,但是一定要从苦难的现实生活里才能改变的环境里面,我想残酷地压抑他们,鞭挞他们,甚至于碰伤他们,而使他们转弯抹角地经过各种样式的路而到达他们必须到达的境地。[16]

他对现实的态度是严肃的,他要一切人跟着社会变,并推动社会的进展。《上海屋檐下》分三幕,时间在一天之内,背景是上海租界边沿的石库门楼房里;有五家人家同时出场,各有不同而又有某种相似的生活。主要的情节是一对夫妇十年之后的重逢,巧妙地插入了各家的不同情形,错综而不杂乱地呈现给观众,使我们可以了解他们生活的全貌。这是一个日常生活的断面,他们扮演的是平凡真实的悲剧。整个的情调是阴沉忧郁的,这本是这群人的生活色彩;但并不悲观,他借一个小孩林葆珍的进取乐观的动作和歌唱,给未来描摹了希望;这希望能使得一个为监狱摧残了勇气的革命者又重新振作起来。与契诃夫有点相似,他的作风是素朴平易的。不着重于舞台情节的穿插,而把技巧致力于组织实生活的现象;观察又明锐深刻,因而作品的思想性就比较强了。

比起小说来,这一时期的剧作是不够丰盛的;但比之前一时期的剧作，那就不只在数量上增多，艺术水平也大大地提高了。有很多人在极其艰苦的环境下坚持剧运，也有很多人不断地努力创作。从"九一八"到抗战，戏剧在鼓动抗日反帝的情绪和国防动员的宣传上，是尽了巨大力量的，而且出现了许多新进的努力写作的剧作家，为抗战时期的戏剧运动和剧本创作打下了良好的基础。

* * *

〔1〕〔2〕〔3〕田汉：《中国新文学大系·史料索引集·南国社史略》。

〔4〕鲁迅：《且介亭杂文·答〈戏〉周刊编者信》。

〔5〕瞿秋白：《乱弹及其他·反财神》。

〔6〕洪深：《走私·自序》。

〔7〕1951年初版本第九章第二节题为《结构·对话·效果》，评述有曹禺、李健吾、袁牧之等剧作家；1982年修订再版将曹禺单独列为一节评述，原标题改用此题，而且评述的篇幅也有较大的增加，对曹禺之外的其他几位剧作家的评述则并入上一节《剧运和剧本》。——编者注。

〔8〕〔9〕曹禺：《雷雨·序》。

〔10〕〔11〕曹禺：《日出·跋》。

〔12〕《曹禺同志谈创作》，《文艺报》1957年第2期。

〔13〕杨振奋：《曹禺生活片断》，《剧本》1957年第7期。

〔14〕参见《〈赛金花〉座谈会记录》，《文学界》创刊号。

〔15〕夏衍：《历史与讽喻》。

〔16〕夏衍：《小市民·序》。

第十章 杂文·报告·小品

一 杂 文

左联十年,是鲁迅战斗精神最健旺的时期,而他的杂文正是表现这种战斗精神的工具和结晶。那种诗与政论结合的精粹的文字和坚韧的面向现实的战斗的内容,是中国新文学史上最为光辉的收获,是值得后人去用心学习的。不只质上是如此宝贵,数量也是很丰富的。1935年岁末时他说:

> 近两年来,又时有前进的青年,好意的可惜我现在不大写文章,并声明他们的失望,我的只能令青年失望,是无可置辩的,但也有一点误解。今天我自己查勘了一下:我从在《新青年》上写《随感录》起,到写这集子里的最末一篇止,共历十八年,单是杂感,约有八十万字。后九年中的所写,比前九年多两倍;而这后九年中,近三年所写的字数,等于前六年,那么,所谓"现在不大写文章",其实也并非确切的核算。而且这些前进的青年,似乎谁都没有注意到现在的对于言论的迫压,也很是令人觉得诧异的。我以为要论作家的作品,必须兼想到周围的情形。[1]

在当时的白色恐怖下,有些书常被禁止,如鲁迅的《二心集》便被删掉大部分,书店只好把剩下的改为《拾零集》;

有些文字又不能用常见的名字发表，便只好时常改换笔名，鲁迅用的笔名很多就是这原因；因此有人怀疑他不常写文字，其实在那样需要战斗的时候，他经常是抱病工作的。但为了躲避检查官的眼睛，便常常用隐晦曲折的语言，他自己譬作"带着枷锁的跳舞"[2]，这就是所谓"鲁迅笔法"，是在那种环境下的不得已的办法。

就因为这种杂文带有坚韧的战斗精神，自然就刺痛了一些文化战线上的鬼魅，他们好像"和杂文有切骨之仇"，鲁迅说："有些人们，每当意在奚落我的时候，就往往称我为'杂感家'，以显出在高等文人的眼中的鄙视。"[3]但他严正地回答了他们：

> 其实"杂文"也不是现在的新货色，是"古已有之"的，凡有文章，倘若分类，都有类可归，如果编年，那就只按作成的年月，不管文体，各种都夹在一处，于是成了"杂"。……况且现在是多么切迫的时候，作者的任务，是在对于有害的事物，立刻给以反响或抗争，是感应的神经，是攻守的手足，潜心于他的鸿篇巨制，为未来的文化设想，固然是很好的，但为现在抗争，却也正是为现在和未来的战斗的作者，因为失掉了现在，也就没有了未来。[4]

杂文和所谓散文小品本来是一样的文体，只因为有些作者不敢面对现实，自我陶醉在性灵幽默的氛围中，才觉得发议论的够不上文学。鲁迅驳斥反对杂文者林希隽时说：

> 不错，比起高大的天文台来，"杂文"有时确很像一种小小的显微镜的工作，也照秽水，也看脓汁，有时研究淋菌，有时解剖苍蝇。从高超的学者看来，是渺小，污秽，甚而至于可恶的，但在劳作者自己，却也是一种"严肃的工作"，和人生有关系，并且也不十分容易做。……他的"散文"的定义，是并非中国旧日的所谓"骈散""整散"的"散"，也不是现在文学上和"韵文"相对的不拘韵律的"散文"（Prose）的意思，胡里胡涂。但他的所谓"严肃的工作"是说得明明白白的：形式要有"定型"，要受"文学制作之体裁的束缚"；内容要有所不谈；范围要有限制。这"严肃的工作"是什么呢？就是"制艺"，普通叫"八股"。[5]

这一段"杂文"就匕首似的点穿了那些反对杂文者所要的究竟是什么样的作品，同时也说明了杂文的严肃的战斗性质。而能有力地发挥现实的战斗效果的，自然就是最好的文艺形式。鲁迅说：

> 杂文这东西，我却恐怕要侵入高尚的文学楼台去的。……杂文中之一体的随笔，因为有人说它近于英国的Essay，有些人也就顿首再拜，不敢轻薄。……杂文发展起来，倘不赶紧削，大约也未必没有扰乱文苑的危险。以古例今，很可能的。……
> 我是爱读杂文的一个人，而且知道爱读杂文还不只我一个，因为它"言之有物"。我还更乐观于杂文的开展，日见其斑斓。第一是使中国的著作界热闹，活泼；

第二是使不是东西之流缩头；第三是使所谓"为艺术而艺术"的作品，在相形之下，立刻显出不死不活相。[6]

这还不够说明鲁迅杂文的价值吗？"这锐利的短剑和匕首，针对着现实中丑恶的一面，给以锋利的刺击，由他这历年所积的杂文集中，我们看出了中国社会中的形形色色，各种各样的存在的赘瘤，具体地反映了现实情况在时间中的变动。鲁迅先生在杂文中不但暴露了丑恶和黑暗，而且也有力地打击了这丑恶和黑暗。在中国这样复杂黑暗的社会情况中，现实的方面太多，而进步的文艺工作者又是那样地微少，杂文事实上成了一种最适合需要的最锐敏的表现形式。"[7]在写作上，他创造了诗一样的凝炼的语言，使理论形象地表现出来，多用譬喻，引古人古事来说明今人今事，引对方的话来举例反驳，使读者避免了公式主义的抽象了解，而从生动活泼的具体事例中明白了爱憎的分界和战斗的精神，那影响是非常之大的。

目的既是为了战斗，文章就不能不顾及所要发表的刊物的性质，例如《伪自由书》《准风月谈》《花边文学》，就和《热风》中的文字相似，都很简短，是为了适应《申报·自由谈》等报刊的性质。《二心集》的文章就长些，他在序中说："因为揭载的刊物有些不同，文字必得和他们相称，就很少做《热风》那样简短的文字了。"文章的长短是没有关系的，那都是杂文，都是为了战斗的需要。《三闲集》中收的是左联成立以前两三年的文字。《二心集》是"一九三〇年与一九三一年两年间的杂文的结集"。序言中说："只是原先憎恶这熟识的本阶级，毫不可惜它的溃灭，后来又由于事实的教训,以为惟新兴的无产者才有将来,却是的确的。"集中有尖锐的短评,也有战斗性很强的长文。《伪自由书》是收的1933年给《申报·自由谈》写的短文,他说:

> 这些短评,有的由于个人的感触,有的则出于时事的刺戟,但意思都极平常,说话也往往很晦涩,我知道《自由谈》并非同人杂志,"自由"更当然不过是一句反语,我决不想在这上面去驰骋的。我之所以投稿,一是为了朋友的交情,一则在给寂寞者以呐喊,也还是由于自己的老脾气。然而我的坏处,是在论时事不留面子,砭锢弊常取类型,而后者尤与时宜不合。……但到五月初,竟接连的不能发表了,我想,这是因为其时讳言时事而我的文字却常不免涉及时事的缘故。[8]

结果连《自由谈》编者黎烈文也受到了压迫,于是由编者声明:"吁请海内文豪,从兹多谈风月,少发牢骚,庶作者编者,两蒙其休。"[9]这以后鲁迅先生用种种笔名在《自由谈》上写的文字就收在《准风月谈》里,他说:

> 谈风月就谈风月罢,虽然仍旧不能正如尊意。想从一个题目限制了作家,其实是不能够的。假如出一个"学而时习之"的试题,叫遗少和车夫来做八股,那做法就决定不一样。自然,车夫做的文章可以说是不通,是胡说,但这不通或胡说,就打破了遗少们的一统天下。古话里也有过:柳下惠看见糖水,说"可以养老",盗跖见了,却道可以粘门闩。他们是弟兄,所见的又是同

一的东西,想到的用法却有这么天差地远。"月白风清,如此良夜何?"好的,风雅之至,举手赞成。但同是涉及风月的"月黑杀人夜,风高放火天"呢,这不明明是一联古诗么?[10]

这说明了决定文章内容的不是题材,而是作者的立场和观点,而鲁迅正是有那样坚定不移的立场和正确的观点的。"内容也还和先前一样,批评些社会的现象,尤其是文坛的情形。因为笔名改得勤,开初倒还平安无事。然而'江山好改,禀性难移',我知道自己终于不能安分守己。《序的解放》碰着了曾今可,《豪语的折扣》又触犯了张资平,此外在不知不觉之中得罪了一些别的什么伟人,我还自己不知道。""于是不及半年,就得着更厉害的压迫了,敷衍到十一月(一九三二)初,只好停笔,证明了我的笔墨,实在敌不过那些带着假面,从指挥刀下挺身而出的英雄。"[11] 1933年和1934年他的短文就化名分投《太白》等处,后来收在《花边文学》里。那是压迫最厉害的时候,他说:"因此除了官准的有骨气的文章之外,读者也只能看看没有骨气的文章。""在这种明诛暗杀之下,能够苟延残喘,和读者相见的,那么,非奴隶文章是什么呢?"[12] 但他仍然是巧妙地打"游击战",写出了反抗的奴隶们的战斗的心声。《南腔北调集》收的是1932年和1933年除登在《自由谈》上以外的杂文,文字都比较长些。他说:

怪事随时袭来,我们也随时忘却,倘不重温这些杂感,连我自己做过短评的人,也毫不记得了。一年要出一本书，确也可以使学者们摇头的，然而只有这一本，虽然浅薄，却还借此存留一点遗闻逸事，以中国之大，世变之亟，恐怕也未必就算太多了罢。[13]

《且介亭杂文》是1934年写的，他说这是"在官民的明明暗暗，软软硬硬的围剿'杂文'的笔和刀下的结集，凡是写下来的，全在这里面。当然不敢说是诗史，其中有着时代的眉目，也决不是英雄们的八宝箱，一朝打开，便见光辉灿烂。我只在深夜的街头摆着一个地摊，所有的无非几个小钉，几个瓦碟，但也希望，并且相信有些人会从中寻出合于他的用处的东西"[14]。其实这些文字是可以称为诗史的，这表现着中国文化战线上在那时期的思想斗争的历史，对后人是极宝贵的遗产。1935年写的文字收在《且介亭杂文二集》里，他说：

> 在今年，为了内心的冷静和外力的迫压，我几乎不谈国事了，偶尔触着的几篇，如《什么是讽刺》，如《从帮忙到扯淡》，也无一不被禁止。别的作者的遭遇，大约也是如此的罢，而天下太平，直到华北自治，才见有新闻记者恳求保护正当的舆论。我的不正当的舆论，却如国土一样，仍在日即于沦亡，但是我不想求保护，因为这代价，实在是太大了。[15]

1936年是他逝世的一年，这年写的文字后来由许广平编印在《且介亭杂文末编》和《附集》里，分量也不少，都是为了战斗的需要，抱病勉力写作的；它使我们读了倍增感奋，同时觉得失去了导师的悲痛！1946年出版的《鲁迅书简》中共

收信八百余通,虽只占他生前所作书札的三分之一,但已弥足珍贵,其余的还有待于继续搜集。杨霁云在《跋》中说:

> 在先生的日记中,可以看出先生一生的精力,几有一大部分是消耗于信札方面的。我们知道先生生前对于来信素不肯使人失望——其实先生在其他方面只要力所能及也决不肯使人失望的,这些从井救人的事在书简中就可看到不少——不论素识或不识,几乎是每信必复,甚至在大病垂危中,对来信尚口述而托许先生执笔写回信,这类的信,在这集子中就有好几封。先生亦自言"实则我作札甚多,或直言,或应酬(其实真正应酬性质的信很少),并不一律",可知先生的书简,实应与先生的杂文同等相看。尤其是在书简中,可以看出先生对青年的诚挚爱护(如告以不要赤膊作战,战斗要韧,用壕堑战等),和做事的周密细心(如印书方面,注意到用纸的经久,颜料的植物性或矿物性,装订的精致,等等),这些都是在杂文中所看不到的。先生的此种举措,与先生的终生行事一贯相合,就是尽量牺牲自己,注目于永远,为的是将来!

这些书简也同样是杂文,从中可以看出他对朋友对青年的真诚,对木刻运动的大力提倡,也可以更真切地了解他的战斗的一生。如杨霁云所说:"读这些先生的遗札,可以使我们沉思,激励,鼓战疲之躯肢,作更坚韧的进击。"[16]

鲁迅曾说:"我的杂文,所写的常是一鼻,一嘴,一毛,但合起来,已几乎是或一形象的全体。"[17]这些宝贵的遗产,不只当作作品说是新文学史上最为辉煌的成就,那本身就是新文学血肉战斗的历史中不可分离的最重要的一部分。

瞿秋白在这个时期的作品除译文部分由鲁迅编为《海上述林》一书外,杂文和论文都收在《乱弹及其他》一书内,分上下篇,上篇《乱弹》是杂文,下篇分《论中国文学革命》《论大众文艺》《论文辑存》等几部分。这些文章写于1931至1933年之间,那时他在上海领导左翼文化斗争,内容主要是关于文艺评论和文艺大众化等问题。他用了新的观点和泼辣有力的文章形式,对当时文化界的现象予以评述,是当时的指导性文字,也是革命前驱者的丰碑,值得后人去研究学习的。

经鲁迅先生的提倡,做杂文的人也渐渐多起来了,在《太白》《芒种》等杂志上,常有战斗性的杂文出现。徐懋庸便是努力写作的一人,他有《不惊人集》《打杂集》《街头文谈》等书,内容都是批评社会现象和文化现象的。鲁迅在《徐懋庸作〈打杂集〉序》中说:

> 我不管这本书能否入于文艺之林,但我要背出一首诗来比一比:"夫子何为者?栖栖一代中。地犹鄹氏邑,宅接鲁王宫。叹凤嗟身否,伤麟怨道穷。今看两楹奠,犹与梦时同。"这是《唐诗三百首》里的第一首,是《文学概论》诗歌门里的所谓"诗"。但和我们不相干,那里能够及得这些杂文的和现在的切帖,而且生动,泼辣,有益,而且也能移人情。能移人情,对不起得很,就不免要搅乱你们的文苑,至少,是将不是东西之流的唾向杂文的许多唾沫,一脚就踏得无踪无影了,只剩下一张

满是油汗兼雪花膏的嘴脸。[18]

经过好些作者的努力写作，读者不但认识了杂文的文艺价值和战斗效用，而且爱读和爱作的人也越来越多了。

二 报告文学

左联成立以后，确定了"大众化"是无产阶级文学运动的基本路线和创作方向，为了迅速反映大众的日常生活与斗争，于是报告文学的形式就被提出了。1931年11月左联执行委员会的决议《中国无产阶级革命文学的新任务》中第四项《创作问题——题材、方法及形式》中就说：

> 作品的体裁，也以简单明了，容易为工农大众所接受为原则。现在我们必须研究，并且批判地采用中国本有的大众文学，西欧的报告文学，宣传艺术，墙头小说，大众朗诵诗等体裁。

在这些试行创造的新形式之中，报告文学算是最有成绩的。这因为开展"工农兵文艺通讯员运动"是左联为大众服务和提高大众文化水平的经常组织工作之一，左联一开始就成立了工农兵通信运动委员会，后来期刊《文艺新闻》的出版也是和这运动相结合的，曾在工人、都市店员、学生和乡村知识分子中间有过计划性的组织活动，这自然会刺激一些作家们的创作尝试，因此比较容易收到实绩。其次是这种形式的活泼性和战斗性，它不一定要有完整的故事结构和综合的典型，而是以艺术的手腕来表现某一特定的社会面或事件的过程，根据作者所体验的事实基础用形象的手法报告出来，特别适合于群众性活动的反映，它是艺术描写与科学叙述的综合，因此最容易启发和感召读者的战斗热情。"九一八"前后，上海工人的爱国工潮层出不绝，那时候的进步的文艺刊物上，就常出现一些反映这种反帝斗争的报道。"一·二八"淞沪抗战时，上海的许多作家和工人市民都参加了抗日爱国的活动，做宣传工作，慰劳募捐，许多人还亲自上过前线，这就促成了大量报告文学作品的产生。在钱杏邨编的《上海事变与报告文学》一书中，就包含着许多人的亲身体验的作品；丁玲、沈端先、适夷等都有写作。其中如有过士兵生活经验的戴叔清的《前线通讯》，体验过工厂生活的白苇的《墙头三部曲》，尤为引人注意。当时抗战将领翁照垣还写过一部《淞沪血战回忆录》，可知中国报告文学的发展是和中国人民的反帝斗争分不开的。1935年出版的孙瑞瑜编的《活的记录》一书，选存的是各地写来的比较好的报告文学作品，有各种人的悲惨生活记录，也有不断地反抗和斗争的反映，显示了中国人民在那时生活的真实形态。邹韬奋主编的《生活周刊》和《大众生活》的信箱中也有许多通讯报道的文字，也曾出过《锦绣河山》等选集。1935年又翻译出了世界著名报告文学作家基希的《秘密的中国》和爱狄弥勒的《上海——冒险家的乐园》，这都是著名的报告文学作品，而又取材于中国的事实，对中国报告文学的写作，启发很大。"一二·九"学生运动以后，接着掀起了全国的抗日救亡的高潮，各地的群众性活动都经常有生动的报道文字在报章杂志上出现，而且都是充满了乐观的战斗精神的。1936年上海文学社仿苏联高尔基主编的《世界的一日》例,发起编辑《中国的一日》,选定当年 5 月 21 日,要求全国一切作家、非作家在这一天留心他所经历所见的职业范围内或非职业范围内的一切大小事故,写下他的印象,意在表现一天之内的中国的全般面貌,成为中国的一个横断面。这书由茅盾主编,是包有差不多五百篇文章八十万字的巨册,可以说是一部集体写作的报告文学集。这些文字都质朴可喜,正如编者所说:"这使我们相信了潜伏在我们民族中的天才。"5 月 21 日是一个平凡的日子,但在书中却展示了广阔的图画,使我们看到和了解了我们同胞们平常过的是怎样的日子。譬如在南京和江苏两编中所收的文字,多集中在"军训";在浙江一编的文字多集中在农村的灾难。上海一编中的文字内容最复杂,恰像那个五光十色的都市社会。在北平、天津则是满纸的"逮捕"。河北、山东、河南的文字中又坦白地写着敌人的"走私"。陕西西安的文字描绘出那个历史古城也同样陷在矛盾的深坑里。这些文字都渲染着不同的地方色彩和不同的生活情调,但又都是苦难的中国的一面,不同中也自有相同之处。我们从当中看到了普遍的农村经济的破产,也看到了日帝侵略巨爪的到处伸张,那里都有失业群和要求吃饱的呼声,但同样也有为了生存和自由而献身斗争的人们。编者在书首说:

> 从每一个角落里,发出了悲壮的呐喊,沉痛的申诉,辛辣的诅咒,含泪的微笑,抑制着的然而沸涌的热情,醉生梦死者的呓语,宗教徒的欺骗,全无心肝者的狞笑!这是现中国一日的,然而也不仅限于一日的奇丑的交响乐!……在这丑恶与圣洁、光明与黑暗交织着的

"横断面"上，我们看出了乐观，看出了希望，看出了大众的觉醒！

这一年是普遍号召文学要为民族革命服务的时候，因此许多刊物上都登载过不少优秀的报告文学作品。有东北人民革命军的坚强抗战，也有敌人的残暴与兽行，如贩卖毒品、勒毙苦工等事实，同时也有各地人民救亡运动的报道。写作的人有作家，但大都是热心的青年，他们以各个角落的不同的生活经验，丰富了报告文学的内容，也鼓动了人民大众抗日救亡的热情。当时登载报告文学作品最多的刊物是《光明》《中流》《文学界》等，大家公认为写得很成功的作品也不少，例如夏衍的《包身工》和宋之的的《一九三六春在太原》。《包身工》是写上海杨树浦福×路东洋纱厂工房内一群失去了自由的女工生活的惨景，她们受着帝国主义者（工厂主）和封建主（买到她们的工头）的双重剥削，生活和工作都像牛马一样，"这儿有的是二十世纪的烂熟了的技术，机械，体制，和对这种体制忠实地服役着的十六世纪封建制下的奴隶"。但正如作者在最后所说："黎明的到来还是没法可推拒的。"这样的作品形象地唤起了读者对日本帝国主义的仇恨和涌出了热烈的战斗的要求，是很难得的文字。《一九三六春在太原》收在作者的《赐儿集》里，写那些努力为山西统治者军阀阎锡山做应声虫的一群，也写了在"防共"措施下的恐怖气氛；写得生动真实，是当时很得好评的作品。虽然我们还举不出很多的成功的报告文学作品来，但这一些发展的线索就说明了这种直接单纯的文学形式的兴起和发达，是由于剧变的现实生活与斗争的丰富内容所要求的；作家为了迅速敏捷地反映现实，使它发生有力的社会效用，便自然会采用这一形式。抗战期间报告文学作品的丰盛便充分地说明了这一点，而这时期的提倡和实践正是对后来发展的一种准备。

和报告文学同时兴起的，或者可以概括到报告文学之内的一种文体，是"速写"。这是就现实人物与实在事件用文艺的笔调素描下来的一种短文，当时各报章杂志中这类文章非常多，例如《太白》半月刊便特设"速写"一栏，每期总有四五篇。执笔的作家也很多，如许杰、夏征农、李辉英、沈起予、余一（巴金）等，都常常写作。[19]这种类似素描的文体的出现和发达是跟杂文、报道等有着同样的社会根源的，而且也发挥了同样的社会效用。

三 游 记

朱自清这时期写过两册游记，《欧游杂记》和《伦敦杂记》，还有一册散文集《你我》，都是字句凝炼和文体完美的作品。这时期他的心境是很苦闷的，生活和职业都限制他很难走在时代的前面，而他又不甘心像隐士式的学者们写一些身边琐事的性灵小品，他希望能从语文的训练上帮助青年，做一点踏实的工作，这就是他写作那两册游记的目的。1931年他在《你我》一书中写道：

> 十年前我写过诗；后来不写诗了，写散文；入中年以后，散文也不大写得出了——现在是，比散文还要"散"得无话可说！许多人苦于有话说不出，另有许多

人苦于有话无处说；他们的苦还在话中，我这无话可说的苦却在话外。我觉得自己是一张枯叶、一张烂纸，在这个大时代里。……

但是为什么还会写出诗文呢？——虽然都是些废话。这是时代为之！十年前正是五四运动的时期，大伙儿蓬蓬勃勃的朝气，紧逼着我这个年轻的学生；于是乎跟着人家的脚印，也说说什么自然，什么人生。但这只是些范畴而已。我是个懒人，平心而论，又不曾遭过怎样了不得的逆境；既不深思力索，又未亲自体验，范畴终于只是范畴，此外也只是廉价的，新瓶里装旧酒的感伤。当时芝麻黄豆大的事，都不惜郑重地写出来，现在看看，苦笑而已。[20]

这些话最可表示出他这时期的心境，他有着浓厚的不满现实的苦闷。《欧游杂记·序》中说："书中各篇以记述景物为主，极少说到自己的地方。这是有意避免的：一则自己外行，何必放言高论；二则这个时代，身边琐事说来到底无谓。"《伦敦杂记·序》也说："写这些篇杂记时，我还是抱着写《欧游杂记》的态度，就是避免'我'的出现。身边琐事还是没有，浪漫的异域感也还是没有。……只能老老实实写出所见所闻，像新闻的报道一样。"因此当《论语》《人间世》等刊物提倡幽默小品的时候，他没有参加；而为鲁迅等所支持的散文刊物《太白》出版时，他是编辑委员之一。以后他叙述这一段历史的时候，曾说："知识分子讲究生活的趣味，讲究个人的好恶，讲究身边琐事，文坛上就出现了'言志派'，其实是玩世派。更进一步讲究幽默，为幽默而幽默,无意义的幽默。幽默代替了严肃,文坛上一片空虚。"[21]他对人生向来是很严肃的。

　　他这一时期的作品很注意文字的洗炼,所用全是口语,从口语中提取有效的表现方式;偶有一些文言成分,念起来也有口语的韵味。读后觉得作者态度亲切诚挚,有一种娓娓动人的风采。《欧游杂记·序》说:"记述时可也费了一些心在文字上;觉得'是'字句、'有'字句、'在'字句安排最难。显示景物间的关系,短不了这三样句法,可是老用这一套,谁耐烦!再说这三种句子都显示静态,也够沉闷的。"《伦敦杂记》的避免"我"字句,可以看出他的用心。他说是写给中学生看的,这我们也看得出,他注意于文字的表现方式,但与一些在文字上专门玩弄技巧的作家不同。他用的是口语,而且是提炼了的活的口语,诚挚的态度又流贯在文字间,说专给中学生看只是谦词,对于需要一点语文训练和写作修养的人,这些文字在今天也还够得上是典范。叶圣陶曾说:"现在大学里如果开现代本国文学的课程,或者有人编现代本国文学史,论到文体的完美,文字的全写口语,朱先生该是首先被提及的。"[22]《你我》中分甲乙两辑,甲辑是随笔,乙辑是序跋和读书录,都是零碎发表的短小精悍的优美文字。

　　由于作家们生活和职业上的需要和不安定,总难免到处跑来跑去的,因此这时期"游记"一类的作品非常多。写国外的还有小默(刘思慕)的《欧游漫忆》等书。《欧游漫忆》中主要写的是柏林、维也纳等欧洲城市,文笔清丽潇洒,在写异域的景色和情调中也反映出一般社会生活的问题,例如希特勒竞选时的情形就是作者加意写了的。对于中国留学生的生活情形也曾接触到；作者本是学社会科学的，因此分析事物的观点很正确。李健吾的《意大利游简》着重在古迹和历史文物的描述，流畅的文笔中时露机智。郑振铎的《欧行日记》中表现着一位学人的生活记录，不注重自然风物的描写和社会生活的叙述，他只写研究学术的日常生活和提供一些研究资料。这里虽然没有展开广泛的社会面，但也和一些只写身边琐事的作品不同，它说明了一位学者的孜孜研究的情形。他还写过《西行书简》，是用书札的体裁写京绥路北京到包头间旅行的见闻的。里面侧重于文物古迹等的记载描述，社会情形说得不多，但也可以看到一些国防危急和民生疾苦的影子。文字简洁朴素，但也有娓娓动人之致。韬奋有《萍踪寄语》和《萍踪寄语续集》，他着重在报道欧洲各国真实的社会景象，如贫民窟的啼饥号寒，榨取体制的摇动不安，帝国主义者的荒谬残暴，为经济贵族所豢养的鹰犬的狂妄无耻，所谓民主国家的自由平等的虚伪，自诩为文明国的道德的堕落，以及可怜的侨胞在国外的受辱遭难等。笔调明快有力，态度严肃认真，对读者增加国际知识有很大帮助。其中虽然也有轻松和隽永的地方，但整个说来，叙述多于描写，文艺性是不够强的。此外他，还有一册《韬奋漫笔》，写的多是对社会现象的感触。胡愈之的《莫斯科印象记》出版于1931年。介绍他所见到的苏联建设成绩和他的感想，文字简洁有力，对那时渴望多知道一些苏联情况的青年们起了很大的鼓舞作用。林克多的《苏联闻见录》出版于1932年，鲁迅先生在序中说：

> 但这一年内，也遇到了两部不必用心戒备，居然看

完了的书，一是胡愈之先生的《莫斯科印象记》，一就是这《苏联闻见录》。因为我的辨认草字的力量太小的缘故，看下去很费力，但为了想看看这自说"为了吃饭问题，不得不去做工"的工人作者的见闻，到底看下去了。……那原因，就在作者仿佛对朋友谈天似的，不用美丽的字眼，不用巧妙的做法，平铺直叙，说了下去，作者是平常的人，文章是平常的文章，所见所闻的苏联，是平平常常的地方，那人民，是平平常常的人物，所设施的正是合于人情，生活也不过像了人样，并没有什么希奇古怪。倘要从中猎艳搜奇，自然免不了会失望，然而要知道一些不搽粉墨的真相，却是很好的。[23]

作者是大革命失败之后到苏联的，他所记的正是苏联人民热烈地为建设社会主义而奋斗的时候，对战斗着的中国人民显示了一幅美丽的远景。许杰的《椰子与榴莲》是他执教南洋群岛时的游记，对南洋的各种社会现象加以描述和分析，社会性很强。巴金的《旅途随笔》里主要也是写的社会的动态，如《农民的集会》和《西班牙的梦》，很现实地写出了现代的青年和农村；《香港之夜》和《机械的诗》又很生动地描绘了现代的都市景象。《一千三百元》等篇写出了社会的悲惨面，也很动人。书中也有美丽的自然景物的描绘和人物的速写，和作者的小说相同，流畅的笔锋下贯穿着作者的热情和时代社会的色彩。另外他还有散文集《点滴》和《忆》，也是很好的散文作品。

郁达夫的《屐痕处处》的特点主要在自然景物的描写，他的散文本来是很优美的，这些文章的描绘本领，并不下于文学史上著名的写山水的文字。书中也流露出一些苦闷和愤懑的情怀，他是有点"借山水以化郁结"的心境的。才情纵横、老练的笔调下出现的是"以写我忧"的自然景色，有些地方描摹得极好。如《方岩纪静》中写五峰书院楼上所见的远景，《仙霞纪险》中写回环曲折的小径，《西天目》的山谷景色，《昱岭关》的夕阳，都可谓写到了"引人入胜"的境地。他在《自选集》的序中说："散记清淡易为，并且包含很广，人间天上，草木虫鱼，无不可谈，平生最爱读这一类书，而自己试来一写，觉得总要把热情渗入，不能达到忘情忘我的境地。"其实有热情正是可贵的地方，他游记中的文字算是以清新见长的，但也仍然流露着感触；收在《断残集》和《闲书》二集中的一些杂感随笔就更愤激了。如《断残集》中的《猥言琐说》，讽刺愤激之处就很多。《闲书》中除随笔杂感外，也有《闽游日记》等游记文字。沈从文的《湘行杂记》以感伤的情调写旅途的见闻，如舟子生活的清苦和小镇市的日趋衰落，流露着作者的一种追怀往昔的情绪。文字流利轻快，是作者的特长。他还有《记胡也频》《记丁玲》《从文自传》等传记作品，也可当作散文作品来读。鲁彦的散文集《驴子和骡子》中大部也是写他在行旅中的感触和见闻的，北至长安，南至福州，将所经历的琐屑事物和所发生过的不同心情都用工笔似的图画记载下来，读来很感亲切。他是一个教员，游览途中的生活很苦，因此所见到的社会面也比较广泛真实。另外他还有一本《旅人的心》，收的也是抒情写景的散文。蹇先艾的《城下集》十七篇散文中有七篇游记，而游记是其中写得最好的。他的生活很贫苦，旅行是不得已的事，因此这些篇中也充满了人间忧患的抒写。文字质朴单纯，但也很打动人。艾芜的《漂泊杂记》中所写的生活更为凄苦，他虽然也写到了许多地方，但并不是游历，而是艰难生活中的挣扎，从中是可以看出一个青年人的奋斗历程的。

作品的题材并不能说明它的内容，"游记"也并不只是有钱人和有闲人为了消遣作的；它一样可以表示出作者的思想和社会的面貌。而且在社会动荡的情形下，很多知识分子都被挤成了都市的流浪人，环境不允许他们长期地安定下来，那就只好为生活而到处奔波；写这些经历的文字自然也只好算作游记，这就是当时报章杂志上有很多游记文字的主要原因。写景和抒情结合的散文本来在中国文学史上有很长远的传统，这也无形中影响了作家们的写作动机，而且就文字的写作技巧说，这种形式是更容易见出作家的特长的。

四　散　文　小　品

这时期散文小品的创作数量是极盛的，1933年林语堂主编的《人间世》半月刊出世后，1934年且被称为"小品年"，各杂志都有大量的散文作品登载，而且有好些专登小品文的刊物。当时曾展开了关于小品文的论争，自然，笼统地反对或赞成一种文体都是没有意义的，这主要需看作品所表现的思想内容。当时反对者主要是打击《人间世》所提倡的"闲适"的内容，并不就是反对这文体本身。《人间世》的作者群中确实大都是逃避现实的，那内容也无可称赞，以林语堂自己来说，《剪拂集》后他又有《大荒集》和《我的话》，但内容是差得太远了。《大荒集·序》中已说"书之内容皆系革命以后之作品，但料想已无《剪拂集》之坦白了"。但其中还有闻名的《子见南子》等作，到《我的话》中，收的都是《论语》《人间世》上的文章，就只剩幽默和闲适了。失去了社会的讽刺，就走到传统的说笑话的路上了。但并不是所有散文作者都是这一倾向的，作家的思想作风不同，作品的内容也就悬殊了。这时期比较早的一个散文作者是钟敬文，他有《荔枝小品》《西湖漫拾》《湖上散记》和《柳花集》等散文集。他在《怀林和靖》一文中说：

> 我喜欢写不大为人所喜爱的清淡的小品文和新诗，这原因固不是单纯的，然和林氏作品和人格关系总不浅。至于思想方面，我几年来虽然在复杂的时代的环境与学说之下，经过了多方的刺激感染，不能再像那时的简单，——只作山林隐逸之思——然一部分消极的独善的野居的梦想，总不时地在我脑中浮闪着。尤其是在现实上遇到不如意，或面对着伟大的自然时，它要激动得更其利害。

因为思想上有逃避现实的倾向，文章的内容也就不外风景书籍，因物抒情等。作风冲淡静默，也和文章的内容相称。俞平伯这时期有《燕郊集》，仍然是一种糅合古文白话方言等的文字格调，表现一种知识分子的知识和趣味的作品。丰子恺有《车厢社会》《子恺随笔集》《缘缘堂随笔》等作品，他善用速写的笔调写出所见所闻的片段，文笔轻松通俗，趣味很浓，常有使人发噱的地方。但他的观察众生相的态度于悲悯洒脱中常夹有旁观玩世的意思，不能算是健康的看法。夏丏尊的《平屋杂文》中所写的倒是客观的社会景象，虽然态度稳健，但也显示了现实的一面。他的文字平实朴素，近于口语，很少欧化的辞藻。

茅盾有《茅盾散文集》和《话匣子》等散文集，《野蔷薇》和《宿莽》中也收有一些散文。他早一点的作品很像散文诗，如《宿莽》中的《叩门》《卖豆腐的哨子》等篇，但仍有很强的社会性，如他听到"卖豆腐的哨子"就想到那"闷在瓮中，像是透过重压而挣扎出来的地下的声音，作为他们的生活的象征"。到后边几个散文集里，写实的成分就比抒情的成分更多了，而且那感情也是对不合理事物的愤怒和嘲笑；比起别的作家来，这才应该是散文小品的真正内容。在《茅盾散文集·序引》里，他说做散文小品等文字"第一得题难，第二做到恰好难"，"太尖锐，当然通不过；太含浑，就未免无聊；太严肃，就要流于呆板；而太幽默呢，又恐怕读者以为当真是一桩笑话"。这是他自己写作态度的说明，也是对一些散文作家的批评。在反映现实的程度上，他是高于别的许多作家的。王统照的《片云集》也是写社会现实的，在时代的愤懑的呼声中有着强烈奔放的热情，有对黑暗的诅咒，也有对光明的希求。他是诗人，散文也很像诗，有丰富的想象和感人的力量，写法缜密深刻，有点近于鲁迅的《野草》。他的另一册《北国之春》是游记，记他东北之游的印象和感想，也有浓重的时代和社会的影像。

梁遇春有散文集《春醪集》和《泪与笑》，他对于西洋文学的修养相当深，可惜没有得到健全的发展。在写作中，他常爱炫学，表示自己知识的丰富，也常流露一些睥睨一切的情感。内容多是一些歌颂爱情、歌颂流浪汉或强盗的题材，浪漫气氛中也带着感伤。他在《春醪集》序言中说：

> 我觉得我们年轻人都是偷饮了春醪，所以醉中做出许多好梦，但是正当我们梦得有趣的时候，命运之神同刺史的部下一样匆匆地把我们带上衰老同坟墓之途。这的确是很可惋惜的一件事情。但是我又想世界既然如是安排好了，我们还是陶醉在人生里，幻出些红霞般的好梦吧，何苦睁着眼睛，垂头丧气地过日子呢？所以在这急景流年的人生里，我愿意高举盛到杯缘的春醪畅饮。

他是抱着这样一种颓废倾向的勉强达观来应付人生的，因此也常有嘲笑别人热烈行动的语言。喜欢标新立异，譬如《人死观》和《失掉了悲哀的悲哀》这些文章篇名就够新奇的。他是一种患着时代苦闷病的青年，但还没有来得及摸索到正当的道路时就逝世了。他有相当广博的文学修养，作风又谨严优美，因此当时也有不少人欣赏他那写得漂亮的文章。

何其芳的《画梦录》是曾经得到过很多读者的爱好的。像诗一样的美妙的文笔组织成的富于诗意的散文，每一字句都不放松，爱用赋予新意的譬喻或典故，来暗示他的美丽而缥缈的想象。文字浓丽精致，表现的是一些叹息青春易逝，多情而带颓废气息的幽思。他说"我不是从一个概念的闪动去寻找他的形体，浮现在我心灵里原来就是一些颜色，一些图案"。这是他的写作态度，努力追求一种形式字句和意想的美妙；写的也不外寂寞、哀愁和一些纤弱的感情。在代序中说："对于人生我动心的不过是它的表现。唉，自从我乘桴浮于海，一片风涛把我送到这荒岛上，我是很久很久没有和人攀谈了。"又说"不知何时世上的事都使我厌倦"。"我到哪儿去？旅途的尽头等着我的是什么？"正是一个不满现

实的丑恶而又找不到道路,遂自沉于艺术形式美的表现中的孤独青年人的表白。他后来自己回忆说:

> 我的工作是在为抒情的散文找出一个新的方向。我企图以很少的文字制造出一种情调:有时叙述着一个可以引起许多想象的小故事,有时是一阵伴着深思的情感的波动。正如我以前写诗时一样入迷,我追求着柔和,纯粹的美丽。[24]

在抗战前夕写的《还乡杂记》和《刻意集》中,这种态度就改变了,他逐渐从现实中认清了方向。他在《关于还乡杂记》中说:

> 从前我像一个衰落时期的王国,它的版图日趋缩小。现在我又渐渐地阔大起来。因为现在我不只是关心自己。因为看着无数的人都辗转于饥寒死亡之中,我忘记了个人的哀乐。……当我陆续写着,陆续读着它们的时候,我很惊讶。出乎自己的意料之外,我的情感粗起来了,它们和《画梦录》中那些雕饰幻想的东西是多么不同啊。

在《刻意集》的初版自序中也说:

> 这些杂乱的东西就是我徘徊的足印。那时我在一个北方大城中,我居住的地方是破旧的会馆、冷僻的古庙和小公寓,然而我成天梦着一些美丽的温柔的东西。每一个

夜晚我寂寞得与死接近，每一个早晨却又依然感到露珠一样的新鲜和生的欢欣。假若有人按照那时的我分类，一定要把我归入那些自以为是精神的贵族的人们当中。……

现实的鞭子终于会打来的，而一个人最要紧的是诚实，就是当无情的鞭子打到背上的时候，应当从梦里惊醒起来，看清它从哪里来的，并愤怒地、勇敢地开始反抗。我自己呢，虽然我并不狂妄到自以为能够吹起一种发出巨大声响的喇叭，也要使自己的歌唱变成鞭子，还击到这不合理的社会的背上。

《刻意集》于1938年出版，但里边的文字都是抗战前写的，内容较《画梦录》向现实逼进了一步。譬如其中《王子猷》一篇中有这样的话："谁是真受了老庄的影响？谁是真沉溺于酒与清谈的风气？都是对生活的一种要求。都是要找一点欢快，欢快得使生命颤栗的东西！"他自己在序中解释说："我仿佛听见了我那时抑在心头的哭声。我想起了我重写那样一个陈腐的故事并不是为着解释古人而是为着解释自己。"这样一种苦闷的心境自然也是社会的产物，因此也有不少的读者抱着同感来在他的作品中寻求安慰。但时代是伟大的，它不断地改变了许多事情，也改变了许多人的面貌，何其芳在抗战以后走上了战斗的现实的道路，有崭新的创作，这在《刻意集》中已露出了一些端倪。

李广田有《画廊集》和《银狐集》。他的文字朴实浑厚，带给人一种亲切的感觉。里边写的多是童年的回忆，故乡的风物，一些吸着长烟管的农夫和踢毽子打球的孩子们。没有什么热闹场面，只是在平常的人事中写出一点怀念惜恋的情绪，但却深切地吸引住人的情感。在《画廊集·题记》里，他说：

> 像我所写的那个荒僻村落的画廊，像我所说的，那座画廊里边的一些平常而又杂乱的年画，一样的，是我这些小文章。……我是一个乡下人，我爱乡间，并爱住在乡间的人们。就是现在，虽然在这座大城里住过几年了，我几乎还是像一个乡下人一样生活着，思想着，假如我所写的东西里尚未能脱除那点乡下气，那也许就是当然的事体吧。

这也就是他作品中的主要内容。在《银狐集·题记》里，他说："我觉得我文章渐渐地由主观抒写变为客观描写一方面，……在十七篇小文章中，只有少数几篇不是写'人'的，而这少数几篇却又并非写我自己，这意思是说：在这些文字中已很少有个人的伤感，或身边的琐事，从表面上看来，仿佛这里已经没有我自己的存在，或者说这已是变得客观了的东西。……然而在大体上却还是如过去的文字一样，尽管这些文字中没有一个'我'字存在，然而我不能不承认我永远在里边。"作品中当然是有作者的感情存在的，但同时却也表示了作者开始倾向于客观描写，逐渐加意注视现实。他写人物，一些平凡甚至卑琐的人物，但也沾染着作者的同情；他是在农村长大的，笔调和情感都带有农民的诚挚朴实的色彩，并不加意雕琢，却给读者带来了自然和亲切。他后来还有很多的作品，这只是他创作的起点。

丽尼有散文集《黄昏之献》《鹰之歌》和《白夜》，写的多是童年的寂寞、个人的哀怨，一种忧郁的感情贯彻在流利而委婉的文字上。他也赞美殉道的死者，对光明也有憧憬，常常以一件小事引起联想，而赋以浓厚的感情。一种似乎带点疲倦的感伤，以经过深思的文字委婉地显示出来，很能打动人的心弦。陆蠡有散文集《海星》《竹刀》和《囚绿记》，写的也多是寂寞的心情和回忆过去时的温暖感觉，在娓娓叙谈中描绘出人生中的缺憾和存在于幽暗角落中的一些灰色景象。文字匀净平实，感情是含蓄的。他所记的人物也都是平凡真实的，这些人都渴求着生存和阳光。他对他的故乡有浓厚的感情，那地方也确实被他写得很美丽。"摩天的高岭终年住宿着白云，深谷中连飞鸟都会惊坠！那是因为在清潭里照见了它自己的影。嶙峋的怪石像巨灵起卧，野桃自生。不然则出山来的涧水何来这落英的一片？"（《竹刀》）他不只爱地方，也爱那里的人物，正是一种挤到都市中的知识分子找不到归宿的心境。缪崇群有《晞露集》和《寄健康人》，写的也是一种忧郁寂寞的感情，文笔清丽，情绪是不很健康的。值得特别提起的是悄吟（萧红）的《商市街》和《桥》，写的多是她流浪在都市的旅馆或街头的经历，那种饿得发慌和穷得想做贼的境遇；但心境并不忧郁，倒是健壮乐观的，虽然有不少的浪漫气息。她勇于和生活搏斗，这正是一些悲惨的片段和经历的纪录。文字生动活泼，是一种跌宕多姿的写法。

　　散文小品的内容大半是抒写个人的见闻和情感的，而在摸索途中的知识分子的情感难免不太健康，即使是写客观事物的如游记或故乡回忆等也还是会渗入作者自己的思想情绪的，这主要就得看他对社会人生所取的态度。因之很多作品的成就似乎都偏于文字技巧方面，有些人的文章确实是写得很好的。报告文学的现实性自然比较强得多，但这时还只在开始，写得好的作品并不多。因此无论就思想性和在当时发生的作用，或就写作艺术成就的高度说，这时期最好的散文作品自然还是鲁迅的杂文，那是远超过当时的一般作品的。

*　　　*　　　*

〔1〕〔2〕鲁迅：《且介亭杂文二集·后记》。
〔3〕鲁迅：《三闲集·序言》。
〔4〕〔14〕鲁迅：《且介亭杂文·序言》。
〔5〕鲁迅：《鲁迅全集补遗·做杂文也不易》。
〔6〕〔18〕鲁迅：《且介亭杂文二集·徐懋庸作〈打杂集〉序》。
〔7〕录自1936年拙作《悼鲁迅先生》，见《鲁迅先生纪念集》。
〔8〕鲁迅：《伪自由书·前记》。
〔9〕鲁迅：《伪自由书·后记》。
〔10〕鲁迅：《准风月谈·前记》。
〔11〕〔17〕鲁迅：《准风月谈·后记》。
〔12〕鲁迅：《花边文学·序言》。
〔13〕鲁迅：《南腔北调集·题记》。
〔15〕鲁迅：《且介亭杂文二集·序言》。
〔16〕见《鲁迅书简·跋》。
〔19〕1951年初版本此处曾引述胡风《文艺笔谈·论速写》一文，指出这一文体"能够把变动的日常事故更迅速更直接地反映，批评。说它是轻妙的'世态画'是很确切的"。——编者注。
〔20〕朱自清：《你我·论无话可说》。
〔21〕朱自清：《标准与尺度·论严肃》。
〔22〕叶圣陶：《朱佩弦先生》。
〔23〕鲁迅：《南腔北调集·林克多〈苏联闻见录〉序》。
〔24〕何其芳：《还乡杂记·〈画梦录〉和那篇代序》。